DOIS PASSOS
PARA A FRENTE

DOIS PASSOS
PARA A FRENTE

CALÇADOS CONFORTÁVEIS - LIVRO 2

SHARON GARLOUGH BROWN

Publicado originalmente em inglês por InterVarsity Press como *Two steps forward: a story about perseverating in hope* por Sharon Garlough Brown. © 2015 por Sharon Garlough Brown. Traduzido e publicado com permissão da InterVarsity Press, sediada em 1400, Downers Grove, IL, EUA.

Todas as citações bíblicas foram extraídas da Versão Almeida Século 21 (A21), salvo indicação em contrário.

Os pontos de vista dessa obra são de responsabilidade dos autores e colaboradores diretos, não refletindo necessariamente a posição da Pilgrim Serviços e Aplicações, da Thomas Nelson Brasil ou de suas equipes editoriais.

Esta obra é fictícia. Pessoas, locais, eventos e contextos são ou produto da imaginação do autor ou são utilizados de forma fictícia. Qualquer semelhança a eventos, locais ou pessoas reais, vivas ou mortas, é completa coincidência.

EDIÇÃO
Guilherme Cordeiro e Brunna Prado

TRADUÇÃO
Marcos Otaviano

PREPARAÇÃO
Arthur Guanaes

REVISÃO
Gabriel Lago e Beatriz Lopes

CAPA E PROJETO GRÁFICO
Rafaela Villela

DIAGRAMAÇÃO
Sonia Peticov

Este livro foi impresso pela Vozes, em 2023, para a Thomas Nelson Brasil. O papel do miolo é avena 70g/m2, e o da capa é cartão 250g/m2.

Dados Internacionais de Catalogação na Publicação (CIP)
(BENITEZ Catalogação Ass. Editorial, MS, Brasil)

B641d
1. ed.
	Brown, Sharon Garlough
	        Dois passos para a frente: uma história sobre
	perseverar na esperança/ Sharon Garlough; tradução
	Marcos Otaviano. – 1. ed. – Rio de Janeiro: Thomas
	Nelson Brasil, 2023.
	
	        368 p.; 13,5 × 20,8 cm.
	
	        Título original: *Two steps forward:* a story of
	perseverar na esperança
	        ISBN: 978-65-5689-533-8
	
	        1. Esperança. 2. Espiritualidade. 3. Feminilidade.
	4. Ficção brasileira. 5. Relacionamentos. I. Otaviano,
	Marcos.

02-2023/25	CDD B869.3

Índices para catálogo sistemático:
1. Ficção: Literatura cristã 813.6

Bibliotecária: Aline Graziele Benitez CRB-1/3129

Com amor e gratidão por Deus e por
todos os que caminham comigo.
E por Anne Schmidt, que pediu que
não fosse esquecida.

"Graças à profunda misericórdia do nosso Deus,
pela qual a aurora lá do alto nos visitará,
para iluminar os que estão nas trevas
e na sombra da morte,
a fim de guiar os nossos pés
no caminho da paz."

LUCAS 1:78–9

SUMÁRIO

PRÓLOGO

Katherine Rhodes estava diante da janela do seu escritório no Retiro Nova Esperança, assistindo a alguns gansos que cruzavam o céu escuro. Uma neve alegrava a paisagem triste de dezembro, em que a grama já ficara com o verde fraco da hibernação e algumas maçãs não colhidas ainda estavam penduradas em galhos vazios num pomar próximo, como decorações em árvores de gravetos. O inverno no oeste de Michigan pode ser difícil e implacável, uma estação em que toda evidência visível de vida verdejante é arrancada para revelar as formas subjacentes em sua crua, honesta e vulnerável beleza. É um tempo para confiar no profundo trabalho interior de Deus, um tempo para esperar pela luz da aurora na ampla escuridão, um tempo para aguardar com esperança, para permanecer alerta, mesmo enquanto a natureza dorme.

Os pensamentos dela estavam voltados para quem tinha recentemente completado o retiro da jornada sagrada. Mesmo que Katherine tivesse liderado retiros no Nova Esperança por quase vinte anos, a obra do Espírito nunca deixou de maravilhá-la e surpreendê-la. Que privilégio compartilhar parte da jornada com quem estava faminto por uma vida mais profunda com Deus.

Parte da jornada. Esse sempre era o problema quando o retiro acabava: deixá-los ir e confiá-los ao Sagrado. Por uns poucos meses, ela caminhava perto deles, ensinando-os a prestar atenção ao movimento mais sutil do Espírito, ajudando-os a navegar pelo terreno complexo e vertiginoso da vida interior, encorajando-os a encontrar maneiras de receber e responder ao imensurável amor de Deus, relembrando-os de encontrar outros viajantes para compartilhar a jornada. Eles precisariam de companheiros confiáveis ao longo do caminho.

Sussurrando uma bênção, Katherine abriu suas mãos e os entregou ao cuidado de Deus. Mais uma vez.

PARTE UM

VIGIANDO

Espero no Senhor, minha alma o espera;
em sua palavra eu espero.
Espero pelo Senhor
mais do que os guardas pelo amanhecer, sim,
mais do que os guardas esperam pela manhã!

Salmo 130:5-6

1.

MEG

Meg Crane apertou o colarinho do seu cardigã turquesa, com seus dedos frios sob o queixo. Desde a decolagem, a mulher bem-vestida e de cabelos grisalhos ao lado dela, no assento 12-B, estava lançando olhares preocupados em sua direção. Ela estava quebrando alguma regra de etiqueta em aviões? Estava transmitindo mensagens fluorescentes da ansiedade por estar voando pela primeira vez? Talvez a mulher estivesse examinando as manchas escarlates delatoras que, sem dúvida, subiam pelo seu pescoço. Se ela tivesse vestido uma gola rolê... Ou um cachecol. Seus cachos louro-acinzentados na altura dos ombros eram um véu curto demais.

A mulher tirou uma bolsa debaixo do assento à frente dela.

— Eu aposto que continuam enfiando mais fileiras nesses aviões — ela disse. — Voar já não é tão divertido, né?

Meg limpou a garganta:

— É a primeira vez que eu voo de avião.

— Sério?! Bom, que legal!

Meg supôs que merecia a condescendência. Provavelmente, não havia muitas mulheres de 46 anos que nunca tivessem entrado em um avião antes.

— Para onde você está indo? — a mulher perguntou.

— Londres.

— Não brinca! Eu estou indo para Londres também! Vai pegar o voo da madrugada hoje? — Meg concordou com a cabeça. A mulher puxou o itinerário dela da bolsa. — O voo 835, às 7 horas?

— Sim. — Meg havia estudado a passagem dela com tanta frequência que já a tinha memorizado.

— Olha só! Que mundo pequeno! — Ela pôs a mão sobre um pingente em forma coração pendurado numa corrente de ouro em seu pescoço. — Estou levando um pouco das cinzas do meu marido para espalhar na Abadia de Westminster.

Ela carregava o marido com ela em um colar? Meg nunca pensara em tal coisa. Ela podia espalhar cinzas assim? Certamente havia regras contra isso, não?

A mulher se inclinou em sua direção daquela maneira confidencial que normalmente se reserva para amigos.

— Antes de meu marido morrer, ele fez uma lista de desejos; não de todas as coisas que ele queria fazer antes de bater as botas, mas de todos os lugares aonde ele queria ser levado depois disso. Então, desde que ele morreu, eu tenho viajado o mundo todo e espalhado ele aqui e acolá. O Taj Mahal, o Grand Canyon, Paris... Lá do topo da Torre Eiffel! Minha filha acha que sou terrivelmente mórbida, mas falei para ela: "Não. Mórbido seria se eu me trancasse sozinha em casa e chorasse vendo fotos antigas bebendo gim tônica. Isso seria mórbido. E eu me recuso a ser mórbida." Então, neste mês será em Londres e, na próxima primavera, será na floresta tropical boliviana. E no verão eu vou para Machu Picchu para caminhar na trilha inca. Meu marido sempre quis que fizéssemos essa viagem juntos, mas o câncer o pegou primeiro. Então, eu vou espalhar um pouco dele lá no topo da montanha, bem no meio das antigas ruínas.

Meg respondeu com um sorriso cortês e um "hmmm" antes de lançar um olhar invejoso sobre os passageiros solitários e silenciosos do outro lado do corredor, com seus livros estabelecendo uma definitiva zona de "Não perturbe". Os livros dela estavam em sua bagagem de mão, seguramente guardada no compartimento superior. Assim que ela estava prestes a pegar a revista do avião, a comissária de bordo chegou à fileira delas com o carrinho de bebidas.

— Desejam beber algo? — Ela entregou para cada uma um saquinho de pretzels.

— Uma *ginger ale*, por favor — Meg disse. Talvez isso ajudasse a acalmar seu estômago.

— Eu vou querer uma *Bloody Mary*. — A mulher abriu sua carteira e então se virou novamente para Meg. — Você mora em Kingsbury?

Meg concordou com a cabeça.

— Você parece muito familiar. Eu estou aqui tentando descobrir. Nós já nos conhecemos?

— Eu acho que não. — Ela certamente se lembraria de alguém tão sociável.

— Você costuma ir às reuniões do conselho escolar de Kingsbury?

— Não.

— E a academia na Estrada Petersborough?

— Não.

— Isso vai me deixar doida até eu descobrir.

— E a Igreja Kingsbury Community? — Era o único lugar que Meg podia apresentar como uma possibilidade.

— Definitivamente não. — A mulher apertou bem os olhos. — Museu de arte, orquestra, clube de jardinagem?

— Também não.

Ela estralou os dedos.

— Já sei!

Meg inclinou a cabeça.

— Você parece uma pessoa com quem meu marido trabalhava anos atrás. Beverly alguma coisa. Beverly, Beverly, Beverly... Beverly Reese! Você não é parente de uma Beverly Reese, é?

— Não, desculpe. Não a conheço.

A mulher apalpou as bochechas e pescoço com a mão esquerda enquanto segurava sua bebida com a direita.

— Eu lembrei dela porque tinha uma pele clara que nem a sua e ficava com o mesmo tipo de manchas quando estava nervosa. Você já tentou acupuntura?

— Hã... não. — Quanto tempo demoraria esse voo para Nova York?

— Eu acho que ela fazia acupuntura. E ioga. Só dando uma ideia. — Ela apertou o botão para reclinar o assento alguns centímetros. — Então, o que te leva a Londres?

Meg abriu o saquinho de pretzels, com cuidado para não derrubá-los na mesinha retrátil.

— Minha filha está estudando lá. Ela está no primeiro ano de literatura inglesa.

— Ah, que ótima oportunidade para ela.

— Sim.

— E você vai passar quanto tempo lá?

Honestamente, de todas as pessoas para sentar do seu lado...

— Algumas semanas. Até o Natal.

— O Natal é lindo lá. Você vai ficar em Londres mesmo?

— Não muito longe da faculdade.

— Que legal.

Sim, seria maravilhoso. Ela estava sonhando com a visita havia semanas. Planejara sonhar com ela durante o voo. Mastigou um pretzel lentamente.

Sem nem respirar, sua companheira de fileira começou a contar histórias detalhadas e peculiares sobre sua família: o nome dela é Jean, sua filha é uma atriz solteira que agora estrela intermitentemente em produções da Broadway, seu marido morreu de câncer no pâncreas, seu filho está passando por um divórcio complicado.

— Eu sempre soube que não duraria — ela disse. — Pelo menos eles não tiveram filhos. Ela era um pesadelo. Um completo pesadelo. Eu estou feliz que ele finalmente acordou e disse "Chega! Não aguento mais!".

Finalmente, fosse por causa dos efeitos do álcool, fosse por perda de interesse em uma conversa unilateral, Jean caiu no sono. Com cuidado para não esbarrar nela, Meg mudou de posição em seu assento e tirou os calçados.

Seus calçados confortáveis.

Que jornada ela começara desde setembro, quando havia conhecido Hanna, Mara e Charissa no Retiro Nova Esperança. Elas se sentaram juntas por acaso a uma mesa num canto do fundo da sala, perto de uma saída, e Meg usou a desculpa dos seus saltos altos para evitar andar no labirinto de oração.

— *Receio que não escolhi calçados muito confortáveis* — Meg *disse para elas.* — *Parece que eu não estava entendendo a "jornada sagrada" de forma literal, não é?*

— *Gostei dessa!* — *Mara exclamou.* — *Jornadas sagradas precisam de calçados confortáveis! Como devemos nos chamar? Clube dos Calçados Confortáveis?*

Nos últimos três meses, elas aprenderam a viajar mais profundamente no coração de Deus, às vezes com passos relutantes e trôpegos. Meg aprendera a amar e valorizar cada uma delas: Mara, uma esposa de cinquenta anos, mãe de três filhos e prestes a virar avó; Charissa, uma estudante de graduação casada e que tinha recém-descoberto uma gravidez; Hanna, uma pastora em um período sabático de nove meses do ministério em Chicago.

Todas elas foram ao aeroporto para orar por Meg e animá-la. Ela era grata. Muito grata por essas companheiras na jornada espiritual.

— Vai ser um mês terrivelmente longo antes de todas podermos estar juntas de novo — Mara dissera enquanto elas tomavam café no terminal do aeroporto de Kingsbury. — Eu não quero sair dos trilhos, sabem? Espero que eu me lembre de algumas coisas que aprendi durante o retiro. Eu e meu cérebro de menopausa. Me lembrem, tá?

— Eu também — disse Charissa. — Escrevi uma lista inteira de disciplinas espirituais que eu queria continuar praticando, todo tipo de coisa que poderia me ajudar a crescer na direção correta e ser menos egoísta. Mas sempre fico ainda mais obcecada com a faculdade nessa época do ano, com os trabalhos finais, projetos e tudo mais. Ultimamente, não tenho feito muito daquela lista. Minha regra de vida agora é apenas "Sobreviva".

— Então, comece pequeno — Hanna sugeriu. — Talvez escolha uma única coisa que te ajude a manter a conexão com Deus no meio do estresse, e depois pode haver outras práticas que você consiga inserir gradualmente.

— Eu só queria uma solução rápida — Charissa disse. — Essa parte de abrir mão do controle... Eu não sei se sequer vou conseguir. Provavelmente sempre serei uma maníaca por controle.

— Pelo menos você admite, né? — Mara disse. — Isso é um progresso! Mesmo que pareça lento. Acho que eu preciso continuar lembrando que não tem problema dar dois passos para a frente e um para trás. É claro que às vezes parece que são passinhos de formiga para a frente, e passos grandes para trás. E eu ainda fico tonta por andar em círculos de novo e de novo, com a mesma velha bagagem de sempre.

Meg anotara alguns dos pedidos de orações delas em seu caderno: para Charissa encontrar maneiras de servir bem aos outros, mesmo no meio de suas ocupações; para Mara conhecer a paz de Deus e perseverar na fé enquanto batalha contra a frustração e a decepção crônicas com seu marido e seus dois filhos adolescentes; para Hanna continuar a se adequar com o ritmo do descanso e de um novo relacionamento.

— E quanto à Meg? — Mara perguntou. — De que outra forma podemos orar por você?

— Eu acho que "esperança" é minha palavra por agora — Meg respondeu. — Especialmente com todas as esperanças que eu tenho por essa viagem, pelo meu tempo com Becka. Nós acendemos uma vela do Advento ontem no louvor, a vela da esperança, e meu pastor falou sobre como a verdadeira esperança cristã não é só desejar coisas; como há uma grande diferença entre esperar que algo específico aconteça e confiar que Deus será fiel, independentemente do que aconteça. — Ela havia escrito algumas frases do sermão no caderno para se lembrar: *Nossa esperança não é incerta. A esperança cristã não oscila de acordo com as circunstâncias. Esperança verdadeira é ter confiança de que os bons e amáveis propósitos de Deus não podem ser frustrados, não importa qual seja a situação.*

— Eu vou orar por você todos os dias, amiga — Mara disse.

Meg sabia que ela falava sério.

Ela moveu os pés em alguns círculos lentos e então apertou o botão no descanso de braço para reclinar o encosto. Sua companheira de assento estava roncando suavemente, com a boca aberta. Meg olhou para o pingente no pescoço dela. Fora rápida em julgar a viúva por carregar as cinzas do marido num medalhão, se esquecendo de que ela também carregava consigo parte do marido. Tinha escondido o último cartão de Jimmy na bagagem de mão, o cartão que ele lhe havia dado no dia em que viram a bebê no ultrassom. Ele escrevera sobre seu amor por Meg e pela filha ainda no ventre, sua vontade de ser pai, a certeza de que Meg seria uma mãe maravilhosa. Mas, semanas depois, em uma tarde desoladora e cinzenta de novembro, o mundo de Meg implodiu quando o carro de Jimmy escorregou de uma rodovia congelada e chocou-se contra uma árvore. Ele morreu no Hospital St. Luke antes que ela pudesse chegar lá para dizer adeus. Na véspera de Natal, com soluços de angústia, Meg voltou ao St. Luke e deu à luz sua bebê, uma linda menininha que tinha os grandes olhos castanhos da mãe, assim como o pai esperava. E agora essa menininha estava fazendo 21 anos, e ela e Meg iam comemorar juntas na Inglaterra.

Tanta coisa para celebrar, tanta coisa para compartilhar.

Por necessidade, Meg bloqueou Jimmy mental e emocionalmente depois que ele morrera. Incapaz de enfrentar a perspectiva de criar Becka sozinha, ela deixou o amado lar que compartilhara com Jimmy e voltou para a casa da sua infância, onde lágrimas não eram toleradas. Sua mãe, que ficara viúva quando Meg tinha quatro anos, não tinha paciência para fraqueza e vitimismo e fez um ultimato: se Meg ia morar sob o teto dela, precisaria engolir o choro e seguir em frente. Por medo de se desmanchar sob o peso do luto, Meg ignorou a tristeza e se submeteu o melhor que pôde às exigências da mãe. Becka, enquanto isso, aprendeu logo cedo que perguntar sobre o pai deixava a mãe triste, então ela parou de fazê-lo depois de algum tempo. E os anos se passaram como se Jimmy nunca tivesse existido.

Mas, depois de 21 anos reprimindo o luto, Meg recentemente descobrira a coragem e a liberdade não somente para enlutar-se, mas para permitir que Jimmy vivesse novamente em sua mente e coração. Embora fosse difícil sentir a dor de sua ausência, ela também estava se lembrando da alegria da vida deles juntos, e queria compartilhar algumas dessas alegrias com a filha deles. Queria que Becka soubesse o quanto o pai a amava, mesmo antes de conhecê-la. Ela queria olhar nos olhos de Becka e dizer o quanto estava arrependida por ter escondido Jimmy, o quanto ela queria ter feito as coisas de outra forma. Agora que Meg estava relembrando a vida e o amor dele, esperava que ele viesse à vida para Becka também.

Esperança. Essa palavra de novo.

Ela fixara o olhar na trêmula vela de esperança durante o louvor, com suas orações concentradas nos medos que a paralisavam, nos arrependimentos que a consumiam, nos desejos por Deus que começavam a emergir, despertando-a para novas possibilidades, novas oportunidades, nova coragem, sim — nova esperança. Katherine, Hanna, Mara e Charissa a acompanharam nos primeiros passos dessa jornada para a transformação e a cura. Agora havia mais passos para dar.

Na Inglaterra.

Jimmy ficaria tão orgulhoso dela por viajar sozinha para o outro lado do oceano. E ele ficaria tão orgulhoso da sua filha, a menina confiante, vívida e enérgica, a filha deles, que não herdara os medos da mãe. *Graças a Deus.* Com um suspiro satisfeito, Meg inclinou a cabeça contra a janela e fechou os olhos, logo dando lugar ao sono pelos balanços gentis do avião.

CHARISSA

Charissa Sinclair brincava com seu longo cabelo escuro, fazendo voltinhas com as pontas dos dedos, e escutava o ruído rítmico dos limpadores de para-brisas. Por que ele estava demorando? Ela já estava à toa no carro por sete — agora oito — minutos ao lado do prédio do escritório de John, e não queria desligar o motor.

Anda, anda.

Ela nunca deveria ter passado três horas inteiras longe do trabalho de doutorado, especialmente com o fim do semestre se aproximando tão rapidamente. Mas ela falava sério a respeito do seu desejo de ser menos focada em si mesma, então decidira dar-se uma folga das revisões do trabalho e gastar a tarde sem aula indo ao aeroporto dar um tchau e uma força para Meg. E depois, em vez de comer sozinha, convidou Mara para almoçar com ela. Até recentemente, Charissa considerava Mara apenas como uma dona de casa de meia-idade e acima do peso, com um passado vulgar, para dizer o mínimo. Mara era o tipo de pessoa que Charissa tinha passado a vida evitando. Elas não tinham nada em comum.

Ou quase isso.

Na realidade, elas tinham algo significativo em comum, por mais que fosse difícil admitir. Ambas "precisavam de graça". Charissa começara a aprender essa difícil lição através do Clube dos Calçados Confortáveis ao longo dos últimos meses.

Para sua surpresa, Charissa descobriu que gostava de estar com Mara. Apesar de ser grossa e indelicada às vezes, Mara, com seu cabelo tingido de laranja, guarda-roupa de cores arrojadas e bijuterias volumosas, tinha um bom coração.

— Qualquer coisa que precisar, me ligue — Mara disse no almoço. — Sabe, já que sua mãe está tão longe. Eu poderia ser como uma...

— Substituta?

— Isso. Mãe substituta. Ou avó. Eu amo bebês!

Isso era outra coisa que elas não tinham em comum. Charissa sempre foi "alérgica" a bebês. Filha única, nunca conviveu com crianças mais novas, nunca sequer cuidou de outras crianças quando adolescente. Enquanto seus amigos treinavam em turmas de massagem cardíaca da Cruz Vermelha e investiam longas horas cuidando de crianças para juntarem um dinheiro extra para roupas e seguro do carro, Charissa passava seu tempo investindo no futuro.

— É muito importante você gastar seu tempo estudando — o pai dela sempre insistia. — Sua mãe e eu vamos cuidar de todo o resto.

Agora, o futuro pelo qual ela tanto lutou estava ameaçado por uma gravidez não planejada. Ela estava quase no fim do seu programa de pós-doutorado em literatura inglesa na Universidade de Kingsbury, e, apesar de o professor Nathan Allen assegurar que o programa poderia ser flexível o bastante para acomodar suas necessidades, Charissa não gostava de desvios de percurso. Não mesmo.

Uma batida no vidro a assustou, e ela virou para ver o rosto jovial do marido pressionado contra o vidro molhado.

— Dê a volta! — ela disse, apontando para o banco do passageiro. Ele correu pela frente do carro e pulou para dentro, salpicando Charissa com gotas de água.

— Já chega de chuva. É dezembro! Manda alguma neve! — John se inclinou para beijar a bochecha dela. — Perdão pelo atraso. Fiquei preso no telefone. — Ela enxugou a umidade do rosto e dirigiu em frente enquanto ele colocava o cinto de segurança. — Teve um bom dia? — ele perguntou.

Ultimamente, um "bom dia" significava conseguir comer sem sentir enjoo. Então, nesse sentido, ela achou que havia sido um dia aceitável.

— Eu só queria ter passado a tarde toda trabalhando na minha apresentação sobre Milton.

— Você está trabalhando nessa apresentação o semestre todo. Achei que tivesse terminado.

— Bom, o primeiro esboço está pronto. Mas ainda tenho bastante revisão para fazer. — E menos de duas semanas para terminar. Dr. Gardiner os instruíra a tratarem essas apresentações finais como se fossem trabalhos para uma conferência, e Charissa estava determinada a preparar-se para quaisquer perguntas possíveis de seus colegas ou dos professores do departamento. Estar preparada nunca era demais.

— Você vai se sair bem — John disse. — Você sempre se sai ótima. Mais que ótima. Como estava Meg?

— Nervosa. Animada. Ela vai se divertir quando chegar lá.

Charissa deu seta para a esquerda quando chegou à estrada.

— Vire à direita, tá bem? — John disse.

Charissa levantou as sobrancelhas.

— Por quê?

— Confie em mim. Vire à direita.

— Pra quê?

— Conceda-me esse desejo, sim? Não vai demorar, prometo.

— Eu te disse que já estou me sentindo atrasada no trabalho hoje...

— E isso vai demorar no máximo meia hora. Vire à direita aqui e à esquerda no semáforo na rua Buchanan.

Charissa hesitou e, depois de bufar um pouco, ligou a seta para o lado direito.

— Aonde estamos indo?

— É uma surpresa.

— Odeio surpresas.

— Eu sei.

Ela seguiu as instruções de John até finalmente chegarem a uma vizinhança repleta de casas em estilo de rancho americano.

— Certo, estamos procurando por Columbia Court. — John pressionou o rosto contra a janela. — Ali! — Ele apontou para a placa de parar. — Vire à direita e vá devagar. — Charissa já estava a quarenta por hora; ela reduziu para 25 só para provocar. Ele não pareceu perceber. — 464... 468... 472... Achei, ali! 480! Onde tem a placa de "Vende-se". Suba ali na entrada da garagem.

Charissa estacionou atrás de um sedan preto. John se inclinou para a frente no banco do passageiro, com a mão sobre o painel.

— O que acha?

Charissa olhou para a casa bege de um andar, com o jardim arrumado e rodeada de luzes brancas cintilantes.

— Como assim "o que eu acho?" De quem é essa casa?

Ele sorriu maliciosamente.

— Nossa, talvez. O que acha?

— Do que você tá falando?

— Bom, você se lembra de como estávamos fazendo as contas, tentando descobrir se poderíamos comprar uma casa?

Ele estava sendo deliberadamente tapado? Eles já conversaram sobre isso várias vezes nas últimas semanas, e ela não ia entrar nesse assunto de novo. Comprar uma casa simplesmente não era factível, especialmente numa vizinhança agradável com excelentes escolas, ela o relembrou.

— Eu sei — ele disse. — Mas eu estava no telefone com meus pais hoje mais cedo, falando sobre o bebê e sobre não termos certeza de como lidaríamos com isso em um apartamento de um quarto, e, quando eu disse que talvez precisássemos alugar um de dois quartos, meu pai se dispôs a nos ajudar com uma entrada em alguma coisa.

Ela ficou boquiaberta.

— Tá brincando comigo?

— Eu brincaria com algo desse tipo?

— Uma entrada. Em uma casa.

Ele sorriu ainda mais.

— Você sabe como eles estão animados com a ideia de se tornarem avós e querem ajudar. Você não vai deixar o orgulho te impedir de dizer sim, vai?

— Não... Claro que não... É só que...

Ele pegou a mão dela.

— Escuta. Só porque os seus pais não estão animados ainda, não significa que outras pessoas não queiram ajudar e nos dar um suporte.

"Não estão animados" era um eufemismo para descrever a reação dos pais dela diante da notícia da gravidez. E, honestamente, Charissa não estava pronta para dizer muito sobre seus próprios desejos, exceto que ela já se afastara do choque e ressentimento inicial e entrara em um lugar de ambivalência, o qual ela esperava que eventualmente se tornasse aceitação, gratidão e até alegria. Alguns dias eram melhores que outros.

A porta da frente se abriu, e uma mulher com roupa de executiva os chamou. Charissa franziu o cenho e disse:

— John?

Ele levantou os ombros.

— Bem, depois que falei com meu pai, fiz uma pesquisa na internet e, quando vi esta casa, não pude resistir. Eu liguei para a corretora e marquei uma visita.

Qualquer impulso de repreendê-lo por trazê-la ali com falsas pretensões se aplacou quando ela considerou o que o extravagante presente dos pais dele poderia significar para os dois. Embora o salário de John fosse suficiente para mantê-los em um orçamento sem luxos enquanto ela estava na faculdade, eles tinham recentemente começado a guardar algum dinheiro para uma entrada no futuro. Essa mudança inesperada mudava tudo.

— E se eu tivesse insistido em virarmos à esquerda? — ela perguntou.

VIGIANDO

— Eu consigo ser muito persuasivo.

— Hmmm — ela disse, olhando-se no espelho do carro para checar a maquiagem. — Veremos.

Todas as tentativas de Charissa de comunicação não verbal com John enquanto faziam o tour pela casa com a corretora foram inúteis. Enquanto ela pensava que seria uma boa estratégia manter-se reservada, ele não conseguia conter seu imenso entusiasmo: os três quartos eram enormes; a sala de estar tinha uma varanda bem grande; a cozinha fora remodelada recentemente. Depois de anos em dormitórios de faculdade e depois um apartamento de um quarto, essa casa de quase 180 m² — mais o porão já com acabamento! — parecia um palácio.

— E tem uma área de serviço grande ao lado da entrada lateral — a corretora disse.

John cutucou Charissa com o cotovelo. Ela sempre reclamava sobre arrastar as roupas sujas por vários lances de escadas para um escuro e mofado porão de apartamento.

— Chega de juntarmos moedas — John disse. — Chega de esperar na fila por uma máquina de lavar. Pode assinar aí para mim!

— Bom, certamente não vamos assinar nada hoje — Charissa declarou, tanto para John quanto para a corretora.

— Ah, claro que não — ela disse. — Vão para casa e pensem bem. E, se vocês decidirem fazer uma oferta, podem me ligar de manhã. Mas lembrem que eu tenho outros casais vindo mais tarde. E tenho a sensação de que eles vão amar esse lugar.

— Você não parece muito animada, Cacá — John disse quando eles saíram da entrada da garagem. — Do que você não gostou?

— Não é que eu não gostei. Mas você teve o dia todo para pensar nisso, e isso apareceu para mim uma hora atrás. Você sabe que eu não gosto de tomar decisões rápidas, e agora eu vou me sentir pressionada. — O tom dela pareceu mais irritado do que ela esperava. — Desculpa. Eu só não quero me apressar para nada, tudo bem?

— Eu sei, eu sei. Mas estou fazendo as contas desde quando falei com meu pai de manhã; e, com a ajuda deles na entrada, essa casa cabe certinho no nosso orçamento. Eu acho realmente que deveríamos comprá-la. É perfeita. Você não acha?

Ele tagarelou sobre a perfeição da casa o caminho todo até chegarem ao apartamento, durante o jantar e durante a limpeza da cozinha. Enquanto Charissa tentava compilar as notas de rodapé e uma bibliografia para a apresentação sobre Milton, John ficou do outro lado da mesa de jantar, olhando fotos da casa na internet, enchendo Charissa de perguntas, e depois pedindo desculpas por interromper o trabalho dela, e então contando o que ele descobriu sobre casas semelhantes na vizinhança e avaliações de escolas próximas. Não adiantava. Ela salvou seu documento e fechou o notebook.

— Desculpa — ele disse. — Vou calar a boca agora.

— Não, você está certo. Liga pro seu pai e vê o que ele acha.

— Sério?

— Sim. Liga pra ele.

— Mas você gostou da casa?

— É ótima, John. Vamos descobrir que tipo de oferta fazer. Liga pro seu pai, manda o link pra ele e pede algumas dicas. — Ela tinha mesmo acabado de concordar em comprar uma casa?

John pulou da cadeira para abraçá-la.

— Pareceu certo no instante em que entramos, não foi?

Diferentemente do marido, Charissa nunca fora de tomar decisões com os instintos. Mesmo assim, a parte rigorosamente minuciosa, prática e avaliadora dela sabia que os prós superariam em muito os contras que ela pudesse identificar nos próximos dias. Ela não tinha acabado de confessar para o grupo no aeroporto sobre seu desejo de melhorar na questão de abrir mão do controle? Talvez essa fosse uma forma perfeita de praticar.

Usando uma das metáforas favoritas do Dr. Allen, talvez fosse a hora de desamarrar as velas, pegar o vento e ver aonde ele levaria.

HANNA

Hanna Shepley e Nathan Allen estavam comendo petiscos na Timber Creek Inn quando o celular dela tocou. *Meg.* Ela deveria estar a caminho de Londres.

— Deve estar acontecendo alguma coisa — Hanna disse.

— Atenda — Nathan falou.

Hanna colocou no prato um palito de muçarela comido pela metade.

— Oi, Meg. Tudo bem com você?

— Hanna, sinto muito por te incomodar. Você e Nathan estão no meio do jantar? — A voz soprano de Meg parecia ainda mais aguda que o normal, com um vibrato extra.

— Não se preocupe, não tem problema — Hanna disse. — Acabamos de pegar os petiscos. Tá tudo bem? Onde você está?

— No aeroporto JFK. Devemos sair em pouco tempo. Odeio te incomodar com isso, mas eu entrei em pânico de repente. Não tenho certeza se tranquei a porta da frente quando saí. E eu estava usando o ferro hoje de manhã...

Hanna fez com a boca para Nathan: "Tá tudo bem", e disse para Meg:

— Não se preocupe, eu vou passar lá assim que terminarmos o jantar.

— Tem certeza? Eu provavelmente só estou sendo boba.

— Não, tudo bem, não é problema algum. Como foi seu primeiro voo? — Hanna apertou o celular contra a orelha, tentando compensar o ruído do aeroporto e os anúncios dos voos.

— Foi tudo bem. Acabei sentando perto de alguém que também está no voo para Londres, e ela se certificou de que eu achasse o caminho certo para o meu portão aqui. Então, isso ajudou.

— Ótimo. Me avise quando chegar lá, tá bem? E não se preocupe com a casa. Eu estou planejando checá-la de vez em quando.

— Obrigada. E não se esqueça da minha oferta. Pode ficar lá sempre que quiser, para não ter que ficar dirigindo pro lago e voltando o tempo todo, tá bem?

Elas se despediram, e Hanna voltou a atenção para a mesa, na qual a luz das velas cintilava nos óculos de Nathan. Por um momento, ela teve a sensação estranha de ver uma versão minúscula de si mesma refletida e flutuando no meio dos olhos escuros dele. Pelo menos não parecia mais tão cansada. O período sabático estava começando a ter o efeito desejado de guiá-la para um descanso mais profundo — não apenas físico e mental, mas espiritual e emocional.

— Tá tudo bem? — Nathan perguntou, com seu dedo indicador apoiado sobre o cavanhaque cinza bem aparado.

Hanna ainda estava se acostumando com a intensidade do olhar dele, sempre penetrante e perspicaz, mas agora repleto de afeição irrestrita.

— Sim, tá tudo bem. — Ela passou a ponta não mordida do palito de muçarela no potinho de molho marinara. Passar a parte mordida no molho parecia uma intimidade reservada para casais casados, ou pelo menos casais juntos há mais de duas semanas. Nathan, por outro lado, não tinha tais inibições e mergulhava seus petiscos livre e frequentemente no potinho. — Ela está preocupada de não ter trancado a casa. Eu vou passar lá hoje à noite antes de voltar para o lago, só pra checar.

— Eu vou com você.

— Não, tá tudo bem. Eu me viro.

Ele esticou a mão e segurou-lhe os dedos da mão esquerda.

— Não estou questionando sua competência, Hanna. Estou expressando meu desejo de estar com você.

Ela sentiu o rosto corar. Aos quase quarenta anos, estava acostumada a fazer tudo sozinha; e, mesmo que ela e Nate tivessem sido amigos havia muito tempo, um relacionamento romântico de qualquer tipo era território inexplorado para ela.

— Bom, quando você fala assim, — ela disse, encontrando os olhos dele — como posso dizer não?

— Ótimo. E, já que você está dizendo sim para isso, me lembrei... — Ele puxou um pedaço de papel escrito à mão do bolso do casaco.

— O que é isso?

— Jake fez uma lista para você de todas as coisas que você pode fazer por aqui para se divertir.

Hanna pegou a lista e a leu, sorrindo. Claramente fora escrita por um menino de 13 anos.

— Moto de neve?

— Não é seu estilo? Continue lendo. Ele tem várias ideias para te ajudar a aprender a se divertir.

Ela continuou.

— Karts, ski, snowboard, velejar. Velejar parece legal.

— Eu sei o quanto você gosta de ver o pôr do sol — Nathan disse. — Espere até você ver um do meio do lago. É de tirar o fôlego. — Ele se inclinou sobre a mesa e examinou o restante da lista. — Jake também quer uma revanche no Scrabble. Ele não gosta de perder.

Hanna riu.

— Competitivo como o pai, né?

— Com certeza! Tal pai, tal filho.

Enquanto o garçom enchia seus copos com água, a atenção de Hanna vagou para a mesa ao lado, na qual uma mulher com cabelo prateado e firmemente preso no topo do rosto angular estava sentada diante de uma versão mais nova e bem vestida de si mesma. Enquanto Hanna observava, a mulher mais velha retirou um batom da bolsa, tirou a tampa, estudou-o por um momento e então, depois de pressionar o conteúdo contra os lábios, mordeu o batom. Ela pressionou os olhos e inclinou a cabeça, como se tentasse decidir se exploraria o sabor e a textura ao mastigá-lo. A mulher mais nova estendeu a mão rapidamente.

— *Mãe!* — Essa única sílaba agonizante e suplicante encheu Hanna de ternura pela mãe e pela filha. — Cuspa. — A mulher mais velha travou a mandíbula. — Por favor. — Ela abriu a boca relutantemente e cuspiu, derramando saliva e uma pasta vermelha na mão esticada da filha.

Embora Hanna soubesse que deveria dar às duas a dignidade da privacidade, ela não conseguia tirar os olhos dali. Assistiu à filha limpar a mão com seu guardanapo de tecido branco e gentilmente levantar o queixo da mãe e limpar os cantos de sua boca. A mulher mais velha deu um sorriso angélico com os dentes manchados de escarlate. Então a filha discretamente tocou seus próprios dentes e os esfregou, indicando que a mãe deveria fazer o mesmo. Imitando o gesto, a mulher mais velha usou o dedo indicador desajeitadamente como uma escova de dente. Hanna se perguntou que palavras estariam se agitando na mente da filha.

— Você tá bem? — Nathan perguntou, seguindo o olhar dela para a outra mesa.

— Claro.

— Tem certeza?

Hanna limpou a garganta.

— Sim.

Ela já estava prevendo cenários possíveis em sua mente. Talvez a filha estivesse se lembrando de uma época em que ela mordia um giz de cera e a mãe lhe ordenava cuspir. Ou talvez ela estivesse se lembrando de quando sua mãe a levou para comprar maquiagem pela primeira vez e a ensinou a usá-la. Talvez a mãe ainda estivesse lúcida o suficiente para reconhecer seus momentos de confusão e estivesse lamentando o que estava perdendo. Talvez o batom fosse a gota d'água, e a filha precisaria pensar em tirar a mãe da vida independente e colocá-la em uma situação de monitoramento constante.

— Está pensando em quê? — Nathan perguntou.

— Agora, estou lutando contra o instinto de ir até aquela mesa e oferecer cuidado pastoral.

Ele levantou uma sobrancelha.

— Estou brincando. Bom, mais ou menos. Pelo menos, consigo resistir à tentação, certo? Acredito que o tempo sabático está me ajudando com a coisa de "pastora excessivamente responsável". — Ela fez uma oração simples, pedindo a Deus que as atendesse em suas necessidades.

— O que chamou sua atenção? — ele perguntou.

Com cuidado para não ser ouvida pela filha, Hanna descreveu o que testemunhara.

— É muito difícil assistir seus amados envelhecerem — ele comentou. Hanna concordou, então deu um tapa na própria testa e segurou a mão ali. — O que foi? — Nathan perguntou.

— Amanhã é o aniversário da minha mãe! Eu estive tão preocupada com minha vida aqui, que me esqueci de mandar um cartão. — Como ela pôde ter se esquecido disso?

— Que tal mandar flores?

Hanna suspirou.

— Não. Eles vão sair depois de amanhã para Nova York para ficarem com meu irmão e a família dele.

— Então mande flores e um cartão para a casa do seu irmão.

Isso poderia funcionar. Nate sempre conseguia pensar na melhor solução. Ela poderia ligar de manhã e avisar para a mãe que um presente estaria esperando por ela na casa de Joe.

— Isso é perfeito! Obrigada. — Ela colocou a lista de Jake na bolsa. — Meus pais estão passando algumas semanas na costa leste, visitando parentes mais distantes que não veem há anos. E depois eles vão voltar para a casa de Joe, para o Natal. Meu irmão me convidou para ir com eles, mas eu recusei. E logo depois me senti culpada. Mas sei que, se eu for para lá, vou acabar me oferecendo para cuidar das minhas sobrinhas, para que ele e minha cunhada possam sair juntos. Amo minhas sobrinhas, mas elas cansam. E por mais que eu saiba que preciso ter uma conversa de coração com meus pais sobre tudo o que veio à superfície ultimamente, ainda não me sinto pronta para isso. — Ela afastou o cabelo castanho-claro e curto para trás das orelhas. — Me diga que eu não estou apenas inventando desculpas e evitando as coisas difíceis ao ficar aqui.

Nathan levantou os ombros.

— Bom, eu tenho interesse em que você fique aqui, então não sei se meu conselho seria confiável. Mas eu estava esperando que você passasse o Natal comigo e com Jake.

Isso era exatamente o que ela esperava que ele dissesse. Ela colocou a mão sobre a dele assim que o garçom chegou com as entradas.

— Bem, então eu aceito seu convite. E estou ansiosa para te vencer no Scrabble de novo.

Nathan pegou o garfo e apontou para ela.

— Ah, é pra valer, Shep? Então vamos!

Quando chegaram à casa de Meg, a chuva já tinha parado, e o céu cinzento abriu espaço para um céu estrelado e com uma fina lua.

— Esse lugar parece solitário. — Nathan comentou ao olhar para o topo da casa ao estilo Rainha Anne, com seu telhado íngreme, bordas, acabamentos e torres ornamentadas. Em seus tempos áureos, teria sido a casa mais elegante da quadra. — A maior parte dessas casas antigas de Kingsbury foi transformada em prédios residenciais ou de escritórios — disse. — Ela mora aqui sozinha?

Hanna confirmou.

— A mãe dela morreu na primavera. E, com Becka longe, é só ela. Nem um peixinho para fazer-lhe companhia.

Nathan a seguiu pelos degraus rangentes para o alpendre da entrada. Algumas das hastes ornamentais do corrimão haviam quebrado, e a pintura estava descascando. Hanna tentou a porta. Trancada.

— É uma preocupação a menos — ela disse. Colocou a chave, empurrou a pesada porta, viu-se em um saguão escuro e velho, e tateou a parede até encontrar o interruptor de um candelabro antigo.

Nathan assobiou baixinho, e o som ecoou.

— Uau. Meio que um museu aqui, não é? — Ele observou o salão de entrada, repleto de mobília de época.

Está mais para um mausoléu, Hanna pensou. Especialmente diante da descoberta recente de Meg de que seu pai alcoólatra cometera suicídio em um quarto do andar superior quando ela era uma menininha. Meg estava corajosamente processando muita tristeza nos últimos meses.

— Eu me pergunto às vezes por que ela continua aqui — Hanna disse. — Meg não falou muito sobre o relacionamento dela com a mãe, mas eu tenho a impressão de que não foi fácil viverem juntas depois que Jimmy morreu. — Ela balançou a cabeça lentamente. — Este lugar todo parece tão triste e desolado.

— Então que tal dar uma animada nele? — Nathan perguntou.

— O que quer dizer?

— Digo, que tal aceitar a oferta de Meg para ficar aqui enquanto ela está fora? — Nathan colocou os braços ao redor dela. — Você estaria mais perto. Dez minutos em vez de 45.

O chalé do lago da sua amiga Nancy, onde Hanna estava hospedada em seu período sabático de nove meses, era um lugar pacífico, mas distante e solitário. Embora ela tivesse inicialmente resistido — até se ressentido — ao presente escandalosamente generoso que seu pastor titular e a congregação lhe deram, Hanna começara a apreciar seu lar temporário. Ela amava assistir ao pôr do sol e cair no sono com o som ora suave ora potente das ondas. Ela amava tomar seu chá, ler a Bíblia e escrever em seu diário ao lado da ampla janela. Amava sair para caminhar de manhã cedo, quando os tons rosa da aurora iluminavam toda a costa, cada onda deixando para trás uma tela brilhante que refletia a glória dos céus.

Mas seu centro de gravidade tinha se mudado para Kingsbury, especialmente desde que se reconectara com Nathan depois de tantos anos afastados. Talvez ela pudesse tolerar a casa de Meg em doses pequenas. Talvez pudesse ficar lá algumas noites por semana.

Nate estava certo. Estar perto dele era um incentivo considerável.

Hanna tinha acabado de chegar ao chalé quando Meg ligou de novo do aeroporto JFK para dizer que o voo fora adiado por algumas horas, devido a problemas mecânicos no avião.

— Eu não sei se vamos decolar hoje ou se eles vão nos dar cupons para um hotel e nos colocar num voo amanhã.

Hanna tirou o casaco enquanto segurava o celular. Ela conseguia escutar a ansiedade e o cansaço na voz de Meg.

— Eu vou continuar orando por você — Hanna disse. — Você quer eu avise Mara e Charissa?

— Pode avisar, por favor? Quanto mais pessoas orando por mim agora, melhor.

Não querendo interromper os estudos de Charissa, Hanna mandou-lhe uma mensagem e, em seguida, ligou para Mara.

— Desculpe por ligar tão tarde — Hanna disse. — Eu te acordei?

— Não, estou acordada.

Hanna conseguia escutar uma gritaria ao fundo, como um programa de TV alto demais.

— Você está bem? — Hanna perguntou.

— Sim, estou bem. Diga aí.

Conforme Hanna repassava o pedido de oração de Meg, o volume da voz do homem aumentava. Quem estava gritando obscenidades não estava em uma TV.

— Certeza que você está bem? — Hanna sondou.

— Sim. Desculpe. Tadinha da Meg. Ela já estava preocupada com a viagem de avião, e agora isso...

Certo. Agora isso.

— É Tom gritando? — Hanna perguntou. Ela nunca conhecera o marido de Mara.

— É... Ele só está bravo porque eu comprei algumas coisas para o bebê de Jeremy.

Só está bravo? Essa gritaria não parecia com "só está bravo".

— Ele está te ameaçando? — Hanna perguntou.

— Não, não.

Mas os alarmes pastorais de Hanna estavam apitando.

Ao longo dos últimos meses, Mara descrevera o casamento dela como difícil, mas tolerável. Tom passava a maior parte das semanas viajando a trabalho e a maior parte dos fins de semana focado em seus dois filhos adolescentes, deixando Mara solitária e isolada. Embora Mara tivesse confessado que não tinha certeza se o casamento deles duraria muito depois que o filho mais novo se formasse no Ensino Médio, ela nunca mencionara qualquer ira ou violência. Nunca.

— Mara...

Uma porta bateu e a gritaria ficou mais abafada.

Mara também resmungou algumas obscenidades.

— Ele vai ficar na cidade a semana toda. Que sorte a minha.

— Você tem certeza de que está bem?

— Sim, ele já foi embora. Desceu para o porão para dormir no sofá. Cara, eu espero que Meg chegue bem lá. Ela deve estar exausta. Tadinha. Eu definitivamente vou orar por ela.

Enquanto Mara continuava a expressar seus desejos pelo tempo de Meg na Inglaterra, Hanna se encolheu em uma cadeira com um cobertor de lã e esperou a gritaria diminuir. Ela não sabia se ficar ao telefone aumentaria a raiva de Tom ou atenuaria a situação, mas Mara não parecia querer desligar. Então, Hanna deixou-a falar abundantemente sobre seu filho Jeremy e o bebê que estava para nascer na primeira semana de janeiro, e sobre como ela estava animada para ser avó. Quando Hanna ouviu apenas silêncio no fundo e Mara bocejou audivelmente e disse que deveria dormir um pouco, elas se despediram.

Hanna fez uma xícara de chá de camomila e escutou os pinheiros rangerem e gemerem na floresta. Talvez mudar-se para a casa de Meg fosse a solução perfeita. Não apenas ela estaria mais próxima de Nate, mas também de Mara, caso esta precisasse de ajuda. Pelo som das coisas, a amiga precisava de mais ajuda do que nunca.

MARA

Mara tamborilava os dedos no carrinho de compras enquanto aguardava na fila da megaloja de produtos para bebês na terça-feira de manhã. Se ela tivesse sido mais rápida para esconder as sacolas na segunda-feira à tarde, poderia ter escapado do surto de Tom. Mas ele chegara mais cedo do escritório com as notícias de que seus planos de viagem foram alterados pela semana, e ela ainda não havia escondido o contrabando nos esconderijos costumeiros. Não que o carrinho pudesse caber no armário do porão. Se ela o tivesse deixado no porta-malas! Mas não, ela decidira trazê-lo para dentro, a fim de que pudesse sentar e imaginar todos os passeios que faria com o bebê, e não fora rápida o suficiente para, quando Tom a confrontou, mentir e dizer que era compra do Jeremy. Além disso, ele não teria acreditado nela, não com todas as sacolas da loja de bebê espalhadas pela sala e algumas coisas colocadas sobre a mesa de jantar para o prazer visual dela.

Ela estava indecisa sobre as cortinas. Noventa dólares provavelmente eram demais para gastar em dois cortinados. Mas, da última vez que visitou o apartamento de Jeremy, eles não tinham terminado de decorar o quarto do bebê ainda; então, quando ela viu cortinas que combinavam perfeitamente com a colcha florida de tom pastel que a mãe de Abby, Ellen, tinha bordado à mão para o berço, Mara não resistiu e as comprou.

Mas talvez Ellen estivesse costurando cortinas. Ellen seria o tipo de avó que costuraria vestidinhos lindos com chapéus combinando e tricotaria cobertores e casacos e luvas. O que Mara tinha para oferecer ao bebê se não pudesse comprar nada?

Ela estava ali sentada, roendo unhas e pensando sobre a compra, quando Tom entrou inesperadamente, olhou para ela, fitou a mercadoria e explodiu. Normalmente, Tom era de fervilhar lentamente: um entortar de boca seguido de uma careta, um comentário sarcástico ou humilhante, às vezes um punho erguido em indignação. Mas isso... isso o levou além dos limites, e, horas depois, ele ainda estava seguindo Mara, gritando pela casa. *Como ela ousava gastar o dinheiro suado dele com o filho de Jeremy?! Jeremy não tinha emprego para sustentar a família, ou ele não prestava e todo mundo o demitia?* Repetitivamente, ele destilava seu veneno sobre esse filho dela, escavando todas as brigas anteriores, todas as transgressões adolescentes, todos os delitos que certamente comprovavam a falta de valor dele como um adulto. A certa altura, ela estava convencida de que Tom arremessaria o carrinho contra uma parede. Em vez disso, ele o enfiou de volta na caixa. Ele queria toda aquela porcaria devolvida, cada coisinha, e cada um de seus dólares de volta. E nenhum — ela entendeu?! —, nenhum dinheiro dele era para ser gasto com esse bebê. Se ela quisesse comprar coisas de bebê, poderia encontrar um empreguinho desprezível e pagar com o próprio dinheiro. Ele foi claro?!

Foi aí que Hanna ligou, bem no meio da bagunça.

— Mudou de ideia? — perguntou a atendente no balcão de devoluções.

Mara entregou a nota.

— Sim.

A atendente olhou feio para o carrinho cheio.

— Tudo?

Mara mudou o apoio do corpo de uma perna para a outra.

— Bem, eu comprei essas coisas para meu filho e minha nora sem checar antes.

— Ah... — a mulher disse, com a expressão suavizando. — Não diga mais nada! Eu tenho três filhos casados e ainda estou tentando descobrir como ser uma sogra bem comportada. As meninas só me ligam quando querem que eu cuide dos netos.

Não faria sentido corrigi-la. Deixe-a pensar que foi uma falha em checar com os futuros pais em vez de uma falha em se impor contra um marido valentão.

A caminho das portas da saída, Mara parou diante de um mostruário de acessórios de Natal. Que pena que a neta dela não devia nascer até dia 2 de janeiro. Queria poder comprar um chapéu de Papai Noel para ela. Ou talvez as pequeninas meinhas de duende para recém-nascidos. Elas ficariam ainda mais fofinhas com guizos nas pontas, mas causariam riscos de engasgamento, provavelmente.

Era de espantar que qualquer pessoa que nasceu há, pelo menos, quarenta anos tenha sobrevivido à infância, levando em conta tudo o que poderia ser considerado potencialmente perigoso. Até os bancos de carro que ela usara para Kevin e Brian, agora com quinze e treze anos respectivamente, seriam considerados perigosos pelos padrões mais recentes. Mas Jeremy, agora com trinta, rolava alegremente no banco de trás ou no chão do velho Ford dela, livre de quaisquer cintos. E ele brincou com todo tipo de brinquedo com cordinhas e peças pequenas e removíveis. Outros tempos.

— Awwnn... Olha, mãe! — Uma mulher bem grávida se aproximou do mostruário. Ela parecia que poderia parir a qualquer instante. — Olha essas botinhas de duende!

A mãe dela estava empurrando um carrinho lotado de pacotes de macacõezinhos e fraldas Huggies para recém-nascidos.

— Awwnn... São tão fofinhas! — Ela pegou dois pares. E um chapéu de Papai Noel. E um babador "Anjinho da Vovó".

Essas mulheres tinham ideia de como eram sortudas? Tinham um pingo de noção?

Provavelmente não.

Mara esperava que, quando Jeremy casasse, ela teria um relacionamento próximo com a esposa dele. Imaginava que se encontrariam para almoçar ou fazer compras; que teriam conversas em que Abby pediria conselhos sobre como ser uma boa esposa para Jeremy.

Não que ela não fosse uma boa esposa. Abby fazia Jeremy feliz, e isso era o suficiente para agradecer. Mas, dezoito meses depois do casamento, Mara ainda estava esperando por essa conversa. Ela e a nora nunca almoçaram juntas, só as duas, mesmo que morassem a apenas quinze minutos de distância. Não é que Abby não fosse amigável. Abby sempre foi muito educada e respeitosa, mesmo com Tom. Mara sempre presumiu que isso era parte da cultura e herança asiáticas dela. Mas talvez algum dia Abby a chamaria de "mãe" ou até "Mara", em vez de "senhora Garrison". Seria um grande dia.

Claro, ninguém poderia culpar Abby por ficar na defensiva perto dos Garrison. Passar tempo com eles não era algo tranquilo, com certeza. Na verdade, Abby provavelmente ainda não lhes perdoara pelo desastre de 4 de Julho. Mara sentia vergonha só de lembrar: *Tom virando hambúrgueres com sua camiseta "Rei da Grelha" e vomitando desdém contra os "estrangeiros que estão arruinando este país"; Brian e Kevin acendendo fogos de artifício na entrada da garagem, o assobio estridente e as explosões fazendo Abby pular de susto na cadeira de plástico; Mara suando litros em seu vestido favorito de estrelas e listras — espalhafatoso como era — enquanto servia limonada em grandes copos de plástico vermelho, branco e azul. Ela pedira a Tom que não comprasse os fogos de artifício, mas ele escutou? Que nada.*

— Temos notícias, mãe — Jeremy disse, com a mão nas costas da cadeira de Abby. Mara colocou a jarra na mesa. Ela sabia, simplesmente sabia, o que ele diria. Ela estava esperando por aquele momento desde o casamento.

Brian lançou um foguete ensurdecedor bem quando Jeremy falou:

— Estamos... — BUM!

Não querendo comemorar prematuramente, ela pediu que Jeremy repetisse, só para ter certeza.

— Eu disse que Abby está grávida. O bebê deve nascer em janeiro.

Um grito comparável aos fogos de artifício escapou de sua boca. Ela agarrou Jeremy para abraçá-lo e, sem pensar sobre a potencial violação de espaço pessoal, levantou Abby da cadeira e a apertou no que deve ter parecido uma montanha de carne branca úmida de suor. Ela ainda conseguia ver o sorriso desconfortável, mas educado, de Abby depois de ter se libertado.

— Não acredito! Tom, ouviu isso? Eu vou ser avó!

Tom espetou uma salsicha com seu garfo de churrasco e não respondeu.

Mara abraçou Jeremy de novo e o beijou na bochecha.

— Parabéns! Que notícia maravilhosa!

Abby voltou para a cadeira de plástico.

— Eu me pergunto com quem o bebê vai se parecer — Mara pensou em voz alta, e então corou. — Digo... bebês inter-raciais são lindos... olha pro Jeremy...

Foi aí que os lábios de Tom entortaram e formaram sua careta característica. A injúria obscena que ele pronunciou, dita alto o bastante para os meninos ouvirem e rirem baixinho, poderia ter provocado uma troca feroz de socos se Mara não tivesse colocado a mão no peito de Jeremy e lhe implorado que ele bebesse outro copo de limonada.

Na alegria ou na tristeza.

Não, ela não culparia Abby por colocá-la no mesmo saco que Tom e os meninos e os considerar parte da cláusula "na tristeza" do matrimônio. Certamente não a culparia.

Ela entrou em sua vizinhança e suspirou. As casas dos vizinhos já estavam decoradas com guirlandas de pinheiro e laços vermelhos; os vasos das entradas das casas estavam cheios de várias combinações de corniso vermelho e galhos de abeto, pinhas, pinheirinhos e romãs secas. Mara tinha visto instruções para montar vasos de Natal em uma revista no escritório da sua terapeuta, Dawn, mas Tom jamais aprovaria gastar dinheiro com coisas assim. "Frescura idiota", ele diria. Então, enquanto todo mundo na vizinhança decorava com luzes brancas e delicadas os contornos do telhado, arbustos e árvores, Tom anualmente insistia em pisca-piscas exageradamente grandes e multicoloridos. Anos atrás, os vizinhos reclamaram do Papai Noel, trenó e renas de plástico no gramado, os quais ele, irritado, guardou depois de ameaçar colocá-los em cima do telhado. Em breve, ele decoraria a entrada da garagem com as grandes bengalas doces de plástico que comprara no Walmart, só para irritá-los.

Em qualquer ano desses, Mara compraria uma verdadeira grinalda de verde perene com maçãs e pinhas para a porta da frente. Por enquanto, talvez ela devesse jogar fora as abóboras apodrecidas e crisântemos mortos do alpendre. Estava tão acostumada a entrar em casa pela garagem, que não prestava muita atenção à aparência da entrada da frente. Era estranho que Alexis Harding, que regularmente criticava tudo da sua casa de capa de revista do outro lado da rua, ainda não tivesse reclamado sobre aquilo. Alexis tinha velas em todas as janelas, folhagens em cada um dos canteiros de janela de ferro fundido e luzes cintilantes no arco gradeado no jardim perene. Tudo de que ela precisava era a cerquinha branca para completar o efeito.

Asqueroso.

— Como vocês estão? — Mara cumprimentou um trio de vizinhos que estava fazendo caminhada, enquanto ela cautelosamente pegava as abóboras pelos talos. — Parece que vai nevar um pouco.

— É, parece que vai nevar um pouco amanhã à noite — um deles respondeu.

Mara se perguntou sobre o que eles conversavam durante a caminhada. Batiam papo, fofocavam ou falavam de coisas profundas do coração? Houve uma época em que Mara os invejava. Mas agora ela tinha suas próprias companheiras de caminhada, não pelo exercício físico, embora Charissa a tivesse convidado para dar umas voltas no shopping, mas pela jornada espiritual e emocional. O Clube dos Calçados Confortáveis. Seria difícil não ter a companhia delas para conversar e orar pelas próximas semanas. Mas, em janeiro, quando Meg voltasse, Mara esperava que elas se reunissem regularmente. Talvez até fizessem outro retiro juntas um dia. Até lá, ela tinha que descobrir como sobreviver ao Natal.

Ela jogou uma pilha de contas, propagandas e cartões de Natal sobre a mesa da cozinha. Sem nem mesmo abrir as cartas, sabia que acabaria se sentindo ressentida e irritada. Havia três tipos principais de cartões: os que só tinham assinatura dos nomes de quem os enviou no final (honestamente... para que se dar ao trabalho?), os que tinham uma foto de família perfeita em alguma viagem a um lugar exótico, e os que gritavam "Olhem para nós!" com várias fotos de cada conquista notável de filhos muito bem-sucedidos.

Asqueroso.

Pelo menos uma vez ela gostaria de ler uma carta honesta sobre um casamento que está um desastre, um filho que foi reprovado em matemática, e adolescentes egoístas que jogam videogame demais. Agora que pensou nisso, ela poderia escrever tal carta.

Na verdade, foi exatamente sobre esse tipo de coisa que o pastor Jeff pregou no primeiro domingo do Advento.

— Jesus não nasceu em um hotel cinco estrelas em Belém — ele disse. — Ele veio para a bagunça do nosso mundo. E, quando olhamos em volta, para a bagunça fedorenta das nossas vidas, nos perguntamos: o que pode nascer em um lugar assim?

Essa era a pergunta, não era?

O que pode nascer em um lugar assim?

Ela acendeu a vela de canela que havia comprado na Black Friday e sentou à mesa da cozinha, apoiando a cabeça com as mãos.

Ela não fazia ideia. Ideia nenhuma.

2.

MEG

Os adiamentos consecutivos do voo estragaram todos os planos de Meg. Agora, não apenas Becka não poderia encontrá-la no aeroporto por causa dos horários das aulas, mas Meg precisaria se virar em um dos aeroportos mais movimentados em uma das cidades mais movimentadas do mundo. Sozinha.

— Mas não se preocupe, mãe — Becka disse quando Meg a acordou com notícias sobre o horário previsto de decolagem. — Tem uma estação de metrô no aeroporto, e tudo o que você precisa fazer é entrar na linha Piccadilly, a linha azul, e ir até a Russell Square. Tá bem?

Meg mordeu o lábio e não respondeu.

— Você nem precisa fazer baldeação. Você só entra num trem e fica nele por volta de uma hora, tá? — Quando Becka falou de novo, a irritação dela estava evidente. — Você quer que eu mate aula e vá te buscar?

— Não... não, claro que não, querida. Tenho certeza de que consigo me virar. — Ela tentou parecer muito mais confiante do que se sentia. — Você pode... pode me dizer de novo o que eu devo fazer? — Sentindo um calor subir por seu pescoço e rosto, ela pegou na bolsa uma caneta e uma nota fiscal da Starbucks para anotar as instruções.

Quando ela desligou o telefone, tentou se acalmar com uma simples oração em forma de respiração que Katherine lhe ensinara: "Eu não posso; o Senhor pode."

Ela inspirou profundamente pelo nariz. *Eu não posso.*

Expirou em silêncio por entre lábios semicerrados. *O Senhor pode.*

Inspirando. *Eu não posso.*

Expirando. *O Senhor pode.*

Ela quase conseguia ouvir a voz de Katherine:

— Inspire a afeição de Deus por você; expire sua resistência ao amor de Deus.

Inspirando. *Me ajuda, Jesus.*

Expirando. *Por favor.*

O olhar de escrutínio da companheira de fileira estava sobre Meg. Ela conseguia sentir. Ela fingiu que havia algo importante na bagagem de mão e inclinou-se para a frente para mexer nos zíperes e bolsinhos.

— Qual trem sua filha falou para você pegar? — Jean perguntou.

Meg olhou para suas instruções rabiscadas, as palavras quase ilegíveis.

— Linha Piccadilly para Russell Square. Algo sobre uma linha azul. Mas eu não sei o que isso significa.

Jean tirou da bolsa um pequeno mapa com linhas multicoloridas entrelaçadas.

— Olha. — Ela apontou para o mapa. — Todas as rotas são de diferentes cores, e as estações estão marcadas no caminho. Tá vendo? Aqui é Heathrow. Não tem como ser mais fácil. É essa linha azul saindo do aeroporto, e você nem precisa mudar de trem quando chegar na cidade. Viu?

Meg olhou para o dedo de Jean. No papel, parecia muito simples: bastava seguir a linha azul passando por lugares cujos nomes ela reconhecia de livros. South Kensington. Hyde Park. Piccadilly Circus. Covent Garden. Na teoria, tudo parecia muito elementar. Mas um único voo atrasado já a catapultara para uma ansiedade turbulenta. Não havia como prever quais outras surpresas seriam arremessadas contra os planos cuidadosamente traçados por ela.

Jean colocou o mapa de volta na bolsa.

— Eu vou pegar a linha azul até Knightsbridge, então podemos ficar juntas até lá, tudo bem?

Meg agradeceu com a cabeça. Ela pedira por asas, não foi? Ela orara por liberdade dos medos que a mantiveram cativa por tantos anos. Talvez — só talvez — tudo isso fosse parte de aprender a voar.

Ela esfregou os olhos e bocejou. Se conseguisse ficar acordada até embarcarem no avião, talvez conseguisse dormir a noite quase inteira.

Jean remexeu os ombros.

— Eu vou marcar uma massagem assim que chegar ao meu hotel.

Meg ganhou uma massagem uma vez. Jimmy marcara para ela quando estava grávida de Becka. Ele vira uma propaganda em uma revista para grávidas sobre massagem pré-natal e alguns dos benefícios, como aliviar dores nos músculos e nas juntas. Ela apertou os ombros com os dedos e sentiu os nós. Talvez um banho longo e quente aliviasse a tensão. Fechou os olhos e se imaginou no luxo de uma banheira com espuma de lavanda inglesa.

Sim, um banho longo e quente seria perfeito. Ela pegaria um daqueles táxis pretos de Londres da estação, na Russell Square, para a Tavistock Inn, se lavaria do estresse da viagem e se encontraria com Becka a tempo do chá da tarde. Certamente, as aulas dela teriam acabado até lá.

Meg estava esperando por um chá inglês havia semanas. Ela vira no site do hotel fotos de mesas postas diante de uma lareira crepitante, com frutas e sanduíches servidos em delicados pratos de porcelana, bolinhos fofos com geleia de morango e creme coalhado, biscoitos e xícaras de chá. Ela e Becka teriam tanta coisa para conversar, tanto para compartilhar. Meg não falaria com ela sobre Jimmy logo de cara, não no primeiro dia juntas. Ela esperaria até terem algumas horas ininterruptas — talvez depois que seu semestre acabasse. E então ela mostraria para Becka o cartão dele. Ela contaria para Becka o quanto ele a amava e desejava. Ela explicaria que estava com medo de ser esmagada pelo luto, mas que estava experimentando a presença e o amor de Deus de uma nova maneira que lhe dava coragem. Ela pediria perdão a Becka. Talvez ela também falasse sobre alguns dos segredos de família que recentemente vieram à luz. Ela teria que esperar para ver como seria. Ela não queria despejar demais sobre Becka, não de uma só vez.

— Senhoras e senhores, posso ter um instante da sua atenção? — o agente que estava interagindo com os viajantes frustrados havia várias horas falava ao microfone de novo. *Por favor, nos dê boas notícias.* — Agradecemos pela paciência. Vamos embarcar em vinte minutos. — Gritos de alegria irromperam.

— Já tava na hora — Jean disse.

Meg pegou o relógio e o adiantou cinco horas. Pronto. Ela estava ainda mais perto de Becka agora.

Exceto por algumas turbulências esporádicas que fizeram o estômago de Meg dar cambalhotas, o voo transatlântico não teve surpresas. Jean a guiou pela imigração e recuperação de bagagens em Heathrow, e depois pelo metrô de Londres. Meg tentava evitar olhar para o próprio reflexo nas janelas do trem quando paravam em outra estação, mas não conseguia. Ela parecia uma criança assustada e emudecida, sentada no assento azul elevado, com as mãos juntas e aprumadas e a postura excessivamente firme e ereta. Jean sentou-se ao lado dela, lendo um exemplar do jornal *The Guardian*, que ela comprara no aeroporto.

— Por favor, cuidado com o vão entre o trem e a plataforma — instruiu a voz feminina gravada. — Esta é a estação Acton Town. Embarque aqui para as linhas District e Piccadilly.

Jean virou uma página do jornal.

— Fique aqui — ela disse.

— Já chegamos? — uma vozinha birrenta perguntou. Era a criança mais nova de uma família americana que embarcara no trem em Heathrow. Meg sabia que o nome do menino era Robbie, porque ele esteve desenvolvendo planos para atormentar a irmã mais velha, Kaitlin, pela última meia hora.

— Não, ainda não chegamos — a mãe de Robbie disse pela centésima vez. Ela estava vestindo um suéter natalino xadrez espalhafatoso com um broche brilhante de Papai Noel. — Eu já te falei: eu vou avisar quando tivermos que descer.

Robbie revirou os olhos e deu um soco no ombro de Kaitlin.

— Ai! Ele me bateu de novo!

Kaitlin abraçou os próprios braços com força antes de pular para um assento do lado oposto. A mãe de Robbie agarrou o pulso dele para impedi-lo de ir atrás dela.

— Ai! — ele protestou.

As portas vermelhas abriram num deslize, e uma miscelânea de pessoas entrou: executivos com sobretudos longos e pastas, mães com filhinhos agitados, e duas mulheres muçulmanas com lenços na cabeça e vestimentas tradicionais cobrindo tudo, exceto as mãos e os pés.

— Que fantasia é essa? — Robbie perguntou, apontando.

— Shhh! — a mãe dele respondeu enfaticamente.

Pela meia hora seguinte, Meg tomou cuidado para não falar, exceto em sussurros ocasionais para Jean. Ela não queria que a família americana percebesse que tinham compatriotas no trem, por medo ser tragada para sua conversa barulhenta sobre como os carros em miniatura eram fofos, ou como as cédulas britânicas pareciam "de mentira".

Quando o trem saiu da estação, Robbie continuou cantando a mesma versão rude de *Bate o Sino* que Meg aprendera no parquinho quando era uma menininha. Ou os pais dele não perceberam, ou não ligavam que os outros passageiros estivessem lançando olhares hostis na direção deles. Meg sentiu o rosto corar. Ela se parecia com uma americana?

A verdade era que os pais de Robbie estavam fazendo entre si as mesmas observações que Meg estava fazendo consigo mesma.

Em primeiro lugar, o cenário era supreendentemente melancó-lico. Ela esperava uma paisagem bucólica e extensa, com cabanas de teto de palha, antigas igrejas de pedra e vilas com chão de para-lelepípedos ao longo de riachos tortuosos. Em vez disso, o que ela mais viu foram casas de tijolo apertadas umas contra as outras ("Olha como aqueles quintais são minúsculos!") e áreas industriais manchadas de grafite ("Parece que eles têm os mesmos palavrões aqui!"). Eles passaram rapidamente por barrancos com lixo jogado, complexos de apartamentos altos de concreto e eventuais campos de futebol até entrarem para o subterrâneo de novo.

Quando Robbie e sua família finalmente saíram do trem em South Kensington, todo o vagão pareceu expirar coletivamente em alívio. Ou talvez tenha sido apenas o alívio de Meg.

— Umas boas palmadas poderiam ter resolvido aquilo — Jean sugeriu, quando a silhueta da família ficou distante. Robbie ainda estava cantando quando os bipes rápidos e estridentes indicaram o fechamento das portas. — Pessoas assim deixam os americanos com uma reputação ruim.

Meg assentiu com a cabeça, mas não respondeu.

— A próxima parada é a minha. — Jean olhou para o mapa do metrô na parede. Uma nova onda de pânico assolou Meg. Ela estava tão distraída com a família de Robbie, que quase esqueceu que o momento em que estaria por conta própria estava se apro-ximando. — Apenas fique atenta e observe os nomes das estações, e você vai ficar bem. Quando você vir Holborn, saberá que desce do trem na estação seguinte. Tá bem?

Meg gostaria de invocar uma resposta confiante e sonora, mas não confiou em si mesma para falar. Então, ela assentiu nova-mente. "Engole o choro", ordenou a voz em sua cabeça.

— Você vai amar Londres. Você vai ver. — Jean passou os dedos pelos cabelos quando o trem desacelerou de novo. As portas desli-zaram e ela pegou a mala. — Boa sorte!

Meg mal conseguiu agradecer antes de ela desaparecer na multidão fervilhante.

— Estação Russell Square — disse a gravação. Meg agarrou as malas. — Por favor, mantenham-se afastados das portas durante o fechamento. — Ela seguiu em frente e cambaleou para fora do trem, com as portas vermelhas fechando-se atrás dela. Conforme o trem se afastava com o zunido de aceleração, Meg contemplava as paredes curvadas e com azulejos, seus mosaicos de *art nouveau* verde e preta. Não era de estranhar por que chamavam de "Túnel". Ela estava mesmo em um túnel cilíndrico, bem abaixo da terra.

"Escadas e elevadores", lia-se na placa com uma seta muito útil apontando a direção correta para ela. Sentindo-se chamativa por carregar a bagagem, ela seguiu a multidão predominantemente composta por estudantes com mochilas por um corredor estreito até uma longa escadaria.

Não havia elevador?

Ela jamais conseguiria levar duas malas, uma mochila e uma bolsa grande escada acima sozinha. Imaginou-se cambaleando para a frente, somente para cair para trás e se estatelar

Pense.

Pense.

Era como aquele velho quebra-cabeças de cruzar o rio. Talvez se deixasse uma mala na base da escadaria e levasse a outra para o topo e a deixasse lá, ela poderia descer correndo para pegar a outra antes que...

— Jackson, ajude aquela mulher com as malas. — A voz feminina era distintamente americana, com um sotaque sulista. Ao se virar, Meg viu o que ela presumiu ser uma mãe com seu filho adolescente. — Ele vai te ajudar. — A mulher deu um empurrãozinho no garoto. Sem uma palavra, ele pegou ambas as malas. — Há elevadores ali em cima que levam para a rua.

— Obrigada. Muito obrigada.

Meg os seguiu escada acima e ficou com a multidão, esperando as portas dos elevadores se abrirem. À direita dela, estava uma escadaria espiral com uma placa em que se lia: "Esta escada tem

175 degraus", seguida de um aviso de segurança. Meg viu dúzias de pessoas perderem a paciência e tentarem a sorte.

Ela olhou para o relógio. Quase duas e meia. Teria só o tempo suficiente para chegar ao hotel e tomar um banho antes do chá. Ela quase conseguia sentir o sabor dos sanduíches. Estava dormindo quando a refeição foi servida no avião, e percebeu, de repente, o quanto estava com fome.

As portas de metal se abriram, e a multidão se lançou para a frente.

— Você consegue seguir sozinha daqui? — a mulher perguntou quando chegaram à saída do térreo. Meg hesitou. — Você vai precisar do seu bilhete para sair. — Ela apontou para as múltiplas catracas, onde filas de pessoas estavam ritmicamente inserindo bilhetes e saindo com a precisão de uma linha de produção. Meg procurou na bolsa e retirou o bilhete.

— Por aqui, senhora — disse outra voz. Um homem de uniforme na saída para deficientes estava mostrando o caminho para ela. — Traga sua bagagem por aqui. — Ela colocou o bilhete, e o portão automático, com os símbolos de cadeira de rodas e de carrinho de bebê, se abriu.

Assim que Meg saiu do outro lado, olhou em volta à procura da desconhecida amigável, mas esta já tinha desaparecido. Meg tinha agradecido? Não lembrava.

Rebocando suas malas, ela arrastou-se até a rua, onde viu um chuvisco cinza e neblina. Somente mais um desafio para vencer. Como se pedia um táxi em Londres? Gritando? Acenando, como nos filmes?

Ela observou se outros viajantes estavam esperando por táxis, mas estava sozinha com sua bagagem. Pedestres entravam e saíam rapidamente de lojas; carros passavam do lado errado da rua. Ela saltou para longe do meio-fio quando um ônibus vermelho de dois andares envelopado com propagandas espirrou metade de uma poça de água em seu casaco.

Não era como imaginara.

Ela esperava algum tipo de evidência pitoresca do Natal, talvez até um coral nas esquinas, com cantores usando cartolas e luvas de pelo, cantando aos estalos de avelãs assando, ou pelo menos algumas guirlandas verdes nas portas, ou luzes brancas brilhantes nas árvores.

Talvez ainda fosse muito cedo para as luzes, ou muito cedo no ano para coral de Natal e avelãs.

Não que não houvesse cantores e avelãs nas esquinas em Kingsbury. Mas aqui é a Inglaterra! E, no momento, exceto pelos carros em miniatura passando pelo lado errado da rua, parecia um pouco com as fotos que ela vira de Nova York ou de Boston. Sem castelos, sem prédios ao estilo Tudor com vigas de carvalho centenárias formando becos estreitos. Somente uma rua movimentada com entradas de lojas, incluindo uma com toldo, no qual se lia: "Banca de Jornais, Tabaco, Lembranças, Confeitaria".

Ela estava prestes a tentar ligar para Becka de novo, quando ouviu uma voz com sotaque:

— Para onde, querida?

Um táxi!

Obrigada, Jesus.

O taxista abaixou o vidro e estava inclinado para ela. Até o volante estava do lado errado.

— Para a Tavistock Inn — ela disse, feliz por se lembrar do nome sem ter que vasculhar a bolsa atrás do pedaço de papel com todas as instruções.

— Ahhh, a velha Tavi. — Meg não tinha certeza se essa descrição era por carinho com um lugar charmoso, ou um alerta. Ele saiu do carro, abriu a porta de trás e içou a bagagem para o porta-malas. O vinil preto dos assentos estava úmido das roupas molhadas de chuva dos passageiros anteriores, e o táxi tinha cheiro de cachorro molhado. — Certo, então, — ele disse — vamos lá.

Meg apertou o desgastado cinto de segurança contra a cintura e segurou o fôlego.

HANNA

Hanna bateu à porta do escritório de Nathan pouco antes das 11h. Sem resposta. Ela não se lembrava de quais aulas ele dava nas terças-feiras, e a escala afixada mostrava que o horário de trabalho do escritório começava às 14h. Lá se foi a tentativa de surpresa para o almoço. Ela mandou uma mensagem dizendo que estava no campus e foi para centro estudantil, um grande prédio contemporâneo de metal com pé-direito alto e paredes de janelas viradas para um belo laguinho rodeado por casas econômicas. Nathan prometera levá-la a um piquenique num barco a remo na primavera.

Enquanto esperava na fila pelo seu chá, Hanna inspecionou o lugar. Dava para sentir o ambiente carregado com o estresse do fim do semestre, e ela se perguntou se algum dos estudantes espalhados pelas mesas com livros abertos estaria aflito com as matérias de Nathan. Muitos deles usavam fones de ouvido enquanto escreviam em notebooks. Hanna nunca conseguiu escutar música e ler ao mesmo tempo. Música clássica, talvez, mas nada com letra.

Às vezes, ela se sentia como uma idosa aos 39 anos.

Pensando nisso, ela teria idade suficiente para ser mãe de um calouro.

Ou de alguém já no segundo ano.

Melhor não pensar nisso.

Com a xícara na mão, Hanna se aproximou de uma cadeira e um banquinho excessivamente estufados, onde um rapaz ruivo com sardas estava colocando livros na mochila.

— Tá procurando um lugar pra sentar? — ele perguntou. — Eu tô saindo. Pode ficar com meu lugar.

Ela assistiu a um par de cisnes deslizarem sobre a água e sentiu uma pontada de culpa por tomar um assento tão cobiçado em um lugar tão cheio. Talvez ele tivesse achado que ela era uma professora.

E talvez ela devesse aprender, na prática, a receber um presente.

Essa era uma das coisas que estavam mudando durante o período sabático: depois de uma vida inteira tentando fielmente entregar os presentes de Deus para outros, ela estava aprendendo a receber e celebrar os presentes de Deus para ela. Lentamente.

— É um lugar ótimo — ela disse. — Obrigada.

Enquanto o estudante terminava de guardar os livros, Hanna leu uma mensagem de Nathan. Ele se encontraria com ela para o almoço ao meio-dia. Perfeito. Isso daria a ela algum tempo para escrever no diário e orar. Agradecendo novamente ao estudante, tirou a Bíblia e o diário da bolsa de tecido e começou a escrever.

Terça-feira, 2 de dezembro, 11h20

Eu estou realmente preocupada com Mara. Não sei do que Tom é capaz, e Mara claramente não queria conversar sobre isso. Não sei o que fazer. Liguei para Nate ontem à noite depois que terminei de falar com ela. Ele me deu alguns recursos locais para ficar atenta e me relembrou de que não sou a pastora dela e não posso resgatá-la. Ele também me alertou sobre ser tentada a mergulhar na bagunça e tentar consertar as coisas por ela.

Eu sei de tudo isso, mas é um limite difícil. Passei os últimos quinze anos só sabendo ser necessária. E esse período sabático é para que eu aprenda quem sou quando não tenho uma responsabilidade e um título, quando não estou me escondendo atrás da vida ocupada e da produtividade para Deus. Mas como devo estar perto de Mara para ajudar? Eu liguei para ela hoje de manhã, só para conferir, e ela disse que tudo estava bem.

Como é ser sua amiga, não sua pastora? Como é tentar ajudar sem tomar para mim a responsabilidade pela vida e pelas decisões dela? "Ser responsiva" em vez de "ser responsável", Nate disse. Responsiva ao Espírito e responsiva às necessidades dela de formas que expressem o amor e o cuidado de Deus por ela. Ele também disse que isso pode parecer muito diferente do que eu estou acostumada a oferecer às pessoas. Ai. Ele consegue ser tão direto e incisivo. Eu não conseguiria esconder muito dele, mesmo se eu quisesse. Isso é uma grande mudança para mim. Eu não quero me esconder. Pelo menos, não agora.

Eu me lembro da sessão da jornada sagrada em que Katherine nos convidou a meditarmos em Gênesis 3 e no chamado de Deus por Adão e Eva no jardim: "Onde estão vocês?". Eu olho nas páginas anteriores deste diário e vejo... Uau. Isso foi realmente só três semanas atrás? Parece muito mais. Uma vida. Eu estava me escondendo. Realmente me escondendo. E eu não queria parar de me esconder. Era assim que eu estava. Agora, aqui estou, vendo mais e mais como o medo de ser conhecida me deixava presa atrás de uma máscara. Deus já fez tanto para me libertar. Ele já me mostrou tanto sobre seu desejo de me amar e de que eu descanse em seu amor. Ele tem me ensinado que as flores são para mim, o presente do Noivo para a amada. E há mais tanta coisa para ele revelar e fazer. Eu quero continuar achando maneiras de dizer sim para a obra do Espírito.

Katherine costuma dizer que é um presente quando a luz vem e expõe o que realmente está espreitando no escuro. A luz não muda o que já está lá; ela só revela. E aí temos que fazer uma escolha: o que faremos com o que a luz revela? Ignoramos e tentamos acobertar porque temos medo de nos sobrecarregarmos? Tentamos consertar e lidar por conta própria? Ou continuamos dando pequenos passos em direção à vida e à liberdade pelo poder do Espírito, mesmo quando é doloroso? Eu sei como acobertar, ignorar, consertar e lidar. Eu sou mestre nisso. Agora, estou tentando me render a uma maneira diferente, abaixar a máscara e andar na luz.

Uma passagem veio à minha mente enquanto eu estava escrevendo, e eu fui até ela para lê-la algumas vezes. Isaías 9:2–4:

O POVO QUE ANDAVA EM TREVAS VIU UMA GRANDE LUZ; E RESPLANDECEU A LUZ SOBRE OS QUE HABITAVAM NA TERRA DA SOMBRA DA MORTE. TU

> MULTIPLICASTE ESTE POVO E LHE AUMENTASTE A ALEGRIA; TODOS SE ALEGRARÃO DIANTE DE TI, COMO SE ALEGRAM NA COLHEITA E COMO EXULTAM QUANDO SE REPARTEM OS DESPOJOS. POIS QUEBRASTE O JUGO DA SUA CARGA E A CANGA DO SEU OMBRO, QUE É A VARA DE CASTIGO DO SEU OPRESSOR, COMO FOI NO DIA DE MIDIÃ.

Ela me faz pensar sobre os jugos que Deus deseja quebrar na minha vida. Ele certamente tem iluminado algumas coisas que me mantinham cativa. Mas que jugos eu ainda carrego nos ombros que ele está tentando tirar e carregar para mim? "Porque um menino nos nasceu, um filho nos foi concedido. O governo está sobre os SEUS ombros."

Eu passei anos carregando o peso do mundo sobre MEUS ombros. Eu passei uma vida inteira sendo excessivamente responsável, excessivamente vigilante. E eu ainda não sei exatamente quem sou ou o que fazer quando o funcionamento do mundo não depende da minha fidelidade ou do meu trabalho duro. Me ajude, Senhor. Me ensine a descansar. Não apenas fisicamente, mas espiritualmente. Continue me mostrando o que isso significa. Me permita deixar o controle de tudo nos teus ombros e confiar que tens tudo sob controle. Viu? Sempre volto para o controle. E eu só consigo abrir mão do controle se eu confiar na tua bondade, graça, amor e poder.

Me ajude a te receber de uma nova maneira, Senhor. Me ajude a ser aberta a te receber verdadeiramente, em toda a tua plenitude, na minha vida. Porque um menino nos nasceu. O menino nasceu para MIM. E o seu nome será: Maravilhoso Conselheiro, Deus Forte, Pai Eterno, Príncipe da Paz.

Me ajude a confiar em ti para seres cada um desses nomes, para mim e para todos nós. Por favor.

Hanna olhou para cima no instante em que uma mulher alta e magra, com longo cabelo escuro, passava por ela com uma bandeja de almoço.

— Charissa!

— Hanna! Eu não esperava te ver aqui.

— Eu estou esperando Nathan para o almoço. — "Dr. Allen." Talvez ela devesse se referir a ele como Dr. Allen quando estivesse no campus. Ela apontou para o banquinho. — Você tem tempo para conversar um pouco?

— Só alguns minutos. Eu preciso voltar para a biblioteca.

Hanna observou a comida monocromática de Charissa: uma única concha de queijo cottage, alguns pacotinhos de bolachas de água e sal, um pouco de caldo claro.

— Tá se sentindo bem? — Hanna perguntou, apontando para a bandeja.

Charissa levantou os ombros.

— Não sei por que chamam de "enjoo matinal". Algumas vezes, dura o dia todo.

— Ouvi dizer que melhora depois de um tempo.

— Espero que sim. — Ela abriu um pacote de biscoitos.

— Meg ligou hoje de manhã e disse que chegou a salvo.

— Que ótimo.

Hanna pegou o chá morno.

— Eu decidi que vou ficar na casa dela alguns dias por semana para eu não ter que ir e voltar do lago o tempo todo.

— Boa ideia.

— Ela disse que eu deveria decorar, talvez fazer uma festa de decoração ou algo assim. Convidei Mara para ir lá este fim de semana. Você será bem-vinda, se estiver no clima.

— Obrigada. Vou pensar.

Estranha a diferença em somente 24 horas. Charissa parecia relaxada no aeroporto, envolvida na conversa, disposta a relatar um pouco sobre suas lutas e desejos e sobre como ela sentia em si a obra do Espírito Santo. Agora, as defesas estavam levantadas de novo. Ou talvez fosse o enjoo. Ou o estresse. Com Charissa, era difícil dizer.

— Há algo específico pelo qual eu possa orar por você? — Hanna perguntou.

Charissa estava mastigando bem lentamente, em mordidas muito pequenas.

— Coisas da faculdade, coisas do bebê e, agora, coisas da casa. — Hanna escutou Charissa contar sobre o presente inesperado da entrada, a casa de três quartos que John encontrara e a oferta que eles fizeram mais cedo. — Estamos só esperando para ver se aceitam a oferta.

— Isso é emocionante! — Hanna exclamou, mas Charissa não parecia animada. O tom de voz, a expressão, tudo nela era inexpressivo. Qualquer um pensaria que, com todos os presentes extravagantes que foram derramados sobre ela, poderia estar um pouco mais entusiasmada...

Charissa se levantou.

Um pouco mais grata...

Hanna também se levantou.

E um pouco menos controlada.

— Preciso ir — Charissa disse.

Se Charissa não estivesse segurando a bandeja, Hanna poderia ter lhe dado um abraço. Em vez disso, ela colocou a mão no ombro de Charissa e disse:

— Nos dê notícias, tá bem? E eu vou orar por você.

Com um "obrigada", Charissa pediu licença e passou por entre a multidão de estudantes, sendo fácil para Hanna acompanhá-la com os olhos até a saída do prédio, devido à sua forma escultural. Essa garota tinha tudo a seu favor: inteligência, beleza, um marido que a adorava, um bebê a caminho e agora uma casa onde eles criariam a família. Mas Hanna não estava com inveja. Não estava, não estava, não...

Estava.

Ela estava.

Ela ainda estava.

Mordeu o interior da bochecha e guardou o diário.

MEG

Pouco depois de Meg chegar ao hotel, Becka ligou para dizer que tinha um grupo de estudos que precisava se reunir por algumas horas para se prepararem para algumas provas.

Ah.

Sem chá.

— Que tal um jantar? — Becka sugeriu. — Tem um restaurante indiano muito bom perto de onde você está. Eu posso passar no hotel e pegar você.

Meg estava imaginando carne assada ligeiramente rosada, molho, purê de batatas amanteigado e bolinho Yorkshire para o jantar. Ainda bem que ela trouxe antiácidos.

— Parece bom, querida. A que horas você acha que chega aqui?

— Seis, talvez? Mas você ainda deveria ir tomar chá, mãe. Você vai adorar.

Tomar chá sozinha não era o que ela sonhara, mas já havia comido todas as barrinhas de cereal que trouxera para a viagem. Com o estômago roncando, Meg entrou na sala de jantar de teto baixo e sentou-se a uma mesa para dois perto de uma lareira de pedra com fogo a gás.

Uma moça de bochechas rosadas entregou um menu para Meg.

— Veio para o chá?

— Sim, por favor.

Meg leu a página única em letras chiques.

"Chá da tarde tradicional". Uma seleção de minissanduíches frescos. Bolinhos quentes com creme coalhado e conservas. Uma variedade de massas caseiras e biscoitos. Sua escolha de chás.

Tudo isso para uma pessoa? Meg olhou discretamente para o casal de idosos em uma mesa de canto, os únicos outros clientes ali. Uma chaleira, duas xícaras, uma bandeja de três andares com sanduíches e outras delícias.

— Chá só para mim, por favor — Meg pediu quando a garçonete voltou.

— Que tipo de chá?

Meg passou os olhos pelas descrições de meia dúzia de sabores. Assam. Darjeeling. Lapsang-alguma-coisa.

— Earl Grey, por favor.

Uma mulher de meia-idade entrou e sentou-se sozinha com um livro. Ótimo. Pelo menos, Meg não seria a única lendo. Ela pegou a Bíblia que guardara na bolsa e abriu em Isaías 43:

NÃO TEMAS, PORQUE EU TE SALVEI. CHAMEI-TE PELO TEU NOME; TU ÉS MEU. QUANDO PASSARES PELAS ÁGUAS, EU SEREI CONTIGO; QUANDO PASSARES PELOS RIOS, ELES NÃO TE FARÃO SUBMERGIR.

Obrigada, Senhor, por estar comigo, por me trazer para cá em segurança, pelas formas como o Senhor me ajudou através da bondade de estranhos — até mesmo uma desconhecida que eu estava pronta para rejeitar por ser estranha. Obrigada por estar comigo quando me senti sobrecarregada e com medo. Obrigada.

Talvez mais tarde, se não estivesse exausta demais, ela se sentaria com o caderno e oraria com a devocional do *examen*, tirando tempo para se lembrar não somente de como estava consciente da presença de Deus na viagem, mas também de momentos em que ela foi cegada pela ansiedade. Katherine a encorajara a escrever um diário, não apenas do que visse na viagem, mas também de novas perspectivas espirituais.

— Um diário de viagem sobre como Deus está com você e como você está com Deus — Katherine dissera.

Deus com ela. Esse era um tema perfeito de Advento para meditação. Como Jesus estava se revelando como Emanuel?

No domingo, o coral entrou no santuário cantando um dos hinos favoritos dela. "Ó vem, ó vem, Emanuel! Redime o povo de Israel, que geme em triste exílio e dor, e aguarda, crente, o Redentor! Dai glória a Deus, ó Israel! Virá em breve Emanuel."

Meg sempre amou a melodia saudosa, cheia de desejo pela vinda do Redentor que resgataria, salvaria e redimiria.

"Ó vem, ó vem, Emanuel, e me redime do meu cativeiro."

A garçonete voltou com pratos de sanduíches em triângulos, bolinhos e dois potinhos, um com creme espesso e outro com conserva de morango.

— Leite e açúcar no seu chá?

— Leite, por favor.

Meg observou o leite ser colocado na xícara, depois o chá âmbar, que ficou da suave cor de caramelo. Talvez fosse um presente ter algumas horas para relaxar antes de ver Becka. Algumas horas para deixar o estresse e o desgaste da viagem derreterem. Tempo para desacelerar e aquietar o espírito.

Inspirar.

Expirar.

"Ó vem, ó vem, Emanuel, e me redime do meu cativeiro."

Até do cativeiro de noções preconcebidas sobre como as coisas deveriam ser. Isso era algo que ela estava aprendendo: abandonar as expectativas e seguir mais a correnteza. Meg quase riu alto com essa ideia. Becka não reconheceria a mãe que fosse capaz de seguir a correnteza.

Ela deu uma mordida no sanduíche de pepino e imediatamente o colocou no prato de novo. Os pepinos foram cortados finos e flácidos, e o pão tinha manteiga de mais. Talvez a ideia de sanduíches de pepino fosse melhor que a realidade. Igual a jujubas de milho. Todo outono, ela comprava um saco de jujuba de milho e daquelas aboborazinhas laranja, se esquecendo de que não suportava o gosto de ambas. O mesmo com gemada. Amnésia anual a levava a comprar gemada, porque ela gostava da ideia de apreciar gemada, gostava da ideia festiva de beber uma xícara de gemada com amigos. E todo ano ela derramava na pia depois de experimentar de novo.

Ela enxaguou a boca com um golinho de chá antes de experimentar a salada de ovo com aparência empapada. Maionese de mais. E ela nunca gostou de atum.

Ainda assim, ela não conseguia deixar os sanduíches de lado e passar para os bolinhos. 46 anos de idade, e ela ainda não conseguia tirar da cabeça o mantra da mãe: "Limpe o prato!". Ela observou as fatias, desejando ter um copo de água maior para conseguir engolir tudo. Mas os outros clientes não tinham água em suas mesas. Seria indelicado pedir? Ela deu outro golinho no chá. Se tivesse um guardanapo de papel, poderia embalar os sanduíches sorrateiramente e escondê-los na bolsa até poder jogá-los fora.

Ela procurou na bolsa por um lencinho. Nada. Nem mesmo um guardanapo pequeno das bebidas no avião. Incapaz de suportar a ideia de ofender alguém, tomou coragem e mordeu bravamente o sanduíche de salada de atum. Pela diplomacia.

Acordada subitamente pelo toque de chamada de Vivaldi, Meg deixou tocar por alguns minutos para que não parecesse grogue quando atendesse.

— Alô?

— Mãe, eu te acordei?

— Não, querida! Só estava descansando. — Que horas eram? O relógio de cabeceira marcava 21h18. O que isso significava?

Estava completamente escuro lá fora. Aparentemente, ela caíra no sono na cadeira com o caderno no colo horas atrás. Ligou o abajur e olhou o próprio relógio. Já eram mais de 21h?

— Me desculpe! — Becka disse. — Acabei tendo uma longa sessão de estudos.

— Ah, tudo bem. Não tem problema. O restaurante ainda está aberto? — Comida apimentada era exatamente o que Meg não queria antes de ir para a cama.

— Na verdade, acabamos pedindo pizza, porque todo o mundo estava com fome. Mas eu ainda posso passar aí e te ver. Você quer que eu te leve um sanduíche do mercado ou algo assim? Eu posso parar aí no meu caminho.

— Não, obrigada, estou bem. — Ela aguentaria até de manhã, quando experimentaria um café da manhã inglês completo.

Exceto os feijões assados. -- Você está muito longe? Quer que eu chame um táxi?

— Não, é um caminho curto.

— Mas está tarde. Tem certeza que é seguro andar...

— Mãe!

Impressionante como uma única sílaba poderia soar tão repreensiva.

— É só que a ideia de você andar sozinha...

— Não é como se eu ficasse trancada no meu quarto depois que escurece!

Becka estava cansada e estressada. Devia ser por isso que ela parecia tão irritável.

— Não, claro que não — Meg disse. — Desculpe.

— Chego aí em uns vinte minutos.

Meg lavou o rosto, penteou o cabelo e desceu as escadas, onde se sentou em uma poltrona perto da janela do saguão de entrada, esperando por ela. Vinte. Trinta. 35. 38. Quarenta minutos se passaram com lerdeza torturante.

As ruas de Londres eram mesmo um lugar seguro àquela hora da noite para uma garota andar sozinha? Talvez ela tivesse sido egoísta por querer que Becka a visitasse àquela hora. Poderia ter combinado de se encontrar com ela para um café da manhã bem cedo. No que ela estava pensando? Esperava que Becka não estivesse atravessando o parque próximo ao hotel. *Senhor, por favor. Socorro.*

Cinco minutos. Esperaria mais cinco minutos antes de tentar ligar para ela de novo. Ainda bem que o agente de viagens fora tão minucioso nos conselhos sobre quais tipos de planos internacionais de telefone comprar. Ela sentia que faria muitas ligações.

Checou o relógio.

"Não é como se eu ficasse trancada no meu quarto."

Meg não se preocupava muito com a segurança de Becka quando ela estava na pequena faculdade de artes liberais na parte rural de Michigan. E talvez não tenha se preocupado com ela estar em Londres porque parecia muito requintado. Ela fora arrebatada por tantas imagens idílicas da Inglaterra em livros de ficção, que nem sequer pensou em se preocupar com a filha andando pelas ruas — ou pior, usando o metrô — tarde da noite. Em Londres. Uma cidade grande, sem dúvidas repleta de todo tipo de crime imaginável.

Meu Deus.

Mesmo agora, Becka poderia estar jogada em uma sarjeta qualquer depois de ter sido atacada a facadas num beco escuro e estreito. Ela teria sorte se eles tivessem tomado apenas sua bolsa.

Meu Deus.

Ali era Bloomsbury, não era? A região de Bloomsbury não era famosa por algo? Talvez Bloomsbury fosse onde Jack, o Estripador, assassinou todas aquelas moças. E quem poderia dizer que não havia nenhum *serial killer* local atualmente fazendo vítimas? Meg nunca prestou atenção a notícias sobre Londres.

Meu Deus.

Ela deveria ter comprado um jornal no aeroporto e lido cada palavra sobre o que estava acontecendo na cidade.

Olhou para o relógio de novo. Mais dois minutos e ela ligaria para o 190, ou qualquer que fosse o equivalente britânico. Não — ligaria primeiro para o celular de Becka e, se ela não atendesse, aí ligaria para a polícia. Se ela tivesse sido sequestrada, eles ainda teriam chances de encontrá-la antes que fosse levada longe demais. Havia um sistema de Alerta Amber na Inglaterra? Ou talvez o Alerta Amber fosse só para crianças.

Bem, Becka ainda era uma criança, uma linda menina de vinte anos que agora mesmo poderia estar nas mãos de algum criminoso malicioso, paralisada de medo, incapaz de gritar por socorro.

Meg pegou o celular.

Se Becka não atendesse, ela não conseguiria dizer às autoridades o que ela estava vestindo, mas seria capaz de fazer uma descrição física: 1,55 m, grandes olhos castanhos, cabelo escuro curto, pequena como uma bailarina, um pouco como Audrey Hepburn em *Sabrina*.

Meu Deus. Socorro. Socorro. Socorro. Por favor, socorro.

A porta da frente se abriu. Meg pulou na sua cadeira.

— Oi, mãe!

— Becka! Graças a Deus! — Meg disparou para ela e a abraçou apertado. Apertado demais, evidentemente.

Becka recuou.

— Desculpe, querida — Meg disse, esticando a mão gelada para tocar a bochecha de Becka. — Eu só fiquei muito preocupada quando você demorou!

— Eu tô bem. Eu já cresci, tá bom?

— Eu sei. Desculpe.

Não era assim que ela planejava cumprimentar Becka depois de ficarem separadas por quase quatro meses. *Se controla, Meg. Se controla.* Graças a Deus, ninguém mais conseguia ouvir as vozes ansiosas gritando em sua cabeça sempre que sua imaginação fértil a dominava.

— Estou tão feliz por te ver! — Meg exclamou. *Um piercing no nariz?* Ela tentou não encarar. *E o cabelo dela está tão curto!* Becka usou o cabelo curto por anos, porque não gostava dos cachos, mas esse corte repicado e arrojado a fazia parecer muito mais velha. *E essa saia!* Mal cobria as partes.

Se controla.

— Você quer subir e olhar lá? — Meg perguntou enquanto Becka tirava a jaqueta preta para revelar uma blusa que era... bom, reveladora. Que tipo de tecido esvoaçante era esse? E no inverno? É assim que os jovens se vestem em Londres? E quanto aos cardigãs irlandeses e...

Becka bocejou.

— Não posso ficar por muito tempo. Vamos só sentar aqui. — Ela apontou para a área de descanso do saguão.

— Eu tenho um pouco de comida lá em cima que trouxe para você, as coisas que você disse que não acha por aqui.

— Legal! Obrigada! Eu vou pegar depois.

Meg sentou-se ao lado dela no sofá, percebendo como aquela saia era apertada e curta quando Becka sentou sobre os pés. Becka sempre gostou de moda, e elas já tiveram sua parcela de discordâncias ao longo dos anos sobre o que definiam como roupas apropriadas. De forma nenhuma Meg teria permitido que ela saísse de casa vestindo algo como aquilo. Sua mãe teria um ataque. Mas elas não estavam em Kingsbury, Becka não era uma adolescente, e a censura da mãe ecoava somente na cabeça de Meg.

Ela limpou a garganta.

Becka puxou a borda da saia.

— E aí, seu voo foi bom?

— Sem problemas depois que decolamos. Eu estou ansiosa por uma boa noite de sono, e então estarei novinha em folha. — Meg parou, tentando descobrir para onde olhar sem encarar flagrantemente as roupas ou o piercing de Becka. — Como está seu horário amanhã?

— Aulas das oito ao meio-dia e, depois, outro grupo de estudos.

Sem café da manhã, sem chá. Meg esperava que sua expressão não revelasse a desilusão que sentia.

— Mas estarei livre para o jantar.

— Tudo bem.

— Tô bem apertada nos próximos dias, mas tenho a tarde de sexta-feira livre, então vamos planejar um tour, tá? — Becka bocejou de novo. — Se você quiser passar a manhã de amanhã no Museu Britânico, podemos nos encontrar para um lanche rápido. É bem perto do campus.

Sim.

Sim. Viu? Isso seria bom.

— Parece ótimo — Meg disse. — Eu estive estudando os guias de turismo, e parece que eu poderia passar dias aqui.

— Legal. Eu te ligo quando a aula acabar. — Becka já estava se movimentando como se estivesse pronta para sair, mas elas tinham acabado de sentar juntas.

Se controla.

Não.

Abra mão. Abra mão das expectativas, das decepções, do medo.

Inspire. *Eu não posso.*

Expire. *O Senhor pode.*

— Suponho que você não vai deixar eu chamar um táxi para você.

— Isso. Eu tô bem.

— Você pode ficar aqui hoje à noite...

— Mãe. — Não repreensivo, mas firme. — Eu vou ficar bem. Prometo.

Como ela poderia ser mãe de uma filha com asas? Talvez algumas coisas fossem mais fáceis à distância.

Inspire. *Eu não consigo, Senhor.*

Expire. *Por favor, me ajude.*

Elas conversaram mais alguns minutos sobre aulas e provas e trabalhos antes de Becka se levantar e vestir a jaqueta. Se ela tivesse só um casaco longo para esconder a saia curta...

Meg preparou seu sorriso mais alegre.

— Me liga quando chegar em casa?

— Mãe! — Desta vez, o tom dela tinha uma ponta de irritação e aversão.

— Certo... Desculpa. Mas tenha cuidado. Por favor. — Meg beijou o topo da cabeça de Becka e imediatamente começou a se preocupar de novo.

O cabelo dela fedia a cigarro.

3.

CHARISSA

Quando John ligou às 14h na terça-feira, Charissa sabia que seria sobre a oferta deles para a casa. Por sugestão do sogro dela, a primeira coisa que fizeram naquela manhã foi ofertar o valor completo.

— Não se arrisque por causa de alguns milhares de dólares — ele aconselhou. — É um preço justo. Se você está satisfeito com a casa, dê o que eles estão pedindo, especialmente se houver outros compradores em potencial.

Assim que John disse "Ei, Cacá!", ela sabia que eram boas notícias. A casa era deles. John estava radiante quando buscou Charissa no campus logo depois das 17h.

— Dá para acreditar? Vamos ter uma casa! — Se tudo ocorresse de acordo com o plano, eles poderiam se mudar na metade de janeiro. — Eu tive uma excelente ideia — ele disse enquanto saíam do estacionamento da biblioteca. — Vamos comprar uma pizza e passar de carro na frente da casa de novo.

Não parecia uma ideia excelente. Ela estava um dia mais perto dos prazos do trabalho e da apresentação, e sentiu-se enjoada o dia todo. Mas estava tentando não ser egoísta. Tentando com todas as forças. Então, eles compraram pizza no restaurante favorito dele, dirigiram até a casa e comeram no carro.

— A janela da frente ali... Aquele deveria ser o quarto do bebê, não acha? — Ele estava com a caixa da pizza aberta no colo, e o cheiro era avassalador. Ela teve que usar três guardanapos para enxugar a oleosidade de uma única fatia.

— Você pode fechar isso? — Ela torceu o nariz. Como estava frio demais para abrir a janela, ela arrumou os exaustores do painel e ligou o ar condicionado no máximo.

John pegou outro pedaço e fechou a tampa, com o óleo escorrendo pelas mãos e queixo enquanto devorava a fatia. Ela lhe passou um guardanapo.

— Eu já perguntei para o papai se ele pode nos ajudar a remodelar a suíte. Eu acho que podemos trocar os armários escuros e o assoalho de linóleo com pouco dinheiro. Tim fez tudo isso na casa dele e disse que ajudaria.

Charissa cobriu o nariz e a boca com a borda da manga.

— Você não quer mais? Você quase não comeu.

Ela negou com a cabeça.

— Desculpa, amor. É o cheiro?

— Eu não sei como você suporta essa coisa. É nojenta!

— Você quer que eu coloque a caixa no porta-malas?

— Não vai adiantar. — Ela ligou o ar-condicionado de novo. Mas o quente era quente demais, o frio era frio demais, as janelas estavam embaçando, o trabalho dela sobre Milton ainda não estava perfeito, o fim do semestre estava a apenas algumas semanas, as calças dela já estavam ficando apertadas na cintura mesmo que ela não devesse estar ganhando peso ainda, eles não tinham dinheiro para pagar uma academia, e...

— Talvez não tenha sido uma boa ideia, mesmo — John falou.

Charissa mordeu a língua antes de dizer algo sarcástico.

— Eu só achei... — Ele jogou a caixa de pizza no banco de trás.

Ela levantou as sobrancelhas.

— Achou o quê?

— Esquece. Só... — Ele ligou os faróis e colocou o carro na marcha à ré. — Deixa pra lá.

Agora, John estava bravo com ela.

Ótimo.

Perfeito.

— Não. Quer saber? — Ele colocou o carro no ponto morto de novo e se virou para ela, com o cotovelo no volante. — Eu achei que seria legal, sabe, vir e ver a casa que acabamos de comprar. Sentar aqui juntos e sonhar um pouco sobre como será quando nos mudarmos para cá. Mas não! Você não consegue nem ficar animada com isso. Primeiro o bebê, agora a casa! Você roubou de mim todos os bons momentos, sabia?

Charissa desviou o olhar dele e o fixou na janela, as luzes brancas nas árvores insultando-a com seus brilhos alegres.

John engatou à ré de novo e afundou o pé no acelerador quando deixaram a saída da garagem. Eles não se falaram pelo resto da noite.

Na manhã seguinte, Charissa estava sentada na aula do Dr. Allen, ouvindo-o descrever os requisitos do trabalho final no seu seminário "Literatura e a Imaginação Cristã". Ela devia saber que, sendo ele heterodoxo na sua abordagem de ensino, Dr. Allen exigiria algo mais do que uma análise literária típica. Agora, além de tudo o que ela estava tentando gerenciar, teria que escrever um "trabalho de integração" como parte da tarefa final, abordando a formação espiritual dela naquele semestre e respondendo às perguntas:

- Como a literatura que você leu este semestre influenciou sua fé?
- Que descobertas você fez acerca da sua vida com Deus?
- Identifique e discuta alguns dos obstáculos que atrapalham sua reatividade ao Espírito. De que maneiras Deus está te convidando a uma vida mais profunda com ele?
- Qual é sua oração?

Dê a ela qualquer tipo de projeto de pesquisa, e Charissa poderia facilmente alcançar as maiores notas possíveis. Mas o Dr. Allen estava desafiando-os o semestre inteiro a "lerem receptivamente", além de criticamente e analiticamente, e isso significava prestar atenção a coisas às quais ela nunca prestara atenção antes. Os métodos dele tinham sido provocantes e esclarecedores.

— Seja o mais específico e detalhista possível — Dr. Allen estava dizendo. — Cite exemplos da literatura e descreva como e por que eles falaram com você ou te provocaram. Dê detalhes sobre as maneiras como seu espírito se abriu para a obra de Deus por causa do que você tem lido. E certifique-se de escrever a verdade sobre onde você está com Deus agora, não sobre onde você deseja estar. Seja autêntico. Deus nos encontra quando olhamos honestamente para onde estamos crescendo e onde estamos resistindo. Eu não tenho interesse em ficar impressionado. Apenas me conte a verdade.

Apenas contar a verdade.

Tipo o quê?

Que todos os dias ela via novas evidências do próprio pecado?

Que todos os dias ela via como era inconsistente na fé, como era morna nas suas vontades, como era teimosa no seu desejo por controle?

É esse tipo de trabalho que ele queria?

Semanas atrás, ela havia tido o que considerou um encontro sobrenatural seminal com Jesus, como resultado da leitura do poema "Amor (III)", de George Herbert. Ela vislumbrara o Amor dando-lhe boas-vindas, mesmo com todo o seu pecado. Vislumbrara Jesus desejando intimidade com ela, abraçando-a e atraindo-a para perto. Naquele momento em que a poesia se tornou um portal para a oração, ela sentiu paixão e desejo como nunca antes. A novidade e a estranheza com esse tipo de intensidade havia sido arrebatadora. Ela achou que mudara sua vida.

Agora, isso parecia ter sido uma vida inteira atrás. De muitas formas, foi. A mulher de 26 anos que teve esse encontro com Deus era a estudante de graduação que achava que tinha a vida ordenada em uma trajetória previsível de conquistas. Agora, ela estava grávida. Foi aí que a jornada da "intimidade aprofundada" a levou.

Que irônico.

Ontem mesmo ela lera o poema "Anunciação", de John Donne, sobre a encarnação, sobre Jesus rendendo-se "a ficar na prisão" no útero de Maria. "Tu tens a luz nas trevas e em ínfimo espaço encarcerada, / Imensidão em teu precioso ventre enclausurada."

"Imensidão enclausurada."

Que pareamento magistral de palavras.

Talvez essa frase pudesse ser o ponto de partida para o trabalho de integração. Talvez ela pudesse comparar e contrastar a rendição obediente de Maria à formação do Filho de Deus em seu ventre com a resistência dela própria não apenas à formação de vida física dentro dela, mas à formação da vida de Cristo nela.

Sim. Essa provavelmente era o tipo de reflexão que o Dr. Allen estava esperando. Ele frequentemente descrevia a formação espiritual como render-se e confiar o "sim" a Deus, criando espaço onde a vida de Cristo poderá florescer e crescer.

"Luz nas trevas. E em espaço ínfimo encarcerada."

Espaço muito ínfimo.

Ela conseguiria articular essa tensão com honestidade? Ainda não tinha certeza se queria uma vida além da sua tomando forma própria dentro dela, física ou espiritualmente. Levando a metáfora mais além, estava pronta para declarar um sim completamente rendido para o tipo de Vida que mudaria tudo? Ou preferia uma Presença menos íntima, menos intrusiva, que ela pudesse seguir a uma distância confortável?

Rabiscou algumas anotações na folha de instruções e a colocou no fichário. Pelo menos ela tinha algum ponto de partida para escrever o trabalho. Sem dúvidas, o Dr. Allen ficaria animado, tanto com a luta dela, quanto com as descobertas. Pelo menos, era alguma coisa.

Não era?

Talvez devesse marcar outro horário para vê-lo. Ela já tivera várias conversas úteis com ele sobre o conflito interno e como a gravidez estava afetando seus estudos.

— É um processo de luto, Charissa — ele disse semana passada quando ela o visitou em seu escritório. — Antes de você conseguir ver qualquer um desses novos presentes dados através da vida dessa criança ou através do seu chamado à maternidade, você vai precisar ser capaz de nomear o que morreu. Seus planos. Suas ambições. Sua visão de como a vida seria. Essas mortes espirituais e emocionais não são menos significativas do que as físicas, mas podem ser mais difíceis de nomear. A parte importante é que você não finja que não está em conflito por causa disso. Deus nos convida a sermos honestos nas nossas orações, mesmo quando a honestidade parece feia.

E egoísta.

John estava certo. Ela era tão egocêntrica e egoísta. E ela não tinha certeza se jamais seria diferente, não importava o quanto tentasse.

— Ei, parabéns pela casa, mano!

John levantou os olhos da tela do computador e respondeu ao soquinho do seu colega de trabalho.

— Pois é, valeu, Mark. Eu tô bem empolgado com ela.

— E aí? Quais são os planos? Quando vocês se mudam?

— Logo, logo. É para estar tudo pronto em seis semanas. Agora, só preciso coordenar todas as inspeções e tudo mais.

Haveria muito trabalho para fazer nas próximas poucas semanas, e Charissa certamente não ajudaria muito.

Talvez todas as mulheres grávidas fossem difíceis.

John decidiu falar sobre isso com o colega de quarto da faculdade, Tim, durante o almoço.

— Então, quando Jen estava grávida, ela, tipo, ficava enjoada com muita frequência?

— O tempo todo — Tim respondeu. — Pelo menos, por alguns meses. E ela tinha todos aqueles desejos estranhos por comida que mudavam o tempo todo. Tipo, eu me lembro de sair para comprar cajus para ela uma vez, tarde da noite, porque ela disse que precisava de cajus. Então, eu comprei um pacotão e trouxe para casa, e ela acabou chorando porque não queria.

Desejos por comida erráticos e imprevisíveis. Ele teria que se lembrar disso.

— E depois, uma noite, ela simplesmente precisava de pudim de chocolate, e eu encontrei pudim de chocolate, mas era do tipo errado e ela ficou doida.

— Parece tenso — John disse.

— Sim. Mas melhora. Pelo menos, melhorou com Jen. Ela não gostava de estar grávida, mas ama ser mãe.

Certo! Isso fez sentido. John nunca considerara distinguir a gravidez da maternidade. Talvez Charissa começasse a ficar animada quando o semestre acabasse. Ou, se ela nunca gostasse de estar grávida, talvez se animasse depois que o bebê nascesse. Afinal, quem não se derrete quando segura um recém-nascido? Especialmente o *seu* recém-nascido?

— Tudo bem com vocês dois? — Tim o olhou com suspeita.

— Sim, tá tudo bem. Ela só está com aquela coisa toda do enjoo matinal, exceto que não somente durante a manhã, e eu estava me perguntando, sabe, se é normal.

John decidiu não mencionar a aparente falta de entusiasmo de Charissa com a casa. Ele não queria dar nenhuma munição para Tim ser crítico. Tim nunca foi muito fã de Charissa, embora tivesse continuado a ser um amigo leal de John, e até foi o padrinho dele. Mas sempre pensou que John merecia mais, e lhe havia dito isso frequentemente antes de eles casarem. Havia dias — na verdade, muitos deles ao longo dos últimos meses — em que, se John fosse completamente honesto consigo mesmo, concordaria com Tim. E agora que ele explicitou essa última decepção para ela, certamente sofreria as consequências ao suportar a forma favorita de raiva dela: ressentimento gélido e agressão passiva, que poderiam durar dias.

Às 15h, John desligou o computador e guardou suas coisas. Hora de buscá-la para a primeira consulta pré-natal com o médico novo. Ele esperava que não houvesse outros casais sentados juntos na sala de espera, exalando entusiasmo e ternura.

— Estou saindo, Susan — ele informou à sua gerente. — Charissa tem a consulta dela.

— Espero que dê tudo certo.

— Obrigado. Eu vou chegar mais cedo amanhã de manhã para compensar o tempo.

— Não se preocupe, John. É um grande momento para você. Para vocês dois. Aproveitem.

Você não conhece minha esposa, ele pensou. Arrastou-se pelo estacionamento, chutando pedrinhas soltas.

Charissa conseguia sentir o estrogênio no ar assim que ela colocou os pés no novíssimo centro de maternidade de última geração adjacente ao Hospital St. Luke. Enquanto ela esperava John estacionar o carro, ia estudando os mostruários nas janelas da lojinha de lembranças próxima à entrada. Manequins sem cabeça com barrigas enormes ostentavam a última moda para grávidas, enquanto outros tinham bonecos enfaixados em seus peitos por cangurus. E aí tinha os acessórios de lactação. Ela não queria amamentar. Havia algo vulgar e primitivo quanto à imodéstia de mulheres liberalmente amamentando, exibindo seu direito de amamentar em público. Quando criança, Charissa tinha visto uma ativista da amamentação embalando seu bebê em um banco de parque em Chicago. Ela assistiu com enojado fascínio quando o bebê se agarrou ao mamilo crescido, escuro e enrugado, o qual a mãe guiou com um sorriso à boca escancarada dele.

Ela odiava a palavra "mamilo".

Os dela estavam doendo.

Encontrou um banco onde podia sentar sem ser golpeada por imagens de maternidade e esperou por John.

Ela ficou quieta durante a viagem de quinze minutos da universidade até ali, sem dúvidas ainda sentindo a pontada da última ferida. Apesar de saber que deveria pedir desculpas por, como ele dissera no carro noite passada? Arruinar a vida dele?, ela não conseguia formar as palavras. Ele sabia, quando se casaram, que ela não era do tipo excessivamente emocional. Ela tinha o temperamento do pai: tranquilo, reservado, controlado. John realmente deveria ter mais compaixão pelo estresse sob o qual ela estava, especialmente agora que todo o corpo dela estava sendo afetado por um embrião do tamanho de um feijão, exercendo seu poder e presença, deixando-a doente.

John estaria mais feliz se ela estivesse fazendo rapsódias sobre diagramas e descrições de cada estágio do desenvolvimento invisível, as orelhas brotando, os batimentos cardíacos sutis, a formação de membros minúsculos, tudo o que devia inspirar admiração e encanto.

Bom, essa não era ela. Ele teria que aprender a lidar com isso.

A pontada das lágrimas a surpreendeu, e ela procurou um lencinho na bolsa. Odiava chorar, e estava chorando com mais frequência ultimamente.

Droga, droga de hormônios.

Eles se sentaram lado a lado e em silêncio no sofá no escritório do médico. Charissa estava lendo uma antologia de poesias do século 17, e John estava fingindo ler a revista *Time* enquanto ouvia as conversas de outros casais.

"Bem, podem ser gêmeos, porque tem gêmeos na família."

"Se sua mãe ainda quiser vir para o Natal, vamos precisar ir para a casa do meu pai para o Ano-Novo."

"Eu acho que deveríamos colocar Theodore como nome do meio. Ainda poderíamos chamá-lo de Teddie."

Nomes de bebê. Isso é algo sobre que casais grávidos geralmente conversam muito, não é? John pesquisou sites de nomes de bebês por horas, esperando que Charissa demonstrasse algum tipo de interesse em uma conversa. Ele até aceitaria uma negociação acalorada. Mas, no momento, ele tinha quase certeza de que não conseguiria despertar o interesse dela em chamar o bebê de qualquer outra coisa além de um incômodo. Na verdade, ela ainda não tendia a se referir ao filho como um bebê. Normalmente, ela falava sobre ele como uma gravidez, como se isso não fosse nada mais do que uma condição médica inconveniente e desagradável que uma hora passaria.

Às vezes, o ressentimento dela parecia dar espaço para a ambiguidade — ou era resignação? —, e ela satisfazia o entusiasmo dele. Mas aí, algumas noites atrás, ele cometera o erro de dar detalhes gráficos sobre o desenvolvimento do bebê com oito semanas. As sobrancelhas arqueadas e os lábios apertados indicavam que ela não estava realmente desejosa por saber o que acontecia dentro do seu corpo.

Talvez um ultrassom ajudasse. Quando ela visse os batimentos cardíacos, quando vislumbrasse as mãozinhas e o rostinho, aí talvez aquecesse o coração para essa pessoinha que mudaria a vida deles para sempre.

Ele assistiu a um dos homens colocar a mão sobre a barriga da esposa, rirem juntos e brincarem sobre a filhinha deles estar dando cambalhotas.

Viu? Era isso que ele estava esperando. Seria um presente falar sobre o bebê deles como filho ou filha, poder se referir pelo nome ao milagre ainda não visto.

A enfermeira apareceu na porta com uma prancheta.

— Charissa? — ela chamou. Exceto que ela falou o "ch" como em "tchau". Charissa odiava quando as pessoas pronunciavam seu nome errado. Previsivelmente, ela a corrigiu.

A enfermeira pediu desculpas e sorriu para John.

— Você pode vir também.

Ele levantou do sofá com a revista e as seguiu pelo corredor, alguns passos atrás.

MEG

Os guias estavam corretos. Uma pessoa poderia passar semanas no Museu Britânico sem conseguir ver tudo. Por onde começar a explorar os oito milhões de objetos de toda cultura e de toda História? "Lar de algumas das antiguidades mais famosas do mundo", o guia de Meg informava.

Ela seguiu a multidão para ver os frisos do Parthenon e passou uma hora admirando a arte dos entalhes: as dobras das vestimentas, a abertura das narinas de um cavalo, a energia e a ferocidade dos guerreiros, a paz de figuras relaxadas conversando.

— É a alquimia suprema — ela ouviu o guia do museu dizer. — O escultor pega mármore frio e duro e o transforma em carne quente.

Meg tinha o mesmo prazer assistindo às pessoas. Crianças de escola em uniformes combinando clamavam e apontavam quando o professor as convidava a imaginar o que as várias figuras estavam dizendo umas para as outras; artistas com blocos de rascunho capturavam com precisão no lápis a intensidade de uma expressão esculpida; garotas adolescentes faziam poses bobas em frente às esculturas e depois se juntavam em torno do celular para rirem das fotos.

Ao meio-dia, Meg estava diante do saguão principal do museu, admirando a treliça ondulante do imenso teto de vidro, quando Becka ligou para dizer que "sentia muito, muito, muito", mas não conseguiria chegar ao museu para o almoço.

— Por que você não vai para a exposição do Egito à tarde (certifique-se de ver a Pedra de Roseta), e eu vou planejar te encontrar lá, perto da loja de presentes, por volta das 17h.

Não era o que Meg planejara para seu segundo dia em Londres. Mesmo assim, ela sabia, quando programara a viagem, que Becka estaria muito ocupada e preocupada com trabalhos da faculdade, pelo menos durante a primeira semana da visita. Tudo isso era parte da aventura, certo? Aprender a explorar novos lugares e situações sozinha? Bem, não exatamente sozinha. Deus estava com ela. Emanuel.

Como ela pegara no sono antes de orar com a devocional na noite anterior, decidiu anotar no diário sua oração enquanto almoçava. Encontrou uma mesa meio escondida em uma das cafeterias do museu, pediu um sanduíche de queijo e um bule de chá, e começou a escrever.

3 de dezembro
Oração devocional de *examen*:

> Senhor, por favor, me mostre o que o Senhor quer que eu veja. Por favor, aperte o botão de pausa nos momentos em que te vi agindo nos últimos dias e nos lugares em que fui cegada pelo meu próprio medo.
>
> Como eu estive consciente da tua presença comigo?
>
> Estes são os presentes que vejo: 1) uma despedida maravilhosa no aeroporto com novas amigas; 2) uma estranha no avião que me ajudou a chegar aqui; 3) os americanos que me ajudaram a carregar minhas malas escadaria acima quando eu estava preocupada com o modo como lidaria com aquilo; 4) o taxista que me levou ao hotel; 5) uma boa noite de sono e uma chance de explorar um dos melhores museus do mundo. O Senhor me deu o desejo de vir a Londres para ficar com Becka, e o Senhor me capacitou para chegar aqui, apesar dos meus medos. Obrigada, Senhor. Eu consigo ver algumas das maneiras pelas quais o Senhor proveu para mim. Obrigada. O Senhor cuidou de mim, mesmo quando meus planos se desfizeram.

Quando o Senhor pareceu estar escondido ou ausente?

Eu perco a vista do Senhor quando me concentro nos meus medos. Eu deixei meus medos me dominarem ontem, especialmente quando Becka não apareceu no hotel na hora. Me perdoe, Senhor. Minha imaginação foge comigo e me leva a lugares em que perco o Senhor de vista. Eu queria não ter uma reação de medo tão forte. Eu queria confiar mais em ti. Katherine me ensinou que o que eu preciso fazer é oferecer meus medos a ti em vez de escondê-los, combatê-los, ou tentar me livrar deles por conta própria. Eu queria ter me lembrado de oferecer meus medos a ti e me concentrar no teu amor por mim naquele momento. Me perdoe, Senhor. E, por favor, me ajude a confiar no teu amor e cuidado. Eu sei que o Senhor está comigo, mesmo quando eu não consigo te ver. Deixe teu amor perfeito lançar fora meu medo.

São estes os momentos que foram muito difíceis para mim: 1) Becka não estar no aeroporto. Eu sonhei com nosso reencontro nas últimas semanas, e ele não aconteceu nada como eu esperava. Fiquei muito decepcionada. 2) Becka não poder se juntar a mim para o chá. Eu me imaginei compartilhando esse tempo com ela e fiquei muito decepcionada quando ela ligou dizendo que não chegaria a tempo. 3) Becka não chegar exatamente quando disse que chegaria. Entrei numa ansiedade louca, imaginando todos os piores cenários possíveis. Eu faço isso o tempo todo. 4) Becka não ficar muito tempo quando ela finalmente apareceu. Quando ela não pôde ir ao aeroporto, imaginei a cena do nosso encontro no hotel. Não aconteceu nada como eu esperava. Talvez nós duas só estivéssemos cansadas. 5) Me preocupar com ela. Sei que ela não é mais uma garotinha, mas isso é difícil. Tive outros momentos nos últimos anos de sentir como se eu tivesse perdido meu senso de equilíbrio com ela, especialmente quando ela foi para a faculdade. Mas vê-la ontem à noite com o piercing no nariz e roupas da moda realmente me afetou. Não sei ser mãe dela. Talvez seja minha imaginação me levando para longe de novo, mas algo não parece correto. Eu ofereço a ti meu medo, Senhor. Não tenho o poder de fazê-lo ir embora. Mas eu me lembro de que o Senhor me ama e a ama. Me ajude a confiar em ti para protegê-la e livrá-la do mal.

Não é que o Senhor parecesse estar ausente ou escondido, é mais que eu não estava prestando atenção em ti nesses momentos que foram difíceis para mim. Quando leio minha lista de novo, vejo todo o medo e decepção. Sou melhor em me preocupar do que em orar. E tenho o hábito de formar certas imagens na minha cabeça. Aí fico decepcionada quando as coisas não acontecem como imaginei. Me ensine a orar sobre tudo, Senhor. A entregar todas as minhas ansiedades a ti. E me ensine sobre a esperança. Eu tenho uma visão muito torta do que é a verdadeira esperança. Preciso continuar revisando minhas anotações do sermão do domingo passado. O Senhor é a minha esperança.

Por favor, me liberte do medo e construa minha fé em ti. Em nome de Jesus eu oro. Amém.

Às 5h20, pouco antes de o museu fechar, Becka, vestida conservadoramente com calças jeans e um suéter largo, apareceu com duas outras garotas, que ela apresentou como Pippa e Harriet.

— Eu sei que você gostaria de conhecer algumas das amigas de que ouviu falar o semestre inteiro — Becka disse.

Meg arrumou a expressão de decepção que fazia por reflexo e deu um sorriso gracioso de "prazer em te conhecer", e então abraçou Becka. O cabelo dela não cheirava a cigarro. Talvez tivesse sido um alarme falso.

— Espero que a gente não atrapalhe o jantar de vocês — Pippa disse.

— Não, claro que não — Meg mentiu. — Fico feliz que puderam se juntar a nós.

Pippa provavelmente foi quem persuadira Becka a colocar o piercing de anel no nariz. Ela estava coberta, absolutamente coberta, com tatuagens coloridas e piercings.

Quando as garotas mencionaram o desejo coletivo por um bom *curry*, Meg disse que adoraria experimentar comida indiana. E, quando elas terminaram o jantar, e Becka disse que não teria tempo para se reunirem de novo até sexta-feira à noite, Meg insistiu que ficaria bem fazendo coisas de turista sozinha na quinta e sexta-feira, até Becka estar livre. Perfeitamente bem.

No caminho de volta para o hotel, Meg mastigou antiácidos sabor cereja, mas a azia a fez rolar na cama a noite inteira.

MARA

Estava escuro, e Mara odiava levar os meninos para a escola no escuro. Ela xingou baixinho quando desviou o carro para não bater em alguém passeando com o cachorro. Idiota. Ele deveria pelo menos usar roupas reflexivas. Ela buzinou com força.

— E você sempre diz para eu não xingar! — Brian comentou.

Ela decidiu não responder. Estava cedo demais para uma discussão.

— Não se esqueça de que eu te busco às 14h para sua consulta no ortodontista — ela disse para Kevin.

— Você já me disse isso três vezes.

— Só estou falando para não me fazer entrar para te buscar. Eu vou parar o carro na frente do escritório principal. Me encontre lá.

— Tanto faz.

— E, Brian, isso significa que você precisa pegar ônibus para voltar para casa.

— Eu não vou pegar ônibus. Ônibus é coisa de pobre.

— Bom, eu não posso te buscar, porque vou estar no ortodontista com Kevin.

— Então, deixa ele lá e volta pra me buscar.

Mara contou silenciosamente até dez antes de responder:

— O ortodontista é do outro lado da cidade. Eu não tenho tempo de deixar Kevin e voltar para te buscar.

— Bom, eu não vou pegar ônibus.

— Brian, por favor, colabore...

— Eu vou de carona com o Seth.

— Eu não perguntei para a mãe de Seth se ela...

— Relaxa! — Brian levantou a mão na direção do rosto dela, que por uma fração de segundo achou que ele ia bater nela. Ele devia tê-la visto se encolhendo, mesmo na escuridão do carro, porque os lábios dele se curvaram em um sorriso zombador. Ela já vira a mesma expressão no rosto de Tom diversas vezes.

— Tá bom. Eu te busco no campo de futebol às 14h40.

Sem dizerem tchau, os garotos saíram do carro e bateram as portas.

Que semana. E ainda era quinta-feira. De novo, só mais um dia até Tom e os meninos saírem da cidade na sua viagem para caçar, e Mara ia passar o fim de semana com Hanna na casa de Meg.

— Uma festa do pijama! — Mara disse quando Hanna a convidou. Ela sempre teve inveja de mulheres que saíam da cidade com amigas. Depois de anos passando a maior parte dos fins de semana sozinha, seria um grande prazer passar um tempo com Hanna. Talvez Charissa também se juntasse a elas por um tempinho.

Embora fosse estranho estar na casa de Meg sem ela, Hanna insistiu que havia sido ideia de Meg.

— Ela disse que nós deveríamos fazer a decoração de Natal — Hanna disse.

Ah, Mara poderia se divertir com isso, e Tom jamais saberia.

Os últimos dias foram relativamente tranquilos, sem nenhuma menção de Tom sobre a explosão de segunda-feira. Ela deixou a nota fiscal das devoluções no balcão da cozinha, só para ele deixá-la em paz, o que de fato aconteceu. Ele fez expedientes mais longos no escritório, saindo cedo de manhã enquanto ainda estava escuro e chegando depois que ela já guardara o jantar. Pelo menos, ela presumia que ele estava no escritório. Ele poderia estar em qualquer lugar, na verdade, e ela não perceberia a diferença. Era o suficiente para ela que ele estivesse longe.

Alguns dias — a quem ela estava enganando? —, quase todo dia, ela desejava se ver livre dele. Para sempre. Por anos se perguntou se ele talvez teria uma amante por aí. Com todas as viagens que fazia, certamente seria fácil para ele ter alguma coisa em paralelo. Talvez em alguma dessas semanas ele chegaria em casa depois de uma viagem e anunciaria que a estava deixando para ficar com uma piranha que deixaria a vida dele miserável. Ótimo. Vai.

E — ela nem sequer conseguia admitir essa parte para si mesma! — sua garganta queimava enquanto esses pensamentos se formavam na mente.

Em uma manhã como esta, ela diria que ele poderia muito bem levar consigo os meninos.

Ela era uma pessoa terrível e péssima por se sentir assim. O pior tipo de mãe. E ela se chamava cristã? Baita cristã...

Sua terapeuta, Dawn, certa vez perguntou quando ela perdera a habilidade de se conectar com eles. Por mais que fosse difícil admitir, ela nunca se conectou muito com o mais novo. Brian fora um bebê com muita cólica, que chorava por horas e horas no primeiro ano inteiro de vida. Nada o acalmava. Ela tentou de tudo: cadeirinhas de descanso, cangurus e balanços, ruído branco, longas voltas no carro. A experiência toda a fez entender como algumas mães perdiam a cabeça e balançavam seus bebês. A única maneira que ela conhecia para lidar com isso era colocá-lo no berço enquanto ela tomava banhos longos para não escutar a gritaria.

Tom conseguiu se esquivar de boa parte do estresse. Quando ele não estava viajando a negócios, dormia com tampões nos ouvidos. Nos fins de semana, levava o pequeno Kevin para excursões divertidas com o papai no McDonald's ou no zoológico. Então, enquanto ela não estava se conectando com Brian, que tinha cólicas de mais, Tom estava se conectando com Kevin, que era mais tranquilo. Ele teve uma vantagem injusta com Kevin desde o início.

Claro, os Anos Obscuros com Jeremy também não ajudaram.

Jeremy tinha quinze anos quando Mara, grávida de Kevin, casou com Tom. Quando Jeremy começou a dar trabalho na escola (não entregando dever de casa, matando aula ocasionalmente, e um incidente em que vandalizou o armário de um colega com uma lata de tinta spray), o psicólogo da escola sugeriu que ele estivesse com inveja dos novos relacionamentos de Mara. Então, ela tentou dar para ele toda atenção completa e possível, um desafio bem difícil para quem estava com um recém-nascido e um novo marido. Depois, quando Jeremy tinha dezesseis anos, Mara começou a encontrar cigarros e camisinhas nos bolsos dele quando ela lavava as roupas. Um dia, encontrou um saquinho de plástico com maconha no quarto dele. Ele insistiu que um amigo lhe dera para esconder ("O pai dele o mataria se encontrasse!"), e ela acreditou. Ela sabia que ele não tinha dinheiro para comprar drogas.

O dia em que Jeremy ligou da Grove Eletrônicos dizendo que fora pego roubando foi um dia particularmente obscuro. Graças a Deus, o dono da loja era um antigo amigo de Tom e decidiu não prestar queixa. Tom, no entanto, nunca parou de acusá-lo, o que significou que Mara nunca parou de defendê-lo, e Jeremy ressentia estar em dívida para com um homem que ele desprezava. Quando Jeremy colocou a vida nos eixos, Kevin e Brian já estavam ambos no Ensino Fundamental I, e Mara perdeu a chance de saborear os anos mágicos e tenros de grupos de brincadeiras e histórias antes de dormir.

Mas, como Dawn frequentemente a relembrava, ela poderia passar a vida toda presa nos ciclos de "e se?" de remorso, ou poderia encontrar uma forma de se apoiar nas oportunidades "e daqui para a frente?" do presente.

Por isso ela estava indo ver Katherine Rhodes. Precisava de ajuda para discernir o que poderia nascer no meio do caos, bagunça e decepção diários de sua vida. Precisava aprender a ver.

— Direcionamento espiritual é diferente de terapia — Dawn disse na última sessão. — Katherine não vai te dar nenhum tipo de plano de crescimento pessoal. Ela não vai te ajudar a entender as dinâmicas da sua família nem vai te oferecer formas de lidar com o estresse. Mas ela vai te escutar em oração e vai te ajudar a perceber como Deus está agindo na sua vida. Ela vai te prover um espaço seguro onde você pode encontrar Deus e crescer em intimidade mais profunda com ele. Você está pronta para isso, Mara. Eu escuto o desejo em você. Podemos continuar trabalhando juntas no lado terapêutico, mas eu acho que direcionamento espiritual seria uma ótima disciplina para você agora, além de se encontrar com aquele grupo de mulheres. Não abra mão dele. Ele já transformou sua vida. Eu vejo o fruto. Continue!

"Continue", Mara disse para si mesma quando estacionou no Nova Esperança mais tarde naquela manhã. "Apenas continue."

Ela se encontrara com Katherine uma vez antes, em setembro, depois de quase desistir do grupo da jornada sagrada por não achar que era apta para continuar. Mesmo quando ela contou todo tipo de detalhes gráficos e vergonhosos de seu passado, Katherine ofereceu caridosas palavras de consolo, perdão e esperança. Foi aí que Mara começou a ver que Deus não estava decepcionado com ela.

Mara pensou quando bateu à porta do escritório de Katherine: "É, *aquilo* foi realmente de abrir os olhos."

Katherine levantou da escrivaninha e estendeu as mãos em sinal de boas-vindas. Mara respirou fundo e entrou na sala.

Talvez fosse a vela solitária tremeluzindo sobre a mesinha de centro, ou talvez fosse a oração simples que Katherine fez:

— Senhor, tu habitas em nós; que nós habitemos em ti.

O que quer que tenha sido — ou talvez a combinação de tudo isso —, Mara se viu relaxando em uma Presença palpável. Ela mal queria quebrar a tranquilidade do momento falando, então se sentou com os olhos fechados e mãos abertas sobre o colo, absorvendo profundamente. Envolvida. Inundada. Totalmente submersa em paz. Incrível.

— Cara, eu posso só morar aqui? — Mara disse quando finalmente abriu os olhos. — Eu posso dormir no sofá.

Katherine sorriu e, quando Katherine sorriu, os olhos dela brilharam como safiras cintilantes. Ela passava essa sensação de paz. Será que sempre estava calma, até quando a vida estava ruim? Mara não sabia muitos detalhes sobre a vida dela. Ela havia mencionado netos algumas vezes, mas nunca falou sobre um marido. Sem anel na mão esquerda. Talvez fosse viúva. Ou divorciada. Pessoas como Katherine se divorciam? Pessoas como Katherine provavelmente jamais tomariam a iniciativa de um divórcio. Talvez o marido dela a tivesse deixado. Talvez ele tivesse tido um caso e a deixara quando os filhos eram pequenos, e ela foi uma mãe solteira que conseguiu colocar os filhos na faculdade. Talvez...

— Estou feliz que você esteja aqui — disse Katherine.

— É, eu também.

Ela esfregou a ponta do dedo indicador e puxou a ponta do band-aid do Bob Esponja que achou lá no fundo do armário, debaixo da pia do banheiro. De vez em quando, ela encontrava alguma relíquia da infância dos meninos que lhe causava pesar. Kevin amava o Bob Esponja quando era pequeno e frequentemente colocava meia dúzia de band-aids no seu corpinho magrelo e sardento, mesmo que não tivesse machucado nenhum. Um dia, Mara perdeu a paciência e brigou com ele por desperdiçar. Por isso havia uma caixa quase cheia no armário.

Ela era uma mãe ruim.

Ela fixou o olhar na chama dançante e tentou recapturar a sensação da Presença de que estava desfrutando momentos atrás. Mas passou.

Droga.

O mesmo silêncio que parecia tão relaxante dez minutos atrás agora parecia constrangedor, como se Katherine estivesse esperando que Mara oferecesse algo que não tinha. Ela ficou olhando para os pés.

— Então... Sobre o que devemos falar? Você tem perguntas sobre Deus que eu deveria responder... Ou quê?

— Às vezes eu faço perguntas específicas sobre sua vida com Deus — Katherine respondeu. — Mas, para começarmos hoje, por que você não me fala sobre qualquer coisa que esteja te incomodando agora? Qualquer coisa mesmo.

Com um convite tão inesperado e aberto assim, Mara descobriu que as palavras estavam escapando de sua boca antes que ela pudesse pegá-las e editá-las:

— Eu odeio meu marido. E odeio minha vida.

Mara nunca realmente falara sobre seu ódio por Tom para outra pessoa, nem mesmo Dawn. Claro, ela falava abertamente nas sessões de terapia sobre como seu casamento era difícil, como ela queria que as coisas fossem diferentes. Já falara sobre seu remorso e decepção. Muitas vezes. Mas ódio? Assim que ouviu as palavras "eu odeio meu marido", ficou chocada pela brutalidade crua delas. Era uma coisa pensá-las, mas outra dizê-las. Agora elas estavam ali pairando, e não havia como pegá-las de volta.

— Eu não deveria ter dito isso.

O ar entre ela e Katherine pareceu pesado, como se ela tivesse poluído o lugar sagrado por declarar algo obsceno. Bem quando estava prestes a tentar voltar atrás e se explicar, Katherine disse:

— Isso é verdade?

Sim, era verdade, por mais que detestasse admitir. Ela confirmou lentamente com a cabeça.

— Então, falar faz parte do processo para a cura e transformação. Tomada pelo medo, Mara levantou os olhos.

— Eu tenho que dizer isso para ele?

— Isso pode não ser algo seguro de fazer. — Katherine inclinou-se um pouco para a frente. — Mas você começou bem ao falar isso em voz alta para si mesma. E para mim. E talvez você seja capaz de falar isso para Deus em oração.

Ela estava falando sério? Sem chance.

— Eu não acho que eu jamais poderia orar assim. É algo horrível de dizer. Digo, não devemos odiar pessoas. — Ela não era uma especialista na Bíblia, mas tinha quase certeza de que Jesus havia falado bastante sobre isso.

— Você está certa — Katherine disse. — Deus nos chama para amarmos. Sempre para amarmos. Mas não passamos a amar negando a verdade da nossa raiva e ressentimento.

Mara cruzou os braços.

— Então, o que eu digo? "Querido Deus, odeio meu marido e, alguns dias, eu não queria ser mãe. Amém." É isso que eu deveria orar?

— Deus nos convida a orarmos o que for verdade, não importa quão errado pareça.

Bom, isso parecia loucura.

— Eu não vou ser fulminada ou algo assim por dizer isso? — As pessoas não eram fulminadas no Antigo Testamento?

— Deus já sabe o que está em nosso coração, mesmo antes de nós — Katherine disse. — Você não está dizendo nada que ele já não saiba e entenda. E Deus não nos pune por sermos honestos com ele.

— Tá, mas e se eu orar assim e aí Deus decidir matar Tom ou fazer algo com os meninos? E se eu já os agourei por falar como me sinto? E aí?

— Deus não age assim, Mara. Você não pode ferir sua família por confessar seu coração para Deus.

Ceeeerto. Ela esperava mesmo. Katherine provavelmente achava que ela não era uma cristã muito boa. Primeiro o ódio, agora, a superstição. Será que alguém poderia ser demitido por uma conselheira espiritual? Melhor pensar em algo que parecesse profundo. Rápido.

— Eu estive pensando a semana toda sobre algo que meu pastor disse no domingo — Mara comentou, girando a pulseira de plástico vermelho com bolinhas em seu pulso. — Ele pregou sobre Jesus nascer na bagunça, e eu estive me perguntando como Jesus pode nascer na porcaria da minha vida familiar.

— Fale mais sobre isso.

Mara continuou girando o bracelete. Girando, girando e girando.

— Bem, Meg estava falando para nós no aeroporto sobre como eles acenderam na igreja dela, no domingo, essa vela do Advento por esperança. E eu comecei a pensar que, na maioria dos dias, não tenho muita esperança de que qualquer coisa vá jamais ser diferente. Então, eu estive tentando pensar como dar espaço para Jesus vir e nascer em tudo o que é terrível na minha vida com Tom e com os meninos.

— É uma excelente imagem.

— É... bem... — Ela pegou uma almofada de listras verdes no sofá e a abraçou na barriga. — Eu não tenho certeza se ela está me fazendo bem.

Tique-taque. Tique-taque Um relógio na parede de Katherine subitamente parecia amplificado. Tique-taque. Tique-taque. Engraçado como ela não notara o relógio enquanto desfrutava o silêncio da sala mais cedo. Tique-taque. Ti...

— Então, como você está recebendo Jesus na bagunça? — Katherine perguntou.

Qual era a resposta certa? "Bem, eu estou tentando abrir espaço lendo minha Bíblia toda manhã exatamente à mesma hora, por trinta — não —, 45 minutos, enquanto os meninos ainda estão dormindo e ainda está escuro lá fora." Era assim que ela deveria estar abrindo espaço para receber Jesus? Ou talvez Katherine quisesse saber se ela ainda estava praticando algumas das disciplinas espirituais que aprendera no grupo da jornada sagrada. Coisas como a oração do *examen* e orar com a imaginação. E aquela maneira de ler uma passagem da Bíblia lentamente várias vezes, uma expressão estrangeira que ela não sabia pronunciar. Lectio-alguma-coisa. Ela não fez muito dessas coisas nas últimas semanas, isso era certeza.

— Eu não sei — ela disse. — Acho que ainda não encontrei uma boa maneira de limpar toda a porcaria para que haja espaço para ele.

— E se não for o seu trabalho limpar a bagunça?

Por que não seria o trabalho dela? Se havia uma grande bagunça entulhando o espaço, parecia correto que ela devesse arregaçar as mangas e limpar, não apenas enfiar as tralhas em armários para que parecesse arrumado, ou limpar superficialmente com um pano e desinfetante. Não, ela precisava de algo muito mais radical que isso. E ela achava esse tipo de limpeza intensa impraticável. Ainda havia muita porcaria em sua vida, e ela não sabia nem por onde começar.

Ela disse isso para Katherine.

— Jesus não tem medo da bagunça, Mara. Ele entra nela. Aí, podemos dizer sim para a obra do Espírito de brilhar a luz e revelar as coisas que entulham o espaço sagrado, coisas que nos prendem. Como você fez agora, falando algo duro e honesto. Esse tipo de confissão abre espaço para Jesus.

Mara se mexeu no sofá.

— É, bem, eu ainda queria que meu coração estivesse mais limpo, sabe? Um lugar melhor para Jesus.

— Você preferiria ser um hotel de luxo, né?

Mara confirmou com a cabeça. Como um daqueles hotéis no Caribe que ela sempre via em propagandas na televisão, aqueles com espreguiçadeiras na areia branca ao lado de água turquesa, com pessoas bebendo em copos com aqueles guarda-chuvinhas de papel. Ela sabia que lugares assim existiam porque ela via muitas fotos das férias das pessoas no Facebook.

Asqueroso.

— Então, pense por um momento sobre o que isso revela para você sobre quem Deus é — Katherine disse. — Como você se sente quando pensa sobre Deus decidindo que seu único Filho nascesse não em um palácio, mas em um lugar pobre e humilde?

Mara se afastou do Caribe e foi para a manjedoura em Belém e para o próprio coração dela.

— Culpada — ela respondeu. — Como se Jesus merecesse algo melhor. Muito melhor.

— Mas Deus escolheu livremente esse lugar.

— Então, é uma escolha esquisita.

Katherine riu.

— Eu suponho que não é o que eu escolheria para um filho meu, também.

Mara ficou subitamente consciente de um aperto em seu estômago, e ela demorou alguns momentos para perceber por que sentia como se fosse passar mal.

— Talvez se eu tivesse escolhido melhor para meu filho, — ela disse — eu não estaria na bagunça em que estou agora.

Katherine orou silenciosamente. *Vem, Senhor Jesus. Vem e revela-te.*

Havia vezes em que Katherine sentia vontade de tirar os calçados, momentos em que era dominada pela consciência de que estava pisando em solo sagrado com outra pessoa, vislumbrando o Santo. Se ela pudesse ter tirado as botas sem Mara perceber, ela o teria feito. Em vez disso, imaginou-se desamarrando os cadarços e adorando descalça.

Vem e remove os obstáculos que impedem Mara de te receber mais completamente. Vem e abre espaço para ti mesmo no meio de

tudo o que parece bagunçado e caótico para ela agora. Traz tua luz.
Tua vida. Esperança. Paz. A revelação do teu amor.

— Eu já te contei essa história toda da última vez que vim te ver, quando eu estava no grupo da jornada sagrada, não foi? Sobre como só me casei com o Tom porque eu estava grávida do Kevin?

Não querendo perder a oportunidade de escutar uma esclarecedora repetição da história, Katherine estendeu a mão em um convite.

— Refresque minha memória — ela disse.

Mara cruzou os tornozelos e respirou profundamente.

— Jeremy tinha cerca de quinze anos na época, — ela disse — e eu estava entrando e saindo de relacionamentos com dúzias de fracassados, só procurando um lugar estável onde Jeremy e eu pudéssemos ficar seguros, sabe? Jeremy era um bom menino. Um ótimo menino. Mas, quando ele tinha uns onze anos, começou a andar com umas crianças ruins que se metiam em todo tipo de problema, e eu fiquei muito preocupada com ele. Coloquei na minha cabeça que ele precisava era de uma vida normal. Estávamos morando num apartamento que era mais um cortiço, e eu estava trabalhando em um hotelzinho decadente, só tentando ganhar o bastante para pagar o aluguel. E eu tinha que trabalhar à noite às vezes, e deixava Jeremy sozinho, e trancava as portas do apartamento, e orava para ele ficar seguro até eu chegar de manhã. E eu...

Mara pegou a caixa de lencinhos que Katherine deixava sobre a mesa de centro e assoou o nariz. *Dá coragem para ela, Senhor.*

— Bem, o hotel era um lugar fácil para encontrar homens em viagens de negócios. Não do tipo solteiro e legal com bom emprego, mas os que estavam procurando por um extra. E às vezes... — Mara estava cobrindo metade do rosto com um lencinho e olhando para o colo de novo. — Bem, teve essa vez em que veio um cara e me ofereceu dinheiro por... você sabe... por...

Ciente de que o menor movimento poderia fazer com que Mara se fechasse, Katherine continuou firme como estava.

— Por sexo. — Mara estava secando a testa com um tufo de lencinhos, evitando contato visual. — Eu não fiz. Eu não pude. Mas fiquei tentada. Fiquei realmente, realmente tentada. E aquilo me assustou para valer, sabe? Que eu pudesse ficar tão desesperada assim. — Ela amassou os lencinhos. — Você deve estar pensando que sou terrível.

Tranquilamente e com a maior gentileza possível, Katherine disse:

— Ser tentada nunca é um pecado, Mara. Você foi muito corajosa ao resistir.

Mara gesticulou com a mão direita, sacudindo o pulso e chacoalhando as pulseiras coloridas.

— Não. Não. Não. Eu não fui corajosa. Porque, quando Tom apareceu no hotel pela primeira vez, vestindo um terno bonito e ostentando seu cartão Gold ou Platinum ou sei lá o quê, falando sobre a comissão das suas vendas e o carro novo, eu enfiei na cabeça que ele era a solução dos meus problemas. Ele parecia diferente dos outros. E, mesmo que eu não estivesse aceitando dinheiro por isso, comecei a me oferecer, sabe... tentando... não sei. Não. Eu sei, sim. Tentando prendê-lo. Eu estava, estava tentando prendê-lo. E aí, quando finalmente engravidei (isso aconteceu apenas alguns meses depois de eu estar tentando secretamente), bem, eu sabia como fazê-lo casar comigo. Só insinuei que eu poderia abortar. Eu sei, é terrível. Não acho que eu teria abortado. Mesmo que eu já tivesse feito isso quando era adolescente, o que... bom, isso é outra história. Eu não sei o que teria feito se Tom tivesse dito: "Tá bom! Vá em frente!" Mas ele disse: "Acho que é melhor nos casarmos." Ele já tinha casado e divorciado uma vez, mas eles não tiveram filhos. E ele sempre quis um. Então, ficou feliz com um bebê. E, quando soubemos que era um menino, ele ficou muito feliz. Mas ele nunca nem fingiu ser um pai para Jeremy, só para Kevin e Brian. E, mesmo que Jeremy e eu tenhamos saído daquele ninho de baratas e ido para uma casa boa em uma boa vizinhança, pareceu que eu troquei uma prisão por outra, sabe? E aí Jeremy e Tom começaram a discutir e brigar o tempo todo. E foi péssimo. Ainda é péssimo, mesmo que Jeremy já esteja crescido. Pelo menos, quando Jeremy estava em casa, eu tinha alguém que compartilhava da minha raiva contra Tom, como se fossem dois contra três. Agora, são três contra uma."

Mara se afundou no sofá e suspirou profundamente.

— Você acha que eu sou terrível, não acha? — Ela torceu os lencinhos no colo. — Eu *sou* terrível.

Senhor, liberta-a da vergonha.

— Você não é terrível, Mara. Eu acho que você é muito corajosa. Muito corajosa por sentar aqui e contar tantas coisas dolorosas.

Continua encorajando-a.

— Eu não acho que eu já tenha contado tudo isso para qualquer pessoa, exceto minha terapeuta. Eu nem sei se já confessei isso para Deus, essa coisa de prender Tom. Só de fazer isso em voz alta, me faz pensar que mereço o que recebi, sabe? — Ela pausou. — Eu tenho bagunça suficiente para uma vida inteira, com certeza.

Katherine esperou, escutando e orando. Que dons de encorajamento o Espírito Santo tinha para Mara? Passagens bíblicas? Uma imagem? Uma oração? O que havia para nomearem e notarem juntas sobre a presença de Deus? Que convite estava sendo feito?

Conforme ela orava, uma passagem veio à mente. *Obrigada, Senhor. Traz vida para ela.*

— Estou me perguntando se há outra imagem para ponderar — Katherine disse. — Não que a manjedoura não seja linda. É uma rica imagem para representar Jesus vindo para os lugares mais humildes, e agora eu percebo que você deseja abrir espaço para ele vir e nascer na sua família. — Katherine pegou a Bíblia na mesa de centro e abriu no Evangelho de Lucas, capítulo 1.

— Eu vou ler alguns versículos lentamente algumas vezes. Você pode ficar sentada e escutar com os olhos fechados, se quiser. Depois vamos conversar sobre o que você perceber, tudo bem?

Mara confirmou com a cabeça. Katherine começou a ler a passagem em voz alta.

NO SEXTO MÊS, O ANJO GABRIEL FOI ENVIADO POR DEUS A UMA CIDADE DA GALILEIA, CHAMADA NAZARÉ, A UMA VIRGEM COMPROMETIDA A CASAR-SE COM UM HOMEM CHAMADO JOSÉ, DA DESCENDÊNCIA DE DAVI; O NOME DELA ERA MARIA. O ANJO VEIO ONDE ELA ESTAVA E DISSE: ALEGRA-TE, AGRACIADA; O SENHOR ESTÁ CONTIGO. MAS, AO OUVIR ESSAS PALAVRAS, ELA FICOU MUITO PERTURBADA E COMEÇOU A PENSAR QUE SAUDAÇÃO SERIA ESSA. ENTÃO O ANJO LHE DISSE: NÃO TEMAS, MARIA; POIS ENCONTRASTE GRAÇA DIANTE DE DEUS. FICARÁS GRÁVIDA E DARÁS À LUZ UM FILHO, A QUEM DARÁS O NOME DE JESUS. ELE SERÁ GRANDE E SE CHAMARÁ FILHO DO ALTÍSSIMO; O SENHOR DEUS LHE DARÁ O TRONO DE DAVI, SEU PAI; ELE REINARÁ ETERNAMENTE SOBRE A DESCENDÊNCIA DE JACÓ, E SEU REINO NÃO TERÁ FIM.

Quando terminou de ler a passagem pela segunda vez, Katherine esperou Mara abrir os olhos.

— Alguma coisa chamou sua atenção enquanto você escutava? — Katherine perguntou.

— Sim. Maria.

— O que sobre Maria?

— Que ela foi escolhida.

— "Escolhida" é uma excelente palavra.

Mara concordou.

— Sim. Eu estive pensando muito sobre essa palavra nos últimos meses. Minha terapeuta e eu conversamos muito sobre como Jesus me escolheu. Porque eu sempre me vi como a rejeitada, como se eu fosse o resto que Deus tinha que escolher. Então, foi significativo para mim quando comecei a ver que Jesus me escolheu, não porque ele precisasse ou sentisse pena de mim, mas porque ele me amava e me queria.

Obrigada, Senhor.

— Essa é uma grande mudança, Mara. Uma mudança na sua imagem de Deus e de si mesma. Que lindo.

— É... eu preciso me lembrar disso. Absorver completamente. É difícil acreditar, às vezes.

— Muito difícil — Katherine disse.

Mara, com os olhos fixados de novo na chama bruxuleante, não respondeu.

— Eu me pergunto, — Katherine continuou, também observando a vela de Cristo — como você acha que Maria se sentiu quando o anjo falou com ela?

Mara pensou por um momento e então respondeu:

— Assustada. Ele disse para ela não ter medo. E, depois, que era especial. Talvez confusa, como se não tivesse certeza de que era real.

— Você às vezes se sente assim? Sobre ser escolhida?

— Você quer dizer confusa?

— Confusa, especial, com medo... Todas essas são boas palavras para descrever o que Maria poderia ter sentido.

Mara levantou os ombros.

— Sim. Acho que sim. Eu fiquei muito confusa por um tempo. Não fazia sentido porque eu nunca tinha me sentido escolhida por ninguém, então foi bem difícil acreditar de primeira que Jesus tinha me escolhido. Mas acho que comecei a acreditar que Jesus me ama e que me escolheu. — Ela brincou com um enfeite de uma das almofadas. — Mas não me sinto muito especial — ela disse. — Maria era especial. Ela foi escolhida para algo muito importante. Como quando o anjo diz que ela foi agraciada. Me faz pensar sobre a palavra "agraciada". E eu nunca fui agraciada por ninguém. — Mara roeu uma unha, e então começou a puxar a cutícula do polegar. Depois, do indicador. Depois, dos outros dedos, um de cada vez.

Katherine olhou para os versos de novo.

— Essa palavra "agraciada" é uma palavra interessante — ela disse lentamente. — Ela literalmente significa "favorecida". Então, o anjo estava dizendo: "Não temas, Maria, Deus te escolheu para derramar sua graça sobre ti." Maria foi escolhida pela graça de Deus para ser um recipiente. Como você, Mara. Você foi agraciada. Favorecida. Escolhida. Assim como você estava falando.

— Sim, mas eu não sou perfeita.

— Certo — Katherine respondeu. — Certo. Nenhuma de nós é, e nisso está a graça. Porém, assim como Maria, você recebeu um chamado muito especial de Deus. Como Maria, você foi escolhida para ser o lugar de descanso do Altíssimo. Pela graça de Deus. Pelo favor de Deus. Deus está sendo formado em você.

Mara parou de se concentrar nas unhas e franziu as sobrancelhas.

— Você tá dizendo que eu tô grávida? — ela perguntou. Começou a rir fraquinho, e as risadinhas cresceram e viraram gargalhadas fortes, que fizeram Katherine rir também. — Aahhh, essa é boa! Eu consigo me imaginar contando isso para Tom. Grávida com o Filho de Deus. Essa é boa! Muito boa!

Ela estava se alinhando à história. Lindo.

— Viu? Você está falando como se estivesse no meio da história de Maria, se perguntando: "Como pode isso?" — Katherine olhou para as páginas. — Escute o trecho seguinte: "Então Maria perguntou ao anjo: Como isso poderá acontecer, se não conheço na intimidade homem algum?"

Mara interrompeu, ainda rindo.

— Exceto que eu estou perguntando: "Como pode isso, já que sou tão ruim?"

— Sim! — Katherine exclamou. — Essa é uma ótima conexão. Todos temos perguntas de "Como pode isso?" a respeito da graça de Deus sendo derramada em nossas vidas. "Como pode isso, se eu sou...", e aí preenchemos a lacuna com o que quer que achemos que impossibilita a Deus fazer o que ele disse que fará em nós, por nós e através de nós.

— É... bem... — Mara olhou para os pés. — Eu tenho muitas coisas para preencher essa lacuna. Uma lista longa de razões por que algo pode ser verdade para outra pessoa, mas não para mim, sabe? Por que ainda é tão difícil para mim acreditar que Deus escolheria morar em alguém como eu? É como se alguma parte de mim ainda achasse que eu deveria ser rejeitada por causa de todos os erros que já cometi e da bagunça em que me enfiei.

Katherine concordou lentamente com a cabeça.

— Demora um longo tempo para acreditar nas boas notícias do favor de Deus, não é? Especialmente se já vivemos uma vida inteira de rejeição, condenação, vergonha e mentiras.

— É. Um tempo bem longo. — Mara suspirou. — Meu pastor fala que a maior distância do mundo são os 45 centímetros entre a cabeça e o coração, e que somente o Espírito Santo é quem consegue pegar o que sabemos aqui e trazer para cá. — Ela apontou primeiro para a testa, depois para o peito.

— Exatamente — Katherine respondeu. — É somente pelo poder do Espírito. E, na verdade, esse é o versículo seguinte. Você acabou de dar exatamente a resposta que o anjo deu para a pergunta "Como pode isso?": "O Espírito Santo virá sobre ti, e o poder do Altíssimo te cobrirá com a sua sombra; por isso aquele que nascerá será santo e será chamado Filho de Deus."

Mara se inclinou para a frente e apontou para a Bíblia.

— Posso ver isso por um segundo?

Katherine a entregou para ela.

— Eu me lembro de Meg me falando sobre como você deu um versículo bíblico para ela uma vez (não lembro qual era) e disse para colocar o nome dela lá. Como se Deus estivesse falando com ela. E isso a ajudou muito mesmo. — Mara estava olhando para Katherine com uma expressão de confiança quase infantil. — Eu tenho permissão para fazer isso com um verso como esse? Colocar meu nome nele? Como na parte do "Não temas"?

Obrigada, Senhor.

— Essa é uma forma linda de orar com esse texto.

Mara ficou quieta por um bom tempo, olhando para a página.

— Eu não acho que eu teria simplesmente dito sim como Maria. Eu coloco muitos "poréns" na frente do meu sim. Como se eu não confiasse de verdade em Deus para fazer o que é bom para mim. Tá entendendo?

Katherine concordou. Sim, ela entendia Mara.

— Fique com a parte do "Não temas" — Katherine disse. — Concentre-se na graça de Deus sendo derramada sobre você. Concentre-se nele te escolhendo como seu lugar de descanso. Concentre-se em estar grávida com o Filho de Deus. Isso é o bastante para meditar por enquanto.

Mara parecia estar pensando com força.

— Eu gostaria de ser capaz de dizer: "Faça o que quiser comigo, Senhor." Talvez um dia.

Quando Mara saiu do escritório dez minutos mais tarde, Katherine tirou as botas e adorou.

4.

CHARISSA

John seguiu o inspetor cômodo por cômodo na quinta-feira à tarde, enquanto Charissa decidiu esperar na cozinha. Ela se voluntariou para vir à inspeção como uma forma de redimir-se com John, que ainda não estava convencido de que ela estava entusiasmada sobre a casa.

— Eu *estou* animada! — ela insistiu várias vezes pelas últimas 24 horas. — Só estou sob muita pressão agora. Me desculpe. Tem muita coisa acontecendo.

Muita coisa mesmo.

Ela apresentou um sorriso indulgente para a corretora, que estava com a impressão de que Charissa gostaria de bater papo. "Não, Charissa não se importava com a neve. Sim, ela estava ansiosa para sair do apartamento e ir para a casa. Sim, ela morou em Kingsbury a vida toda. Não, ela não frequentou a Kingsbury High School. Foi Kingsbury Christian. Não, ela não conhecia ninguém chamado Joel DeVries. Ou Caleb VanderWaal. Não, John cresceu em Traverse City e eles se conheceram na faculdade. Em Kingsbury. Não, eles não iam fazer uma festa grande no Natal, só iriam visitar uns parentes por alguns dias. Os pais dela se mudaram para a Flórida. Não, não é perto do Disney World. Sim, é um lugar legal para visitar."

Graças a Deus, John não deixou escapar que eles estavam esperando o primeiro filho. Ela só conseguia imaginar as perguntas intrusivas se essa mulher descobrisse tal informação.

Charissa olhou para o relógio do micro-ondas.

"Sim, os quartos são muito espaçosos. Com muita luz solar. Não, ela não precisaria medir nada para os móveis. Ou para as cortinas."

A corretora olhou de relance para o pé de Charissa. Ela não notara que o estava mexendo sem parar.

John apareceu na porta. Charissa perguntou:

— Tudo pronto?

— Não. Vai demorar um pouquinho.

Ela apertou os dedos do pé.

— Você quer ir embora e depois voltar para me buscar? Eu te ligo.

Ótima ideia. Ela pausou só por tempo suficiente para insinuar sua hesitação em deixá-lo sozinho com essa tarefa.

— Tem certeza? — ela perguntou.

— Tenho. Eu te ligo.

Com um obrigada e um beijo de tchau, ela se apressou porta afora antes que a corretora pudesse apresentar qualquer bom motivo para que ficasse. Àquela altura no semestre, até uma hora no cubículo da biblioteca seria melhor que nada.

Quando Charissa voltou para a casa noventa minutos depois, John estava no alpendre da frente, com as mãos nos bolsos e falando com o inspetor. A expressão no rosto dele indicava que não estava tudo bem.

— O que foi? — Charissa perguntou depois que ele se jogou no banco da frente do carro.

— Por onde quer que eu comece?

John listou uma série de problemas enquanto dirigiam pela vizinhança. Caldeira. Telhado. Rachaduras na fundação. Evidências de danos por cupins.

— E, como disse o inspetor, — ele acrescentou — uma "infestação de mofo".

Charissa ergueu as sobrancelhas.

— Eu não vou me mudar para uma casa com mofo.

— Eu sei disso. Os vendedores vão precisar consertar tudo primeiro.

— Eu não vou me mudar para uma casa que tenha tido mofo, John.

— Tá bom. Eu só estou dizendo que eles teriam que consertar. Nós podemos negociar com eles.

— Não. De jeito nenhum.

— As pessoas fazem isso o tempo todo. Eles vão ter que consertar antes de poderem vender.

— Bom, eles podem consertar e vender para outra pessoa. O que eles estavam tentando fazer? Acobertar tudo com um carpete novo e outra demão de tinta?

John pressionou as duas palmas contra a testa.

— Eu deveria saber que estava bom demais para ser verdade — ele respondeu com um suspiro.

Ela fixou o olhar no semáforo, com os pingentes de gelo sob o brilho vermelho. Algumas coisas simplesmente não eram para acontecer.

— Vamos encontrar outra coisa — ela disse.

Ele se virou e olhou para ela.

— Você não está nem um pouquinho decepcionada?

Ela olhou rapidamente para o retrovisor e levantou os ombros.

— Há muitas casas para olharmos, agora que seus pais estão ajudando. Vamos achar alguma coisa.

Ele cruzou os braços e murmurou:

— Eu devia saber.

MEG

Ao longo dos últimos dois dias, Meg se tornou, se não uma especialista, pelo menos semiconfiante sobre andar pelo metrô de Londres sozinha. Determinada a não desperdiçar a oportunidade de explorar os tesouros únicos de Londres, conseguiu seguir a rede colorida do Túnel para se juntar à horda de turistas para a marcha da troca da guarda no Palácio de Buckingham; ela participou das vésperas na majestosa Abadia de Westminster; e passou horas maravilhada com a vasta e eclética coleção do Museu Victoria e Albert. Na sexta-feira à tarde, não muito depois de Meg terminar de tomar chá sozinha no restaurante do hotel, seu celular tocou.

— Oi, mãe! Estamos indo patinar no gelo na Torre de Londres. Quer vir?

Meg esperava passar a noite com Becka, só as duas.

— Ah... Eu não sei...

— Vai ser divertido! E você vai conseguir ver a torre. Ouvi dizer que ela fica incrível à noite.

Com um pouco mais de persuasão, Meg cedeu. Evidentemente, se ela queria ver a filha, precisaria praticar a flexibilidade.

— Chegar aqui é para ser bem fácil, — Becka disse — mas vou te passar o número de Pippa, caso você precise falar comigo. Deixei o telefone na casa de um amigo.

Uma coisa era certa, pensou Meg enquanto colocava o bilhete na catraca do Russell Square mais tarde naquela noite: lidar com a decepção estava sendo bem mais desafiador do que lidar com endereços nas ruas de Londres.

Quando ela chegou à Torre, Becka e os amigos já estavam patinando. Mesmo sob a luz azulada e fantasmagórica, Meg reconheceu a extravagante Pippa, que lhe acenou logo antes de perder o equilíbrio e cair rindo exageradamente.

— Duncan! Me ajuda! — Pippa chamou com a mão estendida. Um jovem magro patinou até ela e a levantou. Pode ter sido a imaginação de Meg, mas Pippa parecia deliberadamente instável enquanto circundava o ringue, se agarrando a ele.

Becka deslizou até a borda e apontou para outras amigas circulando pelo gelo: Avery, Nicole, Amy.

— Você vai patinar com a gente, né?

A última vez que Meg patinara havia sido no Kingsbury Ice Center, em um encontro de Dia dos Namorados com Jimmy, quando eles tinham dezesseis anos. Abanando os braços e as pernas, ela se sentiu como uma gazela de pernas finas. Mas Jimmy foi paciente e bem-humorado, e, com o braço seguro em torno da cintura dela, Meg conseguiu ficar de pé.

— Acho que eu vou apenas assistir às pessoas — Meg respondeu.

— Ah, qual é — Becka rebateu. — Pelo menos, tenta!

Relutantemente, Meg alugou um par de patins, cambaleou e vacilou ao redor do perímetro, agarrando o topo da parede com uma mão enquanto usava o outro braço livre para tentar se equilibrar. Iniciantes mais novos e mais ousados frequentemente passavam por ela. Quando estava pronta para desistir, Becka patinou para ajudá-la.

— Não é incrível? — Becka perguntou, passando o braço pelo de Meg para estabilizá-la. — Eu acho que estamos patinando sobre o antigo fosso.

Meg momentaneamente desviou a atenção dos próprios pés. Era tudo muito pitoresco: os raios de luz branca refletidos no gelo, as torres medievais incandescentes, os arranha-céus acesos do outro lado do Tâmisa.

— É lindo, querida.

Era irônico que a Torre sinistra e cinzenta, que já fora um solene e macabro lugar de torturas e execuções, tivesse sido transformada em um local para frivolidades. Ana Bolena ficaria chocada.

Afastando a imaginação dos eventos sórdidos que ocorreram ali perto, Meg soltou a parede e se apoiou sobre Becka, indo para a frente lentamente.

— Eu não sabia que você era tão boa patinadora — Meg disse.

— Bem, eu deveria ser, depois de todas as aulas que a Vovó pagou.

— Sua avó pagou aulas?

— Sim, não lembra?

Meg vasculhou seus arquivos mentais, incapaz de se lembrar de qualquer ocasião em que sua mãe tenha se oferecido para pagar por algo. Ela sempre insistiu que Meg fosse financeiramente independente, o que era a razão por que Meg teve vários empregos ao longo dos anos para pagar as contas: tudo, desde professora de música do Ensino Fundamental I e auxiliar de sala de aula para necessidades especiais, até diarista, secretária e professora de piano quando os cortes de orçamento do distrito escolar eliminavam a vaga dela.

— Tem certeza? — Meg perguntou. — Eu não me lembro de aulas de patinação no gelo.

— Sim, no meu primeiro ano do Ensino Médio. Ela achou que seria algo divertido para adicionar às minhas aulas de dança.

Divertido? A mãe dela encorajou diversão? Apoiou e financiou diversão?

— Acho que eu não sabia disso.

A próxima voz que ela ouviu na cabeça foi da irmã mais velha, Rachel: "É, bem, as mães não sabem de tudo."

Verdade, Meg pensou, mas Becka sempre fora o tipo de filha que era rápida e ávida para contar segredos. Quantas noites elas passaram juntas, sentadas de pernas cruzadas, conversando sobre Chad Harris, que Becka adorava desde a terceira série? Ou quantas vezes Meg a abraçou enquanto ela chorava por causa de Josh Samuels, que a namorou por seis meses durante o terceiro ano do Ensino Médio só para se aproximar da amiga dela, Lauren? E sobre as longas conversas sobre as amigas que estavam experimentando álcool, sexo e a angústia de Becka pelas escolhas delas?

Mesmo quando Becka saiu de casa para a faculdade e Rachel insistiu que ela teria suas "ficadas", Meg sabia que seria diferente. Enquanto os colegas dela talvez ficassem bêbados em festas de fraternidades e se envolvessem em sexo no primeiro encontro — ainda chamavam assim? —, Becka estaria na biblioteca ou no estúdio de dança. Essa era sua filha.

É, Meg se corrigiu. Essa é sua filha. Mesmo com um piercing no nariz.

Becka sacudiu o braço de Meg.

— Pode soltar um pouco, mãe. Confia em mim! Eu te seguro. Não vou te deixar cair.

"Confia em mim." Essas três palavras encontraram um lugar de descanso no espírito de Meg e a tranquilizaram enquanto elas circulavam pelo gelo.

"Confia em mim. Eu te seguro. Não vou te deixar cair."

HANNA

Mara entrou na casa de Meg com uma aparência cansada na sexta-feira da pizza, mas declarando que a semana tinha sido tranquila.

— Os meninos estavam animados com a viagem de caça deles — ela disse para Hanna. — Eu odeio que eles vão todo ano, mas é o negócio de Tom com eles. Eu não tenho poder de veto. Sobre nada.

Hanna, em um esforço deliberado para praticar uma nova disciplina espiritual, decidiu não pressionar para obter detalhes enquanto comiam nem tentar manipular Mara para conversarem mais sobre a vida em casa. Em vez disso, ela a permitiu tagarelar sobre decorar a casa de Meg.

— Esse lugar vai ficar maravilhoso quando terminarmos! Absolutamente maravilhoso! E eu mal posso esperar para conhecer o seu Nathan!

Nathan planejara um dia completo de diversão para elas no sábado, começando com uma saída para uma plantação de árvores de Natal e terminando com ele preparando o jantar. Hanna estava ansiosa pelo dia juntos. "Celebração" e "comunidade": duas palavras cada vez mais importantes para ela.

Mara pegou outra fatia de pizza da caixa no balcão e se sentou.

— Eu tenho algo importante para te contar — ela disse, mexendo nos longos cordões de lantejoulas multicoloridas.

Aahhh... Aí vamos nós, pensou Hanna. Ela se inclinou para a frente, apoiando-se nos cotovelos com as mãos juntas. Ela poderia se certificar de que Mara estava em um lugar seguro. Talvez a casa de Meg. Essa poderia ser uma solução temporária até elas descobrirem alguma estratégia de longo prazo.

Mara limpou a garganta e disse:

— Eu estou grávida.

Hanna tinha anos de prática aperfeiçoando o semblante pastoral inexpressivo. Mas, mesmo com toda essa prática, ela não tinha certeza se tinha controle total sobre a expressão facial. Esperou um momento e perguntou:

— Você tem certeza?

— Aham. Certeza.

— E Tom...

— Ainda não contei para ele.

— Mas você não está...

— Com cinquenta anos e na menopausa? É. Impossível, né?

Ah, Senhor. Como? Isso complicaria tudo. Absolutamente tudo.

— E não é filho de Tom. — Mara tomou um golinho de água e Hanna ficou horrorizada ao ver o que parecia ser um sorriso se formando nos cantos de sua boca. Como raios ela poderia achar isso engraçado?

Hanna direcionou todo o seu esforço para soar preocupada em vez de condenatória.

— Então... Você sabe de quem é o bebê?

— Sei. — Mara ainda estava com o copo próximo aos lábios. — Katherine disse que eu estou grávida com o Filho de Deus.

"Grávida com...?"

Quando a ficha caiu, Hanna exalou um suspiro de pulmão cheio, e então estendeu o braço para dar um tapinha no ombro de Mara. Mara riu pelo nariz, o que fez Hanna rir também.

— Ah, reverenda, você deveria ter visto sua cara! Eu consegui quase ouvir as engrenagens de pastora arranhando!

— Estavam arranhando, mesmo — Hanna respondeu, balançando a cabeça. — Que alívio! Você me pegou. Você realmente me pegou.

Mara tomou a mão dela.

— Me desculpa. Eu não resisti. Posso dizer como é bom ter amigas com quem posso brincar e provocar? Minha vida inteira... — Os olhos dela se encheram de emoção. — Minha vida inteira, era eu quem era provocada. Eu era o alvo de todas as piadas. Era eu que todos deixavam de fora. Ter vocês na minha vida... é algo enorme para mim. De verdade. Obrigada. Vocês são presentes para mim.

— E você é um presente para nós — Hanna respondeu. — Para mim. — Ainda segurando a mão de Mara, ela disse: — Então, fale-me sobre essa gravidez.

Sábado, 6 de dezembro, 7h

Mara ainda está dormindo. Isso me dá algum tempo para processar e orar sobre algumas coisas. Eu tenho a impressão de que o Espírito Santo está tentando chamar minha atenção ao pressionar alguns lugares feridos. "Aprenda a perseverar com aquilo que mexe com você", Nate diz com frequência. É tão provocante, mas é verdade. O Espírito Santo paira aí.

Então, aí vai.

Eu estou cercada por imagens de gravidez. Primeiro, Charissa, depois, Mara compartilhando noite passada sobre o direcionamento espiritual com Katherine. Ela está refletindo sobre o que significa ser escolhida, agraciada e favorecida para carregar Cristo assim como Maria, sobre estar "grávida com o Filho de Deus". Katherine a convidou para pensar sobre ser o lugar de descanso de Deus. "Como um útero onde Jesus está sendo formado", Mara disse. "Não apenas um lugar onde Jesus precisa nascer por não ter espaço em nenhum outro, mas um lugar que Deus escolheu. Como se eu fosse um lugar especial para Deus."

Essa é uma imagem profunda, e eu estou muito feliz que ela esteja meditando nisso. Mas a palavra "útero" me pegou e provocou profundos sentimentos de tristeza ontem à noite. Eu comecei a pensar sobre minha histerectomia e em algumas perdas ignoradas. Eu falei com Katherine sobre isso alguns meses atrás, todo o acúmulo de emoções ao longo da minha vida e a "hemorragia secreta" no meu espírito, todo o sangramento interno e a toxicidade que precisavam ser limpos. Mas acho que há mais camadas de lamento para explorar.

Por anos, eu reprimi todos os meus desejos por um relacionamento e por filhos, e foi fácil escondê-los por trás da vida ocupada da minha função e responsabilidades pastorais. Mas, agora que estou realmente em um relacionamento com Nate, esses desejos estão sendo despertados de maneira muito profunda. Eu sei que preciso prestar atenção, por mais difícil que seja.

Estou escutando tua pergunta "Onde está você?", Senhor, e aqui está a minha resposta.

Estou triste e decepcionada que eu nunca vou ficar grávida. Meu corpo jamais vai passar pela excitação e milagre de uma nova vida. Não há útero para ser preenchido com a manifestação física do amor de um marido. Por muito tempo, eu me escondi e disse que não era grande coisa. Mas é grande coisa.

Eu já disse isso antes nestas páginas. E direi de novo. Isso dói, Senhor.

Isso dói em um lugar muito profundo e vazio.

E eu sei que, se eu não mantiver a ferida limpa ao nomeá-la para ti, ela vai virar um ninho para amargura, autocomiseração, ressentimento e decepção. Não quero que minha ferida fique infectada.

Talvez haja cura apenas em ser honesta. É onde estou, Senhor. Por favor, encontra-me aqui.

MARA

Mara terminou de pendurar o último dos laços vermelhos na árvore do salão de entrada de Meg e deu um passo para trás para olhar melhor.

— É uma pena que Meg não esteja aqui para ver como decoramos a casa dela.

— Está ótimo! — Nathan disse. — Deixa eu tirar uma foto.

— Ele sinalizou para Mara e Hanna ficarem ao lado da árvore e levantou o celular. — Boa!

Mara não conseguia se lembrar de dias em que ela tivesse se divertido tanto como nesse, com um passeio de carruagem a cavalo pelo bosque na plantação de árvores, chocolate quente no armazém e uma tarde de gargalhadas e decoração. Se Jeremy pudesse ter se juntado a eles! Ela tentara ligar para o celular dele cedo naquela manhã, a fim de convidá-lo. "Quanto mais, melhor!", Hanna havia dito, mas a ligação foi direto para a caixa de mensagens:

— Você ligou para Jeremy Payne em Bennett and Diamond Construções. Por favor, deixe seu reca...

Ela desligou. Como o celular dele era o telefone de trabalho, ela não quis mandar mensagem. Não tinha certeza a respeito de quais eram as regras sobre isso, e ela não queria fazer nada para ameaçar o novo emprego dele. Ela se perguntou se ligaria para o telefone da casa dele. Sempre hesitava em ligar para o telefone de casa, porque não queria que Abby soubesse o quanto ela ligava. Mas a ideia de compartilhar algumas horas de diversão com o menino dela superava em muito o risco de irritar a nora.

Ela ligou e imediatamente se arrependeu. Ela o tinha acordado. Provavelmente acordara Abby também. Marque mais uma na lista de gafes da sogra. E agora o convite dela parecia tão bobo. Ou convidar seu filho para deixar a esposa muito grávida em casa para passar o dia com a mãe e os novos amigos dela, ou convidar seu filho *e* a esposa muito grávida para andarem por um bosque cheio de neve e cortarem uma árvore de Natal para decorarem a casa de alguém que eles não conhecem. Ela pediu perdão por ligar tão cedo em um sábado de manhã, deu alguma desculpa sobre ter se esquecido de perguntar como fora a consulta com o médico e disse que ligaria em outro momento mais conveniente.

Talvez no próximo Natal eles poderiam planejar uma saída juntos. Ela conseguia ver a cena agora: Jeremy com a neta dela embalada aconchegantemente em um canguru nas costas dele. Ela se ofereceria para segurá-la enquanto Jeremy cortasse a árvore. E então eles poderiam todos voltar para o apartamento deles, e Mara lhes daria alguns dos enfeites de Natal que Jeremy colecionava quando era pequeno. Mas não todos. Alguns tinham memórias preciosas ligadas a eles, e Mara não conseguiria se separar destes ainda, como os trenzinhos que deram para ele em seu primeiro ano em Kingsbury, no abrigo Nova Estrada. Ela ainda tinha uma caixa dos enfeites artesanais que eles fizeram juntos ao longo dos anos: flocos de neve amassados cortados com tesouras cegas, bengalas de doce de massinha que ele tentou comer, guirlandas de papel colorido com bolinhas vermelhas feitas com um furador de papel emoldurando fotos do Ensino Fundamental. Tesouros. Tesouros inestimáveis. Ela deveria plastificar os de papel.

Mara pendurou alguns sininhos e uma guirlanda verde com maçãs e pinhas na porta da frente de Meg, e então voltou a atenção para os vasos de inverno. Hanna insistiu em comprar os suprimentos quando Mara descreveu o que ela vira na revista.

— Mas você monta — Hanna disse. — Eu tenho uma deficiência com artesanatos.

Então, enquanto Nathan e Hanna cortavam vegetais juntos no balcão da cozinha, Jake, de treze anos, colocava jornal no chão de linóleo e enchia vasos biodegradáveis com areia. Mara aparou os galhos do pinheiro e do salgueiro, e então juntou dois arcos com fio de florista e colocou frutinhas vermelhas e vagens douradas.

— Você leva jeito! — Nathan disse. Ele e Jake carregaram os vasos terminados para o alpendre da frente. — Aqui. Fiquem perto deles. Vou tirar outra foto.

Falando em levar jeito, Nathan tinha o dom de fazer as pessoas se sentirem especiais, de escutar tão atentamente, que, quando você falava com ele, era como se você fosse a única pessoa no mundo que valia a pena escutar naquele momento. Ele era para casar.

— Eu espero que você saiba o quanto é sortuda por estar em um relacionamento com um homem assim — Mara disse para Hanna quando elas estavam sentadas no salão de entrada, depois que Nathan e Jake foram embora. Agora que fora transformado pelas cores, luzes e perfumes, o cômodo era um local agradável de estar.

— Fico feliz que goste dele — Hanna disse.

— Gostar dele? Amiga, você seria doida de não se mudar para Kingsbury e casar com aquele homem.

— Ah, eu não sei. Só estamos saindo por algumas semanas. É um pouco cedo para qualquer previsão de longo prazo.

— Não seja boba! Vocês foram feitos um para o outro. Eu sinto isso. Além do mais... não é como se vocês tivessem acabado de se conhecer. Vocês têm um histórico. Isso tem que contar alguma coisa, né? Ele é doido por você. Eu percebi pela maneira como ele olha para você.

Mesmo sob a luz fraca, Mara conseguiu ver que Hanna corou, e já estava esperando que ela tentasse mudar de assunto. Em vez disso, Hanna disse:

— Ainda temos muitas coisas para resolver antes de fazermos qualquer compromisso de longo prazo. Então, vamos levar devagar e ver aonde chegamos.

— Só estou dizendo que estou fazendo minha previsão aqui e agora sobre aonde vocês vão chegar. Escreva minhas palavras. Vocês três juntos já parecem uma pequena família, sabia? Aquele menino Jake é um amor. Não é um adolescente típico, com certeza.

Essa foi a única parte desafiadora do dia: o conflito que Mara sentiu entre admirar Nathan por ter um adolescente tão atencioso, dedicado e educado, e invejá-lo por esse presente. Pelo menos ela estava ciente do conflito. Isso era progresso, não era? Quando ela tinha momentos durante o dia em que sentia vergonha e condenação por sua criação ruim de filhos, praticava a estratégia que Dawn recentemente lhe dera:

— Sempre que você ouvir a voz do acusador apontando para sua insuficiência, deixe esse espinho ser um lembrete do quanto você precisa de Jesus. E, depois, se vire para Jesus em oração.

Ela certamente estava orando muito mais esses dias, ao longo do dia. E isso era uma coisa boa.

Seu telefone vibrou.

— Deve ser Jeremy. — Ela apontou de brincadeira para Hanna.

— Não pense que você vai escapar dessa conversa. — Ela tirou o telefone do bolso e olhou para o número. — Não. É Charissa. E aí, Charissa!

— Mara? — Charissa respondeu, e Mara conseguiu ouvir um tremor incomum na voz dela. — Eu estou sangrando.

CHARISSA

O médico que retornou a ligação fora de expediente de Charissa na noite de sábado informou-lhe que um sangramento pequeno poderia ser normal durante o primeiro trimestre. "Estava com câimbras?" "Não." "Alguma dor no abdome?" "Não." "Quanto sangue?" "Difícil dizer." Ele recomendou pegar leve e descansar.

— Se você estiver tendo um aborto espontâneo, não há nada que possamos fazer a essa altura. — Eles poderiam fazer alguns exames segunda-feira de manhã para descobrirem o que estava acontecendo, mas, até lá, não havia muito que fazer além de esperar. — A menos que você comece a sentir dores severas, aí é melhor você ir direto para a emergência.

Isso a assustou.

Enquanto Charissa ligava para Mara com um breve pedido de oração, John fez pesquisas na internet.

— Você não tá ajudando! — Charissa exclamou depois de ele tagarelar sobre tudo o que estava lendo acerca de níveis de hCG, monitoramento cardíaco fetal, exames pélvicos e vários tipos de ultrassom. Ele pensou que talvez Jen, esposa de Tim, também tivesse sangrado no início da gravidez. Charissa queria ligar para ela? "Não." Ele poderia mandar uma mensagem para Tim e descobrir. Ela queria que ele fizesse isso? "Não." O que ela queria fazer era organizar armários, limpar guarda-roupas, aspirar carpetes e estofados... Qualquer coisa para tomar o controle dos arredores dela quando não tinha controle sobre o próprio corpo.

John a rodeava, pedindo atualizações toda vez que ela ia ao banheiro, se oferecendo para fazer algo para comer, implorando para ela se deitar e descansar.

— Tem certeza de que não está com dor, né? É, tipo, só manchinhas? Porque os fóruns falam muito sobre isso. É bem comum. Nada para se preocupar. Tim respondeu a mensagem e disse que Jen sangrou um pouco quando eles estavam grávidos com Zach, e tudo ficou bem. Eu tenho certeza que está tudo bem. — Ele tagarelou sem parar, mas Charissa parou de escutar.

A forma plural que John usou para descrever Tim e Jen chamou a atenção dela. Quando *eles estavam grávidos*, John disse. Ela normalmente pensava nisso como a gestação *dela*. Uma gestação que estava desorganizando os planos cuidadosamente construídos para a vida dela. Os planos *dela*. Para a vida *dela*.

Oh, Deus.

Teria ela causado isso pela própria ambivalência? Por seu egoísmo? Nunca lhe passou pela cabeça que ela poderia sofrer um aborto espontâneo. Por mais que reclamasse do tempo ruim e da inconveniência de uma gestação, por mais que lamentasse a morte de seus planos, jamais pensou que tudo isso poderia acabar e que ela poderia voltar à vida como era antes. Deus lhe estava dando o que ela pensou que queria? Com essa possibilidade agora diante dela, ficou horrorizada por não estar orando nas últimas semanas pela vida desse filho, o filho *deles*. Mesmo o pedido de oração para Mara havia sido egoísta: "Eu estou sangrando. Por favor, ore por mim, para que tudo fique bem."

Oh, Deus.

E agora parecia que essa vida sendo formada dentro dela, essa vida que não era a sua, essa vida que tinha os próprios batimentos cardíacos, a própria marca dada por Deus, essa vida estava potencialmente ameaçada.

Não. Por favor. Não.

Embora o médico tivesse dito que não havia nada que ela pudesse fazer para prevenir um aborto espontâneo, havia uma coisa que ela podia fazer, e isso poderia fazer a diferença, algo que ela e John podiam fazer juntos. Ela segurou a mão suada de John.

John percebeu que Charissa estava assustada quando ligou para Mara e a voz dela pareceu fina quando perguntou se ele poderia orar por ela. Pelo bebê deles. Ele passou as últimas semanas se perguntando se bebês conseguiam sentir se eram amados e desejados enquanto estavam sendo formados no útero. Toda vez que Charissa reclamava de se sentir enjoada, toda vez que resmungava algo ressentido sobre como "a gravidez" estava bagunçando completamente a preparação dela para os trabalhos e apresentações finais, John silenciosamente, quase supersticiosamente, tentava cancelar sua negatividade afirmando o próprio desejo, entusiasmo e amor pelo bebê deles.

E agora... Agora o quê? O que ele deveria orar? Apertou os olhos com tanta força, que pontinhos de luz piscaram na parte de dentro das pálpebras.

Vamos, Bebê, por favor. Por favor, por favor, por favor. Eu te amo. Por favor.

Viva.

Ele tentou orar em voz alta, mas teve dificuldade de encontrar as palavras. E se Deus já tivesse decidido que o bebê morreria? E se o bebê já tivesse morrido? E se era por isso que eles perderam a casa, porque eles não teriam o bebê? E se o bebê morreu porque as orações dele eram fracas demais para fazer alguma diferença?

Ele conseguia sentir as batidas do coração na garganta, nos ouvidos.

O que deveria orar?

— Socorro, Deus — ele falou alto. — Por favor, deixe nosso bebê viver. — Era o melhor que ele conseguia oferecer. Talvez fosse o suficiente. Abriu os olhos.

Charissa estava olhando para o vazio, com o semblante inescrutável.

— E se isso for minha culpa?

— Na internet, diz que...

— Eu sei o que diz na internet. Eu estou falando que... e se isso for minha culpa?

John hesitou.

— Eu não acho... — Quando ele não conseguiu completar a frase, ela se virou e olhou para ele com uma sombra escurecendo seu rosto.

Ela não arqueou as sobrancelhas. Não ajustou a postura. O tom não era gélido e acusatório quando disse:

— Se perdermos esse bebê, você vai me culpar. Eu vou me culpar. Eu não tenho certeza se sei o que fazer a esse respeito. — Ela levantou da cadeira e andou pelo corredor, para o quarto deles. Ele não a seguiu.

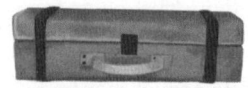

PARTE DOIS

AGUARDANDO NO ESCURO

Pois sabemos que toda a criação geme e agoniza até agora, como se sofresse dores de parto; e não somente ela, mas também nós, que temos os primeiros frutos do Espírito, também gememos em nosso íntimo, aguardando ansiosamente nossa adoção, a redenção do nosso corpo. Porque fomos salvos na esperança. Mas a esperança que se vê não é esperança; pois como alguém espera o que está vendo? Mas, se esperamos o que não vemos, com paciência o aguardamos.

Romanos 8:22–5

5.

MARA

Mara se arrastou para a cozinha de Meg no domingo de manhã usando seu roupão de microfibra vermelho e pantufas. Hanna já estava vestida para o culto com calças cinza e um suéter bege de gola folgada.

— Como você dormiu? — Hanna perguntou.

— Mal. — Mara forçou um sorriso para o reflexo dela na porta do forno. Parecia pior do que se sentia. Passou os dedos pelo cabelo bagunçado para tentar trazer alguma aparência de ordem. Não adiantou. — Eu não consegui parar de pensar em Charissa e John — ela disse. — Queria que Charissa tivesse aceitado que fôssemos lá ontem à noite. Eu me sinto tão impotente, sabe? Fiquei tentando orar por eles, mas acho que eu estava mais me preocupando em voz alta. Espero que Deus ouça isso também, porque é o melhor que tenho. — Ela pegou a xícara de café que Hanna lhe servira e colocou um pouco de creme e açúcar de mais. — E você? Como dormiu?

— Nada bem. — Hanna abafou um bocejo e sentou à mesa. — Acabei ligando para Nate. Não tenho certeza de quais devem ser os limites entre professor e aluno, mas achei que seria melhor ter outra pessoa orando. E eu sabia que ele gostaria de saber.

— É mais fácil pedir perdão do que permissão. Eu faço isso o tempo todo. — Mara viu a torrada seca na mesa. — Você vai comer só isso? Não é o bastante para te sustentar hoje. Que tal alguns ovos, mingau de aveia ou alguma coisa? O que Meg tem por aí?

— Não muito. Eu deveria ter pensado em comprar algo além de cereal e pão para nossos cafés da manhã. Desculpa. Eu me acomodo, comendo sozinha o tempo todo.

— E eu cozinho um bocado e ainda acabo comendo sozinha muitas vezes — Mara respondeu. — Não é muito divertido cozinhar para os meninos e Tom. Eles não são muito gratos. — Mara abriu a geladeira e achou uns ovos que não tinham vencido, um pacote fechado de queijo, e alguns pimentões e cebolas restantes do jantar. — *Voilà!* Omeletes! Você ainda tem tempo antes da igreja, né?

— Bastante — Hanna disse. — Obrigada.

Mara vasculhou os armários e gavetas até encontrar duas frigideiras, uma bacia e um batedor. Então, começou a preparar o café da manhã. Ela estava cortando uma cebola quando ouviu Hanna limpar a garganta.

— Eu preciso te perguntar uma coisa, — Hanna disse — mas fique à vontade para não responder, tá bem?

— Pode mandar — Mara respondeu. — Você sabe que eu não sou um livro fechado. — Ela continuou cortando.

— Bem, antes de eu perguntar, quero pedir desculpas por algo que eu deveria ter me desculpado há muito tempo.

Mara colocou a faca no balcão e se virou para ela.

Hanna brincou com a torrada no prato.

— Você se lembra de quando nós quatro fomos para o piquenique no chalé? — ela perguntou.

— Lembro, sim. — Como poderia esquecer? Foi o dia em que Mara cometera um enorme vexame, pressionando Hanna para contar detalhes sobre a vida amorosa dela, tentando fazer conexões, querendo pertencer a um grupo de amigas. Em resposta às perguntas intrusivas, Hanna revelou que fizera uma histerectomia. E, no esforço de consertar a gafe, Mara revelou todo tipo de detalhes sobre o próprio passado, mesmo enquanto Charissa ficava na dela, desdenhando-a e envergonhando-a com sobrancelhas críticas e silêncio gritante. Ela e Charissa certamente avançaram muito desde então.

— Eu fui muito rude com você aquele dia — Hanna disse — e sinto muito. Sempre fui um livro fechado, usando suas palavras, e tentei manipular a conversa para longe dos meus segredos e tristezas para focar nos seus. Isso foi proposital, Mara. Foi muito, muito errado. E você acabou sofrendo por causa disso. Por favor, peço perdão.

Os olhos de Mara se encheram de lágrimas que não eram por causa das cebolas.

— Oh, querida. — Ela esfregou as mãos no roupão e estendeu os braços para Hanna. — Vem cá. — Hanna se levantou da mesa e Mara a abraçou. — Claro que te perdoo. Por favor, me perdoe. Eu não tenho um botão de desligar, às vezes. Nem lembro se pedi desculpas a você por perguntar todas aquelas coisas intrometidas.

— Pediu. Mas acho que só fingi que não era grande coisa. Tudo parte das minhas táticas de distração e manipulação. Obrigada por me perdoar. Eu também te perdoo.

— Ótimo. Obrigada. Aqui — Mara disse, tirando outra faca do bloco ao lado da pia. — Faça algo útil, reverenda. Você pode cortar os pimentões para mim.

Enquanto as frigideiras chiavam com a manteiga, as facas delas soavam ritmicamente nas tábuas de corte.

— Agora que já resolvemos isso, — Mara continuou — não me deixe esperando com o que você queria perguntar. E eu vou falar na cara se você estiver sendo muito intrometida.

Hanna inspirou como se estivesse se preparando para soprar um bolo cheio de velas.

— Fiquei pensando sobre Tom gritando naquela outra noite enquanto eu estava falando com você no telefone — Hanna disse. — E eu sei que já te perguntei isso, e você disse que não se sentia fisicamente ameaçada.

Mara começou a saltear os vegetais e quebrou o primeiro ovo na bacia com uma mão, sem casca. Não era difícil prever aonde Hanna estava querendo chegar.

— Eu não vou te induzir a dar detalhes — Hanna continuou. — Só preciso perguntar. Ele é abusivo?

"Defina *abusivo*", Mara pensou.

— Ele é um babaca, com certeza.

— Ele já te machucou fisicamente?

— Não. Ele é burro, mas nem tanto.

— E psicologicamente? Ele te maltrata?

— Muitas pessoas já me maltrataram. — Ela quebrou o último ovo, acrescentou leite e começou a bater vigorosamente. — Estou acostumada a ser maltratada. Sou maltratada desde quando era uma menininha. Como eu estava falando ontem à noite, eu sempre era a rejeitada, de quem as pessoas caçoavam. E não se preocupe, minha terapeuta tem me ajudado a lidar com um pouco dessa porcaria.

Especialmente desde que algumas dores antigas foram atiçadas de novo durante o retiro da jornada espiritual. Deus usou Charissa para trazê-las à superfície e curá-las. Pobre Charissa. *Por favor, ajude-a, Senhor. Por favor, deixe o bebê deles viver.*

— Eu me preocupo com você — Hanna disse. — Eu sabia que você estava em um casamento difícil. Você falou sobre ser um casamento por conveniência, pelo menos até os meninos saírem do Ensino Médio. Mas preciso ser honesta: ouvir a gritaria dele na outra noite me assustou. Me fez pensar que talvez eu não tenha percebido os sinais. — Ela pausou e então falou em uma voz mais baixa. — Você não precisa de hematomas físicos para provar.

Mara observou as bordas ficando firmes, e então cuidadosamente manobrou os ovos crus e acrescentou alguns vegetais. Era tudo questão do tempo correto. E a virada. Ela levou anos para dominar a virada do pulso com a panela. Não que Tom ou os meninos sequer se importassem com a beleza de uma omelete bem virada.

— Ah, droga! Esqueci o queijo!

Hanna começou a revistar as gavetas.

— Não estou achando um ralador. Quer que eu corte o queijo fininho?

— Rápido!

Hanna se apressou e colocou as fatias sobre os ovos. Mara deixou o queijo derreter um pouco e então inclinou a frigideira sobre o prato e soltou a omelete gentilmente. Vira e... perfeito.

— Coma enquanto está quente — Mara disse. — Vou preparar a outra. — Hanna sentou à mesa. Mara procurou até encontrar um ralador de queijo no fundo de uma gaveta e ralou um pouco, extrafino, na bacia. Ralar queijo em delicados cachinhos era um dos prazeres simples da vida. — Como está? — ela perguntou.

— Delicioso. Obrigada.

Ela empurrou alguns cachinhos fujões para dentro da pia.

— Acho que perdi meu chamado como chef.

— Nunca é tarde demais.

— Você tá certa. Eu deveria achar pessoas que apreciariam umas boas refeições. Talvez no Nova Estrada. Eu poderia ir lá várias vezes por semana para ajudar, se eu quisesse. Não fui por causa dos horários dos meninos. Mas talvez devesse ir. Brinco com as crianças lá algumas vezes por mês, mas adoraria ajudar com as refeições. Mais do que só no Dia de Ação de Graças. — Ela se virou para olhar para Hanna. — Eles salvaram minha vida. Acho que contei isso para vocês.

— Contou.

Mara colocou as mãos nos bolsos do roupão.

— Minha terapeuta me fez os mesmos tipos de perguntas que você. Mas eu falei para ela o que falei para você. Ele nunca me bateu. Claro, ele é bom em me fazer sentir como se eu tivesse três centímetros de altura. Ele não me respeita. Está constantemente criticando. Grita. Não há amor entre nós, isso é certeza. Nunca houve. Mas o salário dele paga as contas, eu tenho um teto sobre minha cabeça e faço as coisas funcionarem. Há dias em que acho que mereço isso tudo, e sei o que você vai dizer sobre isso. Eu sei. Mas obrigada por se importar o bastante para fazer perguntas. Fico feliz de ter pessoas na minha vida que se importam o bastante para perguntar.

Hanna descansou o garfo.

— Mara. Me prometa que você vai deixar uma mochila arrumada, caso precise. Por favor. Há lugares aonde você pode ir, pessoas que podem ajudar. Eu ajudo. Meg ajuda. Você não precisa ficar presa em uma situação abusiva.

Mara voltou a atenção para a frigideira de novo. Havia muitas mulheres que estavam em uma situação muito, muito pior que a dela, com certeza. Ela as conhecera no Nova Estrada. Ela mesma havia sido uma delas quase vinte anos atrás, quando fugiu do pai de Jeremy e da fúria dele por sua esposa ter descoberto. Mara fugiu de Ohio não apenas com o dinheiro que ele jogou nela para pegar o ônibus, mas com um galo na parte de trás da cabeça e um hematoma no ombro, por ele a ter arremessado contra uma estante. Jeremy, de três anos, assistiu a tudo de um canto no apartamento deles, berrando e implorando para o Papai não bater na Mamãe de novo. Quando Bruce levantou a mão para bater em Jeremy, Mara se jogou na frente do filho e ameaçou chamar a polícia.

Com um punho a milímetros do rosto de Mara e a outra mão agarrando seu pescoço, Bruce sibilou uma ameaça: que saíssem da cidade antes que algo pior acontecesse com os dois. Essa foi a última vez que ela o vira. Ele saiu do apartamento e bateu a porta com tanta força, que um espelho caiu da parede e se estilhaçou. Mara jogou algumas mudas de roupa em um saco de lixo, cambaleou pela chuva para o terminal de ônibus, arrastando Jeremy atrás dela, e pegou o primeiro ônibus disponível para onde o dinheiro pudesse levá-los: para Kingsbury.

Alguns anos depois que ela casou com Tom, encontrou o obituário de Bruce online e chorou de alívio. Depois de anos se perguntando se ele seria capaz de encontrá-los, anos se esquivando das perguntas de Jeremy com respostas evasivas, ela finalmente foi capaz de fechar esse capítulo e dizer para Jeremy que seu pai, de quem ele não mais se lembrava, morrera de um ataque cardíaco aos 34 anos.

Ela assistiu aos ovos tomarem forma. "Tess." Esse era o nome da viúva, a mulher que descobriu sobre a amante, o menino e o apartamento, e que apareceu em uma noite, batendo na porta, pensando encontrar Bruce lá. Mas ela encontrou apenas Jeremy e Mara; e, embora Mara tivesse tentado negar tudo, não havia como negar que o menininho de pele marrom sentado na cama com os olhos arregalados era a cara do pai.

Mara terminou de fazer sua omelete e sentou-se à mesa com Hanna.

— Você tá bem? — Hanna perguntou.

— Sim. — Ela comeu uma garfada e mastigou lentamente. — Quer ouvir uma história?

Enquanto Mara narrava sua história sobre Bruce, Tess e Jeremy, Hanna escutava sem interromper, com o rosto marcado pela mesma preocupação e compaixão pastorais que chamaram a atenção de Mara da primeira vez que se encontraram, em setembro, no Nova Esperança.

— Sabe o que minha terapeuta fala sobre o motivo de eu suportar tanta porcaria de Tom e dos meninos? — Mara perguntou.

Hanna aguardou a resposta.

— Que isso é o meu "normal". Que eu não sei como é não ser maltratada, então não consigo imaginar uma maneira diferente de vida. É como se eu soubesse que vivo em uma caverna, mas tenho vivido lá por tanto tempo, que a decorei do jeito que gosto, e está confortável. Tá me entendendo?

— Sim — Hanna murmurou. — Entendo.

Elas comeram em silêncio, exceto pelo barulho dos garfos contra os pratos, até que Hanna falou de novo.

— Eu acho que às vezes olhamos... às vezes eu olho para minha própria dor e a comparo e meço em relação ao que outros estão passando, e digo para mim mesma: "Ah, eu não deveria me sentir mal, porque essa pessoa está muito pior." Talvez eu ache que essa seja uma forma nobre e piedosa de lidar com o sofrimento. Mas tudo o que estou fazendo é tentar minimizá-lo, tentar encolhê-lo para um tamanho maleável que eu possa controlar ou negar, e acabo tomando-o para mim, e ele se torna tóxico, e eu nunca o ofereço para Deus em oração.

Hanna levou os dedos à cruz, feita de dois pregos cruzados, balançando em um cordão preto e simples ao redor de seu pescoço. Mara nunca a viu sem ela.

— Eu estou lidando com alguns desses impulsos de comparação agora mesmo, — Hanna disse — aprendendo a ser honesta com Deus sobre onde dói. É difícil. Mas estou descobrindo que qualquer movimento para longe da presença de Deus é movimento na direção errada. Minha tristeza, meu sofrimento, meu pecado: tudo isso deve ser uma oferta para ele. Tudo isso pertence aos pés da cruz. Você deve achar que eu já saberia disso. Eu sou pastora há um bom tempo. Mas às vezes somos melhores em ver coisas em outras pessoas do que em vermos coisas em nós mesmos.

Mara assoviou.

— Amém, amiga. Fala, Deus!

HANNA

Nathan colocou o braço ao redor do ombro de Hanna quando saíram do santuário depois do culto.

— Que tal conhecer meu pastor? — ele perguntou.

Hanna hesitou.

Ela participara de alguns cultos com Meg na igreja dela, mas essa era a primeira vez que ela cultuava com Nathan e Jake, e conseguia sentir os olhos curiosos e avaliadores fixados nela desde o instante em que sentara ao lado dele no culto. Não que qualquer pessoa sentada perto deles tenha expressado surpresa quando Nathan a apresentou durante o tempo de cumprimentos. Na verdade, ela parecia ser a única a sentir qualquer sinal de constrangimento. Até Jake parecia tranquilo. O que havia de errado consigo? Por que não conseguia relaxar completamente por estar em um relacionamento, especialmente com outras pessoas por perto?

Nathan esfregou gentilmente as costas dela.

— Tudo bem se você não quiser. Só pensei em perguntar.

— Não. Eu gostaria de conhecê-lo. Obrigada.

Enquanto Jake desaparecia com uns amigos, Hanna e Nathan esperavam no nártex, até que o pastor, que Hanna calculava estar nos cinquenta e poucos, terminasse outras conversas.

— Nathan! — ele disse, apertando-lhe a mão calorosamente. — Que bom te ver!

— Obrigado, Neil. Eu queria te apresentar para uma antiga amiga minha, Hanna Shepley.

Nate era intuitivo. Muito intuitivo. Ele sabia que ela se sentiria mais confortável com essa designação do que com algo mais romântico. Ela se sentiu relaxar quando apertou a mão de Neil.

— Prazer em te conhecer, Hanna. Estou feliz que esteja aqui.

— Obrigada! É um prazer te conhecer também. E obrigada por esta manhã. Ótimo sermão. — Na verdade, pela primeira vez em um longo tempo, Hanna conseguiu participar do louvor sem avaliar cada elemento do culto. Isso que é obra do Espírito.

— Hanna e eu fomos ao seminário juntos anos atrás e perdemos o contato — Nathan explicou. — Mas ela está aqui agora em um descanso sabático do ministério em Chicago e, pelos meios providenciais de Deus, nós nos reconectamos. — Ele apertou o ombro dela. — Sorte minha.

Ela sentiu o rosto corar.

— Deus não é demais? — Neil disse sorrindo. — Por mais quanto tempo você está no sabático, Hanna?

— Mais seis meses.

Neil arregalou os olhos de surpresa.

— Eu sei — Hanna respondeu. — Nunca se viu, né? Igreja extremamente generosa.

— Bem, se sentir necessidade de oportunidades ministeriais, tenho certeza de que consigo encontrar algo para você fazer.

Nathan riu.

— Ah, sem chance, Neil! Essa mulher está com ordens restritas para descansar e se divertir. Ela foi colocada em um regime de celebração. Pelo bem da alma dela.

— Entendi — Neil disse. — Todos nós poderíamos nos beneficiar com algo assim.

Eles conversaram por alguns minutos antes de Neil pedir licença.

— Me desculpe — Nathan disse para Hanna depois que eles se afastaram. — Eu saí da linha. Eu não deveria ter falado por você daquele jeito. Mas estou protegendo você e seu tempo. Quero que você se beneficie o máximo possível da sua folga para que, quando começar a servir de novo, seja de um lugar de descanso e abundância. E Neil não está brincando. Ele te colocaria direto para trabalhar.

— Eu sei. Obrigada. — Hanna segurou a mão dele. — Provavelmente, é melhor que ele saiba logo, para que não me tente em meus momentos mais fracos.

— Bem, espero que você seja tentada pela minha oferta — Nathan disse. — Eu preciso comprar algumas coisas para Jake. Ele está esperando um certo jogo para o Natal, e eu ficaria encantado se você se juntasse a mim numa excursão à loja de brinquedos e depois em um almoço lá em casa.

— Eu não entro em uma loja de brinquedos há anos — Hanna respondeu. — Parece o lugar perfeito para começar a me divertir.

Hanna deveria saber que a loja de brinquedos estaria repleta de mulheres grávidas. E mães empurrando carrinhos. E mães comprando para crianças. E mães cercando filhos que estavam gritando por tudo o que era novo e legal. Havia uma razão para ela comprar coisas para as sobrinhas online.

Ela passou longe dos corredores de brinquedos infantis e mergulhou na seção de artigos esportivos. Nada para ficar triste quando se estava observando acessórios de futebol americano e hóquei no gelo.

— Achei que tinha te perdido! — Nathan disse quando apareceu no corredor empurrando um carrinho de compras. — Quer um capacete de futebol americano?

Hanna riu.

— Não.

— Que tal uma raquete de tênis rosa-choque? — Ele retirou uma de um gancho e fingiu um saque.

— Não, obrigada.

— Ah... Deixa eu comprar algo para você brincar. O que você tinha quando criança e que amava?

Essa era fácil.

— Um urso marrom chamado... escuta só... Urso Marrom, que era meu amigo mais próximo e meu confidente. Me fez companhia durante todas as nossas mudanças. E nós jogávamos muitos jogos de tabuleiro. Mamãe era ótima no Scrabble.

— Tal mãe, tal filha — Nathan comentou. — O que mais?

Hanna pensou por um instante. A memória que apareceu a surpreendeu. O pai chegara de uma viagem de vendas e estava com a maleta aberta sobre a cama. Sempre tinha algo para ela na maleta do pai, e ele sempre fingia que lhe trouxera meias. Ou uma gravata. Ela esperou pacientemente enquanto ele desfazia a bagagem. Quando ele pendurou as últimas calças no guarda-roupa, Hanna olhou para dentro da mala. Vazia.

Papai se virou e olhou para ela.

— Nada aí para a Hanna-banana? — ele perguntou.

Ela balançou a cabeça lentamente. Tudo bem se ele tivesse esquecido.

— Bem... hmm... — Ele apalpou o interior da maleta, inspecionou bolsinhos, a levantou da cama. Nada. — Olhe embaixo da cama — ele sugeriu. — Talvez tenha caído lá.

Ela olhou. Nada ainda.

Quando ela se levantou, ele estava segurando algo atrás das costas.

— Você não achou que eu me esqueceria de você, achou? — ele perguntou. — Como eu poderia me esquecer da minha menina favorita? — Ele apresentou para ela um cata-vento maravilhoso e mágico que girava suas cores na brisa. Ela amava aquele cata-vento.

Ainda conseguia sentir o perfume do papai.

Talvez ela devesse ter ido para Nova York passar o Natal com a família. Talvez permanecer em Kingsbury para ficar com Nate fosse algo muito egoísta.

— Você está bem? — ele perguntou.

Ela concordou lentamente e então lhe falou sobre o cata-vento. E sobre a indecisão dela.

— Você passou sua vida toda pensando somente sobre o que outras pessoas querem e precisam — Nathan respondeu baixinho. — Tudo bem se você está aprendendo a descobrir o que você quer e precisa agora. Seu pastor titular e sua congregação insistiram que você trabalhe nisso, lembra? Eles investiram muito em você para terem certeza de que você faça isso. E, se eu vir sinais de que você está se voltando só para si mesma, que você só está pensando em suas próprias necessidades e desejos, eu te falo, tá bom?

— Promete?

— Prometo. Você me conhece. Eu costumo falar a verdade.

Ela riu. Era verdade. Dolorosamente verdade, às vezes.

— Vamos — ele disse, pegando a mão dela. — Estou em uma missão agora. Eles devem ter cata-ventos aqui em algum lugar.

Depois de passarem por olhares confusos de alguns vendedores jovens ("Isso não é, tipo, coisa de jardim no verão?"), Nathan finalmente encontrou uma caixa escondida em um canto distante da loja, recheada de cata-ventos de plástico.

— Olha! — ele exclamou. — Um buquê inteiro de flores para você!

Nate estava certo. Hanna não fizera a conexão mental quando descreveu o presente do pai, mas os cata-ventos multicoloridos tinham a forma de flores com pétalas claras e brilhantes.

— Que tal uma dúzia? — ele perguntou, tirando várias da caixa. Hanna sorriu.

— Que tal um? — ela respondeu, pegando um roxo da mão dele. Quando pareceu que ele ia discordar dela, ela disse: — Não estou resistindo à abundância. Escolher um é o que o torna especial, entende?

— Certeza?

— Absoluta. Obrigada.

Segurando seu presente, Hanna andou com Nathan para a frente da loja, onde ele escolheu o que parecia ser a mais curta de múltiplas filas serpenteantes para os caixas. Quando vários minutos se passaram sem nenhum progresso, Nathan ficou visivelmente inquieto.

— Eu sei que Neil pediu que a congregação pensasse em formas de praticar as disciplinas de espera do Advento, mas isso é ridículo — ele disse.

A pessoa do caixa acendeu a luzinha, indicando que alguém na frente deles estava tendo problemas.

— Ah, qual é — ele murmurou. — Eu deveria ter escolhido aquela fila. Olha. Aquele cara de camisa verde estaria bem na minha frente. Nós estaríamos quase no caixa agora. Desculpe. Isso sempre acontece. Sempre escolho a fila errada. Sempre. — Ele tamborilou no carrinho. — Aquela fila ali parece estar se mexendo. Quer mudar?

Hanna balançou a cabeça.

— Não.

— Por que não?

— Porque isso pode ser a disciplina espiritual perfeita para você.

Ele fez uma careta.

Ela puxou a manga dele e sorriu.

— Olhe todas as pessoas por quem você pode estar orando enquanto espera.

Ele colocou os cotovelos no carrinho e apoiou o rosto nas mãos.

— Ok, tá bom. Eu vou começar a entrar intencionalmente nas filas mais longas. Mas só durante o Advento.

— E eu vou fazer jejum de músicas de Natal até a Noite de Natal — Hanna disse.

— Ah, não vai, não.

— Como assim, não vou, não?

— Você não é uma dessas pessoas que começam a escutar músicas de Natal em outubro, é?

— Não, eu sempre espero até depois do Dia de Ação de Graças.

— Então, você já pratica a gratificação tardia. E você deveria estar se rendendo ao Espírito, praticando celebração, não jejuando. Se músicas de Natal são uma fonte de alegria para você, então celebre, Shep.

A luzinha do caixa desligou e eles avançaram alguns centímetros.

— Ok, tá bem — ela respondeu. — Vou ceder. Só vou fazer jejum de músicas natalinas esta semana. E vou ler e orar as letras dos hinos em vez de cantar. — Isso provavelmente seria uma experiência profundamente satisfatória e enriquecedora, uma forma de refrescar palavras conhecidas.

— Eu vou te dar um hinário quando chegarmos na minha casa — Nathan disse. — *Se* chegarmos na minha casa.

Domingo, 7 de dezembro, 16h20

Eu ia voltar para o chalé de Nancy hoje à noite, mas decidi ficar na casa de Meg pelo menos até amanhã. Nancy ligou agora há pouco, só para ver como estavam as coisas. Acho que ela estava preocupada que eu estivesse solitária e isolada. Contei para ela que me conectei a novas pessoas e que estou gostando muito do meu tempo afastada. Não mencionei Nate. Não quero histórias circulando em Chicago sobre a pastora Hanna e o namorado dela. Mas contei para ela que me inscrevi para uma viagem à Terra Santa em maio, e ela ficou muito animada. Ela disse que eu parecia estar mais em paz, como se o tempo sabático estivesse começando a fazer o que eles esperavam. Presente.

Ela deu algumas atualizações casuais sobre a congregação, e eu percebi como me sinto desconectada da minha vida lá. Não de maneira ruim — só acho que realmente me acostumei à vida aqui. Jamais pensei que isso seria possível alguns meses atrás. Sei que Nate é uma grande parte da razão de eu me sentir em casa aqui. Às vezes me afundo em pensamentos sobre o que vai acontecer em junho, quando meu descanso acabar e eu tiver que me relembrar de que só podemos dar um passo de cada vez. Mas o comentário de Mara sobre Nate, Jake e eu já parecermos uma pequena família, me acertou em cheio ontem à noite. Talvez porque eu estivesse orando sobre meu lamento por não poder ter filhos. Certamente não posso pular para qualquer conclusão sobre nosso futuro. É muito prematuro.

Pensei em falar com Nate depois do almoço hoje sobre minha histerectomia e as camadas de luto que vieram à luz essa semana. E aí mudei de ideia. O que eu deveria dizer? "Quero que você saiba que estar com você está despertando todo tipo de desejos em mim por uma família, e eu sei que não conversamos sobre nada disso e que é cedo demais, mas acho que deveria te dizer que não posso ter filhos." Não posso lhe dizer isso. Ainda não.

Mas, quanto mais tempo passo com ele, mais meu coração se abre para ele. Ele está determinado a me ensinar a me divertir e a celebrar. E eu sou grata por isso. Ele é muito bom para mim. Estou sentada aqui olhando para meu cata-vento enquanto escrevo. A imagem é tão apropriada para mim. Não há nada útil ou produtivo sobre cata-ventos. Eles não têm nenhum propósito prático. Só esperam pelo vento sem ambição alguma. Uma imagem da receptividade. E da diversão. Deleite brincalhão e perda de tempo. Que avanço para mim! E ter o cata-vento combinado com a imagem de uma flor é perfeito. Obrigada, Senhor. As flores são para mim. O presente do Noivo para a amada.

Eu realmente gostei de adorar com Nate e Jake hoje de manhã. O pastor de Nate pregou um ótimo sermão em Romanos 5:1-5:

> PORTANTO, JUSTIFICADOS PELA FÉ, TEMOS PAZ COM DEUS, POR MEIO DE NOSSO SENHOR JESUS CRISTO, POR INTERMÉDIO DE QUEM OBTIVEMOS TAMBÉM ACESSO PELA FÉ A ESTA GRAÇA, NA QUAL ESTAMOS FIRMES, E NOS GLORIAMOS NA ESPERANÇA DA GLÓRIA DE DEUS. E NÃO SOMENTE ISSO, MAS TAMBÉM NOS GLORIAMOS NAS TRIBULAÇÕES; SABENDO QUE A TRIBULAÇÃO PRODUZ PERSEVERANÇA, E A PERSEVERANÇA, A APROVAÇÃO, E A APROVAÇÃO, A ESPERANÇA; E A ESPERANÇA NÃO CAUSA DECEPÇÃO, VISTO QUE O AMOR DE DEUS FOI DERRAMADO EM NOSSO CORAÇÃO PELO ESPÍRITO SANTO QUE NOS FOI DADO.

"A esperança não causa decepção, visto que..." Foi isso que saltou aos meus olhos. Eu passei anos me protegendo contra decepções, me recusando a ter esperança, porque eu tinha medo de me decepcionar. Com outros e com Deus. Eu não queria "elevar as expectativas", porque tinha medo de me decepcionar. Se você deixa suas expectativas baixas, pode se surpreender agradavelmente com qualquer coisa boa que aconteça. Acho que essa é uma forma de endurecer seu coração. Uma forma de resistir ao amor de Deus, que foi generosamente derramado através do Espírito Santo. Derramado. Não medido em colherinhas. Derramado. Uma imagem de abundância.

Eu me sentei lá no culto e pensei sobre o que o sofrimento produziu na minha vida. Ele não produziu resistência, caráter e esperança em mim. Em vez disso, o sofrimento — tanto meu quanto dos outros — produziu resignação, a qual, de maneira consistente e sorrateira, desgastou minha esperança. Foi uma palavra importante para eu escutar, especialmente porque sinto que Deus quer curar mais coisas em mim. Me ajuda a ancorar minha esperança em ti, Senhor. Não em um resultado específico, mas em ti. Em teu amor.

Estive pensando muito sobre Charissa e John hoje e sobre como deve ser difícil para eles esperar. Mandei um e-mail para ela para dizer que eu estava orando por ela. Mara ligou para ela e se ofereceu de novo para ir lá orar, mas ela disse que não estava a fim. Não sei mais o que podemos fazer. Esperar com eles, suponho. E continuar orando.

Vou ficar com meu cata-vento e o hinário de Nate hoje à noite, pensando sobre as formas como Deus derramou seu amor. Obrigada, Senhor. Por favor, encha-nos todos com esperança enquanto esperamos por ti.

MEG

As vozes agudas dos coristas em robes fluíam pelo majestoso domo da Catedral de St. Paul. Como meninos tão pequenos — alguns dos quais não pareciam ter mais que sete ou oito anos — conseguiam cantar com tamanha precisão hipnotizante? Ao escutar os hinos deles, Meg não teve dificuldade em imaginar os anjos louvando a Deus diante dos pastores. "Glória a Deus nas maiores alturas, e paz na terra entre os homens a quem ele ama."

Se o lugar ao lado dela não estivesse vazio...

Ela esperava que Becka pudesse se juntar a ela para o culto de domingo de manhã, mas Becka tinha deixado claro que não estava interessada.

— Eu tinha planejado dormir até mais tarde. Mas você deveria ir e aproveitar.

— Que tal um almoço, então? Podemos nos encontrar perto da catedral, talvez caminhar um pouco, ir a um museu ou alguma coisa.

Mas Becka marcara outra maratona de estudos.

— Que tal jantar? — Becka sugeriu. — Eu posso ir para o hotel depois que terminarmos.

Certo, jantar.

Meg supôs que deveria ser grata por cada pedacinho de tempo enquanto Becka estava se preparando para as provas. Além disso, o semestre acabaria em mais alguns dias, e aí elas teriam tempo para explorar os tesouros de Londres. Teriam tempo para conversas profundas e significativas. E Meg teria tempo para compartilhar memórias de Jimmy e para conversar com Becka sobre algumas das coisas que ela estava aprendendo sobre si mesma.

Enquanto os meninos cantavam uma oração, os pensamentos de Meg deslizaram para um evento específico, vívida e indelevelmente marcado por tristeza e remorso, em que Becka tentou coletar detalhes sobre o pai. Meg conseguia ver a Becka de seis anos sentada à mesa de jantar, na qual a mãe sempre insistia que elas comessem, com seu cabelinho castanho encaracolado cortado em um chanel e as pernas curtas demais para encostarem no chão. Meg conseguia ouvir a voz aguda dela como se tivesse acabado de pronunciar:

— Meu pai tinha bigode? — Becka perguntou do nada.

Sua mãe não levantou os olhos da sua batata assada. Meg continuou cortando sua fatia de presunto.

— Eu perguntei se meu pai tinha bigode!

— Bigode? — Meg repetiu.

— É, você sabe, bigode. — Becka esfregou o indicador sob o nariz, como se Meg não soubesse o que ela queria dizer com a palavra.

— Não... ele não tinha bigode.

— Posso ver uma foto?

— Rebecka, — a mãe interrompeu — coma seu jantar.

— Posso, *por favooor,* ver uma foto?

— Depois — Meg respondeu rapidamente.

— Quando?

— Agora não. — O lábio de Meg estava começando a tremer. Ela abaixou o garfo e a faca.

— Por que não?

— Porque eu mandei, — a mãe respondeu — e o que eu digo nesta casa é lei.

— Mas eu só quero ver ele!

— Chega, Becka — Meg ordenou. — Já chega.

— O pai de Lauren tem bigode. Lauren disse que ele vai me levar para o baile de pais e filhas da escola.

Meg enterrou o rosto no guardanapo e se levantou da mesa.

— Olha o que você fez! — a mãe de Becka a repreendeu enquanto saía da sala de jantar.

Becka não pediu mais para ver as fotos, e Meg não se ofereceu para mostrá-las. Que covarde ela foi.

Senhor, me ajuda.

A semana toda ela carregou o cartão de Jimmy na bolsa, esperando o momento oportuno para mostrá-lo a Becka e dizer-lhe que sentia muito por não falar abertamente sobre ele ao longo dos anos. Talvez tivesse a oportunidade no jantar. Era sua esperança.

Às 18h, seu telefone tocou.

— Oi, mãe... hmm... Pippa está meio que se desesperando com nossas provas essa semana, e eu falei para ela que ficaria mais um pouco para ajudar. Eu não acho que vou conseguir te encontrar hoje à noite. Podemos deixar para a próxima?

"Não", Meg respondeu, mas não em voz alta. Não. Nada de deixar para a próxima.

— Mãe?

— Becka, eu... — Ela ia ser corajosa. Ela ia nomear sua decepção. — Becka, eu realmente esperava estar com você hoje à noite.

— Eu sei, mas...

— Eu sei que você tem muitas coisas acontecendo agora, com as provas, trabalhos e seus amigos. Eu sabia que você estaria ocupada quando marquei essa viagem, mas...

— Não me pressione a ir te ver, tá? Não preciso de você fazendo eu me sentir culpada.

— Eu não estou...

— Não. Está, sim. Eu não posso falar agora. — A voz dela estava ficando mais aguda, mais estridente.

— Becka...

— Preciso ir.

— Becka? — Mas ela já tinha desligado.

Tudo isso por ser corajosa e tentar se impor.

Ela não deveria ter pressionado, não quando Becka ainda estava sob tanta pressão com a faculdade. Era egoísta de sua parte exigir o tempo e a atenção de Becka agora. *Eu sinto muito, Senhor. Estraguei tudo.* Ela ligou para o telefone de Becka para pedir desculpas, mas Becka não atendeu.

Tinha que haver alguma maneira de falar com ela. Era uma antiga regra delas, algo que praticavam juntas desde que Becka era pequena, e Meg não ia quebrar essa regra agora: nunca ir dormir com raiva. Ela e Jimmy eram comprometidos com a mesma regra, por mais que fosse difícil.

Se ela soubesse onde Becka estava estudando, iria até lá para consertar as coisas. Mas não sabia onde o grupo estava e não sabia como falar com nenhum deles.

Pense.

Pense.

Não. Espera.

Ela sabia, sim, como falar com um deles! Remexeu a bolsa e encontrou o pedaço de papel onde rabiscou o número de Pippa na sexta-feira à noite, e ligou para ela.

— Alô? — a voz disse.

— Pippa?

— Sim?

— É a senhora Crane. Mãe de Becka.

— Ah, oiê! — Ela não parecia muito estressada.

— Posso falar com a Becka um minuto? A ligação caiu.

— Hmm... Becka não tá aqui.

— Ah. Achei que vocês estivessem estudando juntas.

— Hoje, não! Vamos nos encontrar de novo na terça-feira.

Algo estava errado. Muito, muito errado.

— Ah, eu devo ter entendido errado. Você tem ideia de onde ela está?

Pippa pareceu casual quando respondeu:

— Eu a vi com Simon hoje de manhã. Acho que eles iam ficar no apartamento dele hoje.

"Simon?" Quem raios era Simon?

Meg afundou as unhas com tanta força na palma esquerda, que pequenas marcas de lua crescente ficaram mesmo depois de ela esticar os dedos de novo. Ela conheceu Simon no ringue de gelo? Ela se lembrava de uma Avery. Um Duncan.

Pense.

Pense.

— Não me diga que Becka ainda não apresentou vocês!

— Eu... Bem, ela tem estado tão ocupada com tudo, que não tivemos muita chance de...

Pippa riu.

— É, ela tá praticamente obcecada por ele. Não me admira que você não a tenha visto!

Meg esfregou a testa.

— Acho que estive com meu relógio interno bagunçado a semana toda. Talvez eu o tenha conhecido no ringue de patinação?

— Simon? Não! Espera... Você ainda não sabe sobre o Simon? Nossa! Becka vai me matar.

O estômago de Meg revirou.

— Ah, não, tudo bem. Tá tudo bem. Se você a vir... hmm... pode pedir para ela me ligar?

— Quer que eu mande uma mensagem para ela?

— Não, não. Não precisa. Só se você a vir...

"Eu falei", a voz de Rachel desdenhou na cabeça de Meg quando ela desligou o telefone. "Você é tão ridiculamente ingênua."

Mas por que Becka esconderia um relacionamento? Becka nunca escondeu um relacionamento. Nunca. Ou já? Por que agora?

Quem era Simon?

Se Becka tivesse dito "Mãe, tenho um namorado novo e gostaria muito de passar um tempo com ele", Meg entenderia, certo? Ela ficaria decepcionada, claro. Mas entenderia a empolgação de um novo relacionamento.

"Como você sabe que é um novo relacionamento?", a voz de Rachel perguntou. "Talvez ela esteja escondendo isso de você esse tempo todo."

Então, por que ela teria me convidado para vir e ficar com ela? Meg retrucou.

"Foi você que se convidou. Foi você que insistiu em vir aqui para falar sobre o pai dela. Muito egoísta, na minha opinião. Bem feito para você."

Não era egoísmo! Esconder Jimmy dela todos esses anos — isso que foi egoísta. Vir até aqui foi por amor. Amor perfeito expulsando o medo. Pedindo perdão. Aprofundando o relacionamento delas. Falando a verdade. Toda esta viagem era para isso.

"Bem, olha aonde toda essa esperança te trouxe. Você é uma tola, Megs. Uma tola das grandes. Junte todas as peças e veja a situação toda como ela realmente é."

Ela já fizera isso. Meg tentou convencer a si mesma de que era a sua imaginação inquieta, mas talvez tivesse sido a intuição materna o tempo todo, soando o alarme.

Inspira. *Oh, Deus.*

Expira. *Me ajuda.*

O celular de Becka apitou com uma mensagem, e ela se esticou para pegá-lo na mesa de cabeceira de Simon.

— Deixa — ele murmurou. — Deve ser sua mãe importunando de novo.

— Minha mãe não sabe mandar mensagem. — Ela leu as letras brilhantes na tela e sentiu o rosto perdendo a cor: "Sua mãe sabe sobre o Simon! Desculpa! Me liga!"

Simon gentilmente tirou o telefone da mão dela, colocou-o do lado dele da cama e voltou a beijar o pescoço dela. Como raios a mãe dela descobriu sobre Simon?

— Preciso ligar para Pippa.

— Pippa pode esperar.

Ela relutantemente se afastou dos braços dele e sentou-se na beira da cama.

— Vai demorar só um segundo.

— Você que sabe — ele respondeu antes de entrar no banheiro.

Becka discou o número, ciente do nó ameaçador em seu estômago.

— Pip?

— Becka! Me desculpa mesmo! Eu estraguei tudo. Não sabia que você ainda não tinha contado para sua mãe sobre o Simon!

— Mas como...?

Pippa contou a história de como a mãe de Becka ligou para ela quando não conseguiu falar com Becka pelo celular, como pensou que elas estavam estudando e como Pippa inocentemente disse que elas não tinham uma sessão de estudo naquele dia.

— E eu disse para ela que você provavelmente estava no apartamento de Simon.

Becka xingou baixinho.

— Eu sinto muito mesmo! — Pippa disse. — Eu sei que você me avisou para não falar nada sobre ele no restaurante. Mas eu pensei, sabe, que a essa altura você já teria contado para ela. Eu não sabia que você estava mantendo a coisa toda em segredo. Se eu soubesse, teria ajudado.

— Eu sei. Eu deveria ter sido mais clara. Não é culpa sua.

— Quer que eu ligue para ela e diga que falei com você e que eu me confundi toda e esqueci que você estava estudando com outra pessoa?

Embora fosse tentador, não funcionaria. Ela disse especificamente para Meg que estava ajudando Pippa naquela noite. E agora?

— Não, não se preocupe — Becka respondeu. — Eu vou cuidar disso. Obrigada por me avisar.

Ela desligou o celular e pegou a meia-calça, que estava jogada no chão, e depois vestiu a minissaia.

— Você tá saindo? — Simon apareceu do banheiro, com o cabelo grisalho ainda bagunçado pelos dedos de Becka.

— Eu vou voltar. Só preciso resolver uma coisa. — Por mais que ela odiasse sair, precisava consertar isso com sua mãe. Agora.

Enquanto ela pegava o Túnel de Notting Hill para Russell Square, ia montando a estratégia de contenção de crise.

Primeiro, sugerir que fossem a uma cafeteria, a fim de evitar espaço silencioso e íntimo de um quarto de hotel. Não seria tão provável que a mãe dela se desintegrasse em uma poça de emoções se elas estivessem em um lugar público com o barulho de estranhos.

Segundo, quando estivesse segura em um lugar público, reconhecer que, sim, ela estava com alguém e, sim, ela o manteve em segredo porque não queria que a mãe se preocupasse. Vender a ideia como uma decisão por compaixão.

Terceiro, pedir desculpas por mentir sobre Pippa e sobre o grupo de estudos, e minimizar o estrago dizendo que havia sido só hoje que ela usara isso como desculpa. Dizer que tinha mentido porque não teve a chance de ver Simon a semana toda, por estar tão ocupada se preparando para provas e tentando entreter a mãe.

E quarto, esperar que a predisposição da mãe para a confiança a impedisse de perceber as mentiras.

Meg espiou pelo olho mágico para o corredor do hotel e então destrancou a porta.

— Posso entrar? — Becka perguntou.

Meg deu um passo para o lado. Becka entrou. Meg fechou a porta. Becka sentou-se na beira da cama. Meg sentou-se na cadeira ao lado da janela. Becka fixou o olhar no chão. Meg não falou. Becka não tirou sua jaqueta de couro.

— Escuta, mãe, me desculpe pelo que aconteceu mais cedo, sobre Pippa e tudo mais.

Meg não conseguia falar.

— Eu não deveria ter mentido para você sobre não poder vir hoje à noite. Me desculpe.

Meg ainda não conseguia falar.

— Você... hmm... quer tomar um café ou algo assim?

— Eu não estou no clima para sair. — Aquela era a voz dela? Meg não tinha certeza.

Becka limpou a garganta.

— Ok, então...

O pescoço de Meg estava quente. Ela colocou a mão no pescoço. A mão dela estava fria.

— Mamãe... eu...

Meg disse:

— Por favor, me diz por que você achou que precisava mentir para mim sobre um namorado. — A voz dela não parecia brava. A voz dela não parecia trepidante. A voz dela parecia firme. Era a voz dela?

— Eu...

Becka parecia a menina que acabara de ser pega mentindo sobre aonde ela e Lauren foram depois da escola. Ela deveria vir direto para casa. Não deveria passear no shopping com as amigas. Não era seguro meninas da terceira série andarem no shopping sozinhas.

Becka tinha um piercing no nariz. Ela tinha cheiro de cigarro.

— Tá, tudo bem. Eu deveria ter te contado logo. — Becka agarrou as mangas da jaqueta. Ela cruzou os braços na frente do peito. Becka parecia-se com Rachel. — Eu conheci alguém há três semanas, o nome dele é Simon, e eu não quis te contar porque sabia que você não aprovaria, tá bom?

— Por quê?

— Porque ele é diferente.

— Diferente como?

— Diferente, mais velho.

Meg franziu as sobrancelhas.

— Mais velho quanto?

— 42.

— Becka, você só tem vin...

Becka levantou as mãos.

— Não! Viu? Foi por isso que eu não te contei, tá? Porque você já tá julgando ele, julgando a gente, só porque ele é mais velho.

Respira, ordenou a voz dentro da cabeça de Meg. *Respira.*

Inspira.

Expira.

— Não estou julgando ninguém — Meg respondeu com uma voz que parecia estranhamente desapegada. — Só estou me perguntando como você se envolveu com...

— Com o quê? Um homem "velho o bastante para ser meu pai"? É isso que você estava pensando? Bom, estamos bem, juntos. Ele diz que eu o inspiro e ele quer ficar comigo, tá? O que a gente tem é especial, e eu não vou abrir mão disso só porque você não aprova! Já tenho quase 21 e posso fazer o que eu quiser sem a aprovação de ninguém. E, sim, só para você não ter que perguntar o que eu sei que você quer saber, estamos transando, tá bom? Pronto! Agora você sabe a verdade.

Respira.

Oh, Deus.

Respira.

6.

CHARISSA

Charissa tentou sair da cama sem acordar John às 5h de uma segunda-feira. Mas, quando ela voltou do banheiro, ele estava apoiado no cotovelo.

— Você ainda está sangrando? — Ela estava. — Tanto quanto antes? — Ela não tinha certeza. Quando o consultório do médico abriu às 7h30, ela ligou para pedir instruções. — O que eles disseram?

— Eles querem que eu vá lá fazer um ultrassom.

— Agora?

— Assim que eu beber um litro de água. — Charissa mediu a quantidade exata enquanto John ligava para a chefe para pedir a manhã de licença.

— Susan falou para levarmos o tempo que precisarmos. Para eu tirar o dia todo, se quiser. Ela disse que tem um projeto especial em que eu posso ajudar, e posso ir mais cedo na quinta-feira e na sexta.

Uma hora mais tarde, eles passaram em silêncio em frente da loja de presentes da maternidade. Charissa desviou o olhar das manequins grávidas na janela e viu John apertar a mandíbula quando segurou a porta para uma mulher grávida que estava saindo do consultório do médico.

Eles haviam suportado longas e estressantes 36 horas.

Ela tentou se distrair com edições finais na iminente apresentação sobre Milton, mas não adiantou. Não conseguia se concentrar. Então, passou algumas horas no domingo desentulhando e rearranjando gavetas e armários do banheiro. Ela precisava de algo produtivo que não exigisse pensar, e, já que não queria se esforçar em excesso aspirando os carpetes e estofados, arrumar e se livrar de produtos de limpeza e de banheiro deu conta do recado.

John, enquanto isso, se distraía procurando casas online e jogando algum tipo de jogo de computador que envolvia explodir coisas. Nenhum deles foi à igreja, e ela não quis atender o telefone quando os pais dela ligaram. Em vez disso, mandou uma mensagem dizendo que estava se sentindo atolada com as responsabilidades do fim do semestre e que ligaria outro dia, depois de sua apresentação. Ela não mencionou nenhuma possibilidade de aborto espontâneo. Conseguia imaginar a resposta deles: "Bem, pode ser a maneira de Deus conduzir as coisas para melhor."

— Tudo acontece por um motivo — a mãe dela sempre dizia.

Charissa disse o mesmo para John depois da inspeção na casa. Ele sem dúvidas passou horas imaginando a vida juntos naquela casa específica, sem dúvidas passou horas imaginando-se sentado diante daquela lareira ou brincando de pique-pega ou esconde-esconde naquele quintal, e ela — com o comentário indiferente "Vamos achar outra casa" — completamente ignorou a decepção dele. Para John, não era "só uma casa".

Provavelmente havia pessoas insensíveis que diziam as mesmas coisas vazias para mulheres que tiveram abortos espontâneos: "Você é jovem. Vai ter outros filhos."

Bem, essa não era "só uma gravidez".

Ela queria *essa* criança.

Por favor.

Ela pegou a mão de John e a apertou com força. Ele levantou os olhos da revista.

— Me desculpe — ela sussurrou.

Os olhos dele brilharam. Beijou a mão dela e não a soltou.

Quando ela e John foram chamados para a sala de exames, Charissa sentiu que estava mais cambaleando do que andando.

A enfermeira apertou o medidor de pressão ao redor de seu antebraço e perguntou:

— A sua bexiga está cheia?

E como estava. Ela esperava conseguir aguentar mais meia hora.

John começou a conversar, lançando pergunta atrás de pergunta para a enfermeira, e depois para a Dra. Newton, assim que ela entrou na sala. "Eles saberiam logo de cara? Eles conseguiriam escutar o batimento cardíaco? Quanto tempo demoraria?"

Dra. Newton sentou-se diante do monitor e pacientemente respondeu a todas as perguntas dele, enquanto Charissa estava deitada na mesa de exames ao lado da tela que revelaria se ainda havia vida crescendo dentro dela.

— Levante sua camisa um pouco. Aí, está bom — Dra. Newton disse. — Abaixe um pouco sua calça. Coloque esta toalha no cós da calça, assim. Isso. — Ela pegou uma garrafinha. — Eu vou espremer um pouco de gel no seu abdome antes de mexer a sonda sobre sua pele. Tem uma sensação um pouco quente.

Charissa assistiu a ela espremendo o gel azul e então tirando a sonda do suporte e enrolando o cabo ao redor do antebraço.

— Está bem, lá vamos nós.

Com a mão esquerda, apertou algumas teclas no computador. Luz apareceu na tela enquanto ela movia o sensor com a mão direita.

— Você tá bem, Cacá? — John perguntou. Ele estava sentado na cadeira do outro lado da mesa de exame, com os olhos fixos no computador. Charissa confirmou com a cabeça e se virou para olhar para a tela também. Não tinha como decifrar as imagens até a médica explicá-las. Parecia apenas um borrão de luz azul, linhas irregulares e sombras se mexendo.

A médica moveu a sonda para lá e para cá, apertando botões na tela, observando o monitor, sem dizer nada. Charissa sentiu John segurar-lhe a mão, mas ela não se virou para olhar em seu rosto. Não conseguia.

Clique, clique. Bipe. Silêncio. Clique. Bipe. Clique.

O centro da tela tinha uma área preta, no formato de um olho, e dentro dessa área... Aquilo era o bebê? John ficou mudo, como se estivesse com medo de fazer a pergunta. Charissa não tinha certeza se conseguiria falar sem chorar, e ela não queria chorar. *Por favor.*

E então, justamente quando Charissa achou que não conseguiria suportar o silêncio por nem mais um momento, Dra. Newton segurou a sonda no lugar e apontou para a tela.

— Estão vendo isso? — Charissa sentiu a mão de John ficando tensa. Ela conseguia sentir a pulsação dele. Ou talvez fosse a dela. — Aqui é sua bexiga. — Ela circulou a área com o dedo. — Aqui é seu útero. — Ela apontou de novo. — Aqui é o bebê...

Meu Deus. Por favor. Ela conseguia distinguir o formato de uma cabeça e um corpo, mas não via nenhum movimento. Absolutamente nada.

Clique. Clique. Bipe.

— E aí está o coração batendo.

Meu Deus. Charissa não percebeu que estava segurando o fôlego até expirar irregularmente, fazendo um som entrecortado.

John se inclinou sobre a mesa de exames para olhar mais de perto.

— O coração está batendo?

— Bem ali. Está vendo essa área pulsando?

John pulou com as mãos na cabeça.

— O bebê está bem?

— Bem, ainda vou fazer umas medições, mas, até agora, tudo certo. — Ela moveu o sensor de novo. — Aqui. Escutem. — Ela apertou alguns botões e de repente eles escutaram um rápido *tu-tum-tu-tum-tu-tum-tu-tum.*

— Esse é o batimento cardíaco? — Charissa perguntou baixinho. Parecia tão insistente, tão determinado, tão resiliente.

— Esse é o batimento cardíaco.

— Parece rápido. Tá rápido demais? — John perguntou.

— Não, está dentro dos parâmetros normais. O seu pequeno tem um sinal bem forte aqui.

John deu um giro e se agachou.

— Graças a Deus — ele disse. — Graças a Deus, graças a Deus, graças a Deus.

Dra. Newton sorriu e continuou apertando uns botões.

— Isso significa que está tudo bem? — Charissa perguntou. — Que o sangramento está normal?

— Bem, não há garantias, mas ter um coração batendo forte é um bom sinal. É isso que queremos ver.

A garganta de Charissa apertou de emoção. Mesmo agora, dentro dela, uma pequena pessoinha estava perfeitamente bem.

— Todas as medições parecem boas — a médica disse. — Quase nove semanas. Vamos só olhar mais algumas coisas aqui, e então deixarei você aliviar a bexiga.

No momento, Charissa não poderia se importar menos com a bexiga. Ela queria assistir à tela, queria assistir ao coração batendo do pequenino, batendo com vida.

Com vida.

O peito dela se inchou com um choro que ela não conseguiu controlar. Em um instante, John estava ao seu lado, segurando sua cabeça contra o peito dele, onde ela sentiu o coração dele batendo com vida. Ela molhou a camisa dele com lágrimas. Lágrimas de alívio, lágrimas de arrependimento, lágrimas de gratidão, lágrimas de fascínio, lágrimas que expressavam tudo o que ela ainda não conseguia dizer em voz alta com palavras. Quanta graça era graça de mais?

Jesus. Obrigada. Eu sinto muito. Obrigada.

— Você tá bem? — John perguntou.

Ela esperou até ter controle sobre o choro e então fungou alto.

— Só estou aliviada. Muito aliviada.

John secou as bochechas dela e beijou-lhe a testa. Quando a médica terminou os exames e limpou o gel, ele colocou os lábios sobre o abdome dela.

— Eu te amo, bebê. Você me ouviu? Seu papai ama você.

Charissa deixou o consultório abraçando no peito a foto do ultrassom e não fez objeção alguma quando John sugeriu parar na lojinha de lembranças para comprar um presente especial para o bebê deles como uma lembrança, para celebrar a vida e o amor.

MEG

Uma batida forte na porta acordou Meg e a princípio ela achou que Becka voltara para dizer que tudo aquilo fora um erro terrível.

— Camareira!

Meg rolou na cama e apertou os olhos para ver o relógio. Já eram 10h.

— Só um minuto, por favor! — Enrolando-se no roupão, ela se arrastou até a porta. Pelo olho mágico, conseguia ver uma garota mais ou menos da idade de Becka, com um carrinho. Meg abriu a porta só o suficiente para se comunicar.

— Me desculpe, eu dormi demais.

— Sem problemas! Eu volto mais tarde, pode ser?

— Eu acho que talvez, se não tiver problema, acho que não vou precisar da limpeza do quarto hoje. Não estou me sentindo muito bem.

— Oh, perdão! É claro. Se mudar de ideia, basta ligar para a recepção. Posso trocar suas toalhas para você?

— É muito gentil. Obrigada. — Meg juntou as toalhas do banheiro e as entregou para a garota, que olhou para ela com uma expressão de profunda compaixão, o que ameaçou fazê-la se desmanchar.

— Você gostaria que eu trouxesse uma xícara de chá para você?

— Ah... Obrigada, mas...

— Não tem problema — ela disse. — Você parece estar se sentindo bem mal. Um chazinho sempre funciona para mim.

Quinze minutos depois, a garota voltou carregando uma bandeja não apenas com chá, leite e açúcar, mas com quatro fatias de torrada com manteiga, geleia de morango e um pequeno vaso cheio de margaridas.

— Tivemos essas flores nas mesas de café da manhã hoje. Eu achei que elas poderiam te alegrar um pouco.

Os olhos de Meg se encheram de lágrimas.

— Você não faz ideia. Obrigada. — Ver aquelas flores delicadas e inesperadas atiçou uma memória, uma conversa com Hanna sobre flores no inverno, sobre precisar de lembretes do amor, do cuidado e da fidelidade de Deus quando a vida parecia sombria e tenebrosa. *Obrigada, Senhor. Obrigada pelo lembrete.*

— É só deixar a bandeja no corredor quando terminar, que eu venho pegar mais tarde. Tem algo mais que eu possa fazer por você?

— Você já fez mais do que imagina. Obrigada.

— Meu nome é Claire. Se precisar de qualquer coisa, é só pedir para me chamarem.

— Pode deixar. Obrigada, Claire.

Meg colocou as flores na mesa ao lado da janela e olhou para o parque enquanto bebia o chá. Embora Rachel certamente fosse acusá-la de ser melodramática, Meg suspeitava que, dali a anos, ela identificaria o momento em que Becka saiu do hotel como um dos momentos mais angustiantes de sua vida. Nada que ela havia dito a dissuadira. Na verdade, o protesto de Meg só a havia irritado e deixado mais resoluta.

— A vida é minha! — Becka insistira, com uma voz que parecia similar demais a uma versão mais jovem de Rachel. Quantas noites Meg passara, ao longo dos anos, escutando Rachel discutir com a mãe, não apenas quando adolescente, mas até a mãe delas morrer na primavera? Era isso que mais a assustava. Ela não reconhecia essa versão de sua filha. Becka sempre foi de espírito livre e independente. Sua mãe a chamava de "determinada". Mas noite passada Meg tinha visto uma rebeldia teimosa e beligerante que ela só poderia atribuir à influência de Simon.

Senhor, me ajuda.

E quanto à mentira? Becka alegava que só estava envolvida com ele havia algumas semanas, que eles se conheceram em um bar, que ele era divorciado, que ele lecionava filosofia na universidade, mas agora trabalhava em uma editora. "E é isso, tá bom? Agora, você sabe a verdade!" Mas toda a fundação delas de confiança íntima, tudo o que elas construíram ao longo dos anos, fora danificado. Como ela seria capaz de acreditar em qualquer coisa que Becka dissesse algum dia?

"Talvez, se você não tivesse escondido o pai dela por todos esses anos, isso jamais teria acontecido."

Meu Deus.

Talvez *fosse* tudo culpa sua. Não precisava de um psicólogo para ver por que Becka estaria atraída por uma figura paterna. Ela esperou tempo de mais para compartilhar sobre Jimmy, e agora era tarde demais. Agora, Becka sem dúvidas veria qualquer tentativa de conversa sobre o pai dela como um esforço para redirecioná-la, manipulá-la, psicoanalisá-la e fazê-la sentir-se culpada.

Tudo saiu terrível e irrevogavelmente errado.

Inspira. *Não posso.*

Expira. *Não posso.*

Meg afastou a torrada, engatinhou de volta para a cama e puxou o lençol sobre o rosto.

— Você não é uma pessoa terrível. Não é. Olha para mim. — Pippa estendeu os braços sobre a mesa no bar Gato e Rato e levantou o rosto de Becka com ambas as mãos. — Você não tem controle algum sobre sua mãe ficar doida com algo bobo assim. É loucura. Se eu trouxesse para casa alguém tão sofisticado como o Simon, minha mãe iria até a lua!

— É, bem, a sua mãe é desse jeito. Você não estava lá, Pip. Você não viu o rosto dela.

— Ela vai superar.

— Você não conhece minha mãe. Ela é meio, tipo, frágil. — Becka deu um gole na cerveja.

— O que Simon acha disso?

— Você conhece ele. É tranquilo com tudo. Ele brincou sobre ir até o hotel para ler Sartre ou recitar poesia para ela.

— É, isso vai conquistá-la. — Pippa jogou um pouco mais de sal sobre o peixe com fritas. — Come um pouco. Eu não consigo comer isso tudo.

— Obrigada. — Becka colocou algumas batatas em seu prato. — Eu não sei como vou sobreviver pelas próximas semanas. Ela vai ficar aqui até antes do Ano-Novo. E agora, toda vez que eu disser que tenho outros planos e que não posso naquela hora, ela vai presumir que vou ficar com Simon. E vai tentar me dar sermão e me fazer sentir culpada. Você deveria ter ouvido ela. Estava realmente chateada. Me implorou para eu terminar com ele. Me julgou todinha, dizendo que era errado.

Pippa revirou os olhos.

— Bem, você não vai desistir dele só porque ela não aprova, vai?

— Não! Claro que não! É só que, quando ela me ligou em outubro e disse que queria vir para me visitar, pareceu uma ótima ideia, e eu estava toda animada.

— Bom, as coisas mudam. Você não conhecia Simon na época.

— Não, você tá certa. Talvez eu devesse ter ligado para ela algumas semanas atrás e contado logo o que estava acontecendo.

— É, mas você disse que não contou para ela porque sabia como ela ia reagir. E você estava certa. Olha como ela reagiu.

Becka passou o indicador em uma pichação entalhada na mesa.

— Sabe, quando ela tinha minha idade, já estava casada. E me trata como se eu ainda fosse uma garotinha.

— E que garotinha!

Becka se virou ao som da voz de Simon:

— Ei, não achei que você chegaria aqui antes das 18h! — Ela chegou para o lado para dar espaço na mesa.

— Eu terminei mais cedo. — Ele tirou o casaco, pendurou-o num suporte e beijou Becka quando se sentou ao lado dela.

— Simon, fala para ela que ela não é uma pessoa terrível!

— Quem disse que ela é uma pessoa terrível? — Ele fez um sinal para Pippa lhe passar a garrafa de vinagre maltado, e então derramou um pouco sobre as batatas de Becka antes de colocar algumas na boca.

— Eu estava contando para Pippa o que aconteceu com minha mãe ontem à noite.

Simon riu.

— Eu me ofereci para ir ao hotel resolver isso tudo.

— Não tem o que resolver. Eu não sei o que fazer.

Pippa disse:

— Por que você não fala para sua mãe que, já que vocês obviamente não vão concordar sobre as coisas, acha que seria melhor para as duas que ela volte para casa?

— Ah, claro. E fazê-la se desmanchar complemente em mim?

— Eu te falei ontem à noite, Rebecka — Simon disse. — Escolha o que te faz feliz e deixe o resto pra lá.

— Você é o que me faz feliz. — Becka reclinou a cabeça sobre o ombro de Simon e agarrou-lhe o braço. — Eu escolho você.

Querido Jimmy,

Existe uma tristeza tão profunda, que não há nem lágrimas. Foi essa tristeza que eu senti no dia em que você morreu. Você partiu antes que eu tivesse a chance de te dizer mais uma vez que eu te amava. Você partiu antes de eu ter a chance de dizer adeus. E, quando eu estava lá do lado daquela maca de hospital e acariciei uma mão que nunca mais seguraria meus dedos, não havia lágrimas. Apenas choque. Torpor. Como se eu estivesse fora do meu próprio corpo. Quando as lágrimas me encontraram mais tarde, achei que ia me afogar. Então, eu te enterrei.

Não apenas nas profundezas da terra, mas nas profundezas do meu coração. Eu te enterrei para que eu não precisasse sentir a dor da sua ausência. E, embora sentir saudade de você de novo doa mais do que eu consigo dizer, talvez a dor seja uma evidência de cura. Eu estive entorpecida e congelada por muito tempo, meu amor. Agora eu sinto, e isso dói.

Esta noite, estou sobrecarregada com o mesmo tipo de pesar sem lágrimas de novo. Talvez eu esteja em choque. Mas quero encontrar palavras. Achei que, talvez, se eu começasse a escrever para você sobre minha tristeza, encontraria palavras para orar.

Eu falhei, Jimmy. Você tinha confiança de que eu seria uma mãe muito maravilhosa para nossa bebê. Mas eu falhei com você. Falhei com ela. Ao me recusar a deixar sua memória viver e respirar em nossa casa, causei a ela mais danos do que jamais imaginei. Fui tão egoísta. Eu sinto muito mesmo.

Ela acabou de me ligar para me dizer que acha melhor para nós duas que eu vá para casa, que ela não consegue suportar o meu olhar de julgamento, e ela acha que vou acabar me sentindo negligenciada e ressentida se eu ficar. Eu disse para ela que a amo e sempre a amarei com todo meu coração. Mas amá-la não significa que eu aprove as decisões que ela está tomando. Ela disse que não precisa da minha aprovação. E está certa. Não precisa. Mas, puxa, como meu coração dói por nossa menina, Jimmy. Como meu coração dói.

Parece loucura sentir como se nossa filha tivesse morrido? Como se algo dentro de mim tivesse morrido? Ela disse que estou exagerando. Talvez eu esteja. Não sei.

Achei que vir aqui seria o certo a fazer. Achei que seria a coisa amorosa a fazer. Achei que Deus quisesse que eu viesse.

Acho que eu estava errada. Estava tudo errado. Eu não deveria estar aqui. Eu nunca deveria ter vindo. Deus, nos ajude. Eu não sei mais o que orar.

MARA

— Como assim, ela está pensando em voltar para casa? O que aconteceu? — Mara segurou o telefone com o pescoço e pendurou na árvore artificial uma bengala de doce de argila que Kevin fizera na primeira série. Decorar sozinha a tarde toda não foi nem de longe tão divertido quanto decorar na casa de Meg.

— Ela não deu detalhes no e-mail — Hanna respondeu. — Só disse que as coisas não estavam como ela esperava com Becka, e ela estava pedindo oração. Parece que elas tiveram algum desentendimento e Becka falou para ela que achava melhor se Meg viesse embora.

— Ahh, qual é! Tudo isso porque Meg tentou falar com ela sobre seu pai?

— Não, Meg disse que nem mencionou Jimmy ainda.

— Ela nem vai falar com Becka sobre Jim? Esse foi, tipo, um dos principais motivos por que ela queria ir!

— Eu sei. Ela disse que vai pensar mais sobre isso. Está tentando descobrir a coisa mais amorosa a fazer.

Mara desembrulhou um enfeite indefinido de argila, este feito por Brian no jardim de infância. Provavelmente, era para ser uma árvore, mas ele nunca teve paciência com obras de arte. Ela o pendurou perto da parte de trás em um galho baixo.

— Bem, ela é uma pessoa melhor do que eu. Eu estaria dizendo: "Para o inferno com isso! Vou fazer o que vim aqui fazer, Becka gostando ou não."

— É, é difícil.

Mara sentou-se na beira do sofá e olhou para a árvore semidecorada. Pobre Meg.

— Isso seria algo tão bom para ela, para as duas. Ela estava tão animada com isso. — Mara pegou outro enfeite embrulhado na caixa. — Às vezes, a vida é uma droga, sabe?

— Sei.

O portão da garagem abriu, e Mara escutou a porta do carro batendo.

— Ah, cara! Tom e os meninos estão em casa. — Ela perdera a noção do tempo com a decoração e ainda nem pensara sobre o jantar. Porcaria.

— Tudo bem com eles? — Hanna perguntou com inconfundível preocupação na voz.

— Sim, eles ficaram bem na deles quando chegaram de viagem ontem à noite. Nenhum drama. Tom foi para a cama cedo, e os meninos fizeram os deveres de casa sem reclamar. Dou graças a Deus por pequenos milagres.

— Que bom — Hanna respondeu. — Vou continuar orando. Obrigada por me informar sobre Charissa e John. São ótimas notícias sobre o bebê. E eu vou orar por eles sobre a procura da casa, para que Deus os guie para um bom lugar.

— É. Eles estão esperando algo novo em breve. — A porta da cozinha se abriu e os meninos entraram discutindo. — Continue me dando notícias sobre Meg, tá bom? Se ela decidir voltar para casa mais cedo, vou estar lá no aeroporto com balões, flores ou uma grande placa de boas-vindas ou algo assim.

— Ótima ideia. Eu te ligo assim que souber de mais detalhes.

— Obrigada, Hanna! Até mais tarde! — Mara desligou o telefone e então tampou e travou as presilhas da vasilha vermelha. Ela teria que terminar de decorar a árvore depois. — Ei! — ela chamou quando Kevin tentava passar escondido por ela, segurando uma bolsa de gelo sobre o nariz. Ele parou de andar, mas não se virou. — O que aconteceu com você?

Brian jogou a mochila no chão e respondeu:

— Ele brigou no vestiário depois do jogo.

— Derek começou! — Kevin disse.

— É, mas você tava, tipo, fomeando a bola o tempo todo!

— Eu não tava fomeando! Ele nem tava livre quando eu tentei aquele arremesso!

— Deixa eu ver — Mara disse, segurando o ombro dele. Kevin relutantemente tirou a bolsa de gelo para revelar um nariz inchado e ensanguentado, e hematomas começando a inchar sob os olhos. — Tá quebrado? — ela perguntou para Tom.

— Talvez. Não dá para dizer até o inchaço diminuir.

— Que tal levá-lo ao hospital?

— Não precisa. Não tem nada que possam fazer por ele. — Tom tirou o casaco e o jogou no encosto de uma cadeira.

— O treinador Conrad o suspendeu e deu dez horas de serviço comunitário para ele — Brian disse, parecendo contente.

Mara colocou as mãos nos quadris.

— Achei que você tivesse dito que foi culpa de Derek.

— Conrad é um idiota — Tom respondeu. — Eu assisti o jogo todo. Kevin não estava cotovelando ninguém. Derek é um chorãozinho. — Ele estendeu o punho fechado para Kevin, que respondeu ao soquinho sem muito entusiasmo. — Estou orgulhoso de você, filho. Você jogou bem agressivo na quadra hoje.

— Espera um minuto! — Mara exclamou. — Por que você está parabenizando ele? Ele acabou de ser suspenso por brigar!

— É, e é uma suspensão idiota. O treinador vai se arrepender. Ninguém consegue acertar cestas de três pontos que nem o Kevin.

Kevin começou a subir as escadas. Mara chamou por ele.

— Espera um minuto, Kevin! Ainda não terminei de falar com você.

Tom segurou o ombro dela.

— Ah, terminou, sim.

Mara se virou rapidamente com as narinas infladas.

— Você tá certo. Terminei. — Ela se livrou da mão dele. — Arrume seu próprio jantar.

Brian murmurou algo sarcástico. Tom torceu os lábios. Ela estava prestes a responder aos dois quando pensou melhor. Não havia como ganhar uma briga contra eles, e esta poderia crescer facilmente. Ela bufou escada acima, passando por Kevin, que parara no meio da escada, e se trancou no quarto, onde se jogou na cadeira de balanço e se enrolou no seu cobertor de crochê laranja e surrado, uma antiga relíquia da infância de Jeremy. *Deus, eu não aguento mais. Eu sei que o pastor Jeff disse que eu deveria ficar de olho no que pode nascer num lugar assim. Mas minha família... Minha vida inteira é uma bagunça fedorenta.*

Ela pegou a Bíblia do chão, fechou os olhos e a deixou abrir em uma página aleatória, esperando que algo fosse pular em negrito do texto, alguma palavra pertinente do Senhor, dizendo: "AQUI, MARA! LEIA ISTO!".

Ao abrir os olhos, ela leu a primeira coisa que viu. Jonas.

MAS SEJAM COBERTOS DE PANO DE SACO, TANTO OS HOMENS COMO OS ANIMAIS, E CLAMEM COM FERVOR A DEUS; E CADA UM SE CONVERTA DO SEU MAU CAMINHO E DA VIOLÊNCIA DE SUAS MÃOS. TALVEZ DEUS SE VOLTE, ARREPENDA-SE E AFASTE O FUROR DA SUA IRA, DE MODO QUE NÃO MORRAMOS.

Era uma forma supersticiosa e boba de encontrar algo para ler. Ela fechou a Bíblia e tentou de novo.

2Reis. "Um homem veio de Baal-Salisa..."

Fechou a Bíblia de novo.

Ela supôs que poderia revisitar a história de Agar e meditar sobre Deus ser o Deus que a vê, o Deus que cuidava da vida dela com um olhar atento e amoroso, mesmo quando parecia que ela estava sozinha em um lugar deserto e desolado.

Ou talvez ela devesse ir direto para a história sobre a qual ela e Katherine conversaram semana passada, a história do anjo Gabriel saudando Maria e dizendo-lhe que não tivesse medo. Ela abriu a Bíblia em Lucas 1 e leu a frase que chamou sua atenção antes, a frase que ela tinha a intenção de orar a semana toda, mas havia esquecido. "Não temas, Maria; pois encontraste graça diante de Deus."

Aham, claro. Quem era ela para pensar que poderia inserir o próprio nome em uma bênção assim? Ela com certeza não se sentia muito agraciada. Mesmo com toda a reflexão dos últimos meses sobre o que significava ser amada e escolhida em vez de rejeitada, na maioria dos dias ainda parecia impossível acreditar, especialmente quando nada mudara em casa. Na verdade, o estresse com Tom e os meninos parecia estar piorando. Agraciada? Grávida e cheia da vida de Cristo? Que piada.

Alguém bateu na porta.

— Mãe?

— Entra. — Ela colocou a Bíblia no colo. Kevin apareceu, ainda segurando a bolsa de gelo no rosto.

— Você ainda acha que eu deveria ir ao hospital ou algo assim? — ele perguntou com a voz abafada. Em pé ali no corredor, ele se parecia menos com o adolescente rabugento e obstinado contra quem ela batalhou pelos últimos anos, e mais com o menininho que decorava o corpo com curativos do Bob Esponja Calça Quadrada.

— Vem cá. Deixa eu olhar de novo. — Ele se sentou na beira da cama e inclinou o rosto na direção dela. Ele estava com a aparência péssima. — O seu pai já te deu um Tylenol ou algo assim? — Kevin negou cautelosamente com a cabeça. "Que surpresa." — Tudo bem. Aqui. Deite e mantenha a cabeça alta com o travesseiro. Eu vou pegar algo para sua dor.

Ela foi ao armário de remédios no banheiro, encheu um copinho de papel com água e trouxe dois comprimidos para ele.

— Valeu — ele balbuciou.

Ela sentou ao pé da cama e tentou descobrir o que fazer. "Pare de mimá-los!", a voz de Tom exigia dentro de sua cabeça. Ela e Tom sempre discutiram por causa das filosofias opostas sobre a criação dos meninos. Anos atrás, ela discutira com ele sobre Brian precisar ou não de pontos depois de uma queda feia de bicicleta. Ela havia perdido a batalha, e Brian tinha uma cicatriz irregular na testa, a qual Tom insistia ser um emblema de honra. Ele provavelmente diria a mesma coisa sobre um nariz torto.

Kevin estava perfeitamente parado, olhos fechados, bolsa de gelo pressionada contra o rosto. Bem quando ela achou que ele tinha caído no sono, lágrimas começaram a descer pelas bochechas dele.

— Não tô conseguindo respirar.

Ela tomou a bolsa de gelo.

— Certo, já deu. Vamos te levar para o hospital.

— Mas o meu pai disse...

— Eu sei o que seu pai disse. Eu vou levar você para o hospital para checar isso aí.

Kevin a seguiu escadas abaixo para a cozinha. Brian e Tom não estavam à vista, e o casaco que Tom jogara no encosto da cadeira não estava mais lá.

— Cadê seu pai?

— Foram comprar pizza.

Ela pegou suas chaves do gancho e o casaco do armário.

— Mande uma mensagem para ele e diga aonde estamos indo. — Mara pensou ter visto desconfiança nos olhos dele. — Diga para ele que eu disse que você precisa ir ao hospital.

Ele tirou o celular do bolso e digitou a mensagem.

Depois de uma espera de noventa minutos na sala de emergência, o médico os mandou de volta para casa com instruções para continuarem aplicando gelo, tomando analgésicos conforme necessário e esperando o inchaço diminuir.

— Marque uma consulta para ele no otorrinolaringologista daqui a uma semana — ele disse. — E, se você tiver uma foto recente dele, leve-a com vocês para fazerem uma comparação do nariz.

— E quanto a ele não conseguir respirar direito? — Mara perguntou.

O médico levantou os ombros.

— Vai ter inchaço dentro do nariz. Respire pela boca.

— Meu pai vai ficar bravo — Kevin disse no carro. — Eu deveria ter ouvido ele.

— Não se preocupe com seu pai. Eu lido com ele. — Ela certificou-se de parecer mais corajosa do que se sentia. Kevin estava certo. Tom ficaria furioso, não apenas porque ela desafiara sua autoridade, mas porque agora ele sofreria as consequências financeiras de uma ida desnecessária ao hospital. Ela praguejou, mas só para si mesma. Levaria semanas, talvez meses, até ela se ver livre do "Eu te falei!" dele. Além disso, era mais um motivo para Kevin confiar mais no julgamento do pai do que no dela. Ela praguejou de novo, desta vez audivelmente.

Pela visão periférica, viu Kevin virar a cabeça para olhar para ela.

— Desculpe — ela disse.

A vida sempre parecia conspirar contra ela. Se Kevin não tivesse entrado em uma briga para início de conversa, ela não teria que lidar com nada disso. E, se Tom não tivesse habitualmente encorajado tanta agressividade neles, tanta competitividade feroz, então talvez isso não tivesse acontecido. Ela sempre pagava as consequências, sempre levava ferro por causa das mer...

— Mãe?

— Hm?

— Meu pai me disse uma coisa quando estávamos na viagem de caça, e eu queria saber se é verdade.

Mara olhou por cima do ombro rapidamente e mudou de faixa.

— O que ele te disse? — ela perguntou com o máximo possível de controle sobre a voz.

Kevin estava olhando janela afora.

— Que você não me queria. Que ele casou com você porque ele tinha medo de você fazer um aborto.

"Filho da..."

Ela se controlou antes de liberar uma torrente de palavrões em voz alta. "Controle-se." Suas mãos apertaram o volante como um alicate enquanto ela contava até dez silenciosamente. Um, mil e dois, mil e três, mil e quatro, mil e...

"Como Tom ousa..."

Cinco, mil e seis, mil e sete, mil e...

Ela estava com os olhos fixos na estrada. Isso era uma mina terrestre.

Oito, mil e nove, mil e...

Talvez não tivesse como se esquivar disso.

Dez, mil e...

Jesus, me ajuda.

Ela inflou as bochechas e soprou o ar como um balão esvaziando.

— É verdade que eu fiquei grávida de você antes de nos casarmos — ela respondeu lentamente. — E é verdade que seu pai temia que eu fizesse algo drástico porque eu estava desesperada na época. — Kevin se virou ligeiramente para ela. Mesmo na escuridão do carro, ela conseguia ver a distorção do perfil dele. — Mas isso não tinha absolutamente nada a ver com você, Kevin. Isso dizia respeito a mim.

Ele se voltou de novo para a janela. *Jesus. Me ajuda. Por favor.*

Eles estavam se aproximando de um cruzamento em um shopping pequeno. Em vez de seguirem em frente, ela virou à esquerda, entrou no estacionamento do shopping e estacionou de frente para um Subway. Com o motor ainda ligado, desafivelou o cinto para poder virar-se para ele.

— Kevin, olha para mim. — Ela tocou o queixo dele levemente. Ele se virou para ela. — Eu estraguei muita coisa na minha vida. Fiz muitas coisas das quais me arrependo. Coisas das quais tenho vergonha. Mas você não é uma dessas coisas. Tá bom? É sério.

Ele continuava em silêncio, olhando para baixo.

Espera um minuto.

Espera uma droga de minuto.

— Era por isso que você entrou na briga hoje? Por causa do que seu pai falou?

Ele levantou os ombros um pouco.

— Não sei.

Por mais que quisesse pressionar por mais detalhes, ela se refreou. Ele se fecharia se ela apertasse demais.

— Sinto muito, Kevin. Muito mesmo. Eu queria que seu pai não tivesse dito isso para você.

— Só não fala para ele que eu te contei, tá?

Quando ele levantou os olhos para olhar para ela, Mara viu ansiedade inconfundível. Ela não via esse olhar nos olhos de Kevin havia anos, não desde quando Tom usava um cinto para puni-lo sempre que ele se comportava mal quando criança.

— O cinto nunca me fez mal quando criança — Tom sempre insistia contra os protestos de Mara. — Eu não vou criar fracotes nesta casa!

Ela se esquecera. Ou, mais provável, bloqueara essa memória. Tom tentou bater em Jeremy uma vez também, mas Jeremy era briguento e revidou. Só pensar nessa cena de novo a fez ficar mal do estômago. Ela quase teve que chamar a polícia naquela noite.

— Eu não vou contar para ele — ela prometeu. — Não se preocupe.

Ela colocou o cinto de novo e começou a dar ré saindo da vaga.

— Meu pai falou outra coisa.

"Claro que falou."

— Ele disse que conseguiu um emprego novo.

Ela pisou fundo no freio.

— O quê?

— Ele conseguiu um emprego novo. Uma promoção.

— O quê?! Quando?!

— Não sei. Ele me contou ontem. Eles querem que ele se mude para Cleveland.

— Cleveland! — Era onde ficava a sede da empresa, então Kevin provavelmente estava certo. "Mas que m..."

— É... Ele me disse para não te contar.

Outro motorista buzinou para ela. Ela buzinou de volta pelo dobro do tempo.

— Eu não quero me mudar para Cleveland — Kevin disse. — Todos os meus amigos estão aqui.

"Fica calma", ela ordenou a si mesma enquanto manobrava saindo do estacionamento. "Fica bem calma."

— Ele falou quando isso deve acontecer?

— Algum momento depois do Natal.

Ele não podia fazer isso. Tom não podia simplesmente tomar uma decisão unilateral assim, desarraigá-los e levá-los para Cleveland. Ele não podia. Ela não deixaria.

— Brian também sabe?

— Acho que não. Brian não sabe guardar segredos. Meu pai me contou no caminho de volta, quando Brian estava dormindo no banco de trás.

Mara redirecionou cada grama de energia disponível para falar com uma voz calma.

— Sinto muito, Kevin. Seu pai jamais deveria ter te colocado nessa posição. Eu vou falar com ele e resolver isso.

— Mas aí ele vai saber que eu te contei!

— Certo. Verdade. Não se preocupe. Eu vou dar um jeito. Prometo.

Graças a Deus, quando eles chegaram em casa, Tom estava tão concentrado com Brian em uma "luta épica de boxe" na ESPN, que falou pouquíssimo com qualquer um deles, além de soltar uns golpes diretos sobre ser feliz pelo fato de que ainda restavam homens no mundo que não tinham medo de dar ou levar um soco. Kevin se isolou no quarto com um resto de pizza. Mara requentou um jantar congelado antes de se recolher para o quarto dela e ligar para Hanna pedindo conselhos e oração. *Deus, só me mostre o que fazer. Por favor.*

HANNA

— Você está bem, Shep? — Nathan perguntou. — Você teve uma baita segunda-feira, com as coisas com Charissa e Meg, e agora tudo isso com Mara.

— É, tem sido uma semana e tanto — Hanna respondeu. Uma semana que lembrava bastante, na verdade, o ritmo dela no ministério em Westminster, quando ela passava perfeitamente de uma crise para a outra. Nunca falhava. A época do Natal sempre parecia especialmente repleta de situações intensamente pastorais, com estresse elevado e emoções agudas. Era uma época de extremos, tanto dos altos quanto dos baixos.

Ela acariciou a cabeça sedosa do golden retriever que esfregava o focinho no joelho dela.

— Vai para lá, Chaucer! — Nathan apontou para o cômodo ao lado. — Vai deitar. — Ele pegou uma tira de couro cru de um pote na bancada da cozinha e jogou para o cachorro. Chaucer a pegou e foi para o outro cômodo. Hanna tirou alguns dos pelos de cachorro do seu jeans preto. — Quer um café? — ele perguntou.

— Não, obrigada.

— Chá?

— Não, estou bem. Obrigada.

Ele se sentou de frente para ela e tomou-lhe as mãos.

— O que posso fazer por você?

Hanna balançou a cabeça lentamente.

— Me lembre de novo de que não estou aqui como pastora. Pela Mara e pela Meg.

Em resposta, Nathan apertou-lhe a mão.

— Se você fosse eu, que conselho daria para Mara? Como amiga.

— Bem, em primeiro lugar, eu aconselharia a não dar conselhos. Você não sabe todos os detalhes.

Certo. Ela deveria ter previsto essa resposta.

— Ok, então como você estaria ao lado dela se você fosse eu? O que você faria?

Ele levantou os ombros ligeiramente.

— Oraria. Escutaria. Eu a convidaria a observar como Deus está com ela no meio disso. — Ele pausou. — Aproveitaria para vigiar com ela.

— Parece Katherine falando.

— É, bem, acho que peguei um pouco do jeito dela ao longo dos anos.

Hanna reclinou para trás na cadeira.

— As coisas já eram voláteis com Tom. Quem sabe o que isso vai causar? — Ela colocou o cabelo atrás das orelhas. Assim como Mara, perguntava-se por quanto tempo Tom estava planejando isso. Talvez fosse por isso que ele havia permanecido na cidade semana passada: estava terminando de arrumar as coisas no escritório de Kingsbury.

Nathan fez sinal para ela continuar sentada e desapareceu no outro cômodo. Quando voltou, estava passando as páginas de uma Bíblia de couro bastante usada.

— Eu estava orando com João 1 hoje de manhã — ele disse, sentando à mesa de novo. — Estive refletindo sobre os primeiros versos durante todo o Advento, só tentando guardar no coração toda essa maravilha. — Ele ficou em silêncio por um momento, lendo a página.

Hanna liderara vários estudos bíblicos sobre o prólogo do evangelho de João e pregara sobre esse texto diversas vezes durante seus quinze anos em Westminster. Embora ela tivesse frequentemente escavado o texto na sua profundeza teológica e ricas implicações, nunca tinha parado para refletir nele em oração.

— Eu costumava recitar de memória esses versos durante nosso culto na noite de Natal — Nathan disse. — O culto chegava perto do fim, pouco antes da meia-noite, e desligavam todas as luzes do templo, aí eu subia no palco segurando uma vela, recitando o texto. E as pessoas falavam sobre isso ser o ponto alto do culto de Natal delas todo ano.

"Da primeira vez que fiz isso, fiz de verdade. A Palavra estava fazendo coisas em mim enquanto eu a pregava. Eu tinha um enorme sentimento do Espírito de Deus comigo enquanto eu falava na escuridão. E então, depois daquele primeiro ano, tornou--se mais uma apresentação. Eu me preocupei em fazer as inflexões corretas para que as pessoas ficassem profundamente tocadas. E impressionadas. E aí, em um ano, decidi não fazer mais isso, e você ficaria com a impressão de que o Grinch roubou o Natal."

Hanna riu. Ela sabia bem do apego da congregação a certas práticas e tradições. Eles já tiveram seus conflitos em Westminster sobre coisas similares ao longo dos anos, vários conflitos. Na verdade, eles provavelmente estavam passando por isso naquele Advento também. *Senhor, abençoa-os. Abençoa a equipe. Abençoa todos os membros.*

Nathan estava com a mão sobre a página enquanto olhava para ela:

— Eu evitei ler essa passagem por um longo tempo — ele disse.

— Ela estava ligada, na minha memória, ao ministério, às formas como perdi minha alma tentando ser tudo para todos enquanto negligenciava minha própria vida com Deus. Essas eram as palavras que eu apresentava para o povo de Deus, as palavras que eles queriam que eu apresentasse. Para comovê-los. Entretê-los. Mas Katherine sugeriu que eu as lesse de novo. Então, tenho refletido sobre algumas palavras ou frases todo dia, pedindo a Deus que remova todas as camadas de ego que se entrelaçaram com elas. E sabe o que me chamou a atenção hoje? — Ele olhou para a página de novo. — Começando no versículo 6:

HOUVE UM HOMEM ENVIADO POR DEUS; SEU NOME ERA JOÃO. ELE VEIO COMO TESTEMUNHA, A FIM DE DAR TESTEMUNHO DA LUZ, PARA QUE TODOS CRESSEM POR MEIO DELE. ELE NÃO ERA A LUZ, MAS VEIO PARA DAR TESTEMUNHO DA LUZ. POIS A VERDADEIRA LUZ, QUE ILUMINA A TODO HOMEM, ESTAVA CHEGANDO AO MUNDO.

Ele colocou as duas mãos sobre a página e a pressionou.

— Talvez, se eu tivesse guardado no coração o modelo de João Batista, o ministério teria sido diferente. Talvez eu tivesse gastado menos tempo tentando ser a Luz, e mais tempo apontando para ela. Convidando-os para a observarem nascendo na escuridão. Encorajando-os a confiarem na sua vinda. — Ele pausou. — Acho que é assim que eu tentaria estar ao lado de Meg e de Mara.

Hanna concordou lentamente com a cabeça. Isso era bom. Muito bom. Talvez ela se juntasse a ele na meditação sobre essa passagem. Havia coisas profundas sobre as quais refletir ali, mesmo nesses poucos versos.

Jake apareceu na porta da cozinha segurando um livro.

— Pai?

Nathan se virou.

— Sim, meu chapa?

— Você sabe alguma coisa sobre equações quadráticas?

— Eu subo lá daqui a pouco.

— Mas...

— Daqui a pouco, Jake. — Era um tom mais firme do que Hanna o escutara usando antes, e isso a surpreendeu.

Os ombros de Jake caíram, e ele saiu e subiu as escadas penosamente.

— É melhor eu ir embora. Ele precisa de você.

— Ele está bem.

— Nate, de verdade. Ele já está sendo muito generoso por te compartilhar comigo hoje à noite. Em cima da hora. — Ela levantou da cadeira. — De verdade. Eu preciso ir, de qualquer forma. Está tarde.

— Fica — ele respondeu. — Por favor. Eu subo lá e ajudo ele um pouco, e aí...

Hanna tocou os lábios dele com o indicador.

— Ele precisa do pai dele.

Chaucer reapareceu na porta com um pedaço molhado de couro cru balançando do canto da sua boca babada. Ele colocou o brinquedo na frente de Nathan e balançou o rabo com expectativa.

Hanna gritou um tchau para Jake, que reapareceu nas escadas com o livro de álgebra.

— Obrigada por compartilhar seu pai comigo.

— De boa.

— E obrigada pelo jantar — ela disse, virando-se para Nathan.

— E pela conversa. Você sempre me dá coisas boas para pensar. Não fáceis, mas boas. Obrigada.

— De nada. Da próxima vez, teremos algo mais interessante que espaguete. — Ele pegou o casaco dela do armário do corredor e a ajudou a vesti-lo. — Vou orar por você, Hanna. Por todas vocês. Me avise se tiver mais alguma coisa que eu possa fazer. — Ele a beijou na bochecha. — Estou aqui por você. Lembre-se disso. Nós podemos fazer a vigília juntos, esperando pela luz.

Enquanto ela dirigia, pegou-se orando para que ele também se lembrasse de estar disponível para Jake. Ela tinha a sensação de que havia mais luz a caminho, para eles dois. E isso poderia machucar os olhos deles.

Segunda-feira, 8 de dezembro, 23h

11 da noite

Eu estive lendo João 1 por uma hora, maravilhada pelo fato de que nunca havia visto isso antes. Nate mencionou os versículos 6-9 sobre João Batista testemunhando a Luz, mas não sendo a Luz. Isso foi um diagnóstico preciso do que fora prejudicial para mim no ministério por quinze anos. Minhas palavras declaravam que Jesus era a Luz, mas minha vida declarava que *eu* era. Não admira que eu tenha me desgastado. Não estava vivendo como a amada de Deus. Estava vivendo como sua substituta. Senhor, me perdoa.

Depois de pensar nesses versos um pouco, li adiante até o versículo 20. Eis o que me pegou:

ESTE FOI O TESTEMUNHO DE JOÃO, QUANDO, DE JERUSALÉM, OS JUDEUS ENVIARAM-LHE SACERDOTES E LEVITAS PARA LHE PERGUNTAR: QUEM ÉS TU? ELE DECLAROU E NÃO NEGOU, MAS ANUNCIOU: EU NÃO SOU O CRISTO.

Eu não sou o Cristo.

Palavras para levar para a vida. E uma ótima continuação do que tenho aprendido com Isaías 9 sobre o governo estar sobre os ombros DELE, não os meus.

Então, como prática de desapego do meu senso inflado de responsabilidade, necessidade de ser necessária, soberba e orgulho, aqui está uma carta de resignação muito atrasada, Senhor.

Por meio desta, renuncio ser tua representante. Ao declarar que renuncio ser tua representante, estou declarando que 1) tu não me nomeaste para agir em teu lugar como Deus do universo; 2) não sou tua substituta, para poder agir quando tu pareces ausente; e 3) jamais sou tão importante para a vinda do teu reino quanto me imagino ser.

Me perdoa. Confesso, não nego e declaro livremente que não sou o Cristo.

Sou mais tentada a intervir e a tentar administrar teu mundo quando eu menos confio que tu estás ativamente envolvido com teu povo para fazer cumprir teus planos e propósitos.

Me perdoa.

Tento tomar teu lugar quando vejo outros sofrendo e não sei o que fazer para ajudar. Quando eu paro de acreditar que tu és um Deus bom e amoroso para outros, sou tentada a pular na situação e a resgatar, a me tornar uma pastora dependente emocionalmente de minhas ovelhas. Ainda quero que sejas o Deus que cura dores. "Um dia", tu dizes. Um dia, tu vais consertar todas as coisas. Mas, até lá, me ajuda a confiar que estás atento ao teu povo e aos fardos de tristeza que cada um de nós está carregando agora.

Me ajuda a testemunhar da tua Luz, Senhor, sem tentar ser a Luz para outros. Por favor, não sejas menos do que quem és para Meg. Para Mara. Para quem elas amam e desejam. E me ajuda a não ir além das boas e graciosas fronteiras que tu colocaste para mim como amiga delas e irmã em Cristo. Me ensina. Me liberta. Me ajuda a amá-las bem.

E aqui está outro espaço em que não sei como viver: equilíbrio diário com Nate. Uma coisa é desfrutar da hospitalidade dele no Dia de Ação de Graças ou ter um dia divertido juntos. Mas compartilhar uma refeição sem planejamento com os dois em uma noite de semana parece mais íntimo e intrusivo. Não consigo me livrar da preocupação de que estou atrapalhando o ritmo de vida deles juntos, não importa o quanto Nate insista que não. Tem sido só os dois por anos, e não quero que Jake fique com ciúmes ou ressentido pelo tempo que o pai dele passa comigo. E temos passado bastante tempo juntos.

Eu amo a paixão, o comprometimento e o foco determinado de Nate, mas foi essa determinação com o ministério que contribuiu para o colapso do casamento dele anos atrás. Ele já me disse que era grato por Jake só se lembrar dele como um pai amoroso e atencioso. Eu consigo ver como a devoção determinada dele por mim poderia facilmente competir com a atenção dele por Jake.

Me ajuda, Senhor. Isso é difícil para mim, especialmente porque eu amo estar com ele. Não sei fazer isso direito. Me mostra como viver nesse espaço, Senhor. Por favor.

7.

MEG

Na terça-feira, Meg acordou cedo e foi para o restaurante do hotel tomar café da manhã. Claire a cumprimentou depois que ela sentou a uma mesa de canto próxima à lareira acesa.

— Oiê! Se sente melhor?

— Um pouco. — Meg esperava que seus olhos inchados não a traíssem demais.

— Café da manhã completo hoje?

— Só chá e torradas, por favor.

O restaurante estava com mais gente que o usual, fervilhando com alguns turistas americanos. Meg escutou a conversa deles sobre o itinerário do dia: uma viagem de ônibus pela cidade para terem uma visão panorâmica de monumentos históricos, um tour pelas Salas de Guerra de Churchill, uma apresentação em West End.

— Eu preciso achar uns calçados melhores — uma mulher disse. — Fiquei com bolhas de tanto andar ontem.

Uma caminhada.

Talvez isso a ajudasse a limpar a cabeça para poder orar sobre seus próximos passos. Ela havia passado todo o dia anterior enfurnada no quarto do hotel. Uma mudança de cenário poderia fazer maravilhas por ela. Quando Claire voltou com o chá e as torradas, Meg perguntou o que ela recomendaria.

— Russell Square é lindo. Ou, se você ainda não foi a Kensington ou Hyde Park, eles são bem bonitos. — Ela colocou leite na xícara de porcelana de Meg e então pôs o chá. — Ou, se você preferir um tour a pé, temos folhetos no saguão. Minha mãe acha essas caminhadas maravilhosas: todo tipo de caminhada diferente para escolher.

Isso realmente parecia interessante. Ela não precisava tomar nenhuma decisão imediata. Por que não calçar seus calçados confortáveis e explorar a cidade a pé?

— Eu poderia mudar de ideia e pedir um café da manhã completo?

Claire sorriu.

— Sem problema algum.

— O charme de Londres — o guia disse — é que você pode arranhar a superfície, descobrir pátios escondidos e becos tortos, e perceber que vozes do passado ainda estão sussurrando para quem deseja escutar.

O que Meg descobriu enquanto andava e escutava era a Londres que ela esperava encontrar. Só queria que Becka estivesse com ela para escutar o guia recitar parágrafos inteiros de Charles Dickens próximo à Gatehouse em Lincoln's Inn, ou falas de Shakespeare do lado de fora da réplica do Globe Theater. Ela teria amado. Ou, pelo menos, Meg achava que ela teria amado. Conforme eles atravessavam estradas modernas para entrar em ruas estreitas de eras passadas, dois mil anos de história vieram à vida por meio de uma narração vívida e envolvente. Embora não tivesse planejado de início, Meg passeou tanto de manhã quanto à tarde, e voltou ao hotel bem a tempo para o chá.

Para sua surpresa, Becka estava sentada no saguão, parecendo agitada.

— Você não atendeu seu celular — ela disse com repreensão estampada na voz.

Meg procurou na bolsa. Sem celular.

— Me desculpe, eu devo ter deixado no meu quarto. — Ela ficou tão absorta nos tours, que nem percebera.

— Eu tentei te ligar o dia todo. Onde você esteve?

— Caminhando.

— "Caminhando"? Caminhando onde?

— Pela cidade toda. Eu fui a algumas caminhadas guiadas.

— Bom, eu achei que algo tivesse acontecido com você. Da próxima vez, leve seu celular.

Meg mordeu a língua para não falar algo sem pensar e sem gentileza. Ela achou que era um bom sinal que Becka estivesse tentando falar com ela e que estivesse preocupada o bastante para vir ao hotel. Contudo, talvez ela tivesse vindo só para ter certeza de que Meg marcara o voo de volta.

— Eu estava pensando em tomar chá no restaurante — Meg respondeu. — Gostaria de vir comigo?

Becka levantou do sofá com as mãos inquietas.

— Vou jantar com Simon.

Meg tirou o casaco e o cachecol.

— Ok. — Por mais que soasse patético, ela não conseguiu pensar em mais nada para dizer.

Becka parecia não ter certeza do que dizer, também.

— Mas talvez eu tenha tempo.

Como qualquer expressão de prazer poderia ser recebida como manipulativa, Meg disse:

— Ok. — E seguiu Becka até o restaurante. Becka escolheu a mesma mesa que Meg escolhera para o café da manhã, ao lado da lareira.

Claire estava tirando pratos de uma mesa adjacente e cumprimentou Meg com um largo sorriso.

— É sua filha? — Meg confirmou. — Dá para ver. Vocês têm os mesmos olhos. — Claire entregou um cardápio para cada uma e então colocou guardanapos e talheres na mesa. — Você fez sua caminhada?

— Fiz duas, na verdade. Obrigada pela sugestão! Foi um jeito perfeito de passar o dia.

— Fico feliz que você esteja se sentindo melhor. Fiquei preocupada quando te vi ontem. Você parecia bem mal. — Meg viu o canto da boca de Becka tremer ligeiramente.

— Você foi muito gentil — Meg respondeu. — Não vou esquecer.

— Sem problema. Só me avisar quando tiver escolhido seu chá.

— Já sabe o que pedir? — Meg perguntou quando Claire desapareceu para a cozinha.

O rosto de Becka estava escondido atrás do cardápio.

— Earl Grey, eu acho.

Parecia algo ridículo de precisar perguntar, mas Meg perguntou mesmo assim:

— Tudo bem se dividirmos um bule?

— Tudo bem por mim.

Inspira. *Me ajuda, Senhor.*

Expira. *Por favor.*

Meg olhou para o fogo crepitando alegremente, como um bocado de velas do Advento dançando juntas.

— Então... Como foi seu dia? — Ela não tinha certeza do que mais perguntar.

— Você quer dizer além de me preocupar que algo tivesse acontecido com você? — Becka ainda não estava olhando para ela.

— Me desculpe por isso. Acho que não me passou pela cabeça que você estaria tentando falar comigo.

— Legal. Obrigada por me fazer sentir culpada.

— Becka, por favor. Eu só achei que você não ia querer conversar comigo hoje, depois da nossa conversa de ontem à noite.

— Pois é... Sobre isso... — Ela abaixou o cardápio. — Podemos conversar sobre tudo isso sem ficar feio?

— Eu gostaria disso. Bastante.

Me ajude, Senhor.

Nos ajude.

Becka plantou os cotovelos na mesa.

— Eu estive pensando sobre isso o dia todo. Sabe como você sempre disse que queria que eu tivesse asas?

Meg confirmou. Era verdade. Ela nunca quis que Becka ficasse presa pelos mesmos medos que a prenderam. Ela queria que Becka fosse livre para voar de formas lindas.

— Bem, você não pode dizer isso e depois tentar controlar aonde essas asas me levam. Eu posso viver minha própria vida, tomar minhas próprias decisões. Sinto muito se essas decisões te chateiam, mas não sou mais uma menininha.

— Não, eu sei que não é.

— Eu ainda quero que sejamos próximas, mãe. De verdade. — Becka pegou a mão de Meg por cima da mesa. Meg piscou para impedir as lágrimas. — Sinto muito mesmo que eu não tenha te contado a verdade. Isso foi errado. Mas preciso ser capaz de viver minha própria vida sem me preocupar se você a aprova ou não. Simon é parte da minha vida, e eu não vou me envergonhar dele. De nós. Não há nada para ter vergonha. Eu estou muito feliz.

Becka fixou o queixo para comunicar sua firme intenção. Jimmy tinha essa mesma inclinação determinada. Meg tinha se esquecido disso sobre ele.

— Você está parecendo com seu pai agora. — As palavras saíram da boca de Meg antes de ela sequer perceber o que estava dizendo.

— Isso é ruim? — Becka perguntou sem nenhuma insinuação na voz.

— Não, não é ruim. Só quero dizer que eu sei que você não vai mudar de ideia. Seu pai costumava ter exatamente o mesmo olhar sempre que decidia algo, e eu sabia que não havia como discutir com ele.

Esse era o momento pelo qual ela estava esperando, com a oportunidade perfeita para puxar o assunto.

Emanuel.

Tu estás comigo.

— Eu estive pensando sobre seu pai pelos últimos meses — Meg continuou. — Tem sido difícil. Mas reparador. Eu queria dizer... — Meg se interrompeu quando Claire voltou para anotar o pedido de chá delas.

— Decidiram o que vão pedir? — Claire perguntou.

— Só bolinhos e um bule de Earl Grey, por favor.

— Sem sanduíches?

— Hoje não, obrigada. Só chá e bolinhos. — Meg pegou o guardanapo de linho branco da mesa e o colocou no colo. As mãos começaram a tremer muito ligeiramente. Ela aguardou Claire se afastar antes de limpar o nó na garganta.

Emanuel.

Tu estás comigo.

— Eu sinto muito, Becka. Fui muito egoísta por escondê-lo de você. Por favor, me perdoe.

Becka desdobrou o guardanapo sem olhar para Meg.

— Não precisa pedir desculpas por isso.

— Na verdade, preciso — Meg respondeu. — Eu queria que você tivesse crescido sabendo de histórias sobre ele, sabendo o quanto ele te amava, mesmo antes de você nascer. Eu deveria ter te contado as histórias. Eu deveria ter compartilhado ele com você.

Becka expirou com frustração.

— Se você está tentando fazer alguma conexão bizarra entre meu relacionamento com Simon e eu crescer sem um pai, eu não vou ficar aqui e...

— Não, querida. Não. Não foi por isso que eu entrei nesse assunto. — *Senhor. Me ajude. Por favor.* — Confie em mim. Eu percebi em outubro que isso era algo que eu queria dizer para você face a face, e essa é uma das razões porque eu quis vir visitar. Só isso.

Becka fixou o olhar nas mãos.

— Tá bem. Obrigada.

Meg pegou o cartão de Jim da bolsa e o apresentou para ela.

— O que é isso? — Becka perguntou.

— Um cartão que seu pai me deu no dia que te vimos no ultrassom.

Becka olhou para a escrita no envelope, mas não o abriu.

— Mãe, eu...

— Vá em frente. Abra. — Meg apontou com a cabeça para encorajá-la. — É a última coisa que ele escreveu para mim, e é sobre você.

Becka colocou o envelope na mesa.

— Eu já vi.

— O quê?

— Eu já vi.

— Não tem como! Eu tirei do sótão alguns meses atrás, com um monte de coisas que eu escondi depois que ele morreu.

Becka ainda estava com os olhos no cartão.

— Mãe, eu já vi. Encontrei sua caixa há muito tempo. Li todas as cartas dele.

— Mas...

— Me desculpe. Talvez eu não devesse ter feito isso.

Todas as cartas de Jimmy? Tudo na caixa? As cartas de amor que ele rabiscava durante as aulas de história do Sr. Murray no primeiro ano do Ensino Médio? Os cartões sem motivo especial que ele dava para ela quando queria encorajá-la? As desculpas que ele escrevia depois que eles brigavam? Todas elas?

— Quando? — Meg perguntou.

— Não sei. Em algum momento no Fundamental, talvez. Eu costumava subir no sótão depois que você e Vovó iam dormir, e então olhava as caixas. Depois, eu colocava tudo de volta como tinha encontrado. — Ela olhou para Meg com uma expressão tímida no rosto. — Você está brava?

"Brava?", Meg pensou. Não. Não brava. Não era essa a palavra para descrever o que estava sentindo. Ela não tinha uma palavra. Suas emoções estavam muito complicadas para uma palavra.

— Não estou brava — Meg respondeu baixinho. — Só queria que eu tivesse mostrado ele para você, compartilhado ele com você. Me desculpe por ter demorado tanto. Sinto muito.

— Tudo bem — Becka disse. — Não se preocupe com isso.

"Não se preocupe com isso."

Só isso? Não se preocupe com isso?

Por quase dois meses, Meg imaginara aquele momento. Ela construíra a cena em sua mente como um marco inesquecível na relação entre mãe e filha, um momento de confissão que resultaria em conexão e intimidade ainda mais profundas. Mas nada estava acontecendo como ela planejara.

Nada.

Ela estava prestes a guardar o envelope de volta na bolsa, quando Becka apontou e disse:

— Posso ver? Já faz uns anos.

Concordando com a cabeça, Meg entregou o cartão para ela e a observou tirá-lo do envelope com a foto do ultrassom.

O rosto de Becka não escondeu segredo algum sobre o que ela estava sentindo enquanto lia. Quando terminou, disse:

— Acho que ele realizou um desejo, né? Eu tenho seus olhos.

Sim, Meg pensou, esse foi um desejo que ele havia realizado.

Claire voltou com o chá delas e o serviu. Enquanto passavam geleia e creme nos bolinhos, Meg pensou de novo sobre a noite em que Becka perguntara se o papai dela tinha bigode. Se pelo menos ela tivesse trazido uma foto consigo! Havia álbuns no sótão contando a história deles juntos, assim como caixas de fotos soltas que nunca foram organizadas. Isso era algo que ela poderia fazer quando voltasse para casa. Desceria com as fotos e lhes daria a atenção que mereciam. Talvez até emoldurasse algumas e as pendurasse pela casa. A mãe dela teria reclamado. "Altares", ela teria chamado. Mas a mãe dela não estava lá para reclamar.

— Eu fui tão covarde, Becka. Tão covarde. Estava com tanto medo do meu luto... com tanto medo de que eu fosse me desintegrar em depressão profunda depois que seu pai morreu, que fiz tudo que pude para ignorá-lo, para que eu pudesse funcionar, para que pudesse só tentar sobreviver a cada dia. Sua avó sempre dizia que eu não tinha o luxo de ficar triste, de ficar com pena de mim mesma, que eu precisava me controlar, ser adulta e seguir em frente.

Becka sorriu ironicamente.

— É, parece algo que Vovó falaria. — Ela devolveu o cartão para Meg. — Ela não era muito sentimental, né?

— Não. — Meg imitou o sorriso irônico de Becka. — Nem um pouco sentimental. Ela tinha a própria maneira de lidar com as coisas difíceis. Ou de não lidar com elas. E eu não acho que ela jamais tenha sabido realmente como lidar com o fato de que eu sentia tudo profundamente.

Meg apertou o cartão contra o peito.

Emanuel.

Tu estás comigo.

— Eu quero que você saiba de algo — Meg acrescentou, segurando o cartão. — Quero que você saiba que amei seu pai mais do que consigo dizer. Mais do que palavras podem expressar. Ele foi a luz mais brilhante na minha vida, meu amigo mais querido, e tivemos dez anos incrivelmente felizes juntos. Dez maravilhosos anos. Passamos anos esperando e sonhando que, um dia, teríamos um filho com quem compartilhar nosso amor. E, quando eu finalmente fiquei grávida de você... — Ela engoliu com dificuldade. — Nós ficamos tão animados. Seu pai passou meses remodelando um quarto no nosso pequeno chalé, e eu o encontrava tarde da noite lá, só sonhando sobre como seria quando você estivesse ali. Nós não sabíamos se você seria um menino ou uma menina... Decidimos que queríamos que fosse uma surpresa. Mas se eu soubesse que...

O fundo da garganta de Meg queimava. Os olhos de Becka estavam travados nos dela.

— Se eu soubesse que ele não teria a chance de te segurar nos braços... Eu... — Meg levantou a cabeça a fim de tentar impedir as lágrimas inconvenientes. — Bem... Há tantas coisas que eu queria ter feito diferente, Becka. Tantas coisas. Eu sinto muitíssimo.

Becka segurou a mão dela e a apertou de forma consoladora.

— Você foi ótima, mãe — ela respondeu. — Não fez mal nenhum, tá bom? Eu acho que ele teria orgulho de você. — O telefone dela vibrou com uma mensagem. Ela pegou a bolsa debaixo da mesa e continuou com a cabeça abaixada e o rosto parcialmente coberto. — Preciso ir daqui a pouco — disse, levantando o rosto. — Simon está indo para o bar.

Não confiando em si mesma para dizer algo, Meg torceu seu guardanapo.

— Escuta, — Becka disse — eu sei que ontem à noite te falei que achava melhor para nós duas se você fosse para casa. Mas eu tô tranquila que você fique, contanto que você consiga suportar meu relacionamento com Simon.

"Suportar o relacionamento deles?" O que ela queria dizer, exatamente? Aprovar? Ficar feliz com ele? Fingir que estava tudo bem, sentar-se e a observar se entregando para ele? Como ela conseguiria suportar isso?

Ela continuou arrumando o guardanapo sobre o colo até ter algum sinal de controle sobre a própria voz.

— Obrigada — disse baixinho. — Deixa eu pensar sobre o que é melhor. Para nós duas.

Becka pegou o casaco.

— Você decide. Só me avisar.

Meg levantou da mesa e a abraçou.

— Obrigada por ficar um pouquinho.

Becka beijou a bochecha dela.

— Eu te amo, mãe. Você sabe disso, né?

Meg assentiu com a cabeça, suas lágrimas caindo pelas bochechas.

— Obrigada por trazer o cartão com você, por querer compartilhar o papai comigo.

Ainda havia tanto que Meg queria dizer, mas não era a hora. Ainda não era a hora.

— Eu te amo, Becka — ela disse. Talvez isso fosse o bastante por enquanto.

9 de dezembro

Estou aqui há uma semana. Planejei praticar a devocional do *examen* toda noite, para rever meu dia com Jesus, mas fiquei tão sobrecarregada, que esqueci. Estes dias são do tipo em que preciso me sentar com Deus e falar sobre como as coisas têm sido difíceis. Especialmente agora, porque não sei o que fazer e estou com dificuldade de ver como Deus está comigo em tudo isso. Senhor, por favor, me mostre o que o Senhor quer que eu veja.

O quanto estive atenta para o teu amor e cuidado por mim nos últimos dias?

Eu me lembro de Claire. Ela mostrou bondade quando eu precisava. Ela foi como uma mensageira tua. Obrigada, Senhor. Obrigada pela bondade que o Senhor me mostrou através de estranhos.

As caminhadas por Londres hoje foram um presente. Pareceu que tu estavas caminhando comigo, se divertindo nelas comigo. Talvez seja só minha imaginação quanto à parte da diversão. Mas sei que tu estás comigo aonde eu for, e gosto de pensar que havia alguém compartilhando da minha diversão hoje.

Eu só estou tão triste em relação a Becka. Tão completamente triste. Acho que foi um presente ela mudar de ideia e dizer que ficaria feliz se eu ficasse. Mas como vou ficar e não me sentir amargurada e ressentida? Simon está roubando dela. Está roubando de mim. De nós. E eu odeio isso. É difícil ver como tu estás agindo em tudo isso. Muito difícil.

Pelo menos, fui capaz de pedir pelo perdão dela. Ela agiu como se não fosse grande coisa, especialmente porque já tinha lido todas as cartas de Jimmy. Eu me sinto triste em relação a isso, também. Eu a imagino como uma menininha sozinha naquele sótão, lendo aquelas cartas secretamente, enquanto minha mãe e eu dormíamos, e me sinto triste. Que vida solitária para uma menininha.

Oh, Senhor.

Eu consigo ver.

Eu me lembro.

Quantos anos tenho? Seis? Sete? Estou brincando de esconde-esconde em casa com minha amiga Adrienne. Vou para o sótão. Eu sei que ela jamais me encontraria lá e me escondo no canto atrás de algumas caixas. Uma delas não tem tampa, e olho dentro dela. Está cheia de fotos antigas. Vejo meu pai e começo a chorar. Minha mãe me ouve chorando e sobe as escadas para brigar comigo por estar no sótão. Depois, ela manda Adrienne para casa como castigo.

Eu não subi lá de novo até depois de Jimmy morrer, para guardar as fotos e as cartas. Era uma área proibida, e eu não ousava desafiar minha mãe e arriscar ser punida de novo.

Uma menininha solitária em um sótão, cheia de tristeza. Não apenas Becka, mas eu também.

Eu teria brigado com ela se a tivesse encontrado lá em cima? Eu lhe teria dito que não tinha permissão para estar lá? Talvez tenha sido melhor que eu não soubesse que ela estava lá. Não sei. Eu queria que pudéssemos nos sentar lá juntas agora. Queria que pudéssemos vasculhar as caixas juntas. Contaria histórias para ela, coisas sobre as quais não pensei em anos. Talvez ela nem esteja interessada. Não sei. Não sei muitas coisas. Estou toda confusa.

Quando vim para cá, eu tinha só uma grande coisa em mente: falar com ela sobre Jimmy. Eu não tinha certeza do que contaria para ela sobre meu pai e os segredos de família que vieram à luz, se é que contaria algo. Agora, não sei o que fazer sobre nada. Eu achava que, quando o semestre dela acabasse, nós teríamos tempo ilimitado juntas. Agora, se eu ficar, tenho que dividi-la com Simon. Não sei o que fazer, Senhor. E não sei como vou escutar a tua voz quando as vozes na minha cabeça são tão barulhentas.

Por favor, me ajuda a reconhecer a tua voz. Me ajuda a manter minha esperança fixada em ti. Aconteça o que acontecer. Me ajuda a confiar em ti. E, por favor, não me deixa cair.

MARA

Como Tom estava dormindo regularmente no sofá do porão, Mara passava a noite esticada na cama king-size, tentando pensar em algum plano para coletar informações sobre Tom enquanto protegia Kevin.

Algo dentro de Kevin confiava nela e estava tentando alcançá-la. De forma nenhuma ela o trairia ou o desapontaria. *Me ajuda, meu Deus. Por favor, me mostra o que fazer.*

Às 3h, uma solução simples e óbvia veio à sua mente: assar biscoitos de Natal para entregar no escritório de Tom. A recepcionista, uma intrometida tagarela que já deveria ter se aposentado havia muito tempo, passara décadas entrincheirada detrás da mesa da recepção, sabendo absolutamente tudo sobre absolutamente todo o mundo. Mara intencionalmente cultivou uma amizade cordial com ela ao longo dos anos para evitar se tornar alvo de suas fofocas. Parecia o plano perfeito. Mesmo se a promoção de Tom não fosse informação pública ainda, Ilene provavelmente já saberia. Jesus não disse uma vez algo sobre ser "sábio como uma serpente, inocente como uma pomba"? Bem, talvez hoje essa sabedoria astuta fosse necessária para trazer a verdade para a luz, onde ela deveria estar.

Antes que qualquer outra pessoa na casa estivesse acordada para incomodá-la, Mara pegou seu livro de receitas favorito, recheado de páginas arrancadas de revistas, artigos cortados de jornais e receitas de amigas escritas à mão. Ela poderia jamais ter o tapetinho com monograma ou conjuntos de bandeirolas para os feriados patrióticos, mas conseguiria segurar a barra contra qualquer aprendiz de Martha Stewart em uma competição de confeitaria. O Natal era o momento perfeito para ela brilhar, tanto na escola quanto no escritório. Os aperitivos selecionados e festivos eram ofertas de paz e compensações anuais por qualquer estresse causado a professores pelos filhos dela, ou a colegas de trabalho pelo marido. Os colegas de Tom sempre amavam quando Mara os visitava no Natal. E, naquele ano, eles ganhariam os presentes mais cedo.

Ela fez uma lista dos maiores sucessos dela, e então fez um inventário da despensa improvisada. Tinha vários corantes alimentícios e granulados de todas as cores, mas precisava comprar mais bicarbonato de sódio e creme de tártaro para as rosquinhas de canela. Essa era a combinação secreta que dava o sabor característico e maciez perfeita para seus biscoitos. Todo ano, Ilene comentava que, sempre que tentava fazer biscoitos de canela, ficavam mais com gosto de biscoitos de açúcar com canela — o que ela estava fazendo errado? Mara levantava os ombros e se fazia de modesta. Confeitaria era uma das poucas áreas onde ela era excelente, e não entregaria seus segredos com tanta facilidade. A menos que esses segredos pudessem ser usados como uma barganha.

Às 14h, Mara já enchera três travessas descartáveis de alumínio com biscoitos decorados, chocolate com menta, bolinhos de chocolate, biscoitos com chocolate em dobro, biscoitinhos de manteiga de amendoim e suas famosas rosquinhas de canela. Ela nunca fizera uma maratona de confeitaria com tanto em jogo. Esperava que seus esforços hercúleos pagassem grandes dividendos.

— Ho, ho, ho! — Mara disse quando entrou no prédio do escritório e colocou a primeira propina sobre a mesa de Ilene.

Ilene a cumprimentou com um largo sorriso e sua voz de trituradora:

— O Papai Noel veio mais cedo este ano? — Ela retirou a tampa e inspecionou o conteúdo.

— Tenho mais duas travessas no carro! — Mara calculou o potencial impacto psicológico de fazer várias viagens só para enfatizar a abundância dos presentes.

Ilene pegou uma rosquinha de canela, deu uma mordida e balançou a cabeça lentamente, com prazer estampado.

— Eu sei que você coloca algo especial nessas rosquinhas — ela disse, apontando para Mara. — Você ainda não vai me contar seu segredo, né?

Mara se inclinou na direção dela e piscou cumplicemente.

— Eu posso ser convencida a fazer uma troca.

Ilene riu.

— Eu vou ter que pensar em algo que valha a pena. As melhores notícias por aqui são as suas.

Mara segurou o fôlego. Sério que seria fácil assim?

Ilene não esperou por sua resposta.

— Ainda vai mandar biscoitos para nós quando estiver em Cleveland?

Mara quase caiu para trás. *Obrigada, Senhor, obrigada, obrigada, obrigada!* E então *Me ajuda, me ajuda, me ajuda.* Ela não pensara no plano além de tentar extrair as informações de que precisava, e agora não sabia o que fazer com elas.

— Bem, vamos ter que ver isso aí — ela respondeu com a casualidade que conseguiu. — Vou pegar as outras travessas. Já volto!

Com os tornozelos vacilando, cambaleou das portas automáticas até o carro. "Vamos lá. Pense, pense, pense." Ilene não agiu como se houvesse algo ultrassecreto sobre a promoção de Tom. Não houve nenhuma intenção de sussurro, só uma declaração direta, como se já fosse notícia velha. Há quanto tempo ele já sabia disso? Ela o chamou de algumas coisas entre os dentes e empilhou as outras travessas.

Assim que ela fechou a porta do carro com o quadril, um antigo colega de Tom passou perto.

— Aqui, deixa eu te ajudar com isso — Frank disse.

— Obrigada! — Ela entregou as travessas para ele e apertou o botão para trancar o carro.

— O Natal chegou mais cedo este ano, hein? — Ele levantou um canto do papel-alumínio da cobertura para espionar.

Ela decidiu pescar.

— Bem, sabe como é, com tudo o que está acontecendo...

— Eu ouvi! Eu disse para Tom que os corretores da sede são excepcionais para lidar com os detalhes da mudança. Você não vai ter nada com que se preocupar.

"Filho da..."

Com a fúria se acumulando, Mara juntou cada grama de força e fez cara de muitos amigos quando entraram no prédio. Meia dúzia de pessoas já estavam em volta da mesa de Ilene, provando os biscoitos e entoando elogios. Assim que Frank colocou as outras travessas sobre a mesa, o grupo se aproximou deles.

— Você se superou esse ano! — Ilene exultou, e os outros concordaram.

— Bem, eu só queria agradecer, sabe, por todos esses anos suportando Tom.

Ilene sorriu de canto.

— Querida, não tem como você compensar tudo o que ele me fez passar ao longo dos anos. Embora eu deva dizer que vou sentir saudade daquele velho muquirana. De uma forma estranha.

— Falando no diabo! — Frank exclamou. Tom acabara de aparecer no corredor. Quando a onda inicial de choque e surpresa sumiu dos olhos dele, seu rosto ficou vermelho de fúria apoplética. Mara estava feliz por estar cercada de novos aliados.

— Pegue uma rosquinha de canela! — Ilene o chamou. Ele recusou com um aceno de mão. — Ah, qual é! Para de ser chato.

— Sem responder, Tom foi até a mesa dela. Ele estava com o olhar fixo sobre Mara. Ela encarou de volta, se recusando a ser intimidada. E então ela fez algo ousado que surpreendeu a ela mesma.

Ela sorriu para ele.

O semblante, que estava rapidamente escurecendo para um tom escuro de roxo, agora estava pálido.

— Estávamos falando agora como sentiremos saudade das rosquinhas dela quando vocês se mudarem para Cleveland — Ilene disse.

Em todos os anos que Mara o conhecia, nunca vira Tom perder as palavras. Ela continuou sorrindo e entregou para ele um bolinho de chocolate.

— Seu preferido — ela disse com doçura, percebendo o olhar furtivo e cauteloso dele ao redor da rodinha quando pegou o bolinho. Ela tirou o açúcar das mãos. — Bem, Papai Noel tem outras entregas para fazer hoje. Feliz Natal, pessoal!

O grupo agradeceu e desejou felicidades coletivamente. Os joelhos dela só cederam depois que chegou ao carro.

— De onde vieram todas essas rosquinhas? — Brian perguntou. Parecia que um ciclone varrera a cozinha, espalhando farinha e açúcar por onde havia passado. A pia estava com altas pilhas de bacias e copinhos medidores sujos. Algumas dúzias de rosquinhas de canela estavam na grade onde ela os deixara.

— Eu levei rosquinhas de Natal para o escritório do seu pai, — ela disse, observando a expressão curiosa de Kevin — e aqui estão as sobras. Fique à vontade.

Brian pegou um punhado e desapareceu para o porão. Kevin lentamente tirou o casaco e o pendurou na parede. Os hematomas estavam ainda mais coloridos hoje. Ela ficaria chocada se o nariz dele não estivesse quebrado.

Ela sentou em um banco no balcão.

— Quer leite também? — ela perguntou.

— Pode ser.

Ela lhe serviu um copo de leite e colocou algumas rosquinhas num prato. Fazia quanto tempo que ele não sentava ali com um lanche que ela lhe preparara? Normalmente, os meninos levavam o que queriam para outro lugar.

— Valeu — ele disse.

— De nada.

Ela ficou diante da pia e abriu a torneira de água quente. Havia algo estranhamente satisfatório em enxaguar massa de biscoito de bacias. Kevin provavelmente não se lembrava do tempo em que a ajudava a misturar os ingredientes quando ele era pequeno, ou quando lambia os batedores depois que ela propositalmente lhe deixava um pouco mais de massa com gotas de chocolate. Hoje em dia, as pessoas provavelmente estão preocupadas demais com salmonela ou algo assim para deixarem as crianças lamberem os batedores.

Ela abriu a lava-louças e começou a colocar as coisas.

— Está tudo bem, Kevin. Consegui o que queria. Vamos resolver isso.

— O papai sabe que você sabe?

— Uma das secretárias estava falando sobre isso bem na nossa frente. Então, sim, ele sabe que eu sei.

Sons de tiros do videogame vieram do porão. Ótimo. Pela primeira vez, ela estava grata porque o Call of Duty ou o jogo que fosse sem dúvidas ocuparia Brian pelo tempo que ela o deixasse jogar.

— Você tá bem? — ela perguntou.

Kevin levantou os ombros.

— Vamos ter que nos mudar?

— Eu não tenho certeza do que vai acontecer.

— Eu não quero me mudar.

— Eu sei. — Agora que o pico de adrenalina da vitória tinha diminuído, a raiva e o ódio por Tom aumentaram de novo,

DOIS PASSOS PARA A FRENTE

subindo como bile na garganta dela. Talvez devesse ligar para Dawn para ver se ela tinha algum horário de aconselhamento imediato disponível. Ou para Hanna, para pedir que orasse. Ela estava prestes a pegar o telefone, quando o portão da garagem começou a abrir. Kevin parecia não ter certeza se ficava congelado onde estava, ou se disparava escada acima. Antes de ele decidir, Tom entrou de vez.

— Está satisfeita? — ele rosnou. — Como você ousa entrar no meu escritório e tentar me fazer de bobo?!

— "Como eu ouso"? Como VOCÊ ousa! Eu estava apenas entregando biscoitos de Natal, como faço todo ano.

— Ah, tá bom! — Ele apontou na direção de Kevin com o braço bem estendido. — Que bela cena, seu dedo-duro, sentadinho aí com seu leitinho e rosquinhas! Aposto que você ajudou sua mamãe a armar esse plano todo, não foi?!

— Deixe Kevin fora disso. É você quem deveria pedir desculpas! Quando você ia me contar sobre Cleveland?

— Alguma hora antes de os caminhões de mudança chegarem. — Escorria sarcasmo da voz dele.

— Se você acha que pode simplesmente tomar uma decisão como essa sem me consultar, sem levar em consideração os meninos e eu...

O celular dele vibrou com uma mensagem.

— Eu estou levando os meninos em consideração — ele disse enquanto digitava uma resposta.

Mara começou a contar silenciosamente até dez. Um, mil e dois, mil e três, mil e quatro, mil e cinco.

— Kevin, — ela disse, tentando desesperadamente manter a calma — talvez você queira ir lá para baixo um pouco enquanto seu pai e eu conversamos sobre isso.

Revelando alívio por ser dispensado, Kevin tomou um último gole de leite e desapareceu para o porão com o prato de biscoitos.

— Não tem nada para conversarmos — Tom respondeu, mal esperando a porta do porão fechar. — Depois de anos dedicando meu tempo e trabalhando que nem condenado, finalmente me ofereceram o trabalho dos meus sonhos, vice-presidente de vendas. Eu começo em janeiro na sede. Então, já tá decidido. — Ele ficou de braços cruzados, com o peso sobre a perna direita. — Ah, e mais uma coisa. — Pegou uma rosquinha da mesa. — Falando em estar decidido, você e eu acabamos. Espere notícias do meu advogado em breve. — Colocou a rosquinha de canela na boca. — Feliz Natal para mim.

HANNA

Terça-feira, 9 de dezembro, 22h

Senhor, tem misericórdia.

Eu suponho que esse era um resultado provável para um casamento tão disfuncional quanto o de Mara, mas, Senhor, tem misericórdia. Por favor. Assim que recebi a ligação dela, me ofereci para ir lá. Achei que seria bom que Tom visse que ela tem amigas que a apoiariam no processo. Mas ela não queria que me metesse no meio disso. Então, conversamos ao telefone por mais ou menos uma hora. Eu estava realmente preocupada com a segurança física dela, e ela insistiu de novo que estava bem. Disse que ele não é estúpido, que ele tem coisa de mais em jogo, e não faria nada para se colocar em risco. Eu espero que ela esteja certa. Por favor, Senhor, protege-a e defende-a.

Eu a deixei desabafar toda a fúria. É impossível saber como tudo isso vai se resolver. Mas ela está convencida de que Tom vai tentar tirar tudo dela, incluindo os meninos. Eu não tenho tanta certeza. Pelo que entendi sobre ele, parece ser intensamente egoísta. Eu suspeito que esse egoísmo vai superar qualquer desejo de ser vingativo. Ele provavelmente vai querer se afastar e aparecer em finais de semana esporádicos para se fazer de pai legal, assim como Mara diz que ele tem feito desde quando os meninos eram pequenos. Mara acha que ele provavelmente tem alguém esperando por ele em Cleveland, e ela torce para que essa mulher o deixe infeliz.

Eu sugeri que ela falasse com alguém no Nova Estrada ou na igreja dela para ver se alguém tem contato com advogados. Ela já pesquisou online antes de me ligar e disse que há um período de espera de seis meses antes de qualquer divórcio ser definitivo. Sei que o Senhor preparou o caminho para eu estar aqui em Michigan por várias razões, e estou feliz que Mara seja parte disso. Poderei caminhar com ela por este processo e sou grata por esse privilégio. Quando eu estiver me arrumando para voltar para Chicago em junho, esses seis meses já estarão acabando.

Orei com ela pelo telefone e lhe ofereci o versículo em João 1 sobre a luz resplandecendo nas trevas e as trevas jamais sendo capazes de prevalecer contra ela. Eu não disse isso para ela, mas direi aqui: na verdade, estou aliviada que Tom esteja indo embora. Realmente aliviada. Espero que ela finalmente chegue ao ponto de ser capaz de perdoar-lhe e de orar por ele, e estou orando para Deus a fortalecer e a formar por meio disso. Mas, honestamente, estive preocupada com ela a semana toda. Ela me disse uma vez que jamais iniciaria o processo de divórcio, porque já tinha feito o bastante para Deus ficar bravo com ela. Eu quero que ela conheça teu amor por ela, Senhor. Teu amor e cuidado terno por ela. Por favor, não deixes que ela fique escravizada pelo ressentimento e amargura. Ela tem uma estrada muito longa pela frente. Me ajuda a estar ao lado dela enquanto ela passa pelo processo de luto e de perdão. Estou feliz que Katherine e sua terapeuta também estarão caminhando com ela ao longo disso tudo.

Ela me disse hoje à noite que provavelmente vai acabar voltando para o Nova Estrada, já que não tem como pagar a hipoteca da casa, mesmo que Tom a deixe ficar aqui. Eu disse para ela não se apressar, para esperar e ver com que tipo de documento o advogado de Tom vai aparecer. E eu lhe disse que, não importa o que aconteça com a casa, com os meninos, com ela ter que procurar emprego ou qualquer outra coisa, ela tem uma comunidade de irmãs que estarão cuidando dela e a amando durante isso tudo. Ela começou a chorar com isso. Teve que caminhar sozinha por muito tempo na vida. Obrigada por ir adiante dela, Senhor, e por preparar o caminho para a comunidade. Ela vai precisar.

Mara me disse semana passada que estava pedindo para Jesus vir e nascer na bagunça. Essa parece a oração perfeita para ela esta noite. Então vem, Senhor Jesus, e nasce nisso. Até mesmo nisso.

8.

CHARISSA

Charissa estava destrancando a porta da frente quando a Sra. Veenstra, a vizinha intrometida e semiaposentada, apareceu do apartamento da frente com duas caixas de papelão.

— Eu vi o carteiro deixar estas caixas na frente da sua porta — ela disse. — Ele deveria deixar as entregas na portaria, mas não! Insiste em deixá-las no corredor, onde alguém pode tropeçar nelas. Então, eu as peguei para você. — Ela as entregou para Charissa. — Vocês estão recebendo muitas encomendas ultimamente.

Sim, eles estavam.

Apesar dos múltiplos lembretes de Charissa para John sobre o acordo deles de não gastar dinheiro de mais com presentes de Natal ou com coisas para o bebê, encomendas chegavam quase diariamente. Se ele estivesse acumulando dívidas no cartão de crédito de novo, ela ficaria furiosa. Ela só descobriu depois que casaram que ele ainda estava pagando por pizzas, livros e parcelas do carro que comprara com cartões de juros altos na faculdade. Não que ela tivesse muito espaço para reclamar. Ele estava fazendo progressos agressivos com esse débito, ela não estava contribuindo para a renda deles, e foram os pais dele que se ofereceram para ajudá-los a comprar uma casa. Ainda assim, ela provavelmente deveria tomar mais conta de suas finanças. Só porque eles iam ganhar ajuda com uma entrada, não significava que ele podia ser descuidado com o orçamento. Ela teria que dar uma bronca nele de novo.

Seu telefone tocou, dando-lhe uma boa desculpa para se esquivar de mais perguntas investigativas da vizinha.

— Alô, mãe. — Ela fechou a porta com o quadril e colocou o pacote sobre a mesa de jantar.

— Alô! Você está na biblioteca?

— Não, acabei de chegar em casa. — Charissa tirou o casaco e o pendurou no closet. — Eu pensei em me deitar um pouco antes de ir buscar John no trabalho.

— Por quê? Há algo errado?

— Não. Só estou cansada. Não tenho dormido muito bem, com náuseas o tempo todo. Eu me sinto desgastada.

— Bem, isso tudo faz parte de estar grávida — a mãe dela disse sem nenhum sinal de simpatia. — Prepare uma vitamina de iogurte para você. E certifique-se de estar comendo ferro. Você precisa se manter forte.

Na verdade, uma vitamina de iogurte parecia apetitosa. Pena que não tinha bananas em casa. Ela repentinamente ficou com desejo por bananas. Foi até o armário e pegou o liquidificador.

— Quando é sua grande apresentação? — sua mãe perguntou.

— Amanhã de manhã. Eu vou ficar tão feliz quando isso acabar.

— Está preparada?

— O máximo possível. Eu me sinto confiante quanto ao trabalho. Bastante confiante. Mas não tenho garantias de que não vou passar mal. Espero que seja uma das minhas manhãs boas. — John brincou que ela deveria levar consigo um balde para o palco. Ela não achou engraçado.

— Você vai ficar bem — a mãe dela disse. — Você vai superar todos os outros, como sempre faz.

Pelos últimos dias, Charissa assistiu com ouvidos críticos e comparativos a outros alunos de doutorado apresentando seus trabalhos e respondendo a perguntas. Com apenas três apresentações faltando, ela estava consideravelmente confiante de que receberia seus elogios usuais. Contanto que seu corpo cooperasse.

Ela escutou a voz do pai no fundo.

— Seu pai falou para deixá-lo orgulhoso. E ele quer saber se você já olhou outras casas.

— Nada ainda. Simplesmente não tive muito tempo para pensar nisso. John continua procurando online, mas ainda não encontrou nada de que goste tanto quanto aquela.

— Vocês vão encontrar algo — ela respondeu.

Sim.

Charissa escutou a voz do pai de novo.

— Seu pai disse que eu preciso desligar. Você sabe como ele fica antes de viajar para algum lugar.

"A viagem deles." Charissa esquecera. Eles estavam indo para a Grécia para comemorar o aniversário de trinta anos de casamento e visitar alguns parentes do lado materno.

— Mande um oi para o papai. Espero que se divirtam.

— Pode deixar. Eu te ligo depois que chegarmos. Boa sorte amanhã, querida. Você vai se sair ótima!

Charissa desligou o telefone sentindo inveja. Ela não ia à Grécia desde o Ensino Médio. Não que fosse suportar a viagem ou tolerar o cheiro de alho, endro e outros temperos que davam sabor à sua comida mediterrânea favorita. Na verdade, até o esforço para fazer uma vitamina parecia grande demais agora. Ela trocou a calça jeans por uma de moletom, fechou as persianas para escurecer o quarto e configurou o alarme para quarenta minutos.

John tentou ligar para o celular de Charissa diversas vezes, mas ia direto para a caixa de mensagens.

— Ela deve estar na biblioteca — ele disse para Tim, que passou no escritório para mostrar-lhe algumas amostras de verniz que Jenn queria aplicar nos armários da cozinha.

— Que tal comermos alguma coisa? — Tim sugeriu. — Depois, podemos passar na Leroy Merlin? Eu quero te mostrar aquelas ferramentas, e a iluminação também.

— Pode ser. — John mandou uma mensagem para Charissa a fim de avisá-la de que ele não precisaria de carona para casa, e então caminhou com Tim para o carro dele.

— Então, deu tudo certo com o ultrassom? — Tim perguntou.

— Sim, a médica disse que tudo parecia normal. Mas Charissa se sente péssima. Queria poder fazer algo para ajudar, mas não há muito que eu possa fazer. Exceto tentar não estressá-la mais.

— Quando acaba o semestre dela?

— Daqui a pouco. Ela tem uma grande apresentação amanhã e mais trabalhos para entregar semana que vem, eu acho. Não consigo acompanhar tudo. Eu vou ficar feliz quando ela estiver de folga no Natal. Talvez ela consiga relaxar e desfrutar da vida um pouco. E poderemos voltar a procurar pela casa.

Tim destrancou o carro.

— Eu a conheço há quase tanto tempo quanto você — ele disse. — E, sem ofensas, mano, mas eu não acho que a palavra "relaxar" esteja no vocabulário da sua esposa.

Quando Tim deixou John em casa algumas horas depois, o apartamento estava escuro, e Charissa dormia tão profundamente, que estava roncando. Ótimo. Se ela conseguisse ter uma noite inteira de sono, seu nível de estresse poderia diminuir. Em vez de arriscar acordá-la, John trocou de roupa no escuro e foi dormir no sofá.

Charissa rolou na cama e olhou para o relógio. 8h45. "OITO E QUARENTA E CINCO! NÃO!" Ela não havia escutado o despertador. O quarto estava escuro e não havia sinal de John. Talvez ele tivesse ficado no escritório trabalhando até tarde quando ela não apareceu. Por que ele não ligou? Ela tateou o criado-mudo em busca do celular e descobriu que o desligara. Então ligou para ele.

— Me desculpa — ela disse quando ele atendeu. — Acho que meu alarme não disparou. Você está no escritório?

— Sim, tudo bem. Tim e eu acabamos indo à Leroy Merlin e depois ele me deu carona até em casa.

— Ele o quê?

— Ele me deu carona até em casa. Você estava roncando tão alto, que decidi dormir no sofá.

— *O quê?*

— Eu falei que você estava roncando e eu não queria te acordar, então dormi no sofá.

Charissa sentou de uma vez, olhando para o relógio de novo. Não. Por favor, por favor, não.

— Que horas são?

— Ah... 8h47.

Não, não, não não não. Isso não poderia estar acontecendo! Era *de manhã*. 8h45 *da manhã*! Ela arrancou os lençóis e pulou da cama.

— Por que você não me acordou?

— Eu falei: você estava dormindo tão bem, que...

— Não! Digo, por que você não me acordou hoje de manhã? Eu tenho minha apresentação, John! Eu tinha minha apresentação final às oito! — Ela colocou a mão no pescoço e começou a caminhar em círculos. Isso não podia estar acontecendo. Era um pesadelo. A versão na vida real do pior pesadelo dela. — Não acredito que você não me acordou!

— Epa! — John disse. — Por que você está gritando comigo? Eu não sei sua agenda. Achei que você tinha programado seu alarme.

Em todos os seus anos de estudo, Charissa nunca perdera um prazo. Jamais. E ela nunca dormira demais para perder aula, quanto mais uma apresentação final diante de colegas e uma banca avaliadora de membros do corpo docente. Ela sentiu como se fosse vomitar e, pela primeira vez, não era por causa do bebê.

— Aí você fez o quê? Só saiu de manhã sem nem falar comigo? Você sabia que eu tinha minha apresentação hoje!

— Eu saí bem cedo, Charissa. Para ajudar com um projeto no trabalho, lembra? Para compensar um tempo? Nós conversamos sobre isso. Eu até vim de táxi para você ficar com o carro.

Acabou para ela. Já era. O coração estava acelerado; ela se sentia suada e zonza. *Meu Deus. Me ajuda.*

— Sinto muito, Cacá. Eu não sabia que sua apresentação era às 8h. Eu só sabia que era alguma hora hoje. Tenho certeza de que eles vão entender. Você não pode ligar para alguém?

Mesmo se ela não se banhasse, não havia como chegar ao campus a tempo de implorar por uma oportunidade para falar fora da ordem. A última apresentação estava programada para as 8h40. Na verdade, ela já conseguia ver: eles estariam levantando os ombros e guardando seus papéis, se perguntando por que Charissa Sinclair não aparecera para a tarefa mais importante do semestre. Possivelmente, da carreira acadêmica.

Ela estava acabada. Já era.

Sua cabeça estava zumbindo e o quarto estava começando a rodar.

— Cacá?

Me ajuda.

— Cacá? Se deita, tá bom? Você está bem?

Ela se deitou na cama de novo e olhou para o teto, com lágrimas quentes escorrendo pelas bochechas.

— Charissa? Ainda está aí?

— Sim.

— Eu falei que eles vão entender. Você teve muita coisa acontecendo essa semana. Coisas assim acontecem.

— Não acontecem, John... Não comigo.

— O que é o pior que pode acontecer? Tá, você ganha zero em uma apresentação. Não é como se eles fossem te expulsar, confiscar sua carteirinha ou algo assim.

— Você não sabe. Você não tem ideia de quanto é competitivo. Não tem ideia.

— Bem, tenho certeza de que eles farão algumas exceções para você. Não é como se você estivesse de preguiça. Você tem uma boa desculpa.

— Isso não tem nada a ver! Você não entende, né? Você não entende nada disso!

— Sim, eu entendo que você dormiu demais — ele respondeu, mas sem o tom de voz solidário. — E eu entendo que você está agindo como se isso fosse o fim do mundo...

— John, só...

— Só o quê?

— Para. Só para. Você não tá ajudando. Eu te ligo depois de descobrir o que estou fazendo.

Ela desligou e apertou um travesseiro contra o rosto. Conseguia ver a cena com clareza perfeita: as sobrancelhas levantadas e os sussurros especulativos quando ela não subira no palco do auditório. Amber Dykstra, que estava marcada para apresentar depois dela, provavelmente se oferecera para se apresentar às 8 horas. Com um sorrisinho triunfante. Ela estava esperando sua vez havia anos, desde quando eram alunas da graduação juntas, apenas esperando pela oportunidade de ultrapassar Charissa no ranque da turma e no reconhecimento. Bem, ganhou sua chance, da qual ela sem dúvidas se aproveitou com uma satisfação orgulhosa.

Charissa socou o travesseiro.

Como ela poderia ter dormido enquanto John se banhava, se vestia e saía para o trabalho?

E como ele pôde simplesmente tê-la deixado dormindo? Ela estava falando sobre essa apresentação havia semanas. Semanas! Ele não achou estranho que ela não foi buscá-lo no trabalho? Ou que ela ainda estivesse dormindo quando ele saiu do apartamento de manhã?

Ele não a conhecia o suficiente para pensar que ela teria ficado acordada até tarde e acordado cedo para se preparar para uma situação como essa?

Como isso pôde acontecer?

Como raios isso pôde acontecer?

Não haveria como se recuperar desse tipo de humilhação. Nunca. O registro de conquistas impecável dela até agora, seus vários anos de constante esforço e labuta, nada disso importaria mais. Tudo de que se lembrariam sobre Charissa Sinclair seria seu infame fracasso em aparecer para uma apresentação no estilo de conferência. Na verdade, o corpo docente do departamento provavelmente conversaria sobre como ela não estava apta para progredir no programa. Eles provavelmente estavam conversando sobre isso agora.

Ela pegou o telefone de novo e rolou pelas mensagens de texto. 8h02. Mensagem de um dos colegas. Duas palavras simples. "Cadê você?"

Quanto mais Charissa pensava sobre o que fazer dali em diante, mais percebia que a brincadeira de John sobre levar um balde não era uma ideia ruim. Depois de decidir não tomar banho nem passar maquiagem alguma, ela tirou um moletom velho da última gaveta do armário e arrumou o cabelo em um rabo de cavalo desarrumado. Depois, estudou o próprio reflexo no espelho do banheiro. Queria ter essa conversa pessoalmente, e parecia suficientemente desmazelada.

Ela dirigiu para o campus e estacionou perto do Bradley Hall, onde ficavam as salas do corpo docente do Departamento de Inglês. Com alguma sorte, ela conseguiria falar privadamente com a Dra. Gardiner sem esbarrar em colegas de turma no corredor. Ela abaixou seu gorro o máximo possível e enrolou no pescoço uma volta extra do cachecol para esconder parcialmente o rosto. Com a cabeça abaixada, apressou-se pelo corredor lotado, virou uma esquina e quase esbarrou em um trio de colegas amontoados na frente da sala da Dra. Gardiner.

Charissa apertou os lábios e afastou os ombros para trás.

— Ei! Aí está você! — disse Trevor. — O que raios te aconteceu?

— É! Você está bem? — Amber perguntou com um tom excessivamente doce. — Estávamos todos preocupados.

"Aham, tá bom. Aposto que você estava."

— Longa história — Charissa respondeu e levantou a mão para bater na porta da sala.

— Ela não está aí — Amber disse. — Está em reunião com o Dr. Allen.

Fantástico. Com certeza Charissa era o assunto dessa reunião.

Kimber, a colega que mandara a mensagem "Cadê você?", era a única dos três que parecia genuinamente preocupada.

— Sem ofensas, — ela disse colocando a mão levemente sobre a manga do casaco de Charissa — mas você parece estar se sentindo péssima. Você está bem?

— Eu fiquei enjoada a semana toda. — Verdade. — Simplesmente não consegui sair da cama hoje de manhã. — Também verdade. Mais ou menos. Eles não tinham o direito de receber mais informações do que isso.

— Sinto muito, que chato — Amber disse, mas as palavras não condiziam com o prazer nos olhos dela. — Hora ruim para ficar enjoada.

— A pior possível — Kimber concordou. — Eu sei o quanto você se dedicou no seu trabalho. Tenho certeza de que você consegue combinar algo com a Dra. Gardiner. Ela é justa.

Sim, Charissa pensou. Ela estava contando com isso. Enquanto os bisbilhoteiros fingiam ter outro assunto além de Charissa para conversar, ela se sentou em um banco, apoiou a cabeça nas mãos e esperou a Dra. Gardiner aparecer.

Vinte minutos depois, acomodada em segurança atrás da porta fechada da Dra. Gardiner, Charissa gastou seu arsenal. *Ela estava envergonhada. Absolutamente envergonhada. Nunca, em toda sua carreira acadêmica, deixara algo assim acontecer. Ela nunca esteve atrasada para uma tarefa. Nunca. Mas estava grávida. Ficou assustada por quase ter um aborto espontâneo. Estava sofrendo de constantes enjoos matinais. Deitou-se um pouco ontem porque estava passando mal. O alarme não tocou. Ela estava arrependida, humilhada e não sabia como se recuperaria da vergonha, e queria compensar a tarefa. De alguma forma. Por favor.*

— Eu te entendo, Charissa — Dra. Gardiner respondeu quando ela terminou de usar suas munições. — Acredite. Eu sei como é difícil equilibrar e gerenciar tudo. Eu ainda estava trabalhando na minha dissertação quando meus gêmeos nasceram. E sinto muito por essa manhã, mas realmente não vejo nenhuma forma para você compensar pela apresentação. As apresentações acabaram. O semestre terminou.

— Eu sei, mas talvez eu pudesse só apresentar para os professores? Para provar que fiz o trabalho? Eu me preparei o semestre todo para esta manhã, Dra. Gardiner. Você não tem ideia de como trabalhei duro. Realmente adoraria a oportunidade de demonstrar isso.

— Eu conheço o calibre do seu trabalho, Charissa. Você pode entregá-lo escrito para mim valendo parte da nota. Acho que é justo.

— Mas se eu puder só apresentar... Talvez para alguns professores? Se eu puder encontrar algumas pessoas que estejam disponíveis semana que vem alguma hora?

— Você terá outras oportunidades para apresentações. Várias delas. Mas esta passou.

— Por favor, Dra. Gardiner. Acho que tenho circunstâncias atenuantes.

— E eu estou levando essas circunstâncias em conta ao permitir que você entregue o trabalho valendo parte da nota. — Ela abriu o caderno de notas em uma página específica e passou o dedo por uma linha. — Não se preocupe. Mesmo com só parte dessa nota, você não vai reprovar na matéria.

REPROVAR?! Quem falou alguma coisa sobre reprovar? Ela sabia que não ia reprovar na matéria. A questão era manter a honra e a reputação dela. Era respeito. Admiração. A chance de redimir um erro estúpido em um registro impecável (exceto por isso) de conquistas acadêmicas. E, embora não importasse — embora ela se sentisse juvenil por se preocupar com isso —, seu coração murchou ao pensar em diminuir a média perfeita. Todos os anos sem uma única nota 9 no boletim, todos os anos de perfeição desde o primeiro boletim na quarta série. Ela tinha trabalhado tanto. Mas tanto!

Ela tentou falar com um tom moderado:

— Por favor. Eu não quero essa mancha no meu histórico. Se houver alguma forma de eu...

A Dra. Gardiner fechou o livro e o colocou de volta sobre a mesa.

— Sinto muito, Charissa. Eu já tomei minha decisão.

— Mas...

A Dra. Gardiner pegou o casaco e colocou os braços nas mangas. Elas tinham terminado.

Charissa lhe agradeceu pelo seu tempo e se arrastou pelo corredor para o carro. Ela estava acabada.

Completamente arruinada.

MARA

— Eu odeio ele. — Jeremy bateu com o processo oficial de divórcio na mesa de centro. — Tudo que eu posso dizer é: ainda bem que ele não está aqui. Ainda bem mesmo.

Mara se inclinou para trás no sofá e olhou para as luzinhas brilhantes na árvore de Natal. Ela passou os últimos dias olhando por cima do ombro e se perguntando quando a intimação chegaria, meio que esperando que Tom tentasse envergonhá-la em um espaço público. Quando a campainha tocou ao meio-dia na sexta-feira, ela quase ficou aliviada.

— Eu não entendo tudo isso — ela disse.

— Você vai precisar de um advogado, mãe.

— Eu não tenho dinheiro para um advogado.

— Bem, você vai precisar de um. Um muito bom. Eu posso perguntar para o pessoal no escritório, ver se alguém conhece algum.

— Não, não faça isso. Eu vou dar um jeito. Não se preocupe.

— Eu me preocupo. Estou preocupado com você há anos. Eu sempre quis que ele simplesmente fosse embora. Parece que ele não vai embora sem tentar te ferrar antes.

— Eu mesma poderia ter te falado isso, mesmo antes de ver os papéis.

Jeremy murmurou algo baixinho e levantou os pés.

— Kevin e Brian já sabem?

— Tom os levou para tomarem sorvete. O que ele disse eu não sei. Mas Brian chegou em casa reclamando que não quer ter que ficar aqui comigo, e Kevin chegou dizendo que estava feliz por não ter que se mudar para Cleveland. Tom não é estúpido. Ele sabe que não consegue cuidar dos meninos durante a semana, especialmente com o novo emprego. Ele quer simplesmente aparecer nos fins de semana, como sempre fez, e ser o cara legal. Tenho o pressentimento de que Brian vai fazer de tudo para tornar minha vida um inferno. Aposto que ainda nem comecei a ver do que ele é capaz.

— Tal pai, tal filho — Jeremy disse. — Eu sinto muito. Você sabe que vou fazer o que puder para te ajudar. Abby e eu faremos o que pudermos.

Mara apertou a mão contra o coração.

— Eu sei. Obrigada por sempre ser meu aliado. — Ela pegou a caneca dele. — Que tal mais café?

Ele balançou a cabeça e se espreguiçou lentamente.

— Eu preciso ir. Prometi para Abby que não demoraria. Ela tem certeza absoluta de que a bolsa dela vai estourar e ela vai entrar em trabalho de parto quando eu não estiver perto.

— Bem, fala para ela me colocar nos contatos rápidos para qualquer coisa que ela precisar. Tô falando sério. — Eles se levantaram juntos e caminharam para a cozinha. Jeremy vestiu o casaco e deu um longo abraço nela.

— Você vai ficar bem? — ele perguntou. — Você não acha que Tom vai tentar alguma gracinha nesse final de semana, acha?

— Não, acho que não. A empresa vai dar um apartamento mobiliado para ele em Cleveland, e ele vai passar a maior parte do tempo lá. Vai levar algumas coisas dele daqui no domingo, depois que eles voltarem do passeio de esqui. E eu tenho algumas amigas que estarão por aqui enquanto ele estiver fazendo isso. Então, estou bem. Ou, pelo menos, tão bem quanto posso ficar agora. — Ela o beijou na bochecha. — Obrigada, querido. Obrigada por vir.

— Te amo, mãe.

— Também te amo. Me liga assim que tiver qualquer sinal da minha neta fazendo sua entrada triunfal, tá bem? Aposto que ela vai vir mais cedo.

— É isso que Abby está esperando. Ela mal vê a hora de acabar com isso.

— Eu me lembro do sentimento.

Na verdade, enquanto assistia a Jeremy se afastar com o carro, ela pensou que estava se sentindo um pouco assim de novo. Mal via a hora de acabar com isso. Mas essa batalha contra Tom acabara de começar, e ela não tinha certeza se ainda aguentaria lutar. Sem dúvidas, ele estava contando com isso.

Ela colocou outra xícara de café e se sentou à mesa da cozinha para ler a Requisição Verificada de Divórcio de novo: "Houve uma desintegração no relacionamento matrimonial de forma que os fins do matrimônio foram destruídos e não resta probabilidade razoável de que o casamento possa ser preservado."

Bem, não havia o que discutir sobre esse ponto em particular, não é mesmo?

Na verdade, já houve algum casamento para preservar?

Ela e Dawn conversaram sobre isso naquela tarde no escritório dela, pouco depois de a intimação chegar.

— Talvez eu tenha me agourado — Mara disse. — Estava falando com Katherine semana passada sobre como eu o odiava e como alguns dias eu desejava que ele simplesmente fosse embora. E agora recebo o que desejei. Exceto que agora vejo o quanto isso vai me custar. Por que eu sequer casei com ele?

— Por que vocês se casaram?

— Porque eu estava desesperada.

— Desesperada quanto?

— Desesperada para fazer o que precisasse para ter certeza de que Jeremy estaria seguro.

— Você amava seu filho.

— Mais que qualquer coisa.

Se ela tivesse que fazer tudo de novo, talvez tomasse exatamente a mesma decisão. Eles dois se beneficiaram da estabilidade financeira de Tom, sem dúvidas. Boa renda, boa casa em uma vizinhança requintada, boas escolas.

— Eu nunca amei o Tom. Você sabe disso. Não me lembro de que votos falei diante do juiz de paz, mas, se havia algo sobre amor ali, então fui uma enorme mentirosa. Sei que isso me faz parecer terrível, mas é a verdade. Eu não o amava. Ele não me amava. Não foi uma vida juntos, com certeza. Só estávamos usando um ao outro o tempo todo. E agora o jogo acabou. Ele ganhou.

— O que Tom ganhou? — Dawn perguntou.

— Tudo. Ele vai comprar uma casa nova, enorme e chique com essa grande promoção dele e vai ter todas as regalias que quiser. Então, ele vai ter ainda mais coisas para impressionar os meninos quando resolver aparecer e ser o papai-herói.

Dawn se recostou na cadeira e inclinou a cabeça para um lado.

— Pobre Tom. Parece uma vida bem vazia.

Pobre Tom!

Honestamente, às vezes Dawn falava umas maluquices daquelas.

HANNA

Sexta-feira, 12 de dezembro, 17h30

Lá se foi meu plano de escrever no diário todos os dias. Eu estive tão preocupada com as coisas acontecendo com Mara e com Meg, que não dediquei o tempo necessário. Mara vai me acompanhar hoje para ouvirmos Nate cantar *Messias* com o coral de alunos e professores. Já faz anos que ele cantou. Provavelmente, desde o seminário, quando Nate e eu estávamos no coral.

Falei com meu pai e minha mãe ontem. Mamãe parecia cansada. Eu acho que, mesmo que ela quisesse muito ver os parentes, está sendo desgastante. Ela disse que queria que eu tivesse estado com eles no Natal. Bem, ela não disse, mas sei que ela está se perguntando isso, já que estava disponível no Natal pela primeira vez em anos e escolhi ficar aqui. Eu não falei nada para eles sobre Nate. Não estou pronta para isso. Eu disse para ela que adoraria se ela e o papai viessem visitar em janeiro ou em fevereiro, mas ela respondeu que já me visitou o bastante por anos. Ela está esperando que eu vá visitá-los por algumas semanas.

Nate diz que o discernimento está em tomar o próximo passo fiel guiado pelo amor. Então, o que o Amor me chama a fazer? Eu não sei, Senhor. Mas tu és o Amor e o Noivo, e eu quero escutar tua voz.

Acabei de me lembrar de algo que o Senhor me revelou anos atrás. Eu estava tão ansiosa para conhecer a vontade dele, tão ávida para ser obediente. Estava preocupada que não fosse escutar corretamente. E então percebi.

Eu estava colocando toda a minha confiança na MINHA habilidade de escutar Deus, em vez de colocar a confiança no desejo DELE de falar de forma que eu entendesse. Pareceu uma coisa tão simples, mas mudou minha vida. Uma enorme mudança de paradigma. Como se um fardo enorme fosse tirado de mim, e comecei a relaxar um pouco. Colocar a confiança na minha habilidade de escutar Deus põe o fardo da responsabilidade sobre mim. Colocar a confiança na habilidade e desejo dele de falar comigo põe o fardo sobre ele. Ele me conhece bem o bastante para saber o que vai chamar minha atenção. Então, me ajuda a descansar em ti, Senhor.

Meg mandou um e-mail dizendo que está decidida a ficar na Inglaterra, pelo menos por agora. Ela ainda não deu detalhes sobre o que está acontecendo, mas disse que quer que Becka saiba que ela a ama, independentemente de qualquer coisa. Estou feliz por ela ficar. Parece que ela está tentando dar o próximo passo fiel. Capacita-a, Senhor. E ajuda todos nós a sermos guiados pelo amor, não impulsionados por dever, culpa ou medo.

CHARISSA

— Eu nunca me senti tão humilhada — Charissa disse para John depois que Tim o deixou no apartamento na sexta-feira à noite. — O. Pior. Dia. De. Todos.

John levantou as sobrancelhas.

— Que foi? — ela exigiu.

— Nada. — Ele abriu a geladeira e analisou as prateleiras.

— Isso é coisa séria, John. Muito séria.

— Eu não falei que não era. Eu só disse que não era o fim do mundo. E não é.

— Vai ser quando eu perder a bolsa de estudos.

— Epa! — John olhou para ela por cima do ombro. — Quem falou alguma coisa sobre perder sua bolsa?

Ela fechou o notebook com força e plantou os cotovelos na mesa de jantar.

— Espera aí — ela disse. — Você não tem ideia de como lá é competitivo. Você deveria ter visto Amber Dykstra hoje, deveria ter visto aquela falsa: "Ai, sinto muito, é tão difícil, hora ruim para ficar enjoada, blá, blá, blá." Eu queria poder esfregar a mão naquele sorrisinho idiota.

John fechou a geladeira e foi para a despensa.

— Você não vai perder sua bolsa só porque perdeu uma apresentação.

— Bem, é o que vamos ver.

Pareceu que ele ia dizer algo, antes de resolver engolir.

— O quê?

— Nada.

— Não... Parecia que você ia dizer algo. Fala.

Ele balançou a cabeça lentamente.

— Eu te amo, Cacá. De verdade. E eu me preocupo com as coisas que importam para você. Mas, honestamente, há coisas maiores do que isso acontecendo no mundo agora.

— Não no meu mundo.

Ele fez um sinal com o dedo indicador.

— É exatamente o meu ponto.

— Muito obrigada pelo apoio. Agradeço de coração.

— Eu tô tentando te apoiar. Mas parece que você só vê seu próprio reflexo em tudo. É muito chato.

Tá bom. Então ele ia apontar para o egoísmo dela de novo. Bem, ela não lhe daria a satisfação de estar certo ao desaparecer bufando de zangada. Ela resolveu mudar de assunto:

— Mais encomendas chegaram ontem. — O tom dela era intencionalmente acusatório.

— Eu vi. Obrigado. — Ele fechou a porta da despensa e pegou uma maçã da cesta de frutas sobre o balcão.

— Nós concordamos em não gastar dinheiro de mais com o Natal ou com o bebê agora, lembra?

— Lembro. Isso são presentes para meus pais. Um pequeno agradecimento pela oferta deles para a entrada. — Seu tom era igualmente espinhoso. — Eu imitei sua assinatura no cartão.

Ela inspirou rapidamente.

Tinha se esquecido de agradecer a eles. Como pôde se esquecer disso? Ela não se lembrou nem de mandar um e-mail. Ótimo. Não apenas acabou de provar o ponto de John de novo, mas também certamente sedimentou a impressão dos sogros de ela ser indiferente e egoísta. Ótimo. Simplesmente ótimo.

Ela abriu o notebook de novo.

— Vou mandar um e-mail agora para agradecer. O que você falou para eles?

— Que você está tentando terminar o semestre e que está bem enjoada.

— Eles provavelmente acham que eu sou terrível.

Ele mordeu a maçã e não respondeu.

Ela merecia isso. Tudo isso. E ela achando que progredira na vida espiritual. John estava certo. Tudo o que ela via era o próprio reflexo. Ela poderia muito bem dizer para o Dr. Allen que seria impossível escrever qualquer tipo de trabalho de integração sobre sua formação espiritual neste semestre. Sairia todo superficial. Inteirinho.

"Como você está sendo formada em Cristo?", o Dr. Allen costumava perguntar.

"Não estou sendo", Charissa pensou enquanto abria a caixa de entrada.

"Como você está alimentando a vida de Cristo em você?", o Dr. Allen costumava perguntar.

"Não estou alimentado", ela respondeu.

A pergunta que veio à mente dela em seguida a assustou. "Daria sequer para ouvir um batimento cardíaco se fizessem um ultrassom da sua alma?"

Lágrimas traidoras ameaçaram cair de seus olhos.

Talvez — só talvez — ela sofrera um aborto espontâneo, afinal.

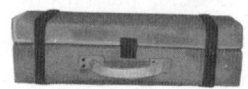

PARTE TRÊS

EM UM LUGAR ASSIM

Deus é nosso refúgio e fortaleza,
socorro bem presente na angústia.
Por isso, não temeremos, ainda que a terra trema
e os montes afundem nas profundezas do mar;
ainda que as águas venham a rugir e espumar,
ainda que os montes estremeçam na sua fúria.
Há um rio cujas correntes alegram a cidade de Deus,
o lugar santo das moradas do Altíssimo.
Deus está no meio dela, e não será abalada;
Deus a ajudará desde o amanhecer.

Salmo 46:1–5

9.

MARA

Mara não tinha certeza se poderia confiar em Kevin para mandar uma mensagem avisando a que horas eles previam chegar em casa depois do passeio de esqui. Mas, ao meio-dia no domingo, assim que ela saiu da igreja, Kevin mandou uma mensagem dizendo que estavam voltando. Mara imediatamente ligou para Hanna:

— Eles vão chegar às 14h.

— Que tal nós levarmos almoço para você em meia hora?

Mara não tinha certeza se conseguiria comer, mas era uma oferta gentil.

— Ótimo, te vejo daqui a pouco.

Ela sentou-se à mesa e tentou se distrair de cenas que imaginava de confrontos explosivos. Não sabia se ter Hanna e Nathan em casa inflamaria ou restringiria Tom, mas Hanna a convenceu de que seria bom para ele ver que ela tinha amigos ajudando. *Me ajuda, Deus. Por favor.* Pelo menos, ela convenceu Jeremy de que ele estar lá deixaria as coisas mais difíceis para ela.

— Tudo bem, mãe — ele disse. — Mas eu vou te mandar mensagens a tarde toda para ter certeza de que você está bem.

Dawn e Hanna estavam certas sobre essa parte: Mara não estava sozinha. E isso não era pouca coisa.

— Eu quero que você continue meditando sobre o que significa ser amada e escolhida por Deus — Dawn disse para ela.

— Com tudo o que está acontecendo agora, é muito importante que você continue a crescer e se ver como amada, não como rejeitada. Quero que você, toda manhã, fique de frente para seu espelho e diga: "Jesus me ama. Ele me escolheu para estar com ele.

Ele nunca vai me rejeitar." Não importa o quanto você se sinta boba fazendo isso, eu quero que o declare. Em voz alta. Na verdade, faça isso sempre que estiver diante de um espelho. Sempre que você vir seu reflexo. Não apenas de manhã. Pratique isso. Torne isso um hábito. Peça a seus amigos para te relembrarem disso.

Pastor Jeff pregou um sermão sobre João 1 com tema parecido naquela manhã, relembrando todos de que Jesus nascera em um mundo que o rejeitava.

— Escutem, — ele disse — Jesus veio para o seu próprio povo, e eles disseram "Não, obrigado. Não te queremos". Mas aos que disseram sim para ele, aos que o receberam, ele lhes deu poder. Poder para quê? Escutem de novo. "Mas a todos os que o receberam, aos que creem no seu nome, deu-lhes a prerrogativa de se tornarem filhos de Deus." Não se atreva a se esquecer de quem você é!

Mara gostou especialmente da versão de João 1 que o pastor Jeff colocou no boletim. Enquanto ela esperava Hanna e Nathan chegarem, pegou suas anotações do sermão e leu a passagem na versão A Mensagem de novo. "A Luz da Vida era verdadeira: cada pessoa que entra na Vida é conduzida à Luz. Ele estava no mundo, e o mundo existe por causa dele; mesmo assim, o mundo não o acolheu. Ele veio para seu povo, mas eles não o quiseram. Mas houve os que o quiseram de verdade, que acreditaram que ele era o que afirmava ser e que fez o que disse ter feito. Ele fez deles seu povo, os filhos de Deus. Filhos nascidos de Deus, não nascidos do sangue, não nascidos da carne, não nascidos do sexo. A Palavra tornou-se carne e sangue, e veio viver perto de nós. Nós vimos a glória com nossos olhos, uma glória única: o Filho é como o Pai, sempre generoso, autêntico do início ao fim."

Nascidos de Deus. Não nascidos do sexo. Nascidos de Deus. Ela poderia passar a vida inteira ruminando sobre isso. *Me ajude a acreditar, Jesus. Me mostre meu eu verdadeiro, como filha de Deus. Obrigada por se mudar para a vizinhança e suportar toda nossa porcaria. Me ajude a ver sua glória única, mesmo em toda essa bagunça.*

Ela olhou pela janela para a casa cintilante de Alexis Harding provocando-a do outro lado da rua. Sem dúvidas, ela ficaria radiante por ver os Garrisons *saindo* da vizinhança. Na verdade, toda a rua poderia ficar feliz de ver uma placa de "Vende-se" no jardim da frente.

Ela xingou Tom e guardou as anotações do sermão.

— Obrigada por virem — Mara disse quando cumprimentou Hanna e Nathan com abraços à porta.

— Ficamos felizes de estar com você. — Hanna lhe deu um colorido buquê de flores. — Trouxemos sopa e pão fresco.

Nathan estava carregando sacolas de um restaurante local.

— Não tínhamos certeza do que você gostava, então trouxemos várias. — Ele a seguiu até a cozinha e colocou as sacolas sobre o balcão. — Frango e bolinho, tomate com manjericão, creme de abóbora, e a boa e velha canja.

— Não precisavam fazer tudo isso por mim.

— É um prazer. — Ele começou a desempacotar a comida. — Sente-se. Nós vamos servir.

— Me diga onde tem um vaso — Hanna pediu. — Vou colocar essas flores na água para você. — Mara apontou para o armário perto do micro-ondas. Hanna encheu um vaso com água, aparou os talos e colocou o arranjo diante dela.

— Eu acho que nunca me deram flores.

— Bem, vamos ter que manter seu estoque cheio, então — Hanna respondeu. — Como lembrete do amor e cuidado de Deus por você.

Nathan colocou o pão e os potes de sopa sobre a mesa e sentou-se.

— Escolha — ele disse. Mara escolheu a de frango e bolinho. Hanna escolheu o creme de abóbora. Nathan escolheu a de tomate com manjericão e pegou as mãos delas. — Vamos orar.

HANNA

Quando o portão da garagem abriu 45 minutos depois, Hanna viu Mara ficar rígida na pia, com as mãos congeladas sob a água corrente.

Nathan tirou os óculos, deu uma baforada neles e lentamente poliu as lentes com a borda do seu cardigã vermelho.

— Estamos aqui, Mara — ele disse. — Estaremos orando o tempo todo que Tom estiver nesta casa. E não sairemos até ele ir embora. — Ele e Hanna se sentaram à mesa da cozinha, assim como eles três combinaram, enquanto Mara pegava canecas de café do armário.

Kevin entrou primeiro, com uma bolsa de academia da Nike jogada sobre o ombro e com o nariz ainda muito machucado.

— Ei, Kevin! — Mara disse em uma voz que parecia artificialmente alegre. — Como foi o esqui? — Ele levantou os ombros e olhou na direção de Hanna e Nathan. — Este é meu filho Kevin — ela disse. — Kevin, esses são meus amigos, Dr. Allen e Srta. Shepley.

Ele acenou ligeiramente com a cabeça, mas não respondeu aos cumprimentos verbais deles.

Brian e Tom entraram momentos depois, com penteados militares combinando, e discutindo sobre a liga de futebol americano e o impacto que o ferimento de certo jogador teria sobre as chances das partidas eliminatórias de alguém. Tom parou de falar no meio da frase, com a boca tremendo de surpresa ou de raiva, quando viu dois estranhos na sua cozinha. Mara parecia incerta do que fazer a respeito das apresentações. Nathan se levantou e se apresentou. Hanna repetiu em seguida.

Tom ignorou a mão estendida.

— Quem são vocês? Testemunhas de Jeová ou algo assim?

— Não, somos amigos de Mara — Nathan respondeu com muita calma, sem cortar o contato visual com ele. — Estamos aqui para dar um apoio.

Tom, com o físico de um jogador de rúgbi e as curvas dos músculos visíveis sob sua camisa de manga longa, plantou as pernas como troncos de árvore no chão de azulejos marrons e cruzou os braços sobre o peitoral massivo. Nathan, muitos centímetros menor e uns bons cinquenta quilos mais leve, não se sentou.

— É mesmo? — Tom disse com os lábios torcidos em um rosnado, os olhos agora fixos na parte de trás da cabeça de Mara.

Mara derramou um pouco de café no balcão enquanto tentava colocar nas canecas.

— É mesmo — ela respondeu, ainda não virada para ele. — Você tem coisas para empacotar. Eles vão me fazer companhia enquanto você faz isso. Melhor começar.

Brian olhou bravo para ela.

— Estamos assistindo futebol americano!

— Agora, não estão — Mara disse. — Vocês ficaram fora o fim de semana inteiro, e agora é hora de desfazer as malas e fazer seu dever de casa.

Pela expressão no rosto cada vez mais vermelho de Brian, Hanna meio que esperava que ele ficasse fisicamente agressivo. Em vez disso, ele jogou a bolsa dele no chão; o barulho assustou Mara e a fez pular.

— Que seja — ele grunhiu.

O maxilar de Nathan estava travado, e Hanna conseguia imaginar os pensamentos na cabeça dele.

Mara ainda estava de costas para eles.

— Pegue sua bolsa, leve-a para seu quarto e guarde suas coisas. Depois, faça seu dever de casa.

Brian olhou com súplica para o pai, que, surpreendentemente, deu um sinal de ordem quase imperceptível com a cabeça. Brian saiu da cozinha bufando e com sua bolsa. Tom o seguiu. Nathan levantou as sobrancelhas para Hanna antes de se sentar à mesa de novo. Hanna expirou lentamente, tentando acalmar o coração acelerado.

— Você tá bem? — Nathan perguntou baixinho quando Mara lhe entregou o café, que ela estava segurando com as duas mãos.

— Bem — ela respondeu.

Pela hora seguinte, Tom perambulou pela cozinha carregando caixas. Ele não falava nada, e Mara não perguntou o que ele estava levando. Roupas e coisas pessoais, provavelmente. Ela esperava. Nathan manteve a conversa fluindo ao redor da mesa, falando sobre a vida na faculdade e contando histórias engraçadas sobre dar aula. Hanna percebeu que ele estava sendo muito intencional, não apenas em definir o conteúdo, mas o tom — relaxado e amigável, demonstrando familiaridade um com o outro enquanto oferecia o presente de uma presença não ansiosa. Ele era perspicaz. Hanna conseguia imaginá-lo bem no gabinete pastoral anos atrás, habilmente desarmando situações pastorais voláteis com a proficiência de um militar especialista em bombas.

Depois que Tom levou seu último pacote, chamou os meninos.

— Eu vou voltar à cidade na sexta-feira, — ele declarou para todos ouvirem — e vocês dois podem ficar comigo no hotel no fim de semana, sem ninguém falando para vocês o que fazer. — Mara parecia que ia responder, mas talvez tivesse pensado melhor. — Lembrem o que lhes disse — Tom acrescentou quando deu um soquinho no punho dos meninos. Hanna se perguntou que instruções foram dadas. Os dois meninos sumiram de novo assim que Tom saiu e Brian fez uma cara feia e murmurou algo.

— E eu achei que o meu divórcio foi feio — Nathan disse quando ele e Hanna saíram uma hora depois. — Deus, ajuda-a.

Domingo, 14 de dezembro, 21h

Estou exausta. Eu me senti completamente esgotada depois de sair da casa de Mara. Há alguns poderes muito obscuros e opressivos em ação lá. Nate e eu conversamos sobre isso depois que saímos. Tom se encaixa todinho no perfil de uma pessoa abusiva, e, se ele não foi fisicamente violento com Mara, é um milagre. Assim que ele entrou na casa, eu senti algo mudando em meu espírito e fiquei em oração o tempo todo que estivemos sentados lá, pedindo a Deus pela sua proteção e poder. Eu sei que Nate estava orando também, mesmo enquanto ele mantinha a conversa rolando. Estar lá hoje nos deu uma noção melhor de como orar por Mara. E não somente por Mara, mas por Tom e pelos meninos; que Deus os liberte das garras do maligno e do cativeiro do pecado. Por favor, Senhor. Amarra os poderes do inimigo, quebra e destrói a influência do mal. Liberta-os para entrarem na Vida. Salva Tom, salva Kevin, salva Brian. Por favor.

Brian é uma cópia exata do pai, e estou realmente preocupada com o que ele vai fazer quando o pai estiver longe. Senhor, por favor, protege Mara e lhe dá coragem. Obrigada pelo privilégio de ser capaz de orar por cada um deles. Continua relembrando-me deles. Mostra-me como continuar direcionando Mara para tua luz. Tua luz resplandece nas trevas, e as trevas não prevalecem contra ela. Que o teu reino venha e tua vontade seja feita aqui na terra, assim como ela é feita perfeitamente no céu. Que teu reino brote na família dela. Por favor.

O pastor de Nate pregou lindamente esta manhã sobre Isaías 11 e Marcos 13, sobre o reino de Deus e a segunda vinda de Cristo. Enquanto esperamos que ele retorne e estabeleça um reino perfeito, nós gememos, penamos, choramos e desejamos por sua vinda, não apenas por nós mesmos, mas pelo mundo. Tantos gemidos, Senhor. Obrigada por gemeres conosco com gemidos profundos demais para serem transformados em palavras.

Eu estava pensado em Meg e em Mara enquanto cantávamos *Homens Sábios e de Bem*. Minha prática de orar letras de hinos me preparou para ouvir este com novos ouvidos, e eu estava orando-o enquanto cantava. Um presente. Isso me veio à mente hoje de manhã. É um texto nos chamando a descansar em alegria, a nos lembrarmos da vinda de Cristo, a não deixarmos nada nos desanimar, porque nosso Salvador nos resgatou do poder de Satanás e nos libertou do pecado. É uma canção de esperança e uma declaração de conforto e boas notícias, e é em uma escala menor! Somos chamados a nos alegrarmos e sermos confortados, mesmo em nossos gemidos. Relembra-me, Senhor. A letra desse hino são boas palavras para orar por Meg e por Mara hoje à noite.

Enquanto eu escutava o sermão sobre o reino, lembrei-me de todos nós nos levantando para cantarmos juntos o refrão de *Aleluia*, de Handel, na sexta-feira à noite. "O reino deste mundo já passou a ser do nosso Senhor e do seu Cristo! E para sempre o Eterno reinará! Rei dos reis e Grande Senhor! Aleluia!" Sim, Senhor. Sim. Que essa seja nossa canção enquanto esperamos que teu reino seja revelado. Não importa como pareça daqui debaixo, tu venceste, Senhor. Tu venceste.

Aleluia! Amém.

MEG

Em um quartinho adjacente ao saguão do hotel, onde Bing Crosby cantou seus desejos de Natal, Meg estava sentada sozinha, olhando para a tela do computador. O último e-mail de Hanna trazia uma atualização e um pedido de oração por Mara, alguns versículos bíblicos para encorajá-la e notícias sobre Charissa e John. "Eu não falei com Charissa ultimamente", Hanna escreveu, "então não tenho muitos detalhes. Só que eles tiveram boas notícias depois do susto do aborto espontâneo que quase aconteceu — o bebê está bem —, mas o negócio da casa fracassou. Não tenho certeza de quando ela termina o semestre."

Embora fizesse mais de 25 anos, Meg se lembrava da animação — e da frustração — de procurar uma casa. Depois de perder várias casas para ofertas melhores de outros compradores, ela e Jimmy, recém-casados, encontraram um pequeno chalé que conseguiam alugar. Seis meses depois, o senhorio ofereceu vender-lhes o chalé.

— Viu? — ele exclamou quando pegou Meg nos braços. — Eu te falei que Deus tinha um plano.

Ela fechou a caixa de entrada e abriu o site de uma imobiliária de Kingsbury. Evergreen, 1020. Lá estava ela, ainda à venda. Logo antes do Dia de Ações de Graças, depois de anos evitando a rua, Meg reunira coragem para dirigir diante do lar onde ela e Jimmy foram tão felizes juntos. Ver a placa de "Vende-se" no jardim da frente despertou desejos profundos e inesperados, e ela pensou em agendar uma visita só para andar pela casa e dizer adeus mais uma vez.

Chalé charmoso de 1924 com personalidade,
necessitando de umas reforminhas.

Que apropriado, Meg pensou. Era apropriado que a antiga casa dela, tão amada e cuidada, estivesse precisando de algumas restaurações suaves e uma nova vida.

Meg não sabia nada sobre as pessoas que compraram a casa depois que Jimmy morrera; a mãe dela havia cuidado de todos os detalhes da venda. Já que nenhuma foto do interior foi colocada no anúncio, Meg clicou nas do exterior de ângulos variados: o quarto da frente, que seria o de Becka; a janela de trás acima da pia da cozinha, onde ela e Jim lavaram louças juntos; a vista lateral, onde foi o quarto deles. O balanço do alpendre da frente já se fora, talvez retirado por alguém que queria levá-lo em uma mudança. Ela e Jim passaram longas horas naquele balanço, tricotando suas esperanças para o futuro, pedindo desculpas um ao outro, compartilhando da intimidade do silêncio enquanto escutavam a cadência do verão de sapos e grilos.

Ela teve um pensamento passageiro depois de ver a placa de "Vende-se": talvez devesse vender a casa da mãe e se mudar para outra casa em Kingsbury, onde pudesse começar do zero. Ela até pensou por um momento — apenas um momento — que pudesse voltar para o chalé e ser feliz lá. Mas não havia como voltar. Ela sabia disso. Havia apenas como seguir em frente com esperança. Havia redenção. Cura. Conclusão. Níveis mais e mais profundos de cura e conclusão.

Talvez...

Só talvez...

Ela copiou e colou o link da casa, escreveu um e-mail para Charissa e, com uma oração por ela, por John e pelo bebê, apertou "Enviar".

De: Meg Crane
Para: Hanna Shepley
Data: segunda-feira, 15 de dezembro, 11h03
Assunto: Resposta: Orando por você

Querida Hanna,

Muito obrigada pelo e-mail e por enviar suas anotações do sermão. Eu quero orar usando Isaías 11 e pensar em desejar o reino, não apenas pelo meu bem, mas pelo mundo que Deus ama. Que bom lembrete para eu olhar além das minhas próprias lutas e também escutar os gemidos de outros. Tristeza e decepção podem me deixar muito autocentrada, e eu não quero me tornar míope. Obrigada por me contar sobre Mara. Meu coração dói por ela, e eu definitivamente vou continuar orando por ela e pela família toda. Por favor, me avise se qualquer necessidade específica aparecer esta semana. Eu disse para ela que é bem-vinda para ficar na minha casa, a qualquer hora. Eu quero que a casa seja uma bênção para outros enquanto morar nela. Estou muito feliz que você esteja lá. Também mandei um e-mail para Charissa com detalhes sobre minha antiga casa estar à venda. Pode não ser do interesse deles — é bem pequena e parece precisar de uns reparos —, mas achei que valia a pena oferecer. Não sei nada sobre as pessoas ou famílias que viveram lá nos últimos vinte anos, mas ficaria muito feliz se uma família jovem morasse lá.

Becka e eu tivemos um bom fim de semana juntas, e sou grata por isso. Tivemos a chance de ir a alguns tours guiados e visitamos alguns museus juntas. E conseguimos ingressos para Os Miseráveis. Nossa, Hanna, que história poderosa sobre amor, perdão e graça. Eu chorei durante a peça todinha. Becka realmente amou a música e a cenografia, mas não tenho certeza se ela captou o cerne da história. Tentei conversar com ela sobre isso depois da peça, mas não fomos muito adiante. Ela não parece interessada em conversar sobre fé, e eu não sei como conversar com ela sobre o que o Senhor tem feito em mim nos últimos meses. Por favor, ore.

Amanhã, vou fazer algo muito difícil. A versão curta é que Becka se envolveu com um homem mais velho e divorciado chamado Simon, e isso está quebrando meu coração. Um grupo de amigos dela está indo passear no Olho de Londres para comemorar o final do semestre, e Becka me convidou para ir com eles. Eu fiquei tão grata pelo convite... Aí ela disse que Simon também estará lá. Eu vou lá e vou conhecê-lo. Já tenho ressentimento dele pelo que tomou da minha filha. Ela está cega para isso e só fala sobre o quanto está feliz. Por favor, ore por mim, Hanna. Por nós. Eu ficaria feliz se você compartilhasse isso com Nathan. Sei que ele vai orar. Por favor, agradeça a ele por mim.

Obrigada por mandar a letra do hino. Estou pedindo a Deus que me ajude a escutar as boas novas de conforto e alegria. Sua descrição de Messias, de Handel, me fez querer ter essa experiência de novo, então pesquisei na internet por alguma apresentação esta semana e descobri que a casa de Handel é aqui em Londres. É onde ele compôs a maior parte de suas músicas, e agora está organizada como um museu vivo, com espetáculos e ensaios ao longo da semana. Uma descrição no site deles me fez sorrir: "Para sua própria segurança, aconselhamos que use calçados confortáveis quando visitar o museu, pois ele tem assoalho do século 18, que pode estar irregular." Então, pode apostar que vou calçar meus calçados confortáveis e visitar essa casa. Também descobri que há uma apresentação de Messias em uma igreja de Londres esta semana. Eu estarei lá, pensando em você e agradecendo a Deus por sua presença em minha vida.

Com muito amor,

Meg

NATHAN

— Você parece cansado — disse Katherine.

Nathan fixou o olhar na vela tremeluzente sobre a mesinha de centro entre eles no escritório de Katherine.

— Eu estou.

— Muitas tarefas do fim de semestre?

— Também, mas mais do que isso. Algumas coisas aconteceram nos últimos dias que realmente me deram nos nervos e me deixaram agitado. Nossa reunião veio no momento certo. Só não sei por onde começar.

— Que tal alguns minutos de silêncio primeiro? — Katherine sugeriu.

Sim, Nathan pensou. Essa era a maneira certa de começar. Ele teve pouquíssimo tempo de silêncio na semana.

— Obrigado — ele disse.

Ele juntou as mãos com as palmas para cima e se concentrou na palavra hebraica que esteve usando durante o Advento para orar contemplativamente: *hineni*. Gentilmente, sempre que pensamentos apareciam e o distraíam da presença de Deus, ele fazia essa oração e retornava à quietude. "*Hineni*. Aqui estou."

Depois de passarem algum tempo sentados em silêncio, Nathan respirou profundamente e abriu os olhos.

— Obrigado — ele disse. — Era de esperar que, depois de todos esses anos vindo aqui por orientação espiritual, eu me lembraria de como preciso desesperadamente de períodos regulares de silêncio.

— Todos precisamos ser lembrados disso — Katherine respondeu.

Nathan inspirou e expirou lentamente de novo. A agitação que ele sentia quando chegara já começava a se dissipar. "Obrigado, Senhor."

— Acabei de ter uma reunião muito desafiadora com uma das minhas alunas, e gostaria de processar isso, porque me deixou agitado — ele disse. — Mas não tenho certeza de como lidar com a confidencialidade, porque você a conheceu durante o retiro da jornada sagrada.

— Tudo bem — Katherine respondeu. — Estou escutando o que está acontecendo no seu espírito, não os detalhes particulares da vida dela.

— Obrigado. — Ele queria falar com honestidade sem edições, e Katherine sempre lhe dava esse espaço. *Guia minhas palavras e pensamentos, Senhor. Me ajuda a perceber e nomear para ti o que está me provocando, conforme eu te ofereço essas coisas.* Ele se inclinou para trás no sofá. — Eu sabia que seria uma reunião difícil com ela assim que entrou na minha sala. Ela está chateada por causa de uma decisão que uma de suas professoras tomou acerca de uma tarefa, uma decisão justa, creio eu; e agora está decepcionada comigo por eu concordar com minha colega. Conheço essa aluna há alguns anos. Trabalhei de perto com ela. Então, eu estava bem feliz de ver bastante movimento nela neste semestre, principalmente porque estava tão agitada por causa de algumas coisas que você estava fazendo no grupo da jornada sagrada.

Katherine sorriu ligeiramente ao ouvir isso.

— Dito isso, fica claro que o desejo dela por controle, honra e reconhecimento ainda tem uma influência profunda sobre ela. É difícil ver meu antigo eu espelhado para mim. Às vezes, minha paciência e compaixão são realmente testadas.

— Em relação a ela ou a você mesmo?

Ah, interessante.

— Eu quis dizer em relação a ela. Mas tenho certeza de que também é em relação a mim. O perfeccionista impaciente é duro de matar.

Ele contou para Katherine toda a reunião com Charissa, como ela estava sentindo profunda vergonha por ter perdido a apresentação e como ele tentou lhe fazer perguntas que a convidassem a ver como o Senhor poderia trabalhar para libertá-la como resultado do que aconteceu. Mas a única coisa que deu a ela algum conforto foi a garantia de que seu financiamento e posição acadêmica não foram prejudicados por um incidente isolado de fracasso.

— Honestamente, eu não estava em uma disposição mental excelente quando estive com ela. Acho que é por isso que estou tão agitado quanto a isso. Estou preocupado que minhas próprias coisas estejam obstruindo minha habilidade de estar completamente presente com ela.

— É difícil afastar nossas emoções, — Katherine disse — especialmente se a pessoa aperta pontos de gatilho em nós.

— Exatamente! E Charissa estava pressionando gatilhos profundos em mim hoje. Lá estava eu, falando sobre como Deus usa as coisas que mexem conosco para nos chamar a aprofundarmos a vida em Cristo. Eu a estava relembrando de como precisamos prestar atenção às oportunidades de dizer sim para essa vida, mesmo quando tudo em nós quer resistir a que morramos para nós mesmos e sejamos levados aonde não queremos ir. E o que ficou claro enquanto eu falava com ela foi que Deus estava falando comigo sobre minha própria capacidade de resistir, minha própria dureza de coração. Meu próprio ressentimento por ser levado aonde eu não queria ir. — Ele balançou a cabeça lentamente. — Eu recebi um e-mail que me chocou hoje de manhã. Da minha ex-mulher. — Katherine levantou as sobrancelhas. — Laura está grávida. E vai voltar a morar em Michigan.

Katherine levantou as sobrancelhas mais alto.

— Nossa.

— É. Nossa. — Ele respirou profundamente de novo.

— Isso é muito para processar — Katherine disse.

— Com certeza. — Ele havia lido o e-mail seis vezes, ficando cada vez mais irritado.

— Jake já sabe?

— Ainda não. Vou falar com ele hoje à noite. — Como ele temia essa conversa... — Ele sequer a viu nos últimos anos — continuou. — Ela esteve longe, na Europa e na Ásia, cuidando da própria vida com o marido, e agora ele vai aceitar um emprego perto de Detroit. — Ele mudou de posição no sofá e passou os dedos pelo cabelo. — Jake e eu esculpimos essa linda vida juntos. Temos sido só nós dois nos virando. E agora ela quer voltar e ser uma parte regular da vida dele de novo. Tentou vender a ideia de como será importante para ele conhecer o irmão e ter um relacionamento com os três.

— Parte disso será decisão de Jake — Katherine disse.

— Verdade. Você está certa. Acho que me acomodei a esse padrão, em que ela era inexistente, e eu estava confortável com isso. Eu gostava que fosse assim. Ela não fez nada, absolutamente nada, para nutrir um relacionamento com ele, exceto pelos e-mails e telefonemas ocasionais, ou presentes de aniversário e de Natal. E, agora que ela está voltando, não sei o que isso vai fazer comigo. Com ele. — Ele pausou. — Eu não gosto dos sentimentos que foram agitados hoje. Fiquei pensando se a raiva que achei que morrera na verdade estava apenas dormente, esperando ser despertada de novo. Você já passou por essa estrada comigo, Katherine. Você se lembra de como eu era tóxico. Não quero voltar para lá.

Os olhos de Katherine estavam cheios de compaixão.

— O trabalho de Deus não é frágil — ela disse. — Esta é outra camada profunda, outra oportunidade para a glória dele ser revelada em você e através de você. Você falou lindamente quando me contou de encorajar sua aluna sobre a própria formação dela. A vida de Cristo em nós é resiliente.

Ele fechou os olhos e ela compartilhou do silêncio com ele. Passaram-se vários minutos até ele abrir os olhos de novo.

— Qual é sua oração? — ela perguntou gentilmente.

— *Hineni* — ele respondeu. — Aqui estou, Senhor.

Ela sorriu.

— Que oração linda e custosa. Isso diz tudo.

Nathan concordou lentamente com a cabeça.

— Ela diz mais do que eu percebia quando comecei a orá-la algumas semanas atrás. E quero ser capaz de orá-la com um coração aberto, sincero e confiante. Mas isso certamente não será fácil.

— Não será. Você está certo — ela disse. — Não foi fácil para Abraão orar assim. Ou para Moisés. Ou para qualquer um dos outros. E o Senhor a recebe, a honra. Ele a valoriza como custosa e preciosa.

Uma ideia doida veio à mente dele, que a jogou de um lado para outro na cabeça antes de falar em voz alta. Então se inclinou para a frente e baixou a meia esquerda.

— Acho que sei o que vou comprar de Natal este ano — disse. — Uma tatuagem. Bem onde eu possa ver sempre que estiver descalço. — Ele apontou acima do tornozelo e disse: — *Hineni.*

CHARISSA

— O Dr. Allen não cedia! — Charissa disse para John quando ele a buscou no campus, na segunda-feira de manhã, depois do trabalho. — Eu achei que, talvez, como meu orientador acadêmico, ele fosse me defender para a Dra. Gardiner e sugerir uma forma de eu apresentar o trabalho alguma hora. Mas não! Ele concorda com ela, acha que ela está sendo muito generosa. Aí se vai minha média perfeita. Definitivamente. O melhor que posso conseguir na matéria da Dra. Gardiner é provavelmente um 8, mas só se ela for extremamente generosa com meu trabalho. E, por favor, não me dê um sermão. Eu sei que não deveria me importar. Sei que isso não é importante no panorama das coisas. Isso só me deixa brava. Brava comigo mesma por ter dormido demais. Brava comigo mesma por ligar tanto para isso. Só brava.

John colocou a mão sobre o ombro dela.

— Eu sinto muito, Cacá. De verdade. — Não havia sinal de repreensão na voz dele.

— Obrigada. — Pelas últimas horas, ela conseguira ir de um lugar de ressentimento para um lugar mais tranquilo de resignação. Não aceitação, mas resignação. Talvez fosse um progresso.

— E quanto àquela coisa de integração? — John perguntou. — Ele vai te deixar escrever uma análise literária mais longa no lugar dela?

— Não. Não quis ceder nisso também. — Ela colocou o cinto de segurança. — Ele sugeriu que eu revisasse minhas anotações do retiro para que eu possa ser relembrada do que Deus está fazendo em mim ao longo dos últimos meses. E me ofereceu uma prorrogação, se eu quiser. Ele disse que, se eu realmente achar que não consigo escrever um trabalho autêntico de formação espiritual até sexta-feira, posso ficar com essa pendência na matéria e entregar o trabalho em janeiro.

Enquanto John saía com o carro, ela olhou para fora da janela e continuou repetindo na cabeça a reunião na sala do Dr. Allen.

— Como o Senhor pode usar essa experiência para te formar e te libertar da vergonha? — ele perguntou. Ele sempre fazia essas perguntas irritantes e provocantes.

— Talvez ele esteja certo — John disse quando ela contou essa parte da conversa. — Sem ofensas, mas você meio que sempre foi controlada por toda essa coisa de precisar ser perfeita.

Ela controlou o impulso de querer argumentar e se defender, e, em vez disso, falou:

— Eu sei. Ele continuou tentando me fazer ver o presente em potencial nisso, que tudo isso pudesse ser, na verdade, um presente da graça na minha vida; mas eu estava só brava. Não com ele. Comigo. Odeio me importar tanto com isso. Odeio que isso seja algo tão grande, que eu não consiga parar de repetir na minha mente o momento em que percebi que tinha dormido demais. Ainda fico mal do estômago toda vez que penso nisso. E não há nada que eu possa fazer. Por que não consigo deixar isso de lado?

Por que era tão difícil deixar as coisas de lado?

Ela suspirou e tamborilou os dedos na janela.

— Eu me sinto completamente desconjuntada — continuou. — Como se os mesmos problemas continuassem aparecendo de novo e de novo. E sei o que o Dr. Allen diria. Que o crescimento espiritual não é rápido ou linear, que não consigo controlá-lo nem melhorar a mim mesma só tentando com mais afinco. Ele disse hoje que toda essa luta é evidência de uma maturidade mais profunda. Mas eu fico tão frustrada.

"Estamos muito mais próximos do reino quando nos desesperamos em relação à nossa própria justiça do que quando nos apegamos a ela", Dr. Allen havia dito. "Você está sendo esticada e aberta para a graça de formas que nunca vivenciou antes. Como contrações. Necessárias. Dolorosas. Mas frutíferas. Deus está fazendo algo novo. Mas requer coragem real confiar que Deus esteja trabalhando para te moldar e te formar independentemente do que aconteça. Tenha coragem, Charissa. O Senhor está próximo."

Ela se virou para John.

— Me desculpe, John. Eu sei que não é fácil viver comigo. Eu sou a pessoa mais egoísta que eu conheço.

Ele riu.

— Por que você está rindo?

— Fale isso de novo. Foi engraçado.

— Eu sei que não é fácil viver comigo.

— Não. A outra parte.

— O quê? Que eu sou a pessoa mais egoísta que eu...

Credo.

Ela era egoísta até sobre o próprio egoísmo! John estava certo. Era meio engraçado.

Ela sorriu, apesar de si mesma, e deu um soco leve no ombro dele.

— É como Mara fala sobre o quanto fica frustrada, sentindo como se estivesse andando em círculos, sem fazer progresso. Eu me sinto assim. Como se eu estivesse dando dois passos para a frente e depois dois para trás de novo. Sinto como se estivesse fazendo algum passo de dança desengonçado.

Ele deixou uma mão sobre o volante e colocou a outra por trás da cabeça dela.

— Fico feliz de você ser minha parceira de dança — ele respondeu. — E se tropeçarmos ou pisarmos nos pés um do outro de vez em quando...

— Sim, — ela disse — só estou dizendo que, se você vai dançar comigo, é melhor colocar seus sapatos. Botas com ponteiras de aço.

Ele riu e bagunçou o cabelo dela.

— Eu tive uma ideia meio doida — ele disse.

— O quê?

— Vamos comemorar.

— Comemorar o quê?

— Que tal... a imperfeição?

Ela arqueou as sobrancelhas.

— Qual é — ele tentou persuadi-la. — Que tal sorvete para o jantar?

Ela pensou por um momento e então respondeu:

— Tudo bem.

— Sério?

— Claro. Por que não? — Ela puxou a alavanca do banco e o inclinou alguns centímetros para trás. — Eu estou com um desejo repentino por um sundae de maçã com caramelo e castanhas de caju.

O celular de Charissa tocou enquanto estavam tomando sorvete.

— É a mamãe — ela disse olhando para a tela.

John levantou os ombros.

— Você que sabe — respondeu.

Ela descansou a colher.

— Oi, mãe!

— Oi, docinho! Desculpe eu não ligar no fim de semana. Fiquei ocupada com as coisas aqui. Mas estamos nos divertindo bastante. Já acabou o semestre?

— Quase.

— Como está indo?

A expressão no rosto de John indicava que ele podia escutar a voz da mãe dela. Claramente.

— Hmmm... Bem.

— Como foi a apresentação?

— Ah... Você sabe... — Ela mudou de posição para não ter que olhar para John.

— Por acaso, eles não gravaram, né?

— Hmm... Não... Sem gravações. — Somente a gravação indelével na mente dela. E nas memórias de longo prazo dos colegas.

— Ah, tudo bem — sua mãe respondeu. — Talvez da próxima vez. Tenho certeza de que você foi fantástica. Como estão os enjoos? Você está comendo?

Ela olhou para o sundae pela metade.

— Um pouco.

— Bom, certifique-se de estar consumindo vitaminas e descansando. Você precisa terminar o semestre com força.

— Eu sei.

Enquanto sua mãe contava as notícias sobre primos distantes que ela não conhecia, ela mexia a colher no creme de caramelo. "Primeira da turma", o papai frequentemente falava para os vizinhos, para os clientes, para qualquer um que desse ouvidos. "Oradora da turma. Graduada com louvor. Minha filha, a estudante de pós-doutorado. Vai fazer coisas grandiosas. Sim, tenho muito orgulho dela. Muito orgulho."

— Você não vai contar para eles o que aconteceu? — John perguntou depois que ela terminou a ligação.

Era a vez dela de levantar os ombros.

— Por que deveria? Não era para ser grande coisa, certo? E, se eu contar para eles, vai se tornar grande coisa. Você os conhece. Eles vão fazer disso uma grande coisa.

Uma coisa enorme. Eles sempre, sempre fizeram do histórico perfeito de conquistas dela uma coisa enorme.

Ela afastou a tigela. Subitamente, perdera todo o apetite.

HANNA

— Eu vou perder a casa. — Mara afundou no banco do passageiro, na terça-feira de manhã, e fixou o olhar no para-brisa, onde neve se acumulava rapidamente.

Hanna ligou o aquecedor no máximo e colocou a mão sobre o ombro de Mara.

— Não se apresse a tirar conclusões ainda — Hanna disse. — Eu sei que é muito difícil dar um passo de cada vez. Mas agora você tem um advogado para andar com você. — Elas passaram a última hora e meia com um advogado da igreja de Mara, o qual tentou garantir-lhe que conseguiria um acordo financeiro justo.

— Você o escutou — Mara disse. — Mesmo que eu receba tudo o que mereço, provavelmente ainda não serei capaz de pagar a hipoteca da casa. A menos que eu encontre um emprego muito bom. E quem vai contratar uma mulher de cinquenta anos sem experiência profissional? Estou ferrada.

Hanna ligou os limpadores e saiu da vaga.

Mara cruzou os braços.

— Bem, vou só me certificar de que Tom saiba o quanto os meninos vão sofrer se tivermos que nos mudar para uma vizinhança meia-boca. Na verdade, aposto que consigo colocar Kevin contra ele se eu contar que ele vai precisar mudar de escola porque seu papai é egoísta demais. Kevin vai ficar furioso com isso.

Hanna escutou e orou enquanto Mara desabafava a raiva e planejava formas de punir Tom. Não adiantaria tentar pará-la agora. Ela precisava expelir a ira em alguma coisa. Talvez, quando esfriasse um pouco, fosse capaz de ofertar parte do ressentimento e medo para Deus em oração. *Senhor, mostra-me como estar ao lado dela, como direcioná-la para a Luz sem tentar ser a Luz.*

— Sabe o que minha terapeuta falou semana passada? — Mara disse com os braços ainda cruzados. — "Pobre Tom." Pobre Tom! Pobre Tom, uma pinoia!

Hanna esperou um momento e então perguntou:

— O que você acha que ela quis dizer com isso?

— Não faço ideia. E escuta só. Sabe o que ela quer que eu faça? Ficar diante de um espelho e dizer: "Sou eu quem Jesus ama. Ele me escolheu." Idiota, né?

— Eu não acho nada idiota — Hanna respondeu. Uma vez, ela havia liderado um grupo de retiro com um exercício seme-lhante. — Acho que é uma ótima ideia, especialmente com tudo o que está acontecendo agora. Parece ser uma maneira simples e boa de continuar se lembrando de que você é amada e escolhida, não rejeitada, e que Deus jamais vai te abandonar, independente-mente de qualquer coisa.

— É, bem... Deixa eu te falar. É bem difícil acreditar que você foi escolhida e é amada quando sua vida está tão cheia de porcaria.

Ajuda-a a acreditar, Senhor. Ajuda-a a conhecer teu amor no meio de toda rejeição e medo.

— E eu te digo outra coisa que é uma porcaria. — Mara esten-deu a mão e diminuiu o aquecedor. — Jeremy me disse hoje de manhã que a mãe de Abby está planejando vir de Ohio para cá por algumas semanas em janeiro, depois que o bebê nascer. Eu aposto que ela vai ficar no apartamento deles. Dormir no sofá. Ser capaz de ajudar no meio da noite e criar um vínculo com o bebê. Ela vai começar na minha frente. Ela vai ter dinheiro para comprar qual-quer coisa para o bebê. E o que eu vou ter para oferecer?

"Tempo. Atenção. Amor."

Hanna resolveu guardar essas respostas para si mesma. Por enquanto.

Terça-feira, 16 de dezembro, 11h30

Acabei de deixar Mara em sua casa, e agora estou sentada no centro estudantil, esperando por Nate. Ele disse que tem umas coisas importantes para conversar enquanto Jake não está por perto, então vamos almoçar juntos. Aqui está muito mais quieto hoje. Parece que muitos dos estudantes já terminaram suas pro-vas finais e foram para casa passar o recesso de Natal. Eu não sei se Charissa já terminou ou não. Espero que ela esteja bem.

Uma coisa me incomodou ontem à noite, e eu ainda pre-ciso processar. Desativei minha conta no Facebook quando saí de Chicago — era uma tentação grande demais continuar conectada com as pessoas da igreja. Mas ontem à noite eu entrei só para rolar pelo feed e ver o que estava acontecendo. Não deveria ter feito isso. Heather postou fotos dela decorando minha casa, e isso realmente me chateou, vê-la parecendo tão feliz lá. É loucura, porque eu sou grata por ela estar cuidando da casa enquanto estou longe. E depois fiquei ainda mais irritada, porque havia todo tipo de publicações na página dela, agradecendo pelo maravilhoso trabalho de estágio que ela está fazendo na igreja. Eu fiquei lá, sentindo inveja e ressentimento terríveis. Por mais que eu esteja feliz de estar aqui agora, ainda odeio o sentimento de ter sido substituída de maneira tão fácil e completa. Por que não consigo ser grata por a igreja estar sendo abençoada pelo ministério dela? Ajuda-me, Senhor.

Desativei minha conta de novo. Não sei como isso tudo funciona, mas espero que ninguém tenha percebido que eu estive online por um tempinho. Também espero que eu resista a tentações futuras de entrar lá de novo. Claramente, não é bom alimento para minha alma agora.

Eu me sentei no carro e escutei Mara falar sobre tudo o que está sendo tirado dela — e não posso culpá-la. Só consigo imaginar o quanto isso é assustador e o quanto ela se sente ameaçada. É um transtorno gigantesco. Mas, enquanto eu a escutava falar sobre como ela estava brava com tudo o que Tom estava ganhando e o quanto ela estava com inveja da mãe de Abby, percebi como é fácil para mim me colocar em um modelo de escassez também. Como se houvesse uma quantidade limitada de amor, afeição e afirmação no sistema e eu tivesse que competir contra outros por essas coisas. E aí é muito fácil transferir esse modelo de escassez para Deus, como se o amor dele fosse uma pizza cortada em fatias e você tivesse que se preocupar se as fatias são iguais ou se haverá o bastante para todos.

Eu me lembro de escutar alguém dizer para, em vez de pensar em uma pizza sendo fatiada, pensar em uma praia num dia quente e ensolarado. Eu me banhar no calor e luz do sol não tira nada de mais ninguém na praia. E alguém relaxar no calor e luz do sol não tira nada de mim. O amor de Deus não é limitado. Infinito é infinito. Quando é que vou acreditar nisso?

Acho que foi Agostinho quem disse que Deus ama cada um de nós como se só existisse um de nós. Somos todos a pessoa amada: infinita, extravagante e incondicionalmente amada. Tu tens flores para cada um de nós, Senhor. Lindas flores para cada um de nós. Ajuda-me a comemorar e a apreciar as flores que tu me dás sem me preocupar se haverá o bastante para outra pessoa. E me ajuda a celebrar e te agradecer pelas flores que tu dás para outros, sem sentir inveja ou ressentimento. Converte-me completamente para tua abundância, Senhor. Para mim, é fácil falar sobre isso, mas é difícil vivê-lo.

Hanna assistiu a Nathan passar rápido por vários alunos que chamavam o nome dele, respondendo apenas com um aceno muito sutil de cabeça e mão. Quando chegou até ela, deu-lhe um beijinho na bochecha e disse:

— Se importa de irmos a outro lugar? Não vamos ter muita privacidade aqui, e eu não estou no clima para interrupções.

— Claro. Tá tudo bem?

— Vamos dar uma volta.

Claramente, não estava tudo bem. Ela guardou a Bíblia e o diário e depois vestiu o casaco. Ele não a ajudou com o casaco nem segurou a porta para ela ao saírem. Quando saíram, ele marchou tão rápido em direção ao passeio em volta do laguinho, que ela teve que dar uma corridinha para alcançá-lo.

— Nate, para! Por favor. — Ela segurou o braço dele. — O que está acontecendo?

Ele se virou para olhar para ela, com a respiração visível no ar gelado.

— Acabei de receber uma ligação que me deixou tão bravo, que eu... Nem sei o quê. — Ele chutou um montículo de neve, que deslizou uma boa distância sobre o laguinho congelado.

— Jake está bem?

— Ah, ele vai ficar. Vou me certificar disso.

Ele se abaixou para fazer uma bola de neve, e então a arremessou com uma força que deu um susto nela. Quando ele se abaixou para fazer outra, Hanna tocou seu ombro.

— Nathan.

Ele se agachou e olhou para além do laguinho. Ela esperou.

— Eu recebi um e-mail de Laura ontem.

Uma arfada curta.

— Ela está grávida.

Um punho contra o estômago.

— Ela está se mudando de volta para Michigan com o marido.

Ouvidos zunindo.

— Ela quer começar a exercer os direitos de visita dela. E só ligou para dizer que, se eu não cooperar encorajando o relacionamento dela com Jake, ela pretende abrir processos judiciais de novo. — Ele formou outra bola de neve e a lançou contra uma árvore. A bola atingiu o alvo e se desintegrou, fazendo um esquilo correr atrás de abrigo.

Hanna olhou para o tronco marcado de neve.

— Ela pode fazer isso? — perguntou baixinho.

— Sim, ela poderia, se quisesse jogar sério. Nosso acordo de visitas ficou bem aberto a interpretações, porque ela se mudou para outro continente. Agora, ela quer entrar de novo na nossa vida e atrapalhar nosso ritmo juntos. Ainda teve a cara de pau de dizer que queria voar até aqui e visitar no Natal. Eu falei que sem chance. Ela não pode fazer isso com ele. Com a gente. Não de supetão assim. — Ele se virou para olhar para Hanna. — Me desculpe. Eu acabei de terminar a ligação com ela e estou todo agitado. Caso não tenha notado. — Ele esfregou as botas contra a neve de novo, mais suavemente desta vez.

Hanna apertou o cachecol em volta do pescoço e enterrou os dedos nas luvas.

— Sinto muito, Nate. — Ela sentia. Por vários motivos.

Ele pegou a mão dela.

— Eu disse ontem à noite para Jake que recebi um e-mail dela avisando que estavam se mudando para Detroit em fevereiro e que ela queria ser parte da vida dele de novo. E eu lhe disse que ele não precisava vê-la até se sentir pronto para isso. E te digo que senti um prazer considerável ao ouvi-lo dizer que não queria e que não tinha certeza de quando estaria pronto. Então, enviei uma resposta dizendo que eu não tinha certeza de como tudo isso funcionaria. Que teríamos que esperar para ver como Jake se sentiria. E que ela teria que ser paciente. Por isso o telefonema dela agora há pouco, me dando uma bronca, insistindo que ela tem direitos legais.

Eles começaram a caminhar pelo passeio.

— E o que você disse para ela?

— Que nós dois podemos nos encontrar em pessoa para discutir isso depois que eles se mudarem para cá. E que não é para ela ligar para Jake e importuná-lo com isso. Que ela precisa falar comigo antes. Espero que ela coopere e possamos combinar algo. Algo que seja bom para todos nós.

— Sinto muito — Hanna disse de novo — que você e Jake tenham que passar por algo difícil de novo.

Ele balançou a cabeça.

— Olha para mim, Shep. Olha como ela conseguiu me afetar com um telefone a milhares de quilômetros de distância. Como eu vou ser quando estiver a menos de quatrocentos quilômetros? Ontem, falei para Katherine que eu estava com medo de ficar tóxico de raiva de novo. Não quero voltar para aquele lugar obscuro. E estou tentando pregar para mim mesmo as mesmas boas notícias que prego para todo mundo, que o trabalho do Espírito Santo não é frágil, que a transformação é real e que realmente podemos nos tornar mais parecidos com Cristo. E que eu não vou chegar lá por tentar com mais afinco, mas me rendendo. Eu sei disso. Sei de tudo isso.

— É muito difícil — Hanna concordou. Muito, muito difícil.

Eles andaram devagar em volta do laguinho por 45 minutos enquanto Nathan processava verbalmente sua raiva e gradualmente se movia para a paz que em geral o caracterizava, e Hanna tentava conter seu próprio sofrimento enquanto continuava completamente presente para ele no sofrimento dele.

— Obrigado por me deixar desabafar — ele disse quando voltaram para o centro estudantil. — Já sinto como se um pouco do medo tivesse sumido. Como se eu pudesse ver com um pouco mais de clareza agora. Não gosto disso, mas sei que Deus vai usar essa situação. Ele sempre usa.

Ele colocou os braços ao redor dela, puxando-a para perto. Hanna se perguntou se algum dos estudantes estava vendo. Ela ficou no abraço dele por alguns instantes antes de se afastar.

— Que tal me deixar pagar um almoço para você? — ele perguntou, mexendo com uma mecha solta do cabelo dela e colocando-a por trás de sua orelha esquerda. — Está com fome?

Ela arrumou o cabelo do lado direito também, esperando que ele não tivesse escutado seu estômago roncando quando andavam ao redor do laguinho.

— Não... Mas obrigada. Eu preciso dar uma olhada no chalé e pegar a estrada.

— Mas podemos só comer no centro estudantil, se quiser.

— Deixa para depois, tudo bem? Eu realmente preciso ir. Ouvi que vai nevar mais tarde. — Quando a máquina da neve vinda dos lagos começasse sua produção, dirigir ficaria perigoso, com visibilidade reduzida, possivelmente até com condições de visibilidade nula.

— Hanna... — Nathan segurou o rosto dela com as mãos. — Estou com a impressão de que você está se fechando para mim.

— Não, estou bem. Eu volto na sexta-feira. E estarei orando por você. E por Jake.

Ela orou. Com fervor. Durante todo o trajeto até a casa de Meg para jogar roupas na mala e voltar todo o caminho até a orla do lago, onde o céu ficou limpo a tarde toda.

MARA

— O treinador disse que ainda tenho dez horas de serviço comunitário — Kevin comentou enquanto saíam da consulta com o otorrinolaringologista. Graças a Deus, o nariz dele não estava quebrado.

— Ele liga para onde você paga essas horas?

— Nem. Meu pai disse que é idiotice, mas o treinador não vai me deixar jogar de novo até eu pagar.

Tom nunca entendeu o motivo de servir a outras pessoas além de si mesmo. Ou aos meninos.

Mara subitamente teve uma ideia:

— Bem, você pode pagá-las no Nova Estrada. Eles estão sempre procurando gente para servir as refeições.

Kevin pareceu estar pensando na ideia.

— É lá aonde você foi no Dia de Ação de Graças? Com todos os sem-teto?

— Aham. E é para lá que eu vou brincar com as crianças. Quer que eu descubra se você pode pagar as horas lá?

Ele levantou os ombros.

— Você vai lá de novo?

— Alguma hora na semana que vem. Só não marquei o horário ainda.

Ele ficou em silêncio um pouco e então falou:

— Posso ir com você?

Mara certificou-se de pausar por alguns segundos antes de responder, para não assustá-lo com uma resposta entusiasmada demais. Graças a Deus por narizes quase quebrados e treinadores que exigiam serviço comunitário!

— Claro. Vou checar na minha agenda e ver o que dá.

Ela não ligou de ele não dizer mais nenhuma palavra o resto do caminho até casa. Isso já era vitória suficiente para um dia.

MEG

— Oiê, Sra. Crane! — Pippa acenou com o braço estendido acima da cabeça, gesticulando para Meg no lugar de encontro combinado perto da base do Olho de Londres. A enorme roda-gigante era muito maior do que aparentava do outro lado do rio. — Beckinha ainda não chegou — Pippa disse. — Ela acabou de mandar uma mensagem dizendo que estão a caminho.

Estão. Em breve, "eles" chegariam juntos, e Meg estaria face a face com Simon. Ela subitamente percebeu que sequer sabia o sobrenome dele. *Me ajuda, Senhor.* Ela cumprimentou alguns dos outros que conhecera na pista de gelo e olhou para cima, para lentas cápsulas de vidro cheias de pessoas andando ao redor para experimentar a vista panorâmica. Ainda bem que ela pensou em trazer um remédio para enjoo.

— Você já andou nisso antes? — Meg perguntou.

Pippa riu.

— Não! Eu nunca faço nenhuma das coisas de turista por aqui. Mas Beckinha estava querendo vir, então todos dissemos que viríamos. Vai ser legal. — Ela olhou à distância. — Lá vêm eles!

Meg se virou. Ele estava andando com um braço ao redor da cintura de Becka, e a outra mão segurava um cigarro. Isso explicava o cheiro de fumo no cabelo dela.

Ele não era nada do que Meg imaginara. Ela imaginara alguém alto e de cabelo escuro, uma versão mais velha e elegante das outras paixonites de Becka ao longo dos anos. Simon, porém, era um homem baixo e de meia-idade em um sobretudo de lã e com um chapéu *fedora* sobre seus cabelos grisalhos. Talvez Becka estivesse apaixonada pelo intelecto dele.

Ele apagou o cigarro com o sapato e se inclinou para sussurrar algo no ouvido de Becka. Ela riu e lhe deu um empurrãozinho com o ombro. Ele parecia velho o bastante para ser o pai dela. Ele *era* velho o bastante para ser o pai dela.

Me ajuda, Senhor.

Talvez o remédio também aliviasse náuseas e tonturas não relacionadas ao enjoo por movimento.

— Simon, esta é minha mãe. — Ela estava falando com sotaque.

Meg se arrepiou.

— Sra. Crane, que prazer finalmente te conhecer.

O sorriso dele era frio, o aperto de mão era fraco, a voz barítona era teatral, e o tom era condescendente. Ou seria zombeteiro? Pelo menos, Meg estava com um cachecol ao redor do pescoço. Talvez ele não visse o rosto dela corando com toda a emoção que ela estava determinada a não expressar verbalmente. Ordenou a si mesma que sorrisse educadamente, mas não disse nada. Não queria mentir ao dizer que era um prazer conhecê-lo.

Becka entregou um bilhete para ela.

— Eu ia comprar um... — Meg protestou.

— Simon está pagando para nós — Becka respondeu.

Isso parecia um cálculo intencionalmente manipulativo e controlador.

— Oh, não, por favor. — Ela pegou suas libras da bolsa.

— Mãe. Não. Simon já cuidou disso.

Não adiantaria se opor e causar uma discussão. Ela juntou forças suficientes para encará-lo nos olhos e dizer:

— Obrigada.

— Não há de quê.

Ela não gostou do sorrisinho nos olhos dele. Não gostou nem um pouco.

Meg tentou se distrair com a vista quando subiram muito acima do Tâmisa, com os edifícios do Parlamento refletindo sobre o rio, as luzes da cidade piscando, os carros em miniatura cruzando pontes. Era algo saído direto de um cartão postal.

Mas nossa! Como a cápsula se movia devagar! E as mãos de Simon estavam sobre Becka todinha enquanto eles estavam abraçados contra o vidro. Sobre ela todinha.

— Olha, mãe — Becka disse. — Ali está a Catedral de St. Paul.

— Meg seguiu o dedo apontado dela até o domo e se lembrou das elevadas vozes do coral de meninos, como anjos cantando seus *glorias*. Isso parecia tão distante agora. — Minha mãe foi escutar o coral de meninos lá — Becka explicou para Simon. — E você disse que eles foram ótimos, não foi, mãe?

— Lindos — Meg respondeu.

— Minha mãe é musicista — Becka disse.

Meg enrijeceu no banco.

Simon olhou de soslaio sobre o ombro.

— É mesmo?

— Não... Não sou uma musicista de verd...

— Ela é professora de música — Becka interveio. — Ou era, quando eu era pequena. Ela ainda ensina piano.

Simon sussurrou a resposta no ouvido de Becka, as mãos dele continuando a acariciá-la.

Suco gástrico subiu pela garganta de Meg.

O que ele estava tentando provar? Ele sentia algum prazer pervertido em ostentar a influência que tinha sobre a filha dela, ou era simplesmente um narcisista sem coração?

— Simon está escrevendo um romance — Becka disse. — Conte para ela, Simon.

Se ele disse algo, Meg não o escutou.

— Acontece em Paris — Becka continuou. — Sobre um grupo de filósofos. E um assassinato não solucionado, certo?

— Não entregue todos os meus segredos, Rebecka. — A voz dele transbordava afeto.

Eles passaram da metade da rotação e estavam descendo.

Descendo, descendo, descendo.

16 de dezembro

Oração de exame:

Senhor, por favor, me dá coragem para refletir sobre hoje contigo. Por favor.

Eu vou começar com as partes boas. Quando eu estava ciente da tua presença?

Tu me capacitaste para sobreviver por meia hora em um espaço fechado com ele. Eu não me desmanchei em lágrimas. Eu não me fiz de boba. Eu não falei nada de que fosse me arrepender depois. Tu me ajudaste. Obrigada. Pelo menos, Becka não insistiu quando eu disse que não estava me sentindo bem e não conseguiria ir com eles para o bar depois. Ela respondeu que ligaria amanhã para decidirmos o que fazer para "nos divertirmos".

É melhor ela não achar que eu vou fazer alguma coisa com Simon. Para mim, já deu. Eu fiz minha parte. Concordei em me encontrar com ele. Não quero mais nada com ele. Nunca mais. Tudo nele parece falso. E, quando ela está com ele, fica falsa também. Ele é uma má influência, Senhor. Uma péssima influência. Por favor, acorda Becka e a atrai para ti. Por favor, afasta-a de Simon. Por favor, faz algo. Resgata-a! Por favor, me mostra o que fazer. Me ajuda. Eu me sinto como se fosse me afogar.

Talvez eu devesse passar algum tempo orando com minha imaginação, como Katherine nos ensinou. Talvez isso me ajude. Eu estava lendo Isaías 11 hoje de manhã, e esse trecho tem várias imagens lindas e pacíficas. Talvez eu tente orar com isso. Guia minha imaginação, Senhor, e me ajuda a te ver trazendo teu reino. Por favor.

Meg fechou o laptop, abriu a Bíblia e leu Isaías 11:1-9 várias vezes:

UM RAMO BROTARÁ DO TRONCO DE JESSÉ, E UM RENOVO FRUTIFICARÁ DAS SUAS RAÍZES.

O ESPÍRITO DO SENHOR REPOUSARÁ SOBRE ELE, O ESPÍRITO DE SABEDORIA E DE ENTENDIMENTO, O ESPÍRITO DE CONSELHO E DE FORTALEZA, O ESPÍRITO DE CONHECIMENTO E DE TEMOR DO SENHOR.

ELE SE INSPIRARÁ NO TEMOR DO SENHOR; E NÃO JULGARÁ PELA APARÊNCIA, NEM DECIDIRÁ PELO QUE OUVIR DIZER;

MAS JULGARÁ OS POBRES COM JUSTIÇA E DEFENDERÁ OS HUMILDES DA TERRA SEM PARCIALIDADE; FERIRÁ A TERRA COM PALAVRAS DE JUÍZO E MATARÁ O ÍMPIO COM O SEU SOPRO.

A JUSTIÇA SERÁ O CINTO DO SEU PEITO, E A FIDELIDADE, O CINTO DE SUA CINTURA.

O LOBO HABITARÁ COM O CORDEIRO, E O LEOPARDO SE DEITARÁ COM O CABRITO. O BEZERRO, O LEÃO E O ANIMAL DE ENGORDA VIVERÃO JUNTOS; E UM MENINO PEQUENO OS CONDUZIRÁ.

A VACA E A URSA PASTARÃO JUNTAS, E AS SUAS CRIAS SE DEITARÃO JUNTAS; E O LEÃO COMERÁ PALHA COMO O BOI.

A CRIANÇA DE PEITO BRINCARÁ SOBRE A TOCA DA COBRA, E A DESMAMADA PORÁ A MÃO NA COVA DA VÍBORA.

NÃO SE FARÁ MAL NEM DANO ALGUM EM TODO O MEU SANTO MONTE, PORQUE A TERRA SE ENCHERÁ DO CONHECIMENTO DO SENHOR, COMO AS ÁGUAS COBREM O MAR.

Não foi difícil imaginar um cordeirinho. Ela já se imaginara como um cordeiro antes: perdida, sozinha, assustada e exausta, balindo por sua mãe enquanto lobos uivavam e a rodeavam. O Pastor chegou, assoviando no escuro. Ele pegou o cordeiro em seus braços e disse palavras de conforto que aquietaram Meg. Ela estava segura. Ela era dele. Ele estava com ela. "Não tenha medo. Você é minha."

Desta vez, ela imaginou um cordeiro numa colina. Um lobo estava circundando com saliva pingando de suas presas terríveis. Meg olhou para a direita. O Pastor estava lá, deitado na grama com os olhos fechados e o rosto ao sol. Ele não pareceu ver ou ouvir o lobo. O cordeiro se virou e Meg arfou ao ver o rosto de Becka naquele corpo de lã. Ela tentou desesperadamente acordar o Pastor, mas ele não se moveu. Então, ela pegou o cajado no chão ao lado dele, levantou-se e correu até o lobo, balançando o instrumento no ar. O lobo avançou mostrando os dentes, Meg acertou-lhe a cabeça, e ele fugiu, ganindo de dor. Ela se virou, mas o cordeiro se fora. Agora, havia uma criancinha engatinhando sobre a grama, estendendo a mãozinha para pegar uma serpente negra emergindo de um buraco no chão.

— NÃO! — Meg gritou. Ela tomou o cajado de novo, bateu na serpente e pegou a criança, que estava rindo e batendo palmas como se fosse uma brincadeira. Meg lançou um olhar suplicante para o Pastor, que agora estava sentado, assistindo.

— Mate-a! — Meg gritou. A serpente se levantou de novo, pronta para atacar, e ela tinha o rosto de Simon. — Mate-a! — Meg gritou. — Por favor! — Ela estava chorando, implorando, e agora estava cercada por todo tipo de predador, todos se aproximando. — Jesus! Por favor! Faça alguma coisa!

O Pastor estendeu uma mão calejada e com cicatrizes.

— Minha querida, — ele respondeu gentilmente — solte o cajado e confie em mim.

10.

HANNA

Hanna sentou-se ao lado da janela panorâmica no chalé, na quarta-feira de manhã, com os joelhos encolhidos contra o peito e um cobertor de lã enrolado sobre os ombros. Uma onda suave varreu a orla sob um céu de rosa e lavanda; gaivotas caminhavam e ciscavam na areia da praia; relva bronzeada brotava de dunas de areia cobertas de neve.

Ela respirou profundamente. Ia terminar o chá, caminhar pela praia e então se preparar para encontrar-se com Nathan às 13h.

Ela ligara para ele na noite anterior para pedir desculpas por sua partida abrupta: ela sentia muito. Não deveria ter partido daquela forma. Deveria ter admitido que estava chateada e que precisava de um pouco de tempo e espaço para processar por que estava assim. Isso teria sido melhor do que voltar ao seu antigo comportamento padrão de fuga. Mas a válvula de escape dentro dela estava enraizada profundamente.

Ele sabia disso, segundo disse, mas achou que estavam avançando além das aparências, que ela confiava nele o bastante para ser honesta sobre o que estava pensando, o que estava sentindo.

Ela confiava nele, sim, ela insistiu. De verdade. Só não confiava em si mesma. Não confiava no que poderia dizer quando estava toda agitada daquele jeito. Ela deveria ter dito isso. Ela sentia muito. Muito mesmo.

— Por favor, me desculpe.

— Claro que eu te desculpo, Hanna. E me desculpe. Me desculpe por só pensar em mim mesmo e simplesmente derramar tudo aquilo sobre você sem pensar em como isso poderia te impactar. Sinto muito. Muito mesmo. Eu quero caminhar junto nisso. Preciso que nós caminhemos juntos, Hanna. Eu...

A voz dele sumiu em um silêncio profundo.

— Você...? — ela perguntou.

— Eu só estou feliz que você esteja aqui. Feliz de verdade que você acabou vindo para cá para o seu sabático. — Ele pausou e então disse: — Tudo bem se eu fosse ao chalé te ver?

Ela respondeu que sim. E agora precisava descobrir o que mais deveria dizer quando ele chegasse. Ela se protegeu contra o frio, levou o cata-vento para a praia e assistiu a suas pás girando receptivamente no vento.

— As flores são para você — Nathan disse quando Hanna o encontrou à porta pouco antes das 13h. Ele estava segurando uma caixinha com a foto de uma flor bem vermelha de cada lado. — São *amaryllis* — ele explicou. — Me disseram que elas crescem até com péssimos jardineiros, como eu.

— Obrigada! — Hanna olhou dentro da caixa e viu um bulbo grande com raízes desgrenhadas. Em todo outono, ela plantava narcisos e tulipas na sua casa em Chicago. Havia um sentimento de desafio e esperança ao enterrar no chão coisas que pareciam mortas e confiar que brotos e flores surgiriam exatamente na hora certa na primavera. Não apenas uma vez, mas repetidamente. Declarações anuais de ressurreição. — Eu nunca plantei uma *amaryllis* antes — ela disse.

— Bem, as instruções e tudo de que você precisa estão no kit. Eu me lembro de que você me contou uma vez que você e Meg conversaram sobre a metáfora de flores desabrochando no inverno. Pareceu ser a visualização perfeita disso. Então, comprei uma para mim também. Como um lembrete. — Ele colocou a mão no bolso do casaco e tirou um pedaço de papel com a caligrafia dele. — E esta é a letra do hino que vai com a flor. — Ele limpou a garganta dramaticamente e agitou o papel. — Você prefere uma recitação como um poema ou uma serenata?

Ela riu e gesticulou para ele lhe entregar o casaco.

— Entre, primeiro. Aí você pode cantar para mim.

Ela se sentou, e ele, em pé, cantou a primeira estrofe com sua amável voz tenor.

— Vê como a Rosa florescente do tenro tronco brota! Vem da linhagem de Jessé, como homens antigos cantaram. Ela veio, uma brilhante florzinha, no meio do frio invernal, quando a noite já estava acabando.

Ele disse, apontando para a caixa com o bulbo sobre o colo:

— Não exatamente uma rosa, mas achei que seria uma boa imagem para uma "brilhante florzinha, no meio do frio invernal". Talvez você possa adicionar esse hino à sua coleção de hinos de Natal para orar.

— Vou, sim. Obrigada. Isso tem sido uma disciplina espiritual muito boa para mim. — Ela dobrou o papel em três partes e o colocou sobre a mesa de centro.

Ele sentou-se no sofá com as pernas cruzadas e virado para ela.

— Obrigado por me deixar vir te ver.

— Estou feliz que tenha se oferecido para vir. E eu sinto muito sobre ontem.

— Já pedimos desculpas um para o outro — ele respondeu.

— E já perdoamos um ao outro. Lembra? Não precisamos repetir isso. Você me conhece, Hanna. Eu gosto de ser direto. Então, se não está pronta para conversar sobre como se sente a respeito de Laura, não precisamos. Não estou aqui para te pressionar. Só quis oferecer um ouvido para te escutar. Como você me ofereceu ontem.

— Obrigada — ela disse. — Eu agradeço por isso. Acho que parte da minha relutância para falar sobre isso é porque a volta dela já é difícil o bastante para você e para Jake, sem eu colocar as minhas camadas de dor e de bagagem por cima de tudo. — Ela pausou. — E eu tenho muitas camadas e muita bagagem, Nate.

Ele pegou a mão dela.

— Você carregou a minha ontem. Com toda a feiura dela. Eu gostaria de te ajudar a carregar a sua.

Quarta-feira, 17 de dezembro, 15h30

Nate foi embora há cerca de uma hora para poder ficar com Jake depois da escola. Tivemos uma conversa bem de coração. Comecei contando para ele como eu, algumas semanas atrás, senti que o Espírito Santo estava pressionando em lugares feridos e que eu repentinamente estava cercada de imagens de gravidez — com Charissa e com Mara. E então, quando ele disse que Laura estava voltando, e não apenas voltando, mas voltando grávida, algo profundo em mim se fechou. Ele entendeu. Contei para ele sobre minha histerectomia, e ele segurou minha mão enquanto eu chorava. Eu não esperava chorar. Ele só acariciou meu cabelo e sussurrou: "Estou aqui, Hanna. Estou com você."

Talvez o dilúvio de lágrimas fosse parte da purificação. Não sei. Eu me sinto exausta e esgotada, mas não de uma maneira ruim. Não conversamos nada sobre o que isso possa significar para nós mais adiante. Acho que nós dois sabemos que essa é uma conversa para a qual não estamos preparados. Mas estamos caminhando juntos. Como Mara disse no aeroporto: às vezes, parece que são dois passos para a frente e um para trás. Ou até dois ou três para trás. Mas tudo bem. É bom saber que é difícil para nós dois. Podemos lutar juntos ao lado de Deus. E eu quero estar ao lado dele para dar suporte e encorajá-lo quando Laura voltar. Quero que ele saiba que estou com ele, assim como ele esteve comigo.

Antes de Nate sair, ele me contou sobre a ideia dele de tatuar "*hineni*" acima do tornozelo como uma declaração do seu desejo de se render completamente a Deus. Ele não está dizendo isso de forma leviana, especialmente com tudo o que aconteceu com a Laura. "Ela expressa meu desejo, mas nem sempre minha realidade", ele disse. Perguntou, meio que brincando, se eu gostaria de tatuar flores ou "amada". Não estou interessada em fazer uma tatuagem, mas estou pensando em fazer algo para marcar fisicamente a transição na minha vida com Deus ao longo dos últimos meses, de me ver apenas como uma serva a me vislumbrar como a amada. Nate está certo. Vale a pena marcar, de alguma forma, tudo o que Deus está fazendo para me curar, me libertar e me transformar. Vou ter que pensar sobre o que isso significa.

Estou aqui sentada desde que ele saiu, pensando sobre a palavra "*hineni*". Uma palavra tão profunda de rendição e confiança. Aqui estou. Veja-me. Eis-me aqui. "Eis-me aqui" é uma excelente expressão à moda antiga. Me faz pensar na rendição de Maria em Lucas 1. "Eis aqui a serva do Senhor; faça-se em mim segundo a tua palavra."

Eu sou capaz de dizer "Eis-me aqui" para Deus sem reservas? Algo em mim resiste. Mesmo depois de tudo o que Deus fez por mim. Eu queria que não fosse verdade, mas é. As notícias sobre Laura me acertaram em cheio. Eu sinto tanto ressentimento e inveja. Aí está uma mulher que teve um caso, abandonou o casamento e o marido, partiu para a Europa com um novo marido e agora tem o presente de outro filho. Simplesmente não parece justo. E eu sei, Senhor. Eu sei. Não quero de verdade que tudo seja justo. Quero a graça. Eu digo que quero viver na tua abundância, celebrar o amor que tu derramas, e aí invejo tua generosidade para com outros. Eu sou seletiva a respeito de quem deveria ganhar tuas flores. Sinto muito. Por favor, me perdoa.

Nate parece estar lidando melhor com a situação do que eu. Ele disse que a raiva vem em ondas, e que não tem certeza de como vai estar quando ele de fato estiver frente a frente com ela em alguns meses. Eu lhe disse que certamente vejo a obra do fruto do Espírito nele — que ele pode ofertar a raiva para Deus e não se afundar nela. Ele tem mais prática nesse processo do que eu. E tem certeza de que Deus pode usar tudo para nos conformar a Cristo. Continua me ensinando, Senhor.

Vou ficar por aqui e descansar no chalé até sexta-feira de manhã, e então vou para Kingsbury, para a consulta de orientação espiritual com Katherine. Bem a tempo. Terei muita coisa para compartilhar com ela.

Obrigada, Senhor, pelo presente das flores que desabrocham no inverno e pela luz que brilha na escuridão. E por tua paciência comigo. Eu sou grata.

MARA

— Estamos indo para o hospital agora, mãe. A bolsa de Abby estourou e as contrações estão vindo rápido. Parece que você estava certa, afinal de contas. Essa bebê vai chegar mais cedo!

Mara segurou o telefone com o ombro e olhou para o relógio. Quase 16h. Os meninos poderiam comer pizza congelada no jantar, e ela poderia ir ao hospital e esperar. Mas não queria se intrometer sem ser convidada.

— Ellen está indo? — ela perguntou.

— Não, os pais de Abby estão em Atlanta, em uma conferência. Eles não devem voltar para casa até sexta-feira. Mas Ellen vai tentar mudar o voo e vir direto para cá. Talvez amanhã.

"Perfeito!", Mara pensou, e então se repreendeu imediatamente. "Vê se cresce!" Como era infantil se preocupar com quem chegaria lá primeiro.

— Sinto muito — disse. — Tenho certeza de que Abby gostaria que a mãe dela estivesse aí. — Mara ouviu Abby gritar de dor.

— Preciso ir — Jeremy disse. — Eu vou te ligar com notícias. Te amo!

— Te amo! Diga a Abby que estarei orando! — Mas Jeremy já desligara.

Parcce que ela não iria ao hospital.

Ela curvou a cabeça sobre a mesa e começou a orar por Abby, por Jeremy e pela neta. "Por favor, Senhor. Por favor, que dê tudo certo. Que o bebê esteja bem. Que Abby fique bem. Esteja com Jeremy. Esteja com os médicos e enfermeiros que estão cuidando deles. Que todos eles fiquem seguros e bem e…"

— O que tem para jantar?

Mara quase pulou da cadeira. Desde que a voz de Brian começou a mudar, ela se parecia cada vez mais com a de Tom.

— Pizza congelada, eu acho.

Ele começou a abrir os armários.

— Não tem nada para comer aqui.

"Espera só", ela pensou. "Se seu pai conseguir o que quer…"

— Eu fui ao mercado hoje — ela disse.

— Não tem nada *de bom* para comer aqui. — Ele abriu a geladeira e ficou parado lá, olhando feio para as prateleiras cheias.

— Feche a geladeira. Você está deixando todo o ar frio escapar.

Brian pegou um galão de leite e o colocou na boca, bebendo direto do gargalo.

— Brian! Use um copo, por favor.

Ele terminou de beber e arrotou.

— Não precisa. Quando é o jantar?

— Não sei. Daqui a uma hora, talvez.

Ele voltou ao armário, onde começou a remexer sacos de salgadinho.

— Se está com fome, coma uma maçã ou algo assim.

Ele pegou um saco de Doritos e sumiu no porão.

Ela colocou o rosto sobre as mãos de novo. "Deus, me ajuda." Desde que Tom saiu no domingo, Brian estava determinado a preencher o vazio com ainda mais desaforos. Ela não ficaria nem um pouco surpresa se Tom o estivesse treinando lá de Cleveland sobre como se opor a ela. Dawn sugeriu que os dois meninos deveriam fazer terapia. Sem chance de Tom concordar em pagar por isso. Ela mesma provavelmente não seria capaz de pagar para continuar vendo Dawn. Ou Katherine.

Ela pegou uns biscoitinhos de chocolate que escondera no fundo do armário, esvaziou em um copo o jarro de leite que Brian largou sobre o balcão, e foi para a sala assistir a reprises de *Law and Order* enquanto esperava Jeremy ligar com notícias. Ela acabara de se sentar no sofá com o controle da TV, quando percebeu a caixa de plástico vermelho escondida ao lado da árvore de Natal. Não terminara a decoração. Dividida entre "para quê?" e "já que comecei", ela ligou a televisão, mordeu um biscoito e se ajoelhou ao lado da árvore para ver o que restava. Festão colorido, enfeites variados, meias de Natal, uma coleção de papais-noéis em miniatura, e uma caixa escrito: "Presépio de Natal". Não havia por que mexer com o festão, sem chance de ela pendurar a meia de Natal de Tom, e ela não ligava para os papais-noéis: só mais bugigangas para tirar pó.

Abriu a caixa do presépio e retirou os bonecos de plástico do papel gasto. Esse conjunto foi um presente de uma voluntária no abrigo Nova Estrada pouco depois que ela e Jeremy chegaram. Jeremy insistiu em dormir com o camelo e com o "pirata" toda noite por um mês. O plástico estava lascado, a tinta desbotada, mas o rei mago ainda segurava sua caixa com ouro. Mara o colocou perto da manjedoura, apesar de o pastor Jeff insistir todo ano que os reis magos não estiveram lá.

— Bem, eu digo que aqui é seu lugar — Mara disse em voz alta. — Bebês precisam de presentes.

"Rosie." Senhorita Rosie. Esse era o nome da voluntária.

O Nova Estrada organizava um bazar anual de Natal com biscoitos e tortas caseiros e presentes doados. Enquanto as mães escolhiam roupas e brinquedos, as crianças iam para uma salinha onde "compravam" para suas mães. De acordo com a senhorita Rosie, Jeremy, de quatro anos, olhou cuidadosamente cada uma das mesas, inspecionando todas as possibilidades de presente

DOIS PASSOS PARA A FRENTE

para Mara. Finalmente, ele escolheu uma caneca rosa de café com corações. Mas, quando ele a levou para a mesa de embrulhos, derrubou-a, e ela rachou. Senhorita Rosie falou para ele não se preocupar, que poderia escolher outro presente. Então, ele escolheu meias extralongas com flocos de neve nos calcanhares, "Ho! ho! ho!" nos dedos e o Papai Noel acenando nas panturrilhas. Mara ainda tinha aquelas meias. Ela tinha a caneca também, que consertou com supercola para usar como porta-lápis.

Ela se perguntou como eles estavam, pensando sobre quanto tempo levaria até Jeremy ligar de novo, com notícias. Esperar era uma das coisas de que ela menos gostava.

Ela continuou desembalando enfeites. Pastores, ovelhas, um burrico, um anjo, José, Maria, o bebê Jesus. E lá estavam as contribuições de Jeremy para a cena: um carro de corrida vermelho, que ele insistiu em dar para o bebê, um gato de plástico, que era maior do que as ovelhas, um soldado em miniatura com uma espada. Ele disse para ela que o bebê precisava de brinquedos, de um bichinho e de "um homem forte para bater nos malvados". Mara desejava alguns presentes para o bebê dela também, presentes que ela nunca pôde dar para ele. Jeremy nunca ganhou o gatinho que queria, nunca teve muitos brinquedos, nunca teve um homem forte para bater nos malvados por ele.

Pelo menos, a neta dela teria um papai para protegê-la. E talvez Abby deixasse Mara adotar um bichinho para ela algum dia.

Enquanto isso, enfrentava o dilema de não ter presentes para a bebê. Talvez pudesse tirar um pouco de dinheiro da conta deles e, se Tom perguntasse, ela diria que foi para os meninos. Ele não sentiria falta de cinquenta dólares, né?

Ela falou à porta do porão:

— Preciso resolver umas coisas! Volto em uma hora!

Cinquenta dólares realmente não renderam muito. Mara comprou as botinhas de duende que estava cobiçando, um enfeite

"Primeiro Natal do bebê", uma roupinha felpuda de rena com capuz e um rabinho, e um chapeuzinho de Papai Noel. Ah, e um babador "Anjinho da Vovó". Ela pagou cinquenta dólares em dinheiro e passou os 16,47 dólares restantes no cartão de crédito, esperando que Tom não tivesse feito nada sorrateiro e desativado a conta. Quando o atendente pediu para ela assinar, ela suspirou com alívio. Se ele visse o nome da loja e explodisse, ela lidaria com ele. Até lá, seria tarde demais para devolver qualquer coisa. Sentindo a satisfação de outra pequena vitória, ela andou para o carro, balançando as sacolas.

Kevin estava sentado à mesa da cozinha quando ela entrou em casa cantarolando *Joy to the World*. Ele olhou para as sacolas de compra, mas não disse nada. Ela deveria tê-las deixado no carro! Ele viu a logo da loja? Ela tentou cobriu as pegadas:

— Nada de bisbilhotar nas sacolas que você encontrar por aqui, tá bom? Estamos na época de surpresas do Papai Noel!

Ainda bem que ela já terminara as compras para os meninos semanas atrás. Kevin não perceberia a diferença no dia de Natal.

— Você marcou meu serviço comunitário? — ele perguntou sem olhar para ela.

— Sim. Está tudo certo para passarmos duas horas lá no domingo à tarde.

— Eu vou estar com meu pai essa hora.

Ah. Verdade. Como ela pôde esquecer? Tom voltaria na quinta-feira à noite para passar todo o final de semana no hotel com os meninos.

— Bem, eu posso remarcar. Você não vai ter aulas semana que vem. Que tal na segunda-feira?

Ele levantou os ombros, o que ela recebeu como uma resposta afirmativa.

— Está com fome? — ela perguntou, ainda escondendo as sacolas com toda a descontração que conseguia. — Tem algumas pizzas congeladas no congelador. Escolha uma e esquente o forno para mim, tá bom? Vou trocar de roupa.

Ela subiu as escadas, fechou a porta e espalhou as compras sobre a cama para admirá-las. Mal podia esperar para vestir aquela bebezinha. Ou talvez Abby não a deixasse vestir a bebê. Bem, ela ficaria feliz só de ver a bebê vestida naquela roupinha de rena. Mara poderia tirar várias fotos e fazer enfeites com elas para pendurar na árvore de Natal. Ela continuou cantarolando.

— O que está nascendo aqui? — o pastor Jeff perguntara.

Um bebê. Um bebê de Natal de verdade. E não havia nada — absolutamente nada — que Tom pudesse fazer para tirar esse bebê dela.

MEG

17 de dezembro
Oração de exame:

Me ajuda a te ver, Senhor.

Presentes de hoje: visitar a casa de Handel e escutar um jovem musicista ensaiando em um dos cravos. A casa toda ecoava com música, assim como seria quando Handel estava vivo. Eu não sabia que ele havia ficado cego perto do fim da vida. Que provação. Isso me faz ser grata hoje à noite pelos presentes aos quais não dou importância. Me perdoa, Senhor. Obrigada pela minha visão, obrigada pela minha saúde, obrigada pela música. Obrigada pela chance de estar aqui e ver todos esses lugares maravilhosos. Obrigada pela chance de compartilhar alguns desses lugares com Becka. Ela gostou da casa hoje. Amanhã, vamos comprar presentes de aniversário e de Natal na Harrods.

Mas Simon polui o ar ao nosso redor, mesmo quando ele não está conosco. Pelo menos, Becka não me pediu para vê-lo de novo. Tenho certeza de que ela sabe como me sinto. Mas ela fala sobre ele o tempo todo, como se estivesse tentando me convencer de que ele é um grande homem. Eu entendo que ela se sinta atraída por alguém que considera maduro e inteligente, mas me desculpe, qualquer homem envolvido com alguém com metade da idade dele tem problemas mais profundos. Não sei quais são, mas Becka sem dúvidas está realizando algum tipo de fantasia pervertida dele. E ele está preenchendo algum vazio profundo dela.

Eu fico pensando sobre o que imaginei quando orei com Isaías 11. Aquilo me surpreendeu. Me assustou. Eu realmente quero que Jesus mate Simon? Estou mesmo tão brava assim? Eu deveria confiar nele e soltar meu cajado. Mas como posso confiar nele quando o reino não vem como ele prometeu? Aquele lobo que imaginei não ia se deitar pacificamente com o cordeiro. E aquela serpente estava pronta para atacar a criança. É isso que lobos e serpentes fazem. Se ele não vai fazer nada para prevenir que isso aconteça, como posso simplesmente ficar parada e assistir? Isso não me parece esperança; parece negligência.

Me perdoa, Senhor. Eu sei que eu não deveria questionar teus métodos. Mas eu não entendo o que significa esperar pelo teu reino com fé esperançosa. Eu simplesmente não entendo.

Nunca odiei ninguém. Mas acho que odeio Simon. Não quero realmente que tu o mates, Senhor. Só faz ele ir embora. Por favor. Eu quero minha filha de volta.

Mesmo que eu saiba que não deveria me preocupar com o que vai acontecer semana que vem, eu me pergunto o que vai acontecer na véspera de Natal. Ela vai querer passar o aniversário de 21 anos com ele? Ela vai querer que eu me junte a eles? Nós sempre comemoramos o aniversário dela juntas. Sempre. E não consigo suportar a ideia de compartilhá-la com ele nesse dia. Me ajuda a viver no momento, Senhor, sem projetar adiante e ficar chateada com coisas que ainda nem aconteceram e podem nem acontecer. Minha imaginação está sempre correndo adiante. Me perdoa. Me ajuda a esperar por ti com esperança. Me ajuda a confiar que tu aparecerás. Mas eu ainda não estou pronta para soltar o cajado. Acho que tu entendes.

Me ajuda, Senhor. Por favor. Tu prometeste que, um dia, a terra inteira estará repleta do conhecimento do Senhor, como as águas cobrem o mar. Agora, as únicas águas que vejo são as que estão subindo pelo meu pescoço, e eu ainda me sinto como se fosse me afogar.

MARA

Às 20h, Mara estava começando a se perguntar se havia acontecido algo de errado. Mas ela não poderia ligar para Jeremy, não se ele estivesse na sala de parto. O relógio bateu 21h. Ainda sem notícias. 22h. 23h. Os meninos foram para a cama. Mara sentou-se diante da árvore de Natal e tentou orar. O parto de Jeremy foi demorado. Quase 21 horas. Talvez essa pequenina fizesse Abby trabalhar horas extras também. Kevin foi fácil. Só quatro horas. Brian estava virado: cesariana. Ela esperava que Abby não precisasse de uma cesariana. A recuperação é terrível. Especialmente com um bebê com muitas cólicas. Com sorte, sua neta seria um bebê tranquilo.

Ela estava prestes a ceder e ligar pedindo notícias, quando o telefone tocou.

— Mãe?

— Está tudo bem?

— Estou segurando ela, mãe. — Jeremy estava chorando. — Estou segurando ela. Ela é linda. Simplesmente linda.

Os olhos de Mara se encheram de lágrimas.

— Oh, querido! Parabéns!

— Não achei que eu pudesse amá-la tanto e tão cedo — Jeremy disse.

Mara se lembrou de como se sentiu. Com todos os três filhos.

— Vocês já escolheram o nome dela? — ela perguntou.

— Madeleine Lee.

"Madeleine Lee." Nossa, que nome amável. Enquanto Mara escutava alegremente, Jeremy tagarelou sobre as outras estatísticas do nascimento.

— Acho que está tarde demais para eu ir agora, né? — Mara perguntou. Era quase meia-noite.

— Sim... O horário de visitas já acabou, e Abby está exausta. Eu vou dormir aqui no quarto hoje à noite. Que tal você vir de manhã?

Ela esperou anos por esse momento. O que seriam oito horas a mais?

— Te vejo amanhã, querido. Diga a Madeleine que eu a amo. E a Abby também. E dê um abraço em si mesmo. Eu te amo. Estou muito orgulhosa de você.

Ela desligou o telefone e passou os próximos minutos derramando suas orações de gratidão. Depois, pegando o rei mago pirata de Jeremy do presépio, apertou-o contra o peito e caiu no sono na cadeira.

Mara estava tão animada em conhecer a neta, que nenhuma das tentativas usuais de Brian de chateá-la ou irritá-la deu certo.

— Tenham um ótimo dia na escola! — ela disse quando os deixou na frente da escola. Decidiu não contar para eles sobre Jeremy e a bebê, para o caso de um deles ou ambos estarem transmitindo informações para Tom. Essa era uma alegria privada dela, então ia desfrutar disso. — Liguem para o meu celular se precisar de algo hoje.

Kevin grunhiu o que pode ter sido um tchau. Brian bateu a porta sem responder.

Ela deu tempo para outros carros, que estavam tentando entrar na pista pelo lado errado, acenou para alguns estudantes atravessando o estacionamento e começou a cantar:

— *Porque um menino nos nasceu!* Tu-du-dum. *Nos nasceu!* Pa-pa-pá. *Um filho* — seria um sacrilégio trocar para "uma filha"? — *nos foi concedido!* Um, dois, provavelmente sim. *Nos foi!* Tan-tan-tam. *Concedido!*

Ela não se lembrava do restante, então cantou o refrão de novo e de novo até chegar ao hospital. Quando chegou lá, até a manhã estava comemorando o nascimento de uma menininha ao desenrolar faixas rosadas sobre o céu pálido. Glória, glória, glória.

— Vim ver Abigail Payne e minha mais nova netinha — Mara anunciou no balcão da recepção. Nossa, como ela amava o som daquelas palavras!

— Parabéns! — a recepcionista respondeu, sorrindo. Digitou em seu teclado e olhou para a tela. — Quinto andar, quarto 516. — Ela escreveu o número em um pedacinho de papel.

— Obrigada! — Mara escondeu o papel no bolso e caminhou pelo corredor. — *Nos foi... tan-tan-tam... concedido!* Bom dia! — ela disse para outra pessoa esperando o elevador. — *Nos foi... tan-tan-tam... concedido!* — Quando as portas do elevador se abriram, ela entrou e apertou o botão 5. — Qual andar? — perguntou.

— Terceiro, por favor.

Mara apertou o botão com um floreio e só percebeu que estava cantarolando alto quando o homem sorriu para ela.

— Perdão — ela disse. — Nova netinha.

— Parabéns.

— Obrigada. — Ela esperava que ele não estivesse indo visitar alguém com câncer ou algo assim. Não sabia que tipo de paciente estava no terceiro andar. "Por favor, abençoe quem ele estiver indo visitar", ela orou. "Abençoe ele." Cantarolou baixinho até as portas se abrirem no quinto andar para um corredor brilhante. Balançando as sacolas de compras sobre o ombro, seguiu as setas até a ala correta e chegou ao quarto 516.

A porta estava aberta, e, em vez de entrar de vez, ela pausou sobre a soleira e observou seu menino inclinado sobre a esposa, que

EM UM LUGAR ASSIM

embalava nos braços a menininha deles. Jeremy estava com uma mão sobre o ombro de Abby e a outra sobre a cabeça de Madeleine. Por um instante, Mara teve a sensação de que deveria tirar os sapatos ou algo assim. Relutante em interromper o silêncio do círculo de amor deles, esperou na soleira até Jeremy levantar os olhos.

— Mãe!

Abby também se virou e recebeu Mara com tamanho sorriso de calor e boas-vindas, que ela quase se derramou em lágrimas.

— Venha conhecer Madeleine! — Jeremy disse, levantando-se da beirada da cama.

Mara colocou as sacolas no chão e andou até a cadeira onde Abby estava sentada. Ah, Madeleine Lee era tão linda. Absolutamente linda. Um tufo de cabelo preto grosso, pele da cor de um cappuccino cremoso, o nariz como um botãozinho. "Oh, Deus." E os dedos dela! Mara se esquecera da maravilha da mãozinha de um bebê.

— Você quer segurá-la? — Abby perguntou.

— Ah... Eu... Ela está dormindo.

— Não tem problema. — Abby se mexeu enquanto Mara estendia os braços para segurar o tesouro.

"Perdida."

Ela estava perdida, de tão maravilhada. Perdida de alegria. Perdida em louvores. Perdida em gratidão. Perdida em amor. Perdida nas palavras.

Perdida.

Encontrada.

"*Concedido!*"

Enquanto Abby amamentava Madeleine, Mara apresentou os presentes.

— Não precisava de tudo isso! — Jeremy disse, apalpando a roupinha felpuda de rena. — Olha, amor: um rabinho e chifres e tudo.

Abby olhou brevemente e concordou com a cabeça.

— Que amor. Muito obrigada.

— Eu pensei que vocês poderiam colocá-la nisso quando a levarem para casa. É tipo um canguru e um cobertor com zíper. Não sei o nome disso. Não tinha essas coisas quando Jeremy era um bebê.

— Eu sobrevivi sem problemas — Jeremy respondeu, sorrindo.

Mara colocou a mão na bolsa.

— Também trouxe isso para te mostrar. — Ela lhe entregou o rei mago.

— Meu pirata! Onde você o encontrou?

— Com o presépio.

Ele o mostrou para Abby.

— Ele é do Nova Estrada, não é? Alguém me deu ele assim que nos mudamos para cá, não foi?

— Aham. E você dormiu com ele toda noite por um mês.

Mara escutou Jeremy contar para Abby um pouco do que ele lembrava. Era incrível que ele tivesse memórias felizes de uma época tão difícil e assustadora. Mas, para uma criança, qualquer coisa poderia se tornar uma aventura. Até mesmo não ter onde morar.

— Você tem uma grande decisão a tomar, mãe — Jeremy disse, virando-se novamente para olhar para ela.

Eita, menino. Ela não tinha certeza se estava pronta para tomar uma grande decisão.

— Você precisa escolher como quer ser chamada.

Aahhh... Ela se esquecera dessa parte.

— Ah, não sei... — Provavelmente, Ellen já escolhera algo. — E sua mãe, Abby? Como ela quer ser chamada?

— Po po — Abby respondeu. — É chinês.

— Você não estava querendo esse apelido, estava, mãe? — Jeremy brincou.

Mara riu. Ela podia escolher o que quisesse. Qualquer coisa! Lembrou-se da própria avó, que era um doce. Apesar de ter falecido quando Mara tinha só oito anos, ela ainda se lembrava de como sua casa tinha cheiro de baunilha, maçã e cravo. Fora quem ensinara Mara a confeitar.

Mara imediatamente conjurou na mente imagens felizes de Madeleine nas pontas dos pés sobre um banquinho, com uma colher na mão e vestindo um avental que Mara havia comprado. Ou talvez um que Ellen lhe houvesse costurado.

— Posso ser a Nana? — ela perguntou.

Jeremy pegou a mão dela.

— Acho que Nana é perfeito para você.

"Perfeito."

Essa era uma palavra que Mara não usava frequentemente para descrever a si mesma ou qualquer coisa em sua vida. Mas aqui, agora, este momento? Isso era a perfeição absoluta. E aqui, agora, ela nem ligava que não fosse durar. Esses eram os momentos da vida que deixavam todo o restante suportável, e ela queria espremer até a última gota de bondade daqui. "Obrigada, Jesus. Obrigada." Reclinou-se na cadeira e assistiu, com grande contentamento, a Madeleine cair no sono sobre o peito de Abby.

MEG

Nunca em sua vida Meg estivera em uma loja como Harrods.

— Mais de trezentos departamentos! — exclamou enquanto ela e Becka subiam as escadas rolantes, passando diante de painéis e estátuas egípcias esculpidas. — Por onde começar?

Becka não estava sem ideias. Elas experimentaram chapéus estilosos e bobos, pegaram amostras de perfumes e comeram massas e chocolates sem pensar na balança. Meg até experimentou — e engoliu — um pedaço do sushi de Becka. E então visitaram a famosa loja de Natal.

Becka balançou um globo de neve com a paisagem de Londres.

DOIS PASSOS PARA A FRENTE

— Você se lembra de quando quebrei um globo de neve e fiz uma bagunça no saguão? Vovó ficou furiosa comigo. Ela não me deixava brincar lá, e era meu lugar favorito para brincar.

— Era o meu também — Meg respondeu. — Eu me meti em uma enrascada quando era pequena por levar minhas bonecas para lá. — Diferentemente de Becka, que frequentemente testava os limites com a mãe, Meg só precisou ser repreendida uma vez.

Ela e Becka assistiram à purpurina girar ao redor dos prédios do parlamento.

— Você quer isso? — Meg perguntou.

— Ah... Não sei...

— Escolha um que você gostar, que eu compro para você.

— Você já comprou um chapéu para mim. E uma bolsa.

— Bem, com que frequência temos a chance de comprar presentes para o seu aniversário em Londres? Escolha um.

Becka estudou as estantes com dúzias de cenários diferentes.

— Este é quase idêntico ao meu! — Ela apontou para um com um castelo de múltiplas tores. — Lembra? Acho que você me deu ele de aniversário.

Meg o pegou e balançou.

— Eu tinha me esquecido disso.

Becka andou até uma gôndola com dúzias de ursos de pelúcia. Um urso pardo fofinho e vestido como um soldado do palácio de Buckingham chamou sua atenção, e ela o abraçou com força. Nesse instante, Meg teve um vislumbre daquela garotinha de novo, aquela fadinha que frequentemente tentava convencer a avó a deixá-la fazer festas do chá com ursos de pelúcia no saguão. Mas com a mãe de Becka era impossível. "Nada de brinquedos no saguão." Às vezes, se estivesse viajando, Meg deixava Becka brincar com toda sua comitiva de animais de pelúcia no andar do saguão. Segredo delas.

Ela estava prestes a se oferecer para comprar o urso de pelúcia, quando o celular de Becka piscou com uma mensagem.

Meg conseguia dizer pela expressão no rosto dela que era Simon. Ele nunca pararia de se intrometer?

Becka colocou o urso de volta na gôndola e digitou uma resposta. A garotinha sumiu, mais uma vez escondida dentro de uma jovem mulher tentando, com muito esforço, ser sofisticada.

Meg ainda estava segurando o globo de neve.

— Compro isso para você? — perguntou.

— Não, obrigada. — Becka olhou para o corpo e analisou sua minissaia e calçados. — Mas eu não negaria um par de botas legais.

Antes de saírem atrás do departamento de calçados, Meg comprou o globo de neve para si mesma. Sabia exatamente onde colocá-lo.

Acima da lareira.

No saguão.

Quando terminaram a excursão da maratona de compras, Meg e Becka voltaram ao hotel para tomar chá.

— Obrigada pelos presentes — Becka disse. — Foi muito divertido.

— De nada. — Mesmo com Simon projetando sua sombra, foi um bom dia, do tipo de dia que Meg imaginou passarem juntas. Ela melecou um segundo bolinho com geleia de morango e creme coalhado. Ela sentiria falta desse quitute quando voltasse para casa. Talvez achasse uma boa receita.

Becka colocou uma colher cheia de açúcar na xícara e mexeu.

— Mãe, eu queria te perguntar uma coisa.

— Claro.

— Não fique brava, tá?

Meg escutou o tilintar da colher contra a xícara.

— Tá bem.

Becka deu um golinho no chá e engoliu.

— Simon me convidou para ir a Paris com ele.

Meg se concentrou no seu bolinho.

— No meu aniversário.

Meg sentiu o olho começar a tremer.

— Você está brava. Dá para ver.

"Brava?" "Brava" nem dava para começar a descrever...

— É só que eu sempre sonhei em ir a Paris, e Simon sempre vai para lá no Natal, e estar lá no meu aniversário seria tão incrível! Mas sei que você estava esperando passarmos a véspera de Natal juntas e eu não quero te deixar aqui sozinha. Sei que não é justo.

"Não era justo?"

Como Simon tem a audácia de convidá-la durante a visita da mãe dela! Qual era o plano dele? Que tipo de homem faria...

Becka tirou o guardanapo do colo e o dobrou sobre a mesa.

— Deixa para lá. Eu disse para ele que você ficaria chateada.

Não.

Eles dois não podiam simplesmente planejar juntos e conversar sobre Meg sem que ela estivesse lá para se defender.

Não.

E Becka não podia simplesmente se levantar e sair sem terminar uma conversa.

Não.

Não!

Definitivamente não.

Isso não ia acontecer.

Isso não poderia acontecer.

Meg concentrou-se em descansar sua faca sobre o prato com uma mão estável.

— Por quanto tempo você ficaria fora? — perguntou a voz que saiu de sua boca.

Becka se endireitou com a esperança renovada.

— Alguns dias. Digo, Simon vai ficar lá até o Ano-Novo e me convidou para ficar esse tempo todo, mas eu poderia ir por alguns dias e aí voltar para cá pelo restante da sua visita, se você quiser.

"Se você quiser?"

Nada disso tinha nada a ver com o que Meg queria.

Nada disso.

Ela não queria nada disso.

Ela estudou o rosto sanguíneo de Becka, com os olhos brilhantes, o queixo levemente inclinado com expectativa.

Becka sabia o que queria. Nenhuma dúvida aí.

Como é que Meg poderia se opor a esses desejos sem que Becka ficasse ressentida com ela? Que tipo de comemoração de aniversário e de Natal elas poderiam ter se Becka estivesse pensando apenas naquilo de que tinha aberto mão com Simon para agradar a mãe?

Meg soltou o cajado, não com esperança e confiança, mas com resignação e derrota.

Simon já ganhara.

Ela viu o rosto dele, o rosto zombeteiro e convencido dele.

Ela o detestava.

— Acho que talvez... — Meg pausou para controlar a voz. — Acho que talvez seja melhor para mim se eu for para casa.

Os olhos de Becka se apertaram, e ela expirou irritada.

— Então agora você vai me fazer sentir culpada?

— Não — Meg respondeu. — Não, você é velha o bastante para tomar suas próprias decisões sobre sua vida. Você sabe como me sinto a respeito do seu relacionamento com Simon: eu não gosto do relacionamento e também não gosto dele. Eu não gosto da ideia de você ir para Paris com ele. Odeio essa ideia, na verdade. E me sinto triste. Muito triste. Mas não posso controlar o que você escolhe fazer.

Becka desviou o olhar dela com os braços cruzados. Pelo que Meg sabia, Becka foi quem sugeriu essa coisa toda para ele.

Emanuel.

Venha.

Por favor.

Socorro.

Tremendo por dentro, Meg estendeu a mão sobre a mesa e tocou no queixo de Becka. Becka virou o rosto para ela de novo, com a testa franzida.

— Eu não preciso aprovar suas escolhas para te amar, Becka. E eu te amo com todo o meu coração.

Com cada pedacinho do seu coração partido.

De: Katherine Rhodes
Para: Meg Crane
Data: quinta-feira, 18 de dezembro, 19h48
Assunto: Resposta: voltando para casa

Querida Meg,

Eu recebi o e-mail sobre sua mudança de planos e nossa conversa da semana que vem. Estou em oração com você agora, levando sua tristeza e decepção para Jesus. Também estou orando por sua volta na segunda-feira, para que você e Becka tenham momentos de ternura juntas. Você está ofertando ao Senhor um sacrifício custoso ao abrir mão dos seus próprios desejos e deixá-la fazer as próprias escolhas. Que o Senhor te encontre aqui.

Uma passagem me veio à mente enquanto orava por você. Lucas 2 começa com o imperador declarando que "o mundo inteiro fosse recenseado", então José e Maria vão para Belém para serem contados no censo. Sem dúvidas, Maria pensou se eles teriam ido parar no lugar errado, especialmente quando ela foi forçada a colocar o Rei dos reis em um cocho. Mas nosso Deus é tão grande, que usa até os decretos de governos pagãos para realizar seus propósitos, de forma que o nascimento do Salvador acontece no exato local profetizado séculos antes. Deus nunca foi pego de surpresa com as estalagens sem quartos vagos. Como deve ter sido reconfortante para

Maria quando os pastores os encontraram e testificaram que anjos lhes disseram exatamente aonde irem e quem encontrariam lá.

Você disse que pensa se sua viagem foi um erro, que talvez você tenha ido parar no lugar errado e que talvez tivesse sido melhor simplesmente ficar em Kingsbury e evitar a dor no coração que você enfrentou. Mas é impossível saber que obra o Senhor começou com você estar aí com Becka. No meio das decepções, é fácil pontuarmos nossa dor com exclamações. Deus, porém, gosta muito de vírgulas, e nossas vidas estão continuamente se desdobrando nele, com todas as curvas e viradas inesperadas. Tenha coragem, querida. O Senhor está com você. Que ele te fortaleça com esperança para a próxima parte da jornada.

Vamos planejar para nos encontrarmos na terça-feira, 23. Vou marcar para você o horário das 13h, e vamos vigiar juntas, esperando pela Luz que nunca será compreendida ou suprimida pelas trevas.

A paz do Senhor.

Katherine.

CHARISSA

Charissa bateu na testa com os dedos, frustrada.

— Não consigo fazer isso — ela disse para John, que estava mexendo uma panela de espaguete no fogão. — Eu acho que vou falar para o Dr. Allen me deixar com essa pendência e trabalhar nesse trabalho idiota durante o recesso de Natal.

— Não faz isso — John respondeu. — Pensa só! — Ele girou a colher no ar como uma varinha mágica. — Você pode ter uma folga sem nada para pensar, exceto achar uma casa maravilhosa com seu marido maravilhoso, onde poderemos morar com nosso bebê certamente maravilhoso. Isso não seria maravilhoso?

Seria maravilhoso se ela conseguisse pensar em como escrever essa droga de trabalho de integração para essa matéria. Passara os últimos dias revisando as anotações do semestre e especialmente do retiro da jornada sagrada. Mas isso só a desencorajou. Todos aqueles supostos momentos de descoberta, e aonde eles a tinham levado? Ela nem sequer abriu a Bíblia nas últimas semanas. Que tipo de cristã ela era, afinal? Sentia-se mais fiel quando estava apenas marcando as caixinhas de devocional corretas todos os dias com o tempo de quietude obrigatório e sem vida.

— Eu me sinto tão hipócrita — ela disse. — Sobre o que eu deveria escrever? Não é como se minha vida espiritual fosse algo para alguém imitar.

— Então, escreva isso. Não foi sobre isso que vocês conversaram antes? Que o Dr. Allen queria que você fosse honesta?

— Brutalmente.

— Ok, então finja que está escrevendo um diário ou algo assim. Apenas escreva sobre a jornada. Não precisa ser perfeita. Basta escrever sobre o que você viu. O que você aprendeu no caminho. Toda a coisa dos "dois passos para a frente" sobre a qual você tem falado. As dificuldades. Basta escrever tudo isso.

"Basta escrever sobre a jornada."

Subitamente, o caminho a seguir ficou claro.

Ela abriu o arquivo de novo e digitou as frases iniciais de *A Divina Comédia*, de Dante: "Da minha vida em meio do caminho,/ Tendo perdido o rumo verdadeiro,/ Em uma selva escura dei commigo. Ah! como é arduo descrever qual era/ Aspera, brava, espessa de tal modo,/ Que só a idéa me renova o susto!/ Foi tal, que é pouco mais pungente a morte;/ Mas por amor do bem ahi achado,/ Narrarei o que mais por mim foi visto".

Pelas próximas três horas e meia, Charissa escreveu sobre as coisas que ela havia visto, as formas como seus olhos se abriram, o movimento oscilante dos passos para a frente e para trás, o desejo

EM UM LUGAR ASSIM

e o medo, o resistir e o ceder, o pecado e a graça. Muitíssima graça. Ela digitou sem editar, comendo enquanto escrevia, e terminou o trabalho pouco depois das 21h.

— Pronto — declarou assim que apertou o botão de enviar.

John levantou os olhos do seu livro.

— Sério?

— Sério. — Ela fechou o computador, esticou os braços acima da cabeça e girou os ombros.

Obrigada, Deus.

Talvez o exercício de escrever sobre sua jornada tivesse sido benéfico, afinal; uma forma de perceber como algumas das peças se encaixam no quadro geral. Apesar das frustrações e falta de coragem ao longo do caminho, ela de fato progredira desde setembro. Foi mais profundamente no conhecimento de Deus. Foi mais profundamente no conhecimento de si mesma. Foi mais profundamente em uma selva escura, sim. Mas havia luz. O encorajamento da luz brilhando no meio da escuridão.

Ela se juntou a John no sofá.

— Quer assistir a um filminho ou algo assim? — ela perguntou.

— Eu vou querer o "algo assim" — ele respondeu.

Ela passou os dedos pelo cabelo dele e segurou-lhe a mão sobre o abdome dela, onde vida estava crescendo pela graça. Ele levantou a camiseta dela e lhe beijou a barriga.

— Vamos comemorar — ela sussurrou e o levou pela mão corredor adentro.

HANNA

— Você recebeu as fotos que eu mandei? — Mara perguntou para Hanna pelo telefone na sexta-feira de manhã. — Ela não é a bebê mais linda que você já viu?

Hanna passava o dedo pela terra cobrindo o bulbo de *amaryllis* no vaso, sobre o parapeito da janela. Ela nunca vira Mara tão animada. O nascimento de Madeleine veio no momento perfeito para trazer alegria e encorajamento em meio à escuridão.

— Ela é linda — Hanna respondeu. — Parabéns, Nana!

— Obrigada! Muito obrigada. Eu não consigo nem dizer como isso é incrível. Eu estive aqui perguntando a Deus o que poderia nascer em um lugar assim, e é como se ele tivesse respondido, sabe? Não que minha vida não esteja mais cheia de porcaria; ela está cheia. Mas existe esperança. Passei horas no hospital com eles ontem, mas, agora que estão em casa, não quero me intrometer. E a mãe de Abby chega hoje de manhã, acho, e eu não sei quanto tempo ela vai ficar por aqui. Eu não quis ser rude por perguntar. Mas realmente espero conseguir vê-los de novo no fim de semana.

— Estou tão feliz por você, Mara.

— Obrigada — Mara disse. — Mas chega de falar de mim. Você vai voltar logo?

— Hoje. — Hanna se afastou do parapeito da janela e foi para a área de serviço, onde roupas limpas esperavam para ser dobradas. — Eu tenho uma sessão de orientação espiritual com Katherine, e depois vou voltar para a casa de Meg. Acho que provavelmente vou ficar com ela no Natal. Ela perguntou se eu podia.

— Pobre Meg. Mal posso esperar para dar um abração nela. Eu vou com você para o aeroporto segunda-feira à noite.

— Legal.

— Charissa me ligou hoje de manhã — Mara prosseguiu. — Queria me convidar para um café alguma hora. E, quando contei para ela tudo o que aconteceu nas últimas semanas, ela se ofereceu para vir e orar por mim. Eu disse que tudo bem, que ela não precisava, mas fiquei tão tocada que ela tenha se oferecido, sabe? Ela está superestressada, mas realmente quer se reunir quando Meg chegar, então eu disse para ela que falaria com você e tentaria marcar uma hora. Acho que Meg não vai querer nada logo de cara, com a mudança de fuso horário e tudo mais, mas talvez possamos todas nos encontrar para um jantar na terça-feira à noite, ou um almoço na véspera de Natal, ou algo assim.

Hanna começou a tirar as roupas da máquina com uma mão.

— Sim, vamos falar com Meg, ver como ela se sente. Mas fico feliz que Charissa tenha ligado.

— Pois é. E, quando ela falou como sentia muito por tudo com Tom e como realmente queria me ajudar como pudesse... Bem, você sabe que, vindo dela, isso é uma grande coisa. Deus com certeza nos fez avançar bastante. Acho que parte de mim ainda estava com medo de ela me julgar e me condenar. Mas ela não fez isso. — Mara pausou. — É como se eu estivesse cercada por mensagens de que não estou sozinha agora. Você sabe como isso é importante para mim?

Mara estava certa. Isso era muito importante. Hanna parou de dobrar com uma mão só e foi para o sofá sentar-se.

— Posso orar por você agora? — ela perguntou.

— Pode apostar, amiga!

Sexta-feira, 19 de dezembro, 14h30

Estou na Capela Nova Esperança. Acabei de sair da orientação espiritual com Katherine e quero anotar um pouco do que conversamos para ter certeza de que vou lembrar.

Depois de falar sobre todos os nervos sendo apertados ultimamente pela coisa da gravidez e de como tenho orado e processado tudo isso, falei para ela sobre contemplar e *hineni* e sobre como estou lutando para ofertar essa oração de todo o coração. "O que você acha que Deus vai requerer se você disser 'Eis-me aqui'?", ela perguntou.

Essa pergunta abriu uma conversa inteira sobre minha vida com Deus até agora, que vivi por anos esperando que Deus sempre pedisse o que fosse mais difícil para eu entregar. Eu dizia "Eis-me aqui... Que minha vida ocorra de acordo com tua palavra", e aí me preparava para sofrimento e sacrifício. Eu não fazia essa oração com esperança ou confiança no amor de Deus.

Katherine imediatamente captou a resignação nessa oferta e minha predisposição profundamente enraizada para receber somente coisas difíceis das mãos do Senhor. Ela falou de como, às vezes, a espada vai atravessar nosso coração na nossa rendição, como foi com Maria. Mas, se só esperamos dores, nossa habilidade de discernir a vontade de Deus fica severamente deficiente. Ela disse que escutar fielmente é escutar o amor de Deus sem medo. Quando nos entregamos esperando apenas sofrer tanto quanto possível, não estamos livres para escutar em amor. Eu não estive livre para escutar em amor. E não posso esperar ser mudada da noite para o dia. Estar totalmente transformada para o amor extravagante de Deus, para a abundância de Deus, para a confiança de todo o coração em Deus é um processo lento. Mas estou comprometida com a jornada. E isso é um progresso adiante.

Acho que posso ser grata pelos nervos que são apertados. Eles me ajudam a ver áreas em que Deus pretende me libertar e me fazer mais como Jesus.

Katherine sugeriu que eu não me concentrasse em "Eis-me aqui" como uma oração agora, mas em contemplar Jesus em vez disso. Ela disse que, quando nos concentramos em contemplar o amor de Deus em Cristo, o caráter de Deus, a confiabilidade de Deus, aí sim o "Eis-me aqui" se torna uma resposta alegre e confiante nesse amor. Ela disse: "Não comece com o seu 'Eis-me aqui' para Deus. Comece com o 'Eis-me aqui' de Deus para você."

São palavras para ponderar, Senhor, e esta é a época perfeita para ponderar e guardar como um tesouro no meu coração, como Maria fez. A tua encarnação e teu "Eis-me aqui" supremo. Me ajuda a te contemplar. Me ajuda a lembrar que tu és o Noivo e que eu sou amada antes de eu ser a amante e tu seres o Amado. Tudo volta à imagem das flores. Passei anos tentando te dar flores, te agradar com minha oferta. Ainda preciso praticar o hábito de receber as flores de ti, para que qualquer flor que eu te ofertar de volta venha de um lugar de descanso, alegria e gratidão, em vez de ansiedade por eu não ter feito o bastante para ti. Eu não quero mais ser a garota de entregas exausta. Só quero andar contigo enquanto entregas flores para outros. Uma enorme mudança de paradigma.

Também conversamos sobre marcadores físicos. Ela riu quando eu disse que não estava interessada em uma tatuagem, mas que eu estava feliz de ir com Nate quando ele fosse fazer a dele. O que veio à minha mente enquanto conversávamos foi um verso do Salmo 40: "Tu não quiseste sacrifício nem oferta; abriste-me os ouvidos." Mesmo que Davi estivesse falando sobre abrir os ouvidos para escutar, há aqui aquela referência ao costume de furar a orelha do servo, o que me chamou a atenção. Nunca tive vontade de furar minhas orelhas. Mas, se furá-las for um marcador espiritual em vez de uma escolha estética, eu acho que isso poderia ser muito significativo para mim. Acabei de olhar o texto e percebi que Davi continua e escreve: "Então eu disse: Aqui estou."

Tudo se encaixa. Passei anos tentando trazer sacrifícios e ofertas que o Senhor não estava pedindo de mim. Agora que ele está abrindo meus ouvidos, serei capaz de dizer "Eis-me aqui" de uma forma diferente. Com esperança. Com confiança. Talvez eu fure minhas orelhas como presente de Natal.

Tu me levaste bem longe, Senhor. E ainda tenho muito para progredir. Mas tu estás comigo. Obrigada por estares comigo. Me ajuda a confiar no teu "Eis-me aqui".

MEG

— Não precisa ir ao aeroporto comigo — Meg disse ao celular com Becka no sábado à noite. — Eu consigo me virar.

— Você não quer que eu vá? — A voz de Becka parecia estar testando. Não havia como vencê-la.

— Não... Eu não disse isso. Eu só disse que você não precisa.

— Bem, estou livre para escolher, então vou com você ao aeroporto.

— Tá bem. Obrigada. — Meg olhou pela janela para algumas luzes brilhantes no parque. Ainda não conseguia acreditar que não estaria em Londres no Natal, que ela e Becka não estariam juntas na véspera. No aniversário de 21 anos dela.

Ela odiava Simon.

— E amanhã? — Becka perguntou. — Tem mais alguma coisa que você queira ver no seu último dia? Você ainda não foi ao Trafalgar Square ver a árvore de Natal. Podemos ir lá. Ou ao Coventry Garden, que é bem legal. Um ótimo mercado, todo decorado.

Meg conseguia perceber que Becka estava tentando apaziguá--la, assim como ela a apaziguara ao ir escutar *Messias*, de Handel, na noite anterior. Ela ficou sentada com uma expressão entediada no rosto, mandando mensagens o tempo todo. Mas, já que estava no modo de reconciliação...

— Eu vou ao culto de manhã — Meg disse. — Que tal ir comigo?

Silêncio.

— Você pode escolher onde. St. Paul, Westminster...

Mais silêncio. Seguido por uma expiração audível.

— Isso não é para mim, mãe.

Meg resolveu ser ousada.

— O que não é para você? Igreja? Deus? O quê?

— Tudo isso — Becka respondeu. — Tudo bem que sua fé seja importante para você. Mas parece que você está tentando impor isso em mim. Ou usar Deus para me fazer sentir culpada ou algo assim. Só não estou interessada.

Deus, me ajuda.

— Não estou tentando te impor nada. Eu só quero muito que você sinta um pouco da experiência que tenho tido pelos últimos meses. Descobrir como Deus está perto, como Deus é bom.

O quanto ele te ama. Eu não consigo nem explicar. Eu queria conseguir. Não sou boa com palavras.

Inspira. *Emanuel*.

Expira. *Vem*.

Becka estava calada, então ela continuou:

— Eu tive essa revelação alguns meses atrás, quando voltei a pensar no seu pai. Foi como se eu visse que, por mais que seu pai me amasse, e eu sempre soube como ele me amava profundamente e me estimava, por mais que aquele amor fosse completo, subitamente vi que era apenas uma sombra de como Jesus me ama e eu...

— Mãe.

— Eu só quero que você saiba como Jesus...

— Mãe. Para. Por favor.

Breve arfada.

"Oh."

Respiração irregular.

Vem.

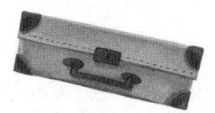

PARTE QUATRO

O AMOR DESCE DO CÉU

Portanto, se há em Cristo alguma exortação, alguma consolação de amor, alguma comunhão do Espírito, se há qualquer sentimento profundo ou compaixão, completai a minha alegria, para que tenhais o mesmo modo de pensar, o mesmo amor, o mesmo ânimo, pensando a mesma coisa. Não façais nada por rivalidade nem por orgulho, mas com humildade, e assim cada um considere os outros superiores a si mesmo. Cada um não se preocupe somente com o que é seu, mas também com o que é dos outros. Tende em vós o mesmo sentimento que houve em Cristo Jesus, que, existindo em forma de Deus, não considerou o fato de ser igual a Deus algo a que devesse se apegar, mas, pelo contrário, esvaziou a si mesmo, assumindo a forma de servo e fazendo-se semelhante aos homens. Assim, na forma de homem, humilhou a si mesmo, sendo obediente até a morte, e morte de cruz. "Por isso, Deus também o exaltou com soberania e lhe deu o nome que está acima de qualquer outro nome"; para que ao nome de Jesus se dobre todo joelho dos que estão nos céus, na terra e debaixo da terra, e toda língua confesse que Jesus Cristo é o Senhor, para glória de Deus Pai.

Filipenses 2:1–11

11.

CHARISSA

Charissa e John andavam de mãos dadas pelo estacionamento da igreja com o barulho de neve fresca sob seus pés.

— Quero fazer algo legal para Mara — Charissa falou. — Fiquei o sermão inteiro escutando como Deus é extravagante e pensando como sou avarenta. Não quero ser assim. Talvez eu precise começar a praticar a disciplina espiritual da generosidade.

— Maneiro! Posso comprar um videogame, então?

Ela deu-lhe um cutucão.

— E que tal um celular novo?

— Tô falando sério!

— Uma TV nova?

— John!

Ele curvou os ombros para a frente em uma exibição exagerada de uma decepção fingida.

— O que você quer comprar para ela?

— Não sei. Quero fazer uma doação em honra a ela para o Nova Estrada, porque aquele lugar significa muito para ela. E talvez depois dar-lhe algo sobre ela ser avó.

— Tipo uma caneca de "melhor avó do mundo" ou algo assim?

— Talvez. — Ela provavelmente beberia da caneca com orgulho. — Podemos ir às compras?

Ele destrancou o carro e tirou o limpador de neve debaixo do banco.

— Comprar os presentes de Mara e umas engenhocas? — ele perguntou.

— Não, nada de engenhocas. Tem outra coisa que eu quero te mostrar.

Placas de visitas à casa 1020 da rua Evergreen salpicavam a vizinhança repleta de antigos chalés, muitos dos quais foram renovados. Quando chegaram ao endereço, um único carro estava estacionado na entrada. O carro deles era o único estacionado na rua.

— Por que você não me contou sobre isso? — John perguntou.

— Honestamente, eu estava tão preocupada com tudo ultimamente, que me esqueci completamente do e-mail de Meg, até ontem. E aí, quando olhei a descrição e as fotos online, não tinha certeza se você estaria interessado. Eu não tinha certeza se eu estaria interessada. — Ela olhou pelo para-brisa para a casinha amarela pálida com cerquinha branca, canteirinhos nas janelas e um alpendre coberto na frente. "Charmosa, com personalidade", dizia o anúncio. O corretor não havia mentido. Embora estivesse visivelmente desgastado, o chalé possuía certo atrativo aconchegante, mesmo da rua. Parecia o tipo de lugar onde um jovem casal como Meg e o marido se sentiria muito em casa. Onde um casal jovem esperando o primeiro filho poderia se sentir muito em casa.

— É pequeno — Charissa continuou. — Só dois quartos, um banheiro. E o anúncio dizia que precisava de uns ajustes. Mas, quando vi que estava aberta para visitas hoje, pensei: "Por que não?"

— É, por que não? — John repetiu. Ele se inclinou e a beijou. — Obrigado. Significa muito para mim você ter feito isso.

Enquanto andavam juntos para a porta da frente, Charissa discretamente abriu uma das mãos e orou baixinho.

O corretor deu-lhes espaço para perambularem sem interrupções pela casa vazia. Eles não comentaram um com o outro enquanto abriam as portas de closets minúsculos; não disseram nada sobre os armários escuros, o papel de parede floral ultrapassado, o linóleo manchado e o carpete encardido, que estava se soltando em um canto da sala de estar. John se ajoelhou.

— O piso é de madeira de verdade — ele disse, levantando o canto com cuidado. — É tudo madeira aqui embaixo. Original, eu aposto.

Charissa se inclinou para olhar, perguntando-se qual morador dali resolveu cobrir um piso de madeira com carpete felpudo barato. Ela apostou que não havia sido Meg.

— Bem, — Charissa disse — o anúncio foi honesto. Muito trabalho.

— Muito potencial — John acrescentou, ainda ajoelhado.

— Você gostou? — ela perguntou baixinho.

— Você gostou? — ele respondeu.

Ela gostou, mas não queria influenciá-lo quando ela sabia que o grosso do trabalho de renovação cairia diretamente sobre os ombros dele. Dizer sim para aquela casa seria um comprometimento com um custo.

— Eu gostei — ela disse. — Mas sei que vai dar muito trabalho. Muito trabalho mesmo. E boa parte dele vai recair sobre você.

John olhou para o nada. Ela sabia que aquela não era o tipo de propriedade que ele estava procurando. Ele esperava encontrar uma casa brilhante e pronta para entrar com três quartos e bastante espaço. Ela também. Mas algo naquela casa singela e imperfeita a atraía como um lar.

— Me diz o que você tá pensando — ela pediu.

Ele sorriu e pegou sua mão.

— Estou pensando que o quarto da frente pode ser o quarto do nosso bebê.

MARA

Quando a campainha tocou às 15h no domingo, Mara pensou que Tom tivesse decidido fazer alguma palhaçada que ela não previa. Olhando pela janela da cozinha, viu um sedan branco que não conhecia na entrada da garagem. Ótimo. O que ele tinha em mente? Ela abriu a porta preparada para um confronto, mas em vez disso viu três pessoas sorridentes, e uma delas estava carregando uma cadeirinha de bebê coberta por uma mantinha rosa.

— Madeleine queria vir dizer oi para a Nana! — Jeremy disse, tirando a neve do cabelo.

— Ai, minha nossa! Entrem! — Mara segurou a porta para Jeremy, Abby e a mãe dela, Ellen. — Que surpresa maravilhosa! — Ela não via Ellen desde o casamento. Não era surpresa ela não reconhecer o carro: devia ser o veículo alugado por Ellen.

Ela pegou a cadeirinha enquanto Jeremy e os outros tiravam seus casacos e botas. Evidentemente, Ellen já conseguira costurar "Madeleine Lee" e um buquê de flores na manta. Era de esperar.

— Minha mãe queria vir e dizer oi — Abby disse. — Espero que tudo bem.

— Claro! Claro. — Mara não tinha certeza se deveria abraçar Ellen ou apertar-lhe mão. Abby sussurrou algo em chinês para a mãe, que sorriu para Mara. Jeremy pegou a cadeirinha e tirou a manta. Madeleine estava dormindo profundamente em sua roupinha de rena. Estava adorável nela. Absolutamente adorável. Mara se perguntou se Ellen também achava. — Por favor — ela disse, gesticulando para a cozinha. — Venham e sentem-se. Vou passar um café.

— Não podemos ficar muito tempo — Jeremy respondeu. — O voo de Ellen sai em algumas horas. Só fizemos uma visita rápida.

Então, ela não ficaria no Natal. Que bom. Já fora difícil o bastante para Mara dar espaço para a outra avó criar laços com Madeleine nos últimos dois dias e meio.

Enquanto os outros se sentavam ao redor da mesa, Mara colocou alguns biscoitos num prato e ligou a cafeteria. Ou talvez eles preferissem chá. Ela perguntou; ninguém quis.

— Então, como está nosso anjinho? — Gesticulou para a cadeirinha, esperando que pudesse pegá-la no colo. O rostinho dela tinha umas bochechinhas fofíssimas, e babinha de bebê pingava pelo queixo.

— Está tudo ótimo. Ela é perfeita — Jeremy disse.

— Claro que é! — Mara respondeu.

Ellen sorriu e falou em inglês hesitante:

— Lindo bebê. Muito feliz. Muito orgulhosa.

Abby pegou um pacote e um envelope da bolsa de fraldas cheia de bolsos.

— Um presente da minha mãe — ela disse. — E um cartão meu.

— Ah, não precisava! — Nunca passou pela cabeça de Mara comprar algo para a outra avó. Excelente. Ela curvou os lábios no que esperava ser um sorriso grato, pegou o presente e o abriu. Emoldurado em vidro estava um pergaminho com caracteres chineses desenhados com lindas pinceladas de tinta preta e palavras em inglês escritas em caligrafia rebuscada: "Madeleine Lee Payne: por esta criança eu orei e o Senhor concedeu o pedido que fiz a ele. (1Samuel 1:27)"

Oh.

Oh, Senhor.

Os olhos de Mara brilharam com emoção.

— Para mim? — Ela colocou a mão sobre o peito.

Ellen estava radiante.

— Avós — respondeu — e irmãs.

"Irmãs."

Ellen começou a falar em sílabas rápidas e animadas. Mara esperou Abby traduzir:

— Minha mãe pediu para te falar que ficou muito animada quando soube que você é cristã, e está muito feliz que as duas avós de Madeleine estejam orando por ela. — Abby pausou, olhando para sua mãe, e depois virou-se para Mara de novo. — E ela quer que você saiba que está orando para eu voltar à igreja.

Com a palavra "igreja", Ellen sorriu, confirmou com a cabeça e apontou para Abby.

Não precisava traduzir. Mara entendia perfeitamente o desejo do coração de uma mãe.

— Jeremy e eu conversamos sobre isso — Abby continuou. — E eu disse para ela que nós iríamos com você à igreja na véspera de Natal. Não vou há muito tempo.

Oh, Senhor. Que tipo de presente inesperado e escandalosamente grande era aquele?

Sem conseguir falar, Mara juntou as mãos em um gesto de oração e confirmou com a cabeça para Ellen.

Ellen apontou para a moldura, depois para Abby, Jeremy e Madeleine, um de cada vez, dizendo:

— Por essa criança, oramos.

Mara engoliu as lágrimas.

— Amém.

Ela pegou e apertou a mão de Ellen, depois abriu o envelope dourado sobre o colo. Nele havia um cartão de Natal com um recado escrito à mão por Abby.

"Querida mãe..."

Se ela já sentiu um nó na garganta na primeira linha, não tinha muita esperança para o restante do cartão, tinha? Limpou a garganta antes de começar a ler em silêncio de novo.

> *"Querida mãe,*
> *Muito obrigada por seus presentes especiais para Madeleine. Ficamos muito felizes por você poder participar da nossa vida juntos! Obrigada também por todos os sacrifícios que você fez por Jeremy. Ele sempre me conta sobre como ele sabia, não importava o que acontecesse, que você o amava mais do que amava a si mesma. Você tornou uma vida boa possível para ele, e eu sou muito grata. Sei que ele vai ser um pai maravilhoso*

DOIS PASSOS PARA A FRENTE

para nossa filha. Ele já é um marido maravilhoso e amoroso para mim.

Por favor, saiba que te amamos e que estamos com você, não importa o que aconteça.

Feliz Natal.

Com amor, Abby."

Quando Mara se levantou para abraçar a nora, viu de relance o reflexo dela no armário de louças do canto. *Jesus me ama*, declarou para si mesma. *Ele me escolheu e nunca vai me rejeitar.*

E nada nem ninguém poderia tirar isso dela.

HANNA

— Não acredito que fui tão mesquinha! — Mara disse para Hanna. Ela segurava um escovão de banheiro em uma mão e um frasco de spray na outra. — Aqui estava eu, doida de inveja, só pensando nela como um tipo de avó rival ou uma ameaça, e aí ela é uma crente também, que estava orando por sua família. Pela *nossa* família. É ou não é o máximo?

Hanna limpou o espelho do banheiro de Meg com uma toalha de papel.

— É o máximo — ela disse. Sobre o ombro direito, viu o reflexo brilhante de Mara no espelho e sabia que ela estava orando em silêncio. Na verdade, Hanna poderia se juntar a ela. Olhou para a própria imagem enquanto limpava em círculos anti-horários. *Obrigada, Senhor, por eu ser tua amada, infinitamente amada. Obrigada por Nate e pelas formas como ele reflete tua benignidade para comigo. Obrigada por revelares o teu amor para Mara. Obrigada por amares Meg e Becka. Ajuda-as a conhecer teu amor. Obrigada por abençoares Charissa e John. Por favor, guia-os para um bom lar. Obrigada por abençoares Heather e o ministério dela em Westminster. Obrigada por nós duas sermos quem tu amas. Laura também veio à* mente, mas Hanna ainda não conseguia juntar forças para agradecer a Deus por abençoá-la. *Perdão, Senhor. Não dá.*

— Mais notícias de Meg? — Mara perguntou.

— Nada desde o e-mail que ela mandou avisando que estava voltando para casa.

Mara colocou o frasco de spray de volta sob a pia.

— Eu estou planejando fazer algumas comidas amanhã de manhã para ela ter algo na geladeira quando chegar em casa. Ou vocês podem congelá-las se ela não estiver com fome. O voo dela chega às sete, né?

— Isso. — Hanna terminou com o espelho e borrifou spray sobre a pia.

— Bom, vou estar no Nova Estrada ajudando com Kevin ao meio-dia por algumas horas. Ore por nós. E, depois que eu terminar o jantar com os meninos, venho para cá para te encontrar. Nathan vem com a gente?

— Não. Ele não queria sobrecarregá-la. Ele imaginou que ela já estaria exausta o bastante. — Pobre Meg. Que jeito de voltar para casa.

— Eu disse para Charissa que aviso quando pudermos nos juntar todas. Ela disse que terça-feira à noite ou um almoço na véspera de Natal dá para ela. E eu disse que estaríamos orando por eles enquanto esperam a resposta à oferta. Acho tão legal eles talvez se mudarem para a antiga casa de Meg.

Hanna concordou:

— Eu nem estava pensando na casa dela estar à venda quando escrevi para ela sobre Charissa e John estarem procurando uma. Não sei por que esqueci, mas estou feliz que Meg tenha falado para eles. — E que baita passo adiante, Hanna pensou. Mais um passo significativo no processo de luto e de abrir mão.

Mara sentou-se sobre a tampa fechada do sanitário.

— Espero que Meg goste dos enfeites que colocamos.

— Com certeza vai.

A casa, que estava tão desolada quando Hanna entrou, agora parecia festiva e aconchegante. Hanna até comprou um pouco de lenha, só para o caso de Meg confirmar que a chaminé estava funcionando. Poucas coisas davam mais alegria a Hanna do que uma fogueira crepitante, uma xícara de chá e um bom livro. Ela já queimara bastante lenha — e consumira vários saquinhos de chá e livros — no chalé.

— Você deveria ter visto nossa igreja hoje de manhã — Mara continuou. — Eu te contei sobre nosso pastor ter pregado aquela mensagem, algumas semanas atrás, de Jesus nascendo no meio da bagunça, não contei?

— Sim, parece que foi poderosa.

— Foi mesmo. Mas, quando cheguei lá hoje de manhã, pensei que algo tivesse acontecido. Tipo vandalismo ou algo assim. O palco todo estava uma bagunça. Uma absoluta bagunça. Latas de tinta, lixo, portas de carro e para-choques detonados, carrinhos de compras virados, pedaços de papel e de madeira. Todas as plantas e árvores de Natal que estavam lá semana passada tinham sumido. Mas havia uma manjedoura ao lado de uma lata de lixo e uma luz subindo da manjedoura e iluminando uma grande cruz de madeira. E ela projetava essa sombra de cruz enorme na parede. Foi poderoso, Hanna. Feio, péssimo e poderoso. Pastor Jeff disse que queria ter certeza de que estivéssemos entendendo a mensagem sobre Jesus entrar na bagunça, no caos e no pecado do mundo e o que isso significava para nós hoje. Então, ele nos mostrou isso visualmente. Uma imagem realmente inesquecível. Só consigo imaginar o que algumas pessoas estavam pensando. Provavelmente, algumas pessoas lá ficaram ofendidas. Realmente ofendidas.

Hanna sorriu de soslaio.

— Eu imagino. Nada daquela versão do Natal bonitinha, digna de um cartão, né?

— Nada. Não me entenda mal. Eu amo as coisas bonitinhas. Amo as luzes, as árvores, as guirlandas... Como toda a decoração que fizemos aqui. Mas não consigo te dizer como ver aquela bagunça foi encorajador. Só fiquei sentada lá, encarando a cruz. Tão grata, sabe? Por tudo de que Jesus abriu mão por nós. Jamais vou esquecer a imagem. Pelo menos, espero não esquecer. Ele está conosco. Em toda a porcaria.

O telefone de Mara vibrou com uma mensagem, e ela o pegou do bolso.

— É Kevin — ela disse, lendo a tela. — Tom vai deixá-los em casa em uma hora.

Hanna abriu a torneira e enxaguou a pia.

— Você vai ficar bem?

— Duvido que ele vá sequer entrar.

— Você quer que eu vá lá?

Mara balançou a cabeça.

— Não, obrigada. Vou ficar bem. — Ela pausou e suas sobrancelhas se franziram. — Aposto que Tom passou o fim de semana todo comprando presentes caros para eles.

Hanna notou que havia apenas uma ponta ligeiramente amarga e ressentida na voz dela. Definitivamente não tão hostil quanto já fora.

— Eu estive pensando um bocado sobre o que Dawn disse. "Pobre Tom" e a vida vazia dele — Mara continuou. — Eu com certeza não vou dizer que sinto pena dele, e ainda quero que ele sofra o máximo possível. Essa é a verdade honesta. Mas estou começando a ver como minha vida é rica. Doideira, né?

Hanna concordou com a cabeça e disse:

— Me parece que é uma obra do Espírito.

Domingo, 21 de dezembro, 18h30

Tudo bem, Senhor. Estou escutando. Tu tens minha atenção.

Tenho orado diligentemente por Tom na última semana, mesmo que ele tenha pecado contra alguém que amo profundamente. Tenho orado para que Mara não seja consumida pela amargura, pela raiva e pelo ressentimento, e já vejo como tu estás trabalhando com ela, fazendo-a progredir passo a passo e lhe dando o presente de uma distração alegre.

Mas, sempre que Laura me vem à mente — e ela tem vindo bastante nos últimos dias —, eu me recuso a orar por ela. Não porque ela machucou Nate, mas porque não quero que ela prospere. Me perdoa. A descrição de Mara do santuário deles me pegou de verdade e me convenceu. Tu não poupaste nada para nós. Absolutamente nada. E aquele palco não foi uma imagem somente do mundo onde tu entraste, mas dos corações onde entras. Tu entraste na bagunça do meu. E estás determinado a me fazer como tu. Então, por favor, me dá o desejo e o poder para fazer o que eu resisto tão profundamente. Me ajuda a orar por tuas bênçãos sobre Laura. Vou escrever as palavras aqui por fé e confiar que, de alguma forma, tu estarás trabalhando nos recônditos do meu espírito, me libertando enquanto eu oferto as palavras que ainda não falo de coração.

Senhor, abençoa Laura ainda mais do que já a abençoaste. Inunda-a com teu amor e leva-a a aprofundar a vida em ti.

Amém.

Eu acho.

Liguei para minha mãe e meu pai e disse para eles que iria visitá-los em algum momento entre janeiro e fevereiro. Eles ficaram muito animados. Também aproveitei e contei sobre Nate. Minha mãe chorou de alegria. Ela disse que se lembra de eu falar sobre ele no seminário e que ela achava, na época, que ficaríamos juntos. Eu não fazia ideia de que ela pensava isso. Disse para ela não se apressar a nenhuma conclusão — ainda é cedo demais para isso. "Mas você está feliz?", ela perguntou. "Eu quero muito que você seja feliz." Eu disse para ela que estava.

Aí, ela confessou que ela e meu pai estavam preocupados comigo. Achavam que o motivo de eu não me juntar a eles no Natal era porque eu estava sofrendo de depressão durante o sabático e estava me isolando. Ela disse que eles sabiam o quanto a igreja era importante para mim, que eu construíra minha vida inteira sobre tentar ser fiel no ministério, e ficaram preocupados quando isso foi tirado de mim. Com todo o período de depressão debilitante que ela teve anos atrás, só consigo imaginar como estava preocupada. Fico feliz de podermos esclarecer essa parte. E estou esperançosa de que possamos ter conversas sobre o passado significativas e de cura quando eu estiver com eles.

Eu falei para o meu pai sobre o cata-vento, e ele se lembrou de tê-lo dado para mim. Ficou com a voz embargada quando lhe contei que Nate comprou um para mim. Ele disse que já aprovava qualquer homem que cuidasse da garotinha favorita dele. E isso me fez ficar com a voz embargada.

Acabei de olhar de novo o cartão de Nate com as estrofes de "Lo, How a Rose E'er Blooming", e dois versos me chamam a atenção:

"Isaías profetizou e a Rosa à mente me vem;/ Com Maria contemplamos, a gentil mãe virgem./ Para demonstrar o amor de Deus, no ventre ela carregou o Salvador dos homens,/ Quando a noite já estava acabando."

E:

"Tal Flor, cuja fragrância suave o ar preenche com doçura,/ Desfaz com grande esplendor toda treva escura;/ Homem real e Deus integral, do pecado e da morte nos salva,/ E alivia toda carga."

Não tenho certeza de por que não fiz essa conexão antes. Tu és a Flor, Senhor! Jesus, tu és a nobre e linda Flor do coração do Pai para mim. Para nós. A declaração, evidência e revelação do Amor. E tu me convidas a te contemplar assim como Maria. E inalar a doçura da tua fragrância. E assistir à tua luz desfazendo a escuridão. E confiar na tua obra de salvação. E dizer sim para tu aliviares toda carga.

Sim, Senhor.

Eu digo sim.

De novo.

CHARISSA

John desligou a ligação e olhou para Charissa, que, afastada alguns centímetros no sofá, estava tentando escutar a conversa dele com o corretor.

— É nossa? — ela perguntou.

— É nossa — ele respondeu. — Se der tudo certo com as inspeções, podemos fechar no comecinho de fevereiro.

Charissa o abraçou.

— Eu tenho um bom pressentimento com isso — ela disse. — A casa pode parecer desgastada, mas aposto que a estrutura está boa.

— Espero que você esteja certa. A primeira coisa que vou fazer amanhã será ligar para o inspetor e ver se há chance de fazermos isso antes do Natal.

Ela se levantou do sofá e pegou o casaco de botões azul real do armário.

— Aonde você vai? — John perguntou.

Ela colocou os braços nas mangas e depois pegou o casaco dele do cabide.

— Nós vamos ver a casa — ela respondeu. — Vamos nos sentar na entrada da garagem, você vai comer aquela pizza fedorenta e enjoativamente gordurosa e nós vamos sonhar como será vivermos lá juntos. — Ela segurou o casaco para ele. — A menos que você não queira.

Ele riu.

— Que tal um meio-termo? Vamos jantar, você escolhe, e aí vamos ver a casa.

Ela abotoou o casaco e enrolou um cachecol no pescoço.

— Fechado.

MEG

De: Meg Crane
Para: Charissa Sinclair
Data: segunda-feira, 22 de dezembro, 1h40
Assunto: Resposta: uma casa

Querida Charissa,
 Acabei de receber seu e-mail com as boas notícias da sua oferta ter sido aceita. Não consigo dizer o quanto estou animada por vocês amarem a casa. Como eu disse quando mandei o link, é um lugar pequeno mas aconchegante, e Jim e eu fomos muito felizes lá. Fiquei surpresa ao saber do carpete felpudo cobrindo a madeira. O assoalho estava em condições excelentes quando moramos lá. Espero que possam ser restaurados. Não sei se as maçanetas vintage de vidro ainda estão nas portas, mas Jim sempre as amou. E passamos muitas noites juntos diante da lareira. Estou ansiosa para saber como foram as inspeções. Nunca tivemos nenhum problema com nenhuma das coisas que você disse sobre a outra casa que vocês olharam. Espero que todo o trabalho a ser feito sejam atualizações cosméticas, em vez de problemas estruturais. Estarei orando por vocês.
 Obrigada pelas suas orações por mim. Te vejo logo.
 Com amor,
 Meg.

De: Meg Crane
Para: Hanna Shepley
Data: segunda-feira, 22 de dezembro, 2h10
Assunto: Resposta: Orando por você

Querida Hanna,
 Muitíssimo obrigada por seu e-mail e por suas orações. Estou com as malas arrumadas e pronta para voltar para

casa. Becka insistiu em ir de metrô comigo para o aeroporto de manhã. Acho que deveria estar grata por ela querer vir.

Tivemos alguns momentos muito dolorosos nos últimos dias. Creio que parte dela ainda quer que eu aprove seu relacionamento e as decisões que está tomando. Ela continua tentando me convencer de que tudo isso é a melhor coisa que já lhe aconteceu. Ela não quer meus conselhos, então tento não dá-los. Ela está tão animada sobre Paris que não quer falar muito sobre outra coisa. E eu simplesmente não sei o que fazer com essa versão da minha filha. Eu quis atribuir tudo à influência de Simon. É mais fácil do que nomear o egoísmo e o pecado de Becka.

Estive lendo a história do filho pródigo nos últimos dias e pensando sobre o pai deixar o filho ir e depois esperar, vigiando com esperança pelo retorno dele. É muito difícil abrir mão e deixá-la escolher seu caminho. O que significa abrir mão sem desistir? Abrir mão com esperança? Eu não sei.

Tentei encontrar uma forma de falar com Becka sobre a fé, mas até isso saiu pela culatra. Eu me sinto um fracasso.

Por favor, ore pela minha volta.

Com amor,

Meg.

— Certeza que pegou tudo? — Becka perguntou.

Meg abriu a bolsa pela enésima vez para ter certeza de que guardara o passaporte no lugar correto.

— Acho que sim. — Ela olhou para a tabela de embarque. A tempo.

— Você quer tentar encontrar algum lugar para comprar um café ou um salgado, ou quer ir logo para o portão?

No momento, Meg tinha controle sobre as emoções. Prolongar o adeus com um café provavelmente não era uma ideia sábia.

— Ah, você me conhece. Vou ficar nervosa até passar pela segurança. Acho que eu deveria ir logo para lá. — Ela olhou para baixo, viu seus calçados confortáveis e mordeu o lábio. Todas as esperanças que tinha para essa viagem, e lá estava ela.

Lá estavam elas.

— Acho que te vejo em maio, quando você vier para casa — Meg disse.

— É.

Meg sabia que esse era o ponto na conversa em que a coisa educada a se dizer seria "Espero que você tenha um ótimo aniversário", ou "Espero que se divirta em Paris", ou "Foi fantástico estar aqui com você, e estou muito feliz de ter vindo". Como Meg não conseguia dizer nenhuma dessas coisas honestamente — e como Becka não estava dizendo coisas como "Que bom que você veio", ou "Queria que você ficasse mais tempo" — elas duas suportaram a pausa constrangedora.

— Eu queria que você ficasse feliz por mim, mãe. — Sem amargura, sem nenhuma ponta de repreensão na voz. Apenas desejo.

Meg entendia o desejo.

Ela colocou a bagagem de mão no chão, abraçou a filha com os dois braços e acariciou-lhe o cabelo atrás.

Tanto desejo.

— Eu te amo, Becka — ela disse baixinho. — E eu quero coisas maravilhosas para você. Sempre quis. Mas discordamos no que essas coisas são.

Becka continuou nos braços de Meg por mais tempo do que esta esperava. Pode ter sido a imaginação dela, mas ela pensou ter escutado Becka fungando levemente.

— Tá bem — Becka respondeu quando saiu do abraço. — Concordamos em discordar. — Ela pegou a bagagem de Meg e a colocou sobre o ombro. — Vamos — disse, colocando o braço livre pelo braço de Meg. — Eu te levo até lá.

MARA

Kevin estava em silêncio no trajeto todo até o Nova Estrada e Mara não conseguia dizer se ele estava ressentido ou nervoso. Talvez os dois.

— Quando entrarmos, vou te apresentar para a Srta. Jada. Ela vai te falar com que precisam de ajuda. Não sei se ela vai pedir para você ajudar a servir o almoço, ou trabalhar na cozinha, ou varrer o chão, ou tirar o lixo, mas, seja o que for, você faz sem discutir, tá bom?

— Você já disse isso.

— Bem, essas pessoas são muito importantes para mim. — Se ele agisse com o mau humor usual, ela morreria de vergonha. — Trate-os com respeito. Eles merecem.

Sem resposta.

— Kevin?

— Tá bom.

Ela achou uma vaga e desligou a ignição. Como ela poderia comunicar para ele o quanto esse lugar significava para ela? Kevin não conhecia a história dela, não sabia que ela havia morado no Nova Estrada com Jeremy, que ela conhecera a fé aqui, que eles a encorajaram, oraram por ela e a ajudaram a encontrar um trabalho que pagasse o bastante para ela pagar um aluguel. Ela nunca falou sobre como as pessoas no Nova Estrada cuidaram deles dois como se fossem da família. Kevin não entenderia. Até onde ele sabia, Mara só gostava de ser voluntária lá.

— Esse deve ser seu filho — Srta. Jada falou quando Mara e Kevin entraram no grande refeitório. As mesas já estavam postas e Mara conseguia sentir o cheiro de pão fresco assando nos fornos.

— Este é Kevin.

Graças a Deus, Kevin educadamente estendeu a mão e retribuiu ao "Prazer em te conhecer" dela.

— Você sabe usar uma faca? — Srta. Jada perguntou. — Precisamos de ajuda cortando os vegetais.

Embora Kevin nunca tivesse cortado uma cenoura na vida, Mara não disse nada.

Srta. Jada não o esperou responder.

— Pendure seu casaco ali, lave as mãos e me encontre na cozinha. Há muito trabalho para fazer.

Kevin obedeceu. Ele provavelmente já percebera que essa não era uma mulher para contrariar.

Pelas duas horas seguintes, Mara o observou de canto de olho enquanto ela servia sopa em tigelas seguradas por mãos gratas. Srta. Jada manteve Kevin ocupado, dando ordens rígidas como um sargento de treinamento. Certa hora, ele estava reabastecendo os galões de água próximos, quando um dos outros voluntários parabenizou Mara por se tornar avó. Mara viu Kevin inclinar a cabeça ligeiramente, como que tentando escutar detalhes. Não importava. Ela não se importava se ele contasse para Tom. Dawn estava certa: Tom não podia tirar dela nenhuma das coisas importantes, a menos que ela deixasse. E ela não ia deixar. Sem chance.

— Você volta esta semana? — Srta. Jada perguntou para Kevin depois que ele terminou de levar os sacos de lixo no fim do turno deles. — Sua mãe disse que você tem o quê? Dez horas para servir?

— Sim, senhora.

— Bem, vamos precisar de ajuda no Natal. — Kevin pareceu chocado. — O quê? Você preferiria ficar com seus brinquedos?

— Eu...

— Se você quer brincar, pode brincar com as crianças aqui. Deus sabe que temos um bocado aqui. Crianças, não brinquedos. — Ela se virou para Mara. — Você pode trazê-lo aqui às duas?

Ah, sim. Ela podia.

— Você escutou a Srta. Jada — Mara disse quando Kevin reclamou no carro. — É quando eles precisam de ajuda. E você precisa pagar essas horas não quando é conveniente para você, mas quando eles precisam.

— É, mas meu pai disse que...

— Seu pai não tem a palavra nisso. Nós já resolvemos. Você vai passar a véspera de Natal com ele e depois vai para casa ao meio-dia do dia 25. Você pode dar uma folga nos videogames e passar um tempo com crianças que não têm nada. Você pode até gostar.

— Ok, tá bom.

Isso foi mais fácil do que ela esperava. *Obrigada, Jesus.*

— Você ainda vai fazer o jantar como sempre? — ele perguntou.

Ela devia saber que ele ficaria mais preocupado com a comida.

— Presunto ao mel, caçarola de batata-doce, tortas, o básico. — Ela já podia contar-lhe o plano todo. — Jeremy e Abby tiveram o bebê e vão comer com a gente.

Kevin pareceu pensar sobre isso.

— Então eu virei, tipo, um tio?

Ele e Jeremy tinham tão pouco contato, que ela nem pensou que ele faria essa conexão.

— Sim, você virou tio.

Ele se reclinou no banco e quase a fez pular do dela quando exclamou, animado:

— Massa!

Adolescentes. Não havia como prevê-los.

CHARISSA

Depois que Charissa ficou recarregando a página de suas notas a cada vinte minutos por horas, algumas das notas dela finalmente foram publicadas. Nota 6. Ela encarou a tela do computador com um nó apertando seu estômago. Dra. Gardiner lhe dera um 6 pelo semestre.

— Você sabia que ia tomar um susto — John disse quando ela ligou para ele no trabalho.

— Eu sei. Só não imaginei que seria um susto tão grande.

— Charissa...

— Eu sei! Eu sei. Deixa eu ficar de luto com isso. Odeio isso.

Ela o deixou continuar o trabalho e continuou em sua tristeza. Isso não importava. Não deveria importar. Por que importava? *Perdão, Deus. Me ajuda, por favor. Me ajuda a deixar isso para lá.*

Lembrando-se de um exercício de oração que Katherine Rhodes lhe ensinara, colocou as mãos com as palmas para baixo e tentou soltar a nota, a imagem, a reputação, os anos de trabalho duro, a vergonha, o constrangimento, a raiva, o ressentimento, o desejo por controle, a mesquinhez, a...

Seu e-mail apitou com a chegada de uma mensagem. Ela manteve as mãos no lugar. Realmente deveria terminar essa oração antes de checar o e-mail.

... O desejo por controle, a vergonha, o desejo de ser admirada. Tudo isso. *Toma, Senhor. Eu não consigo consertar a mim mesma.*

Depois, virou as palmas para cima para receber. Receber o quê? Paz? Perdão? A habilidade sobrenatural de deixar isso para lá e seguir em frente?

Muito improvável.

Me ajuda, Deus. Amém.

Ela abriu a caixa de entrada. Mensagem do Dr. Allen. Assunto: Seu Trabalho.

Oi, Charissa,

Acabei de ler seu trabalho. Eu aprecio o esforço feito para completar a tarefa e entregá-la no prazo. Também aprecio que você tenha se empenhado no processo honestamente, nomeando suas lutas para integrar tudo pelo que você foi desafiada neste semestre e nomeando algumas das suas resistências. Obrigado. Seu uso da metáfora da jornada na parte da integração foi uma boa escolha, tanto na sua análise da literatura quanto na identificação da sua própria jornada por uma selva escura neste semestre. Eu fiz anotações laterais no trabalho todo.

Fico feliz de ler suas descobertas a respeito do seu perfeccionismo, seu desejo de crescer em graça e sua gratidão pelo grupo da jornada sagrada, mesmo que ele tenha te levado a questões desconfortáveis. Que o Senhor continue te direcionando a caminhos cada vez mais profundos no coração dele.

Graça e paz.

Dr. Allen.

Sem nota. Por que não tinha nota? Ela checou a página de notas outra vez. Nada novo. Ele ia fazê-la esperar, não ia? Honestamente... Às vezes, ele conseguia ser tão irritante.

Ela passou o dedo pelo lábio inferior, puxando pedacinhos de pele rachada. A caixa de entrada apitou de novo.

Assunto: P.S.

Por favor, me informe a nota do seu trabalho até 22h de amanhã para eu poder lançar as notas do semestre. Feliz Natal.

Mas o quê?

Ela leu de novo. "Me informe a nota"?

Sem dúvidas, isso era um exercício final de formação espiritual. Ou algum tipo de teste. Mas isso era para todos os alunos? Ela mandou uma mensagem para um colega, que imediatamente respondeu: "Sim. Esquisito."

Sim. Muito.

HANNA

Hanna passou os dedos nos brincos em suas orelhas recém--furadas, as minúsculas esferas de ouro frias ao toque. Embora Nathan tivesse brincado sobre um lugar chamado "A Agulha do

Anarquista", eles acabaram indo a uma loja tranquila, propriedade de uma amiga de um aluno dele, uma mulher que, fascinada por letras hebraicas, o catequisou acerca do significado por trás delas, fornecendo a ele uma oportunidade de dar um testemunho de fé.

— Nunca dá para prever o que vai atiçar a atenção de alguém — ele comentou baixinho quando saíram da loja. — Senhor, atrai Liz para ti.

Hanna estava dizendo amém quando o telefone dela tocou.

— É uma hora ruim? — Meg perguntou.

— Estou saindo de um estúdio de tatuagem com Nathan.

— O quê?

— Longa história — Hanna disse, escutando o metal batendo contra o celular. — Onde você está? — Ela conseguia ouvir um barulho de fundo e presumiu que Meg estava em um aeroporto. Esperava que fosse em algum lugar na América.

— Outro atraso de voo. Estou em Nova York, mas agora parece que não vou chegar até umas 9 horas.

— Não se preocupe. Vou conferir o horário de chegada antes de sair de casa. Como você está?

Meg demorou demais para responder, e Hanna conseguia imaginá-la segurando as lágrimas.

— Eu queria ir para casa.

Hanna segurou a mão de Nathan.

— Falta pouco, Meg. Vamos continuar orando até você chegar.

Hanna esticou o pescoço para ver através da multidão presente no terminal do aeroporto. Placas feitas à mão com caligrafia de crianças sinalizavam as boas notícias de que militares e pais estavam vindo passar o Natal em casa. Crianças em pijamas, sem dúvidas já passando da hora de dormir, corriam, indo e voltando das janelas, perguntando sobre todo avião que tocava o solo. Uma mulher estava segurando a criancinha no colo, esperando avidamente para apresentá-la. *Abençoa-a, Senhor.* Hanna ficou tão focada na animação deles, tão atraída pela comoção das suas chegadas, que quase não viu Meg aparecendo no saguão, com os ombros caídos e a expressão vazia.

— Meg! — Hanna elevou a mão e acenou, e então passou por entre a multidão, segurando com firmeza o buquê de flores.

Meg colocou a mala no chão e retribuiu o abraço de Hanna.

— Bem-vinda de volta — Hanna disse. — Você deve estar exausta.

Meg concordou com a cabeça.

— As flores são para você — Hanna disse.

— Flores no inverno — Meg balbuciou. — Obrigada.

Hanna pegou a bagagem de mão de Meg e as duas foram para a área de devolução de bagagens.

— Mara queria mesmo estar aqui, — Hanna explicou — mas Brian estava implicando com alguma coisa, então não deu certo. Mas ela está com algumas ideias para nos reunirmos. Eu disse para ela que veríamos como você está se sentindo e então faríamos os planos. Sem pressão.

— Obrigada. Tudo em que consigo pensar agora é chegar em casa e tentar dormir. Você vai ficar na minha casa, certo?

— Contanto que eu não esteja atrapalhando.

Os olhos de Meg se encheram de lágrimas.

— Eu não acho que suportaria ficar sozinha em casa agora.

— Então, fico feliz de estar com você. — Hanna apertou a mão de Meg. — E vou continuar te apoiando em oração.

Meg ficou surpresa quando viu o alpendre da frente com as luzes brilhantes, vasos de inverno e guirlanda.

— Nossa, Hanna...

— Você gostou?

— Se eu gostei? Está lindo!

— Bem, foi o talento de Mara. Ela que colocou tudo. Vá dar uma olhada. Eu pego suas malas.

Enquanto Hanna pegava as bagagens do porta-malas, Meg subiu os degraus e passou as mãos pelos ramos de pinheiro e galhos de salgueiro.

— Ela não ficava decorada há anos — Meg comentou. — E nunca ficou assim. Minha mãe não ligava muito para decoração. Dava trabalho demais, dizia.

Meg destrancou e abriu a porta, e foi recebida pelo som de guizos. Meg ficou congelada. Hanna quase esbarrou nela com uma mala.

— Você tá bem? — Hanna perguntou.

Meg não respondeu de primeira, então Hanna sentiu uma pontada de arrependimento. Talvez elas tivessem abusado da liberdade ao decorar a entrada e o saguão. Talvez ela devesse ter perguntado especificamente sobre onde e como elas podiam decorar.

— Perdão... Nós meio que abusamos na decoração.

— Não... Não. Está incrível, Hanna. — Meg balançou os guizos de novo, parecendo perdida em pensamentos. — Mais que incrível. Parece que foi transformada!

Ela tirou o casaco e sapatos e olhou pelo saguão, balançando a cabeça para a frente e para trás lentamente.

— Amei que tenha guizos na porta. E amei que tenha uma árvore onde deveria ter uma árvore. Eu jamais teria feito algo assim por conta própria. Estou feliz que vocês tenham feito. Obrigada. É exatamente do que eu preciso. Estava com medo de entrar em uma casa triste e vazia.

Ela se ajoelhou, abriu a bagagem de mão e retirou um objeto embrulhado em papel.

— Eu comprei um globo de neve para mim na Harrods — ela explicou. Agitou-o antes de colocar sobre a lareira. — Fica bom aí, não acha?

— Perfeito — Hanna respondeu. — Que tal se eu fizer um bule de chá para a gente?

Terça-feira, 23 de dezembro, 7h

Meg estava se controlando muito bem ontem à noite até irmos dormir. Aí, o pesar tomou conta dela. Eu estou dormindo no quarto de Becka, e Meg entrou para se sentar um pouco. Só ver as fotos de Becka sobre a escrivaninha e alguns dos bichos de pelúcia colocados no peitoril das janelas a fez chorar. Eu me ofereci para orar por ela, e acabamos orando um longo tempo por Becka, para que o Senhor lhe amoleça o coração e se revele para ela. De todas as dores do coração agora, acho que a pior para Meg é a resistência de Becka à fé. Ajuda-a a perseverar em esperança, Senhor. Ela deseja que Becka te veja, conheça teu amor, se afaste do pecado e receba tua graça. O coração de mãe dela está se quebrando. Tu continuas contando todas as suas súplicas e guardas suas lágrimas no teu cálice. Aproxima-te para confortar e restaurar. Por favor. E continua me lembrando de orar por Becka. Ela pode não querer ouvir o testemunho da mãe sobre Jesus, mas não tem defesas contra nossas orações.

Eu estava lendo Lucas 2:8-14 hoje de manhã. Um dos meus textos favoritos. Tem algo na história do pastor que sempre causa emoções profundas em mim. Obrigada, Senhor, por revelar tuas boas novas primeiro para os párias.

NAQUELA MESMA REGIÃO, HAVIA PASTORES QUE ESTAVAM NO CAMPO, À NOITE, TOMANDO CONTA DO REBANHO. E UM ANJO DO SENHOR APARECEU DIANTE DELES, E A GLÓRIA DO SENHOR OS CERCOU DE RESPLENDOR; E FICARAM COM MUITO MEDO. MAS O ANJO LHES DISSE: NÃO TEMAIS, PORQUE VOS TRAGO NOVAS DE GRANDE ALEGRIA PARA TODO O POVO; É QUE HOJE, NA CIDADE DE DAVI, VOS NASCEU O SALVADOR, QUE É CRISTO, O SENHOR. E ESTE SERÁ O SINAL PARA VÓS: ACHAREIS UM MENINO ENVOLTO EM PANOS, DEITADO EM UMA MANJEDOURA. ENTÃO, DE REPENTE, UMA GRANDE MULTIDÃO DO EXÉRCITO CELESTIAL APARECEU JUNTO AO ANJO, LOUVANDO A DEUS E DIZENDO: GLÓRIA A DEUS NAS MAIORES ALTURAS, E PAZ NA TERRA ENTRE OS HOMENS A QUEM ELE AMA.

O que chamou minha atenção foram as partes "Não temais" e "o sinal para vós". De novo, a ideia de olhar para um sinal. Não tema. Olhe! Contemple! Eis aí! Perceba! Compreenda! Não perca! Escute as boas novas de grande alegria para todas as pessoas! Deixa Becka escutar tuas boas novas, Senhor. Que ela, um dia, corra como os pastores para investigar o que tudo isso significa. Deixa-a contemplar-te. Move o coração dela para te desejar. Dá-lhe uma intensa insatisfação com as escolhas que ela fez e a traz para casa, para ti, Senhor. Em nome de Jesus.

Eu ainda estou me acostumando com meus brincos. Não é uma coisa ruim ser frequentemente relembrada do marcador espiritual e da obra contínua de Deus na minha vida. Toda vez que me vejo num espelho, meus olhos imediatamente vão para os brincos de ouro, e eu me lembro da declaração de Mara: "Sou eu quem Jesus ama." Então, digo isso para mim mesma. E aí penso na tatuagem de Nate e *hineni*. E pratico o hábito de orar por Laura. Às vezes.

Me ajuda a continuar te contemplando, Senhor, para que eu possa dizer mais prontamente: "Eis-me aqui."

MEG

Meg sentou-se na recepção do Centro de Retiro Nova Esperança, esperando Katherine chegar para a sessão delas às 13h. Ela não havia dormido bem. Sem dúvidas, demoraria alguns dias até o corpo dela se ajustar à mudança de horário, e muito mais tempo ainda para sua mente e coração se ajustarem à decepção.

Ela assoou o nariz.

Becka pareceu alegre quando Meg ligou mais cedo para dizer que chegara bem em casa.

— Fico feliz! — Becka respondeu. Meg não tinha certeza se ela estava dizendo que estava feliz por Meg ter chegado em casa bem, ou se estava feliz por Meg ter ido para casa e ponto. Depois, ela descreveu outra maratona de compras com Pippa: — Eu comprei umas roupas que ficam incríveis com o chapéu, a bolsa e as botas que você comprou para mim na Harrods. — Se Meg soubesse que ela estava contribuindo naquele dia com um guarda-roupa para Paris, talvez não tivesse sido tão generosa.

Ela olhou para o relógio. Cinco minutos atrasada. Katherine geralmente não se atrasava. Geralmente estava no escritório, pronta para acender a vela de Cristo em oração. Mas seu escritório estava escuro, e a secretária estava no horário de almoço.

Ela mexeu nos cadarços das botas.

Passou a manhã tentando organizar os pensamentos para que pudesse aproveitar ao máximo o tempo com Katherine. Hanna foi gentil o suficiente para lhe dar bastante espaço e não puxar conversas. As duas ficaram sentadas no saguão, com a lareira acesa pela primeira vez em anos, as luzes brilhando na árvore de Natal, a fragrância de pinho preenchendo a casa. A mãe dela teria reclamado das folhas de pinheiro no tapete.

Por mais que fosse grata por Mara também querer ter ido recebê-la no aeroporto, Meg ficou ligeiramente aliviada quando saiu do terminal e viu apenas Hanna lá. Ela sabia que Mara seria efusiva com sua simpatia, alvejando-a com perguntas e solidarizando-se com seu sofrimento.

"Seu sofrimento." Quem era ela para falar do "seu sofrimento" quando alguém como Mara estava passando por algo tão pior? Quando tantas pessoas estavam passando por coisas muito piores? Ela precisava se lembrar de praticar a gratidão, assim como nomear seus pesares.

Olhou para o relógio de novo. Dez minutos atrasada.

Certo. Pontos de gratidão.

Um: ela pôde passar algumas semanas em uma cidade fascinante. Gostou de explorar Londres, mesmo que sozinha. Agora que estava pensando nisso, talvez parte do que descobriu foi que ela tinha asas, sim, afinal. *Obrigada, Senhor.*

Dois: ela não desmoronou sob o peso da decepção. Foi capaz de se expressar honestamente para Becka, e as duas ainda foram capazes de se abraçar e afirmar o amor mútuo. *Obrigada, Senhor.* Forjar um novo normal não seria fácil, mas, pelo menos, elas não se rejeitaram por raiva.

Três: ela olhou nos olhos de Becka e pediu perdão por ocultar histórias e memórias de Jimmy. Mesmo que Becka não entendesse por que ela se sentia compelida a pedir perdão por isso, ela o pediu, à própria maneira. Agora, talvez Meg precisasse pedir perdão para si mesma.

Hm, isso era algo que ela não considerara antes. Ela havia pedido perdão a Deus. Pedira perdão a Becka. Mas, agora que vira em primeira mão as consequências ou, pelo menos, o que presumia serem as consequências de ter escondido Jimmy de Becka (afinal, quem não pensaria que Becka estava atrás de uma figura paterna ausente?), será que ela conseguiria perdoar a si mesma?

Olhou de novo para o relógio. Dezesseis minutos depois do horário.

No instante em que ela estava prestes a caminhar pelo corredor para ver se Katherine chegara por alguma porta lateral, a porta da frente se abriu e Katherine entrou, protegida do frio com um casacão preto de capuz. Despiu as luvas, bateu os pés para tirar a neve e estendeu as mãos.

— Meg, me desculpe! Eu não tinha seu número de celular, e Jamie não está à mesa dela.

— Não tem problema. — Ela nunca vira o rosto de Katherine tão esgotado. Talvez estivesse doente. Meg a seguiu pelo corredor. — Você está bem?

Katherine tirou o casaco e o pendurou em um cabideiro.

— Tenho passado bastante tempo no hospital visitando uma pessoa da nossa igreja que está nos últimos momentos. É tão difícil para as famílias, especialmente nessa época do ano. Tudo fica potencializado. As alegrias e as tristezas. — Ela guiou Meg para seu escritório e acendeu vários abajures. — Por mais que eu tenha amado meus anos de capelania, fico feliz por estar oficialmente aposentada deles.

— Você era capelã de um hospital?

— Por bastante tempo. No Hospital St. Luke.

Meg tinha uma vaga memória de Katherine mencionando o trabalho dela no hospital durante o grupo da jornada sagrada. Algo sobre trabalhar com pacientes de reabilitação em uma unidade de queimados, talvez. Ela sentou no lugar usual no sofá de Katherine.

— Quando você estava lá? — Meg perguntou.

Katherine sentou na poltrona dela e retirou as botas.

— Bom, vejamos... De 1984 até uns dez anos atrás.

Então, ela estava trabalhando lá quando Jimmy falecera. E quando Becka nascera.

Meg não se lembrava muito do capelão que havia se encontrado com ela depois que o médico dera as notícias sobre Jimmy. Ele se sentara com ela em um quartinho primeiro, antes de eles andarem pelo corredor. Ele se oferecera para orar com ela, ficara com ela enquanto fora ver o corpo de Jimmy e a ajudara a entrar em contato com alguém que pudesse levá-la para casa.

— Não é seguro você dirigir — ele havia dito. — Quem pode estar com você agora?

Ela lembrava mais do que imaginava.

Seus olhos ardiam.

Sra. Anderson, sua vizinha de infância, viera buscá-la no hospital, porque ela não havia conseguido falar com a mãe. Sra. Anderson a levara até a rua Evergreen, 1020, para a casinha que eles prepararam para a filhinha com tanto amor. Sra. Anderson a ajudara a fazer duas malas, a levara para a casa de sua mãe, ficara com ela até sua mãe chegar naquela noite e a ajudara a planejar o funeral.

Ela lembrava mais do que queria lembrar.

Katherine moveu a caixa de lencinhos de papel sobre a mesinha de centro para que estivesse ao alcance de Meg. Meg pegou um lencinho e assoou o nariz.

— Me desculpe — ela disse.

— Não precisa se desculpar.

Meg amassou o lencinho. Katherine pegou uma lixeira do lado da escrivaninha e colocou à sua frente. Meg agradeceu com a cabeça.

— Não sei se já te contei que Jimmy faleceu no St. Luke quando eu estava grávida de sete meses de Becka. Ela nasceu na véspera de Natal. Vai fazer 21 amanhã.

— Puxa, Meg...

— É como você disse sobre tudo ser amplificado nessa época do ano. E especialmente este ano, em que estou tentando ser corajosa para me lembrar de coisas nas quais não pensei em muito tempo. — Ela pegou outro lencinho. — Não lembro quem era o capelão que cuidou de mim quando Jimmy morreu no acidente de carro, mas acho que você o conhecia.

Katherine concordou com a cabeça.

— Éramos um pequeno grupo que trabalhava junto. Colegas maravilhosos, cada um deles. E orávamos juntos toda semana por todas as pessoas de quem tínhamos o privilégio de cuidar.

— Então, vocês teriam orado por mim — Meg disse baixinho.

— Sim.

As notícias de que um grupo de estranhos a havia colocado diante do Senhor em oração em uma época em que ela própria estava incapaz de orar trouxe um conforto inesperado. *Emanuel. Deus comigo. Mesmo naquela época.*

Katherine acendeu a vela e deu alguns minutos para a oração em silêncio. Ela precisava disso. Essa foi a primeira vez que Meg mencionou ter dado à luz na véspera de Natal, e, agora que ela mencionara partes sequenciais da história, Katherine se lembrava. Certos detalhes de alguns traumas ficaram gravados ao longo dos anos, e, embora ela não fosse a capelã escalada no dia em que o marido de Meg morrera, Katherine se lembrava do colega Peter falando sobre isso. Não foi apenas convergência cataclísmica entre morte e gravidez que o afetou. Peter contou ao grupo de colegas como ele estava preocupado, como aquela jovem mulher parecia frágil, como ela estava sozinha, incapaz de falar com a mãe. Katherine se lembrava. Nas semanas seguintes, Peter monitorou a ala da maternidade, esperando pelo retorno de Meg, querendo ser uma presença de oração para ela e para o bebê. Katherine se lembrava.

Nossa, como o mundo era pequeno.

Nossa, como é misteriosa a maneira de Deus juntar as histórias.

Quando Katherine abriu os olhos, Meg estava encarando a vela, parecendo pensativa. Meg disse:

— Eu estava sentada aqui pensando sobre aquele capelão que cuidou de mim quando Jimmy faleceu e como seu grupo orou por mim lá atrás, e eu não sei como descrever, mas parece que algo simplesmente mudou. Como se eu fosse capaz de ver que, mesmo no momento mais obscuro da minha vida, quando me senti tão sozinha, Deus estava cuidando de mim, e eu nem sabia. Isso faz sentido?

— Sim — Katherine respondeu. — Como uma nova perspectiva.

— Sim, como se minha visão e ponto de vista sobre isso tivessem mudado. Que eu não estava sozinha. Havia pessoas comigo, me ajudando. — Meg se inclinou para a frente ligeiramente com as mãos juntas sobre o colo. — E também estou aqui sentada pensando em quando Becka nasceu. Tudo o que vi naquele dia foi que Jimmy não estava lá, que todas as nossas esperanças e sonhos tinham se tornado o pior pesadelo possível. E eu fiquei sobrecarregada. Completamente sobrecarregada. Mas de repente estou me lembrando de pessoas que estavam lá e que eu não estava sozinha. Como uma enfermeira que segurou minha mão e disse que estava orando por mim. E a obstetra, que foi muito paciente e me orientou a cada fôlego meu e me disse para continuar, que eu precisava continuar, que eu era muito corajosa.

Sim, Katherine pensou. Muito corajosa. Muitíssimo corajosa.

Os olhos de Meg estavam fixos no rosto de Katherine.

— E um dos enfermeiros chamou uma capelã para vir depois que Becka nasceu, e ela veio e orou comigo...

Meg se lembrava.

E não havia nenhum propósito pastoral em não confirmar a memória.

Katherine concordou lentamente com a cabeça.

— Eu sempre trabalhei no turno matutino da véspera de Natal.

Meg fechou os olhos e tentou ver os detalhes esfumaçados com mais clareza.

— Você segurou nossa filha — Meg disse baixinho. — Você a segurou e orou por ela. Por mim. — Ela não conseguia ver o rosto de Katherine na cena, mas se lembrava de uma breve sensação de paz. De esperança. De que, de alguma forma, apesar de tudo, tudo ficaria bem. A capelã, Katherine, segurou seu bebê e declarou bênçãos.

Ela se lembrava.

Emanuel. Deus conosco. Mesmo naquele momento.

Mesmo agora.

Meg enterrou o rosto nas mãos e chorou.

12.

HANNA

Hanna esperou no saguão da frente pelo som do carro de Meg na entrada. Ela colocou outra tora de lenha no fogo e a observou crepitar, leu alguns parágrafos de um livro que pegou da estante, e o colocou de lado de novo. O relógio de pêndulo bateu 16h, depois se passaram mais quinze minutos. Uma porta de carro bateu. Hanna olhou pela janela. Meg estava caminhando com dificuldade, carregando sacolas de compras.

Hanna segurou a porta aberta. O vento soprava forte para dentro do saguão, balançando os guizos.

— Aqui, deixa eu ajudar. — Ela pegou várias sacolas de Meg.

— Obrigada — Meg disse, batendo as botas para tirar a neve. Ela levou as sacolas para a cozinha e depois tirou o casaco de lã cinza e o colocou sobre a decoração da ponta do corrimão. — Eu vou trocar de roupa, e depois quero te contar sobre meu tempo com Katherine.

— Vou esquentar a chaleira — Hanna respondeu. Assim que Meg sumiu escada acima, ela pegou um pano na cozinha e secou a neve que havia derretido e formado uma poça perto das botas.

Meg voltou alguns minutos depois, usando calças de moletom vermelhas e uma camiseta "Mind the Gap", com o cabelo penteado para trás, afastado do rosto com uma presilha. Enquanto as duas guardavam as compras, Hanna escutou Meg contar a história de Katherine ser a capelã escalada quando Becka nascera.

— E depois Katherine me convidou a passar um tempo me lembrando da fidelidade de Deus em todo tipo de situação na minha vida, a ver e nomear como Deus tem estado comigo, como ele me capacitou a continuar mesmo durante alguns períodos bem sombrios.

Meg tirou duas canecas do armário, uma com flores e a outra com seu nome. Hanna fez o chá no bule de estilo inglês que Meg trouxe para ela da Inglaterra e colocou alguns dos biscoitos de canela de Mara em um prato.

— É estranho — Meg disse quando elas se sentaram juntas à mesa. — Por muito tempo, evitei pensar sobre as coisas difíceis, imaginando que elas fossem só me sobrecarregar com tristeza. Mas, enquanto eu contava as histórias para Katherine, uma depois da outra, também estava vendo a presença de Deus de formas que nunca vira antes. Todas as formas como ele esteve comigo, mesmo quando eu não estava ciente disso. — Meg segurou a caneca com as duas mãos. — Nós conversamos sobre como nos lembrarmos nos ajuda a termos esperança. Que me lembrar das formas como Deus esteve comigo no passado pode me ajudar a confiar nele no futuro. E, por mais que eu esteja chateada com Becka, por mais que eu esteja brava, triste e desencorajada, só de saber que há pessoas orando por ela agora, por mim agora, assim como havia pessoas orando por nós quando ela nasceu, já faz diferença na forma como vejo as coisas. Pelo menos, hoje faz.

— Um dia e um passo de cada vez — Hanna disse. — É a única maneira de viver. Navegar pelas ondas de pesar e viver um dia de cada vez. — Ela balançou a cabeça lentamente. — E eu ainda estou pensando sobre a parte de Katherine ser a capelã quando Becka nasceu. Fala sério. Não sei o que tem aqui no oeste do Michigan, mas nunca morei em um lugar onde as histórias das pessoas parecem estar tão conectadas. Como se todo o mundo conhecesse alguém que conhece alguém. Esqueça os seis graus de separação. Por aqui, parece que são dois ou três.

Meg concordou com a cabeça e se levantou para pegar as sacolas de compras restantes do balcão da cozinha. Hanna a observou tirar moldura atrás de moldura, de formatos e tamanhos diferentes.

— Toda a conversa hoje com Katherine sobre ter novas perspectivas e lembrar me levou a pensar — Meg disse. — Decidi que é hora de eu pendurar fotos. Pela casa toda. Vou pendurar fotos minhas, de Jimmy e de Becka. E vou colocar fotos do meu pai, de Rachel e da minha mãe. Ela odiaria. Absolutamente odiaria. Mas ela não está aqui. E eu preciso começar a viver como se esta fosse minha casa. Pelo tempo em que eu decidir ficar aqui. E quero fotos nas paredes.

Hanna escondeu sua surpresa mordendo um biscoito.

Meg espirrou no cotovelo e continuou tirando coisas.

— E vou fazer uma bagunça no saguão e na sala de jantar enquanto estiver vasculhando as caixas de fotos. Posso até mudar a mobília de lugar. — Ela levantou os olhos das sacolas. — Quer ajudar?

Hanna sorriu.

— Citando Mara: "Pode apostar, amiga!"

CHARISSA

Com apenas quatro horas restantes antes do fim do prazo para enviar a própria nota para o Dr. Allen, Charissa ainda não estava nem perto de tomar uma decisão, mesmo depois de passar o dia todo pensando sobre isso enquanto limpava cada canto do apartamento.

O impulso inicial dela quando havia lido o e-mail foi proteger sua média, especialmente diante da avaliação da Dra. Gardiner. Sabendo que o trabalho final valia 40% da nota, ela calculou cenários de notas: estelar, humilde e moderadamente humilde. A verdade era que aquele trabalho não fora o melhor que ela já fizera — o Dr. Allen identificou alguns componentes fracos na sessão de análise literária nos seus comentários laterais —, então dar a si mesma qualquer nota maior do que 9,7 seria injusto. Se ela se desse 9,3, ainda teria uma média de quase 10 pela matéria.

Mas o trabalho dela merecia um quase 10?

Se fosse brutalmente honesta, um 8,5, talvez.

Ela calculou a nota em 8,9, depois em 8,7.

Pegou o programa e estudou de novo o esquema de notas do Dr. Allen. Se ela se desse qualquer coisa menor que 8,9, ficaria com 9,4 na matéria.

Tamborilou os dedos na mesa da cozinha e olhou para o relógio. 45 minutos para decidir.

John entrou na cozinha e pegou uma lata de refrigerante na geladeira.

— Não me diga que ainda está fritando neurônios por causa da sua nota — ele disse.

— Não estou fritando nada.

— Está, sim. Eu consigo ver.

— Só estou decidindo o que fazer. Isso não é fritar neurônios.

— Se me perguntasse, eu diria que você está gastando esforço de mais para resolver isso. É só dar a nota que você acha justa para o trabalho que você fez, e bola pra frente.

— Fácil para você dizer. — Ela apoiou o rosto nas mãos.

— Sim. Não sou eu que estou sendo controlado pelo desejo de ser perfeito. — Ele se inclinou e a beijou na cabeça. — Só tô dizendo. — Foi para o sofá e ligou a televisão.

Me ajuda, Deus.

Ela alegou que queria melhorar em não ser controladora, não alegou? Praticar o hábito de abrir mão? Só não era assim que ela havia previsto que aconteceria.

Aff.

Ela bateu várias vezes na testa.

Queria controle até sobre como desistia do controle.

Aff, e me ajuda.

Me ajuda, me ajuda, me ajuda.

Seu telefone tocou, e ela olhou para o número.

— Oi, mãe! Vocês estão em casa?

— Acabamos de pegar nossa bagagem. Você parece cansada. Está bem?

— Só estou tentando resolver uma coisa para a aula do Dr. Allen.

— O que ele fez agora?

Charissa falara bastante com a mãe nos últimos meses sobre como o Dr. Allen era provocativo e heterodoxo.

— Nada — Charissa respondeu. — É só que nós mesmos temos que dar nossas notas no trabalho final.

— Bom, isso não deveria ser difícil. Dez, é claro!

— Honestamente, esse não foi o melhor trabalho que já escrevi.

A mãe dela riu.

— Mesmo que isso seja verdade, tenho certeza de que é melhor do que qualquer coisa que qualquer outra pessoa tenha entregado. E os outros não estão lidando com uma gravidez.

— Sim, mas...

— Trate-se com um pouco de graça, Charissa, e siga em frente.

"Trate-se com um pouco de graça."

Sim, mas a graça se parecia exatamente com o quê?

Ela olhou para o relógio na parede. Trinta minutos para decidir.

"Ora, ora, ora."

Nathan tirou os óculos, passou todos os dedos pelo cabelo e segurou as mãos atrás da nuca. Ele não previa isso. Isso que é uma obra do Espírito. Ele leu o e-mail de Charissa uma segunda vez.

> Dr. Allen,
>
> Eu lutei o dia todo contra seu pedido. Presumo que essa era sua intenção para cada um de nós, dado o seu desejo de vermos como as coisas têm o potencial de nos formar, seja para nos tornar mais como Cristo, seja mais egocêntricos. Você me ensinou a perseverar com o que mexe comigo, e todo esse processo mexeu comigo. E foi revelador.
>
> Faltar na apresentação do meu trabalho final com a Dra. Gardiner revelou de uma nova forma o que eu já ouvi

você chamar de "desejos desordenados". Passei a perceber neste semestre — e especialmente na última semana — o quanto do meu senso próprio eu baseio nas minhas conquistas e na minha reputação. Tenho me alimentado de honra e reconhecimento de outros. Eu sempre quis ser admirada e respeitada, e lutei por toda a minha vida acadêmica para manter minha posição num pedestal. Estou começando a ver como essa luta foi egoísta e orgulhosa. Uma forma socialmente aceitável de idolatria.

Continuei pensando sobre o que você disse semana passada no seu escritório, que talvez tudo isso seja um presente da graça em minha vida para me libertar em um nível mais profundo da minha compulsão por ser perfeita. Talvez eu esteja começando a compreender o que você quer dizer quando fala sobre o perfeccionismo como uma prisão.

Então, como uma declaração do meu desejo de ser livre de algumas das correntes que me prendem, escolhi me dar 8,5 pelo meu trabalho. Acho que é uma avaliação justa e acurada do trabalho que lhe enviei.

Obrigada pelas muitas maneiras pelas quais você demonstrou paciência comigo. Feliz Natal.

Charissa

Mesmo que Nathan tivesse aprendido a ficar surpreso com alegria pelos momentos de "a-há!" e de maturidade crescente dos alunos, a trajetória de crescimento de Charissa pelos últimos meses foi imprevisível. Se dissessem a ele uma semana atrás, quando ela saiu do escritório dele, que ela alcançaria um lugar de aceitação que beirava a gratidão pela falha e pelas notas imperfeitas, ele teria rido assim como Sara riu a respeito do nascimento improvável de Isaque.

Meia hora depois, ele ainda estava balançando a cabeça em admiração.

HANNA

23 de dezembro, 22h15

Amanhã é véspera de Natal. Difícil acreditar. Nate e Jake vão passar o dia com a família. Nate me convidou para ir, mas não estou pronta para ser apresentada nesse contexto. Sei que ele ficou decepcionado, mas ele disse que entendia. Eu também não queria atrapalhar a experiência de Jake com os parentes mais distantes. Ele já tem muito para processar com toda a situação da sua mãe. Ele não precisa da namorada do pai sentada à mesa com os parentes. Nate insiste que Jake está ansioso para passar o Natal comigo, que ele quer uma revanche no Scrabble. Jake também quer me ensinar a jogar algo chamado Catan. Parece que tem um dia inteiro planejado para nós. Estou feliz por poder compartilhar esse tempo com eles.

Estou empolgada para o louvor de amanhã à noite. Pela primeira vez em anos, estarei sentada lá apenas para beber da maravilha e beleza de um culto de véspera de Natal sem ficar responsável por coordenar alguma coisa. Meg disse que não acha que está pronta para lidar com as perguntas das pessoas de sua igreja, que podem perguntar por que ela voltou mais cedo, então iremos juntas ao culto das velas às 11 horas na igreja de Nate e Jake. Nate é um dos leitores da Palavra. Depois de orar sobre isso por várias semanas, ele se ofereceu para recitar João 1. Isso é um passo significante de liberdade para ele. Tenho certeza de que será uma oferta cheia do Espírito.

Eu estava preocupada por Meg ficar sozinha no Natal, mas graças a Deus ela aceitou o convite de Mara para passar o dia lá. Eu sabia que ela não aceitaria ir para a casa de Nate comigo, e Mara está muito animada para ela conhecer Jeremy, Abby e Madeleine. Estou feliz porque ela não vai ficar sozinha. Vamos almoçar com Mara e Charissa amanhã. Tanta coisa aconteceu desde que nós quatro estivemos juntas no aeroporto para orar pela viagem de Meg algumas semanas atrás. Eu já avisei para Mara que Meg está se sentindo meio crua sobre tudo e pode não querer falar sobre a viagem. Senhor, nos mostra como darmos espaço uma para a outra, mesmo enquanto estamos juntas.

Meg e eu passamos várias horas procurando fotos nas caixas que descemos do sótão. Um processo lento, mas foi um presente ouvir as histórias de Meg. Nós rimos. Choramos. Comemos pizza na frente da árvore de Natal no saguão. Ela vai começar a montar álbuns. Ela espera que algum dia ela e Becka se sentem juntas e olhem esses álbuns.

Achei que ela ficaria sobrecarregada por ver as fotos de Jimmy. Como eles eram jovens! Todas as fotos de Ensino Médio, de casamento, da lua de mel e da casa. Só ver como eles dois eram felizes me faz ficar triste por tudo o que ela perdeu. Mas, ainda que algumas das fotos e memórias a tenham feito chorar, ela disse que eram lágrimas de gratidão. Lágrimas que se referem à profundidade do amor que eles tinham. Ela disse que estava pensando em ir visitar o túmulo dele no Natal. Ela não ia lá há 21 anos — simplesmente não conseguia suportar a tristeza. Eu lhe disse que posso ir com ela se quiser companhia. Vamos ver o que ela decide.

Meg falou sobre como é difícil não pontuar (com exclamação) as dores do coração em relação a Becka. Eu gosto dessa ilustração. Ela e Katherine conversaram sobre como Deus gosta de vírgulas e nós vivemos na tensão entre o pesar e a esperança, sem saber como a história vai se desdobrar. Enquanto eu a escutava falar sobre seu desespero e sua esperança, pensei sobre Jairo implorando para Jesus ir com ele para curar sua filhinha. Pensei no desespero dele, na ansiedade crescente quando Jesus parou para curar uma mulher com hemorragia no meio do caminho. Pensei em como os mensageiros da casa dele levaram as notícias de que era tarde demais. A filha dele estava morta! Não havia mais motivo para Jesus ir lá.

Mas aí tem a dobra na história, o "porém" que traz a esperança quando as circunstâncias gritam desespero. "Ouvindo-o, porém, Jesus disse a Jairo: Não temas; crê somente." Não temas; crê somente. Mesmo quando parece loucura. Mesmo quando o mundo zomba. Crê somente. Não desistas da esperança, somente. Confia somente. Somente. Nada mais. Somente isso. Como "somente" é uma palavra difícil.

Eu olho para as árvores acinzentadas e sem folhagem e me vem à mente que, se alguém que morou a vida toda em uma floresta tropical viesse aqui no inverno e visse nossas árvores, ela riria assim como aquela multidão quando Jesus disse que a menina não estava morta, mas dormindo. Ela poderia zombar e declarar (com pontos de exclamação) que todas as árvores, exceto os pinheiros, estavam mortas. Mas elas não estão mortas! Estão dormindo! E a primavera é inevitável! Graças a Deus!

Vamos cantar nossa esperança desafiadora com muitos pontos de exclamação no culto amanhã à noite. Uma estrofe de um dos meus hinos favoritos me vem à mente:

Cante o povo resgatado
Glória a Deus, Senhor da paz,
Pois, em Cristo revelado,
Vida e luz ao mundo traz.
Nasce, a fim de renascermos,
Vive, para revivermos,
Rei, Profeta e Salvador!
Louvem todos o Senhor!
Toda a terra e os altos céus
Cantem sempre glórias a Deus.
Amém. Vem, Senhor Jesus. E nos prepara para recebermos
tua vinda.

VÉSPERA DE NATAL

Meg suspirou e colocou o telefone de volta no gancho.

— Ainda sem sucesso? — Hanna perguntou.

— Nada. — Ela estava tentando havia horas falar com Becka em Paris para desejar-lhe um feliz aniversário.

— Você tem certeza de que ainda quer ir ao almoço? Eu sei que todas vão entender se você sentir que é demais por agora.

— Não, tá tudo bem. Se eu ficar aqui, vou ficar me preocupando. Vai ser bom para mim sair por algumas horas. — Ela ia precisar ficar ligada à comunidade para ter apoio, e hoje era um ótimo dia para isso.

Quando chegaram ao Cantinho Caseiro, Charissa e Mara já estavam sentadas perto da lareira, que estava decorada com ramos de pinheiro e laços. Assim que Meg chegou ao balcão, Mara se levantou num salto e a embalou num abraço longo e balançante.

Charissa esperou a vez dela, então lhe deu um abraço curto e falou com sinceridade:

— Estou orando por você.

— Obrigada. — Meg tirou o casaco. Era um alívio que elas já estivessem cientes, se não dos detalhes específicos, pelo menos do cerne de sua história. Ela não tinha energia para contar tudo de novo. Além disso, só ficava mais brava e triste quando pensava nos detalhes. *Socorro, Senhor.*

Katherine a incentivou a continuar pensando sobre o que ela havia visto quando orara com Isaías 11.

— Sua imaginação te capacitou a ver o que está mexendo com sua alma — Katherine lhe disse. — Geralmente, nossa raiva sai do esconderijo com muita relutância. Estou feliz que você tenha visto isso. Por mais que seja difícil. O Senhor está com você. Emanuel. Até mesmo aqui.

Então, por que ela não conseguia confiar nele?

Senhor.

Socorro.

Ora, agora mesmo, Becka e Simon provavelmente estavam agarrados em algum quarto aconchegante de hotel...

Pare. Pode parar. Sua imaginação não estava ajudando.

Ela examinou o cardápio familiar e tentou decidir o que parecia apetitoso. Sopa de abóbora, talvez. E um bolinho de milho. E uma xícara de chá com geleia de morango e creme coalhado em uma bandeja de três andares e compartilhada com a filha. Do jeito que ela imaginou.

Senhor.

Socorro.

Engoliu com dificuldade.

Quando fizeram seus pedidos, Mara pegou o celular para mostrar fotos de Madeleine e tagarelou como qualquer nova avó tagarelaria, dizendo como ela era perfeita e como Jeremy e Abby estavam felizes.

— Eles vão vir para a igreja comigo hoje à noite! Dá para acreditar? É tipo um milagre de Natal!

Sentindo os olhos enchendo de lágrimas, Meg limpou a garganta levemente. "Pare", ela ordenou a si mesma. "Pare de fazer tudo ser sobre você." Não havia como Mara saber que estava acertando um nervo exposto. Hanna, contudo, em um gesto que Mara e Charissa não teriam visto do outro lado da mesa, tocou gentilmente a mão de Meg no banco de vinil, como se dissesse: "Estou orando por você agora mesmo."

Foi tão tentador — nossa, tão tentador — pensar em tentar redirecionar a conversa. Hanna só conseguia imaginar os pensamentos passando pela cabeça de Meg enquanto ela escutava Mara falando sobre Abby e sua mãe, e as orações que Ellen esteve fazendo pela filha todos esses anos, e sobre como, talvez, essas orações estivessem sendo respondidas no desejo de Abby de ir à igreja na véspera de Natal — e não apenas Abby, mas Jeremy também. Ela só conseguia imaginar os pensamentos passando pela cabeça de

Meg quando Mara descreveu o versículo bíblico emoldurado de 1Samuel e como ela agora estava orando com ainda mais fervor pela bebê Madeleine e por seus pais. E, depois disso tudo, tinha a animação de Mara com Kevin ajudando no Nova Estrada e o que isso poderia significar para ele, potencialmente, abrir o coração para a fé.

— Não que eu veja qualquer sinal disso agora, — Mara disse — mas quem sabe, né? No meio de toda essa porcaria que está acontecendo, vejo várias maneiras de Jesus vir e fazer coisas novas.

Por mais que fosse tentadora a ideia de afastar a conversa dessa convergência entre a alegria de Mara e a dor de Meg, Hanna resistiu, escolhendo, em vez disso, colocar cada uma delas nas capazes mãos de Deus.

— Mas chega de falar de mim — Mara disse. — Como foi a inspeção da casa hoje de manhã?

— Muito, muito bem. — Charissa olhou para Meg e sorriu. — O inspetor não achou nada preocupante. Algumas coisinhas que podemos negociar como reparos, mas parece que vamos fechar o acordo em 9 de fevereiro.

— Estou tão feliz por você — Meg disse. — É uma casa maravilhosa, e espero que você, John e o bebê sejam muito, muito felizes lá. — Ela estava sorrindo enquanto proferia a bênção, e Hanna a conhecia bem o bastante para perceber que o sorriso era um sorriso de calor sincero e generoso, ainda que houvesse dor nessa oferta.

— Obrigada — Charissa disse. — Muito obrigada por me avisar sobre ela. Você nos deu um enorme presente.

Pela expressão em seu rosto e pela delicadeza na voz, Charissa pareceu entender como esse presente havia sido significativo.

— Nós não a teríamos encontrado sem você — ela continuou. — Só estávamos procurando na internet por casas de três quartos.

Meg concordou com a cabeça.

— Jimmy sempre disse que havia espaço suficiente para um puxadinho nos fundos. — Sua voz falhou. — Espaço para crescer. — Ela procurou um lencinho na bolsa.

— Você tem fotos dela? — Mara perguntou.

Charissa hesitou, com as sobrancelhas perguntando para Meg.

— Eu adoraria ver as fotos, se tiver algumas — Meg respondeu.

Charissa colocou o sanduíche no prato e pegou o celular da bolsa.

— Tirei algumas hoje de manhã. — Ela passou pelas fotos até achar as que estava procurando. — Aqui.

Mara se inclinou para olhar.

— Nossa, que fofura! Onde é?

— Em uma das vizinhanças mais antigas de Kingsbury, não muito longe da universidade.

— E não muito longe da minha casa — Meg disse. — Só alguns quilômetros.

— Que ótimo — Mara respondeu. — Vocês vão ser vizinhas! Talvez eu precise dar uma olhada nessa vizinhança, começar a pensar no que consigo pagar. Não acho que haja qualquer maneira de eu ser capaz de ficar na minha casa. Mas vamos ver. Talvez eu encontre o emprego perfeito. Ou talvez Tom decida que os meninos precisam de um lugar fixo. Não que eu esteja esperando um milagre.

Ela passou o celular para o outro lado da mesa, para Meg, que limpou as mãos no guardanapo antes de pegá-lo. Assim que viu a tela, seu rosto corou rapidamente.

— O caramanchão ainda está no quintal? — Meg perguntou com a voz falhando de novo.

— Sim, — Charissa respondeu — em uma pequena área de jardim ao lado da garagem.

Meg sussurrou tão baixinho, que poderia ter sido uma oração:

— Jimmy construiu esse caramanchão e plantou rosas para mim no nosso primeiro aniversário de casamento.

Hanna colocou a mão no ombro de Meg. Mais um passo para a frente. Mais um passo em direção à cura e a uma conclusão.

— Rosas de que cor? — Charissa perguntou.

— Cor-de-rosa — Meg respondeu. — Lindas rosas cor-de-rosa com a fragrância mais maravilhosa que você conseguir imaginar. Nós nos sentávamos lá no banquinho depois de trabalharmos no jardim e conversávamos sobre o dia...

Hanna escutou maravilhada enquanto Meg ficava mais animada, não mais triste, falando em detalhes sobre Jimmy e a vida deles juntos. Para cada foto no celular de Charissa, Meg tinha uma história para contar.

— Olha! — ela exclamou, mostrando a foto para as outras verem. — Esses são os armários que Jimmy instalou na cozinha! E esse era o papel de parede do banheiro, que ele sempre odiou, mas nunca chegou a trocar. E as maçanetas de vidro, que ainda estavam lá!

— A corretora disse que alguém fez um trabalho muito bem-feito na área de serviço — Charissa comentou. — Ela disse que era bem incomum um chalé como aquele ter uma área tão boa além da cozinha.

— Sim! — Meg respondeu. — Foi Jimmy. Nós nos cansamos de passar as manhãs de sábado na lavanderia, então ele descobriu um jeito de montar essa área. Tivemos que sacrificar um cantinho de café da manhã, mas valeu a pena. — Ela ainda estava segurando o celular de Charissa, provavelmente inconsciente de que o estava pressionando contra o coração.

— Você vai lá ver, não vai? Talvez até antes de levarmos nossas coisas para lá? — Charissa perguntou. — Ou seria estranho para você?

Meg pegou a mão dela sobre a mesa.

— Eu adoraria.

Charissa olhou para Hanna.

— E John e eu pensamos que talvez pudéssemos ter um tempo de oração na casa, como uma bênção sobre ela antes de nos mudarmos. Talvez você possa conduzir algo assim para nós? Com orações por Meg também?

Hanna sentiu um nó na garganta quando percebeu que ela as conduziria em oração com alegria e gratidão, não como pastora delas — ou como alguém que precisasse ser necessária ou vista como uma pastora —, mas como amiga delas. Como irmã em Cristo.

— Sim, eu adoraria fazer isso — Hanna respondeu. Mais um passo para a frente em liberdade como a amada.

John assobiou baixinho.

— Tá brincando — ele disse depois que Charissa terminou de lhe contar sobre Meg e as fotos da casa.

— É como uma cápsula do tempo — Charissa respondeu. — Meg nos contou que a única coisa que parece diferente é o carpete que alguém colocou sobre o piso de madeira. Todo o resto parece que foi congelado no tempo desde que Meg saiu de lá. Como se ela tivesse fechado a porta e tudo tivesse ficado parado atrás dela.

Ele colocou os pés sobre a mesinha de centro.

— Então, ela vai ficar bem quando começarmos a remodelar tudo?

Charissa confirmou:

— Ela disse que tudo tem a aparência muito datada e que ela ama pintar, se nós quisermos a ajuda dela com isso. Eu lhe disse que quero que ela vá ver a casa enquanto ainda está vazia, para lhe dar uma oportunidade de andar por ela de novo.

— Ela pode levar o tempo que precisar — John disse.

Charissa sentou-se ao lado dele e apoiou a cabeça em seu ombro.

— Eu não tinha certeza de como ela se sentiria ao ver as fotos. Mas ela disse várias vezes que estava feliz e que achava que, talvez, tudo se tornasse parte do plano de cura de Deus para ela.

— Um tipo de conclusão, talvez.

— Talvez.

— Uma conclusão para ela, um novo capítulo para nós.

— Um ótimo novo capítulo. — Ela o beijou. — Se eu aprendi alguma coisa nos últimos meses, é que Deus é cheio de surpresas. Eu poderia muito bem desistir de tentar planejar tudo.

John colocou os lábios sobre a barriga dela e falou:

— Escutou, bebê? A mamãe está aprendendo a abrir mão do controle!

— É, bem... — Charissa acariciou o cabelo dele. — A mamãe tem mais uma coisa a fazer a esse respeito. — Ela se inclinou e pegou o celular.

— Vai ligar para quem?

— Meus pais. — Ela ligou para o telefone da casa deles. Era hora de arrancar esse curativo e fazer algo que ela estava pensando em fazer desde quando conversara com a mãe sobre o trabalho do Dr. Allen. Era hora de contar-lhes a verdade sobre como o semestre terminou. Para o bem dela. Era hora de dar mais alguns passos para a frente na liberdade, afastando-se da vergonha e do medo.

Jesus, me ajuda.

Sua mãe atendeu no terceiro toque:

— Oi, querida.

— Oi, mãe. O papai está aí?

— Ele está sentado bem ali. Quer falar com ele?

— Pode pedir para ele pegar o outro telefone? Tem uma coisa que eu quero contar para vocês dois.

"Trate-se com um pouco de graça", sua mãe havia aconselhado, "e siga em frente."

Era hora de contar-lhes como estava seguindo em frente pela graça.

— Você tá bem? — Hanna perguntou para Meg depois que ela desligou o telefone.

Meg fechou os dois punhos diante do rosto. Embora parecesse que ela fosse socar o ar por frustração, lentamente abriu as mãos em vez disso.

— Essa sou eu abrindo mão. — Ela suspirou longamente. — De novo.

Hanna continuou sentada à mesa da cozinha e abriu as mãos para imitar Meg em um gesto silencioso de solidariedade.

Meg caminhou para a pia e ficou olhando para o vaso de terra no peitoril. Hanna lhe dera um bulbo de *amaryllis*. Flores no inverno. Para dar esperança.

— Ela está bem — Meg disse. Encheu um copo de água para a garganta irritada. — Ela está transbordante, falando sobre como Paris é fantástica e como esse é o melhor aniversário de sua vida.

As paisagens, os sons, o romance de tudo isso. A comida, a música, a arte. Ela se apaixonou por uma cidade, e como conseguiria sair de lá? E era Simon isso, Simon aquilo, Simon fez isso, Simon disse aquilo; nós isso, nós aquilo, nós fizemos isso, depois fizemos aquilo. Ela havia dito que estava mais feliz do que jamais esteve na vida inteira. *Inteira.*

— Parece malvadeza, né, dizer que eu estava esperando que ela estivesse passando um tempo miserável. Seguro, mas miserável.

Meg esperava que Becka dissesse que tudo foi um erro horrível, que ela viu o que Simon realmente era: um aproveitador, um manipulador, um homem em crise de meia-idade que deixou a esposa, ou talvez foi deixado por ela, certamente por um bom motivo — e que ela estava arrependida por ter estragado a visita e arrependida que a mãe tivesse voltado para casa. Meg a imaginou dizendo: "Eu queria nunca ter vindo aqui com ele!" Mas não; Becka disse: "Este é o melhor presente da minha vida!"

Hanna ficou em silêncio com ela, com as mãos ainda abertas e repousadas sobre a mesa, como se estivesse recebendo algo. Essa era a parte que ela precisava lembrar, não era? Não apenas abrir mão, mas receber de mãos abertas. De coração aberto. Poderia um coração que estava enlutado, temeroso, bravo, ressentido, duvidoso e quebrado também estar aberto? "Toma o que tenho, Senhor. É tudo o que tenho."

A voz de Katherine ecoou em sua cabeça: "Emanuel. O Senhor está com você."

Até mesmo antes.

Até mesmo agora.

Até mesmo aqui.

Meg abriu um armário, tirou uma vela branca grande e a acendeu. Para dar esperança.

Mara estava sentada no culto, com um bebê dormindo no colo e acompanhando com os lábios a letra de "Away in a Manger" enquanto uma menininha vestida de Maria se ajoelhava ao lado de um berço de madeira no meio da bagunça sobre o palco e cantava a canção de ninar com a língua presa. Abby se inclinou e sussurrou algo para Jeremy, que sorriu e concordou com a cabeça. Talvez eles estivessem imaginando Madeleine cantando algum dia. Nossa, ela seria uma linda pequena Maria. Absolutamente linda.

Mara tocou em suas bochechinhas sedosas enquanto lágrimas começavam a rolar pelas próprias bochechas.

— Você foi escolhida — Katherine dissera. — Você foi escolhida para ser o lugar de habitação do Deus Altíssimo.

Escolhida. Agraciada. Amada. Como podia?

Obrigada, Jesus. Obrigada por vir. Obrigada por nascer na bagunça. Por nascer em mim. Por nascer no mundo. Obrigada.

— Alegra-te, agraciada — o anjo dissera. — O Senhor está contigo. Não temas.

Sim. Sim.

Mara fechou os olhos.

E recebeu.

"Que presente", Hanna pensou. Que presente era sentar-se em um santuário com luz fraca na véspera de Natal e escutar a leitura das Escrituras. Que presente era cantar alguns dos hinos com os quais ela estava orando nas últimas semanas. Que presente era sentar-se ao lado de Nate, Jake e Meg e contemplar o amor de Deus juntos. Que presente era perceber e nomear a luz brilhando na escuridão, reconhecer os jugos e fardos sendo quebrados, celebrar a vinda de Cristo. Que presente era ser esticada e aumentada para receber Jesus. Que presente era ofertar Cristo para outros.

Que presentes majestosos, extravagantes, inestimáveis.

Obrigada, Senhor. Obrigada por nos guiar em todas as nossas tentativas de andarmos para a frente. Pela tua paciência conosco quando tropeçamos. E pelo presente de andarmos juntos. Obrigada.

Ela rodou os brincos nas orelhas e fez orações pelo que vinha à mente. Por Nate e Jake. Pelos pais dela. Pelo irmão, cunhada e sobrinhas. Pelos colegas de Westminster e pela congregação. Por Nancy. Por Charissa e John, Meg e Becka, Mara e Tom, Brian e Kevin. Por Jeremy e pela família. Por Heather. Até por Simon. E por Laura. E sim, Senhor, pelo bebê de Laura.

Nathan se inclinou para a frente para segurar o próprio calcanhar, e Hanna orou em silêncio com ele. Hineni. *Senhor, abençoa-o enquanto ele se entrega a ti.*

Quando chegou a hora de ele falar, Nathan apertou a mão dela e se levantou para tomar seu lugar em um banquinho próximo ao púlpito. Conforme as luzes fracas cediam à escuridão, ele riscou um fósforo e acendeu a vela de Cristo.

— No princípio era o Verbo, — ele declarou — e o Verbo estava com Deus, e o Verbo era Deus...

Que presente, Senhor.

Que presente.

NATAL

Meg trancou a porta da frente e observou a rua, sentindo a essência fresca de pinho misturando-se à fragrância leve mas pungente da lareira de algum vizinho queimando madeira. A neve suave rodopiava ao redor dela não como flocos, mas como pó fino, brilhando como purpurina sob a luz do sol. A vizinhança estava quieta; o silêncio da manhã quebrado apenas pelos latidos espaçados de um cachorro e pela risada de uma criança. Meg balançou as chaves e disse:

— Tem certeza de que tem tempo bastante para isso, Hanna?

— Bastante tempo — ela respondeu. Calçou as novas e grandes luvas cor de fúcsia e arrumou seu cachecol tricotado, com seus pontos largos e irregulares, um presente carinhoso da sobrinha de oito anos.

— Não acredito que você está disposta a fazer isso por mim — Meg disse. — A tirar tempo dos seus planos para o Natal. — Segurou o corrimão para não escorregar nos degraus congelados.

— Nós te amamos — Hanna respondeu. — Estamos com você. Queremos que saiba disso.

Quando chegaram ao pequeno e arborizado cemitério logo depois das 10h, uma SUV preta já estava estacionada na ladeira próxima ao túmulo de Jimmy. Meg mordeu o lábio. Ela conseguia imaginar o rabecão preto e as cabeças curvadas de quem se havia juntado para lamentar debaixo daquele carvalho 21 anos atrás. Ela conseguia ver Rachel, a mãe delas, Sra. Anderson, e a avó de Jimmy, que o criara depois que os pais dele foram mortos por um motorista bêbado. A vovó Lois falecera pouco depois de Jimmy — por causa do coração partido, Meg sempre acreditou.

Mara saiu de seu carro embrulhada em casaco longo de pele falsa e com um gorro de estilo russo com protetores de orelha, carregando uma guirlanda com um enorme e brilhante laço dourado. Ela engolfou Meg em um abraço felpudo.

— Eu não tinha certeza se podia colocar algo sobre o túmulo, — Mara disse — mas parece que outras pessoas fizeram isso.

Meg olhou a colina ao redor, onde guirlandas, arranjos de ramos de pinheiros e até brinquedos de crianças estavam visíveis sobre a neve.

— Obrigada por vir — Meg disse. — Muito obrigada por vir.

Outro carro apareceu na subida da ladeira.

— Deve ser Charissa — Mara comentou. — Acho que eles estão indo para Traverse City depois daqui, para passar alguns dias com os pais de John. — Ela afofou o laço da guirlanda. — E eu estou tão feliz por você estar vindo para o Nova Estrada comigo e com Kevin, Meg. Tão feliz por você conhecer a família toda. Sei que não é o que você estava esperando este ano, mas...

Meg colocou a mão sobre o ombro de Mara.

— Mas eu estou grata — ela respondeu. — Obrigada pelo convite.

Nada disso era o que Meg esperava ou havia previsto.

Nada disso.

E, mesmo assim...

Quando Hanna se oferecera mais cedo para ir com ela para o cemitério, ela havia ficado aliviada. Já era hora. E ela não precisava chorar sozinha diante do túmulo.

Quando Hanna se oferecera para dirigir um tempinho de oração, lembrança e agradecimentos, Meg ficara profundamente comovida. Ela estava tão atordoada durante o funeral, que não tinha memória alguma do que foi dito ou orado.

E, quando Hanna se oferecera para combinar uma hora em que as outras pudessem se juntar a elas, quando elas pudessem, juntas, como Hanna havia dito, "cantar seus desafiadores pontos de exclamação da presença, amor e vitória de Cristo", Meg disse sim.

Sim!

E, algum dia... Talvez algum dia ela e Becka viessem juntas colocar flores no túmulo.

Enquanto Charissa estacionava o carro, Meg se inclinou na neve ao lado da lápide, beijou o dedo indicador e, lentamente, passou-o sobre o nome de Jimmy. James Michael Crane. Amado marido e pai.

Inspira. Emanuel.

Expira. Tu estás comigo.

Meg se levantou, e juntas formaram um círculo ao redor do túmulo, fizeram suas orações e cantaram suas esperanças. E, além do som das vozes comoventes de suas amigas, Meg conseguia imaginar bem os ecos dos corais de anjos cantando glória a Deus.

COM GRATIDÃO

*"Quanta gratidão podemos expressar a Deus por vós,
diante da grande satisfação com que nos alegramos por
vossa causa diante do nosso Deus?"*
1Tessalonicenses 3:9

Com gratidão...

Pelo meu marido, Jack. O que José foi para Maria, você tem sido para mim. Obrigada. Eu não poderia fazer nada disso sem você. Obrigada por estar disposto a estar "grávido" comigo de novo. Eu te amo.

Por nosso filho, David. Você era um jovem adolescente quando *Calçados Confortáveis* nasceu. Agora, você é um maravilhoso jovem adulto explorando todos os seus dons criativos. Eu te amo. Estou muito orgulhosa de você.

Pela minha mãe e pelo meu pai. Vocês foram meus encorajadores firmes e leais, e eu sou muito grata. Obrigada por todas as maneiras como vocês derramaram seu amor por mim. Amo vocês.

Pela minha irmã, Beth. Seu humor, amor, ideias e honestidade são presentes inestimáveis na minha vida. Obrigada.

Pela Igreja Redeemer Covenant. Vocês têm nos amado tanto que servir no ministério é uma alegria. Obrigada. Eu agradeço a Deus por vocês.

Pelo Clube dos Calçados Confortáveis original. Nossa temporada de caminhada juntas deu um fruto tão lindo. Sou muito grata.

Por Mary Peterson, minha Elizabeth. Obrigada por me ajudar a perceber a obra de Deus e a me alegrar com encanto pelas anunciações. Você apoia minha história com imensa compaixão.

Por Anne Schmidt, minha amiga de escrita, cujo encorajamento ajudou a trazer este livro à luz. Nós cantamos nossas esperanças com lágrimas nos olhos. Estou com saudade de você.

Por Carolyn Watts, Shalini Bennett, Sharon Ruff, Marilyn Hontz, Lisa Samra e Debra Rienstra, parteiras fiéis que estiveram comigo durante momentos cruciais do nascimento deste livro. Obrigada por orarem, por me lembrarem de respirar e por me encorajarem ao longo do cansaço de um parto difícil e comprido. Vocês me ajudaram a perseverar em esperança quando parecia que eram dois passos para a frente e vários passos para trás.

Por Martie Sharp Bradley. Você conhece essas personagens muitíssimo bem. Obrigada por sua bênção, que me ajudou a lançá-las ao mundo de novo.

Por amigos e sábios consultores que leram os primeiros rascunhos e cenas, me ajudaram com a pesquisa de detalhes e me deram suas críticas. Obrigada, Sharla, Anna, Wendy, Mitch, Jennifer, Rebecca, Cherie, Sandi, Catherine, Anne, Eve, Linda Joy, Phil, Julie e Jan. Suas ideias e experiência tornaram este livro melhor. Sou grata por vocês.

Por amigos de longa data, que enriqueceram minha vida de toda forma possível. Obrigada por andarem comigo. Vocês me dão imensa alegria.

Por Gretchen, que alegre e generosamente espalha a mensagem. Você é muito amorosa e uma publicitária maravilhosa. Obrigada.

Por professores que me desafiaram, me encorajaram e me nutriram ao longo do caminho. Obrigada a Stephen Brescia, que incentivou aquela menina tímida do sexto ano a encontrar a própria voz e escrever; a Art Farr, que gentilmente empurrou uma adolescente temerosa para fora da sua zona de conforto;

a Caroline Auburn, que ensinou uma adolescente perfeccionista a "abrir mão e deixar Deus agir"; a Barbara Hornbeck, que relembrou uma determinada jovem adulta das coisas mais importantes; a Pat Skarda, que se dispôs a pensar fora da caixa com uma fervilhante aluna da faculdade. Agradeço a Deus por vocês.

Por toda a grande nuvem de testemunhas, e especialmente por Nana. Eu te amo e tenho saudade de você. Seus presentes extravagantes continuam rendendo.

Por frascos especiais de inspiração ao longo do caminho. Obrigada, tia Sally, por um presente precioso de Belém. Obrigada, Gail e Lois, por implementarem a visão de uma linda missa de Advento no nosso santuário. Obrigada, Deb, pela história do *amaryllis*. Obrigada, Eleanor, por me dar um bulbo.

Pela equipe maravilhosa da IVP, e particularmente pela minha editora talentosa, Cindy Bunch. Obrigada pelo encorajamento, visão e conselhos sábios. Obrigada, também, a Lorraine Caulton e Kathryn Chapek, gentis advogadas de marketing e vendas. Eu sou muito grata pela sua parceria no ministério e me sinto muito privilegiada de ser parte da família InterVarsity Press.

Pelos leitores de *Calçados Confortáveis*, que guardaram as personagens e a jornada no coração. Por causa de vocês, o livro alçou voo de formas impressionantes e imprevisíveis, de uma versão de publicação própria (agora, um "rascunho inicial com cenas deletadas") até a marcante compra pela InterVarsity Press. Obrigada por compartilharem a jornada comigo.

E pelo meu Amado. Nenhuma palavra pode expressar minha gratidão pela altura e profundidade, comprimento e largura do teu extravagante amor. Mas esta é minha oferta de amor de volta. Obrigada, Senhor. Por tudo.

"Glória a Deus nas maiores alturas, e paz na terra entre os homens a quem ele ama" (Lucas 2.14).

GUIA PARA ORAÇÕES E CONVERSAS

O ambiente de *Dois passos para a frente: Uma história sobre perseverança na esperança* é a época do Advento, um tempo que nos convida a mantermos vigília e continuarmos atentos a todas as formas como Cristo entra em nosso mundo e em nossa vida. O Advento é uma época de preparação em oração, uma época para praticar a esperança — não o tipo de esperança sinônima de "desejar" certos resultados, mas uma esperança firmemente enraizada na pessoa, obra e promessas de Deus em Jesus Cristo. Somos chamados a sermos um povo do Advento, a vivermos em uma postura de prontidão e expectativa todos os dias do ano.

Sybil MacBeth, autora de *The Season of the Nativity: Confessions and Practices of an Advent, Christmas and Epiphany Extremist* [O tempo de Natividade: Confissões e práticas de um extremista do Advento, Natal e Epifania], escreve: "Durante o Advento, somos relembrados dos paradoxos e das incongruências da vida: luz e trevas; fé e medo; alegria e tristeza; vulnerabilidade e poder; fraqueza e força; feito, mas incompleto; agora e ainda não. Esses pares de ideias contrastantes não são apenas para o Advento. Eles são os temas e dilemas de cristãos comuns e cotidianos — as pessoas que acreditam que um Messias encarnado, de carne e osso, já veio, mas que a transformação do mundo ainda não foi completada."

Este guia não é um "Guia do Advento" (embora possa ser adaptado para uso durante o Advento), mas uma jornada de oito semanas de formação espiritual, usando as personagens como janelas e espelhos para melhor entendermos nossa vida com Deus, nossa receptividade e resistência, nossos desejos e medos, nossos dois passos para a frente e frequentes passos para trás. Em cada semana, você vai encontrar perguntas de reflexão e uma coleção de práticas espirituais para explorar, tanto individualmente quanto em comunidade.

Você não precisa fazer todas as atividades toda semana. Em vez de tentar praticar uma disciplina diferente todo dia, escolha duas para praticar regularmente — duas que te vivifiquem e que te levem além do confortável. Algumas das disciplinas podem ser misturadas em um tempo mais longo de oração. Peça a Deus para te mostrar como ele está desejando te conformar à imagem de Cristo e como você pode cooperar com o Espírito na obra de transformação de Deus, um passo de cada vez. Mesmo que você não tenha o hábito de escrever em um diário, planeje manter algum tipo de anotação da sua jornada, registrando o que você estiver vendo ao longo do caminho.

Cristo veio. Cristo ainda vem até nós. Cristo virá de novo. Que o Espírito nos prepare e nos habilite a receber Cristo diariamente, no meio dos desafios e das alegrias, com encanto, gratidão e esperança.

SEMANA UM

PARTE UM: VIGÍLIA

Esta semana, você vai ler o primeiro e o segundo capítulo da Parte Um. A cada dia, escolha uma pergunta de reflexão para meditar, ou uma (ou mais) disciplinas espirituais para praticar.

Oração de preparo: com as mãos abertas, entregue seus cuidados e preocupações a Deus. Com as mãos abertas, receba o cuidado e preocupação de Deus por você (1Pedro 5:7).

REFLEXÃO

1. Na cena de abertura de *Dois passos para a frente*, nós temos um vislumbre de algumas das batalhas de certas personagens:

medo, luto, inveja, egoísmo, ansiedade, desencorajamento, abrir mão do controle, confiar em Deus, dificuldade de descansar. De que formas específicas você se identifica com essas mulheres? Oferte em oração a Deus o que você perceber.

2. O que vem à sua mente quando pensa na palavra "esperança"? O que te ajuda a perseverar na esperança? Acenda uma vela quando você orar como uma declaração da presença de Deus com você.

3. Mara olha para a paisagem da vida dela e se pergunta: "O que pode nascer em um lugar assim?" Passe algum tempo pensando sobre a paisagem da sua própria vida. Como você está recebendo a presença de Cristo no caos, nas dificuldades ou na bagunça? Ou, se nada vier à mente com uma situação atual, pense sobre uma experiência passada. Como Jesus deixou sua presença clara? Como uma memória da fidelidade de Deus pode te encorajar a confiar em Deus no futuro?

Oração de respiração

Meg pratica a oração de respiração como uma forma de se centralizar na presença de Deus e ser continuamente relembrada de que Deus está com ela. Pratique combinar uma oração curta com seu ritmo de respiração. Você pode escolher um versículo e dividi-lo em um padrão de inspiração/expiração. Por exemplo: "Aquietai-vos (inspira) e sabei que eu sou Deus (expira)" (Salmo 46:10). Ou escolha um nome de Deus nas Escrituras e depois expresse uma breve declaração de fé, um pedido ou um desejo. Por exemplo: "Emanuel (inspira), tu estás comigo (expira)." "Autor da vida (inspira), renova--me no teu amor (expira)." Passe algum tempo tentando escutar Deus te sugerindo uma oração: como Deus está te chamando a nomeá-lo? O que Deus está te convidando a declarar sobre quem ele é ou sobre o que você precisa? Conforme você respira, receba o próprio fôlego de Deus te vivificando. Pratique estar atenta à sua respiração ao longo do dia para que sua oração se torne habitual.

MEDITAÇÃO NAS ESCRITURAS
(*LECTIO DIVINA*, OU "LEITURA SAGRADA")

Leia lentamente Isaías 9:2-4 em voz alta algumas vezes, tentando identificar uma palavra ou frase que chame sua atenção e te convide a pensar mais sobre ela em oração. Como essa palavra ou frase em particular se conecta com sua vida? Como ela te conforta ou te confronta? Fale com Deus sobre sua resposta a essa palavra, seus pensamentos e sentimentos que surgem ao redor dela. Depois, escute o convite de Deus para você. Termine com um tempo de silêncio, descansando na presença de Deus.

ESCREVENDO NO DIÁRIO

Hanna passa um tempo escrevendo no diário sobre Isaías 9:2-4. Como você responde a essas perguntas: de que formas a luz está vindo e iluminando lugares onde habitei na escuridão? Como eu respondo à luz e ao que ela revela? Quais são os jugos que Deus está desejoso por quebrar na minha vida? Quais fardos carrego sobre meus ombros que Deus está tentando tirar e carregar por mim? Como vou praticar o hábito de soltar esses fardos e dá-los para ele?

COMUNIDADE

Depois de andarem juntas por alguns meses, as personagens passaram a valorizar a importância da comunidade. Quem são seus companheiros confiáveis na jornada espiritual? Agradeça a Deus pelo presente da comunidade e pelas maneiras como você foi formada, encorajada e desafiada (e até provocada) por outros. Depois, passe um tempo escutando a Deus. Como você pode orar por esses companheiros de viagem? Se você tem tido dificuldade de encontrar ou de se conectar com a comunidade, ofereça seus desejos, medos ou dores a Deus em oração. Peça a Deus para te guiar a alguém que possa caminhar com você.

DESCANSO

Hanna passou anos sendo excessivamente responsável, escondendo-se por trás das ocupações, vivendo de ser necessária e encontrando sua segurança e significado no trabalho. Você pratica o descanso regularmente? Se o descanso (*sabbath*) não for um ritmo regular para você, comece a incorporar um tempo designado para parar o trabalho e deixar responsabilidades de lado. Encontre formas de praticar a satisfação em Deus e celebrar seu amor. Seja diligente no lazer, tanto sozinha quanto em comunidade.

Gratidão

Meg contempla as formas como Deus provê para ela através da bondade de estranhos — até mesmo uma estranha que ela estava pronta para ignorar por ser desconhecida. Revisite em oração o último dia ou semana. Como Deus proveu para você? Deus usou algum disfarce inesperado? Agradeça a Deus pelo cuidado dele.

Semana Um: perguntas para discussão em grupo

(Nota: se for um novo grupo, discuta limites e expectativas. Comprometam-se a dar um ao outro o presente da confidencialidade. Escute com compaixão e atenção. Líderes de grupo, determinem parâmetros de tempo a cada semana para a discussão de perguntas. Se possível, acendam uma vela para se lembrarem de que estão juntos na presença de Deus.)

Quebra-gelo opcional: quem é sua personagem favorita? E a menos favorita? Por quê?

1. Conversem sobre algumas das lutas evidentes na vida das personagens. De que formas específicas você se identifica com elas?
2. Conversem sobre suas experiências de práticas de disciplinas espirituais esta semana. Quais foram mais vivificantes para você? Quais foram mais desafiadoras? Por quê?
3. Pratiquem a *lectio divina* em grupo. Escolham quatro leitores diferentes e leiam Isaías 9:2–4 com alguns minutos de silêncio entre cada leitura. Que palavra ou frase chamou sua atenção enquanto você escutava? Passe um tempo anotando em

um diário suas respostas à Palavra de Deus em oração e em silêncio. (Líderes de grupo, aloquem vinte a trinta minutos, permitindo que os membros tenham tempo suficiente para refletir calmamente sobre o texto das Escrituras. Quando as pessoas terminarem de escrever, perguntem: "O que veio à vida para você enquanto orava com a Palavra?" Certifiquem--se de que cada membro do grupo tenha a oportunidade de falar, se desejar.)

4. Como o grupo pode orar por você, conforme avança em esperança?

SEMANA DOIS

PARTE UM: VIGÍLIA

Esta semana, você vai ler o terceiro e o quarto capítulo da Parte Um. A cada dia, escolha uma pergunta de reflexão para meditar, ou uma (ou mais) disciplinas espirituais para praticar.

Oração de preparo: se possível, acenda uma vela para se relembrar de que você está na presença do Santo. Usando sua oração de respiração da semana passada, aquiete-se no amor de Deus. Inspire a afeição de Deus por você; expire sua resistência ao amor de Deus.

REFLEXÃO

1. Como você foi encorajado ou desafiado pela jornada das personagens até agora? Que percepções você teve sobre sua própria jornada com Deus? Que desejos estão sendo atiçados? Que resistências ou medos estão sendo revelados? Oferte essas coisas a Deus em oração.

2. Charissa contemplou o contraste entre a rendição obediente de Maria à formação do Filho de Deus dentro dela e a própria resistência contra a formação de vida dentro dela (tanto física quanto espiritualmente). Use as perguntas de Charissa para sua própria reflexão: você está pronto para proferir um

sim completamente rendido para o tipo de Vida que muda tudo? Ou você prefere uma Presença menos íntima, menos intrusiva, que você possa seguir de uma distância confortável? Como você está criando um espaço sagrado onde a vida de Cristo possa florescer e crescer?

3. Mara tem dificuldade de acreditar que ela é escolhida, amada e agraciada. Katherine aponta que a palavra grega em Lucas 1:28 significa "cheia de graça." Na verdade, o apóstolo Paulo usa a mesma palavra em Efésios 1:6 para descrever Deus derramando sua graça sobre nós: "para o louvor da glória da sua graça, que nos deu *gratuitamente* no Amado" (ênfase minha). Escreva no diário sobre sua própria resposta à palavra "agraciada". O que te ajuda a receber as boas novas da graça de Deus? O que as deixa difíceis de acreditar? Pratique ficar diante de um espelho e dizer estas palavras: "Alegra-te, agraciado! O Senhor está contigo!" Perceba sua receptividade ou resistência ao exercício.

4. Identifique algumas das suas próprias perguntas "Como pode isso?" "Como pode isso, já que sou... [preencha a lacuna com qualquer coisa que você acha que tornará impossível para Deus fazer o que ele disse que faria em você, por você e através de você]?" Entregue sua admiração, perplexidade e medos para Deus em oração.

DIZER A VERDADE E CONFESSAR

Charissa e Mara são convidadas a dizer o que é verdade, mesmo quando a honestidade "parece feia". Quão honesto você é e sem edições nas suas orações? Se te convencessem de que Deus não te punirá por ser franco sobre seus pensamentos e sentimentos, o que você oraria? Passe um tempo escrevendo as palavras, dizendo as palavras e pedindo por coragem para orar as palavras. Leve o exercício um passo além ao identificar um companheiro confiável e confessando seus pensamentos honestos, sentimentos, medos, lutas ou pecados em voz alta.

LAMENTO

Dr. Allen incentiva Charissa a nomear as coisas que morreram: os planos, ambições e visão de vida dela. "Essas mortes espirituais e emocionais não são menos significativas do que as físicas, mas podem ser mais difíceis de nomear." Hanna também percebe que tem algo para enlutar. Ela reconhece que o Espírito Santo está tentando chamar sua atenção ao pressionar lugares machucados para que ela possa nomear suas tristezas em oração. De que formas você está sendo convidado a "perseverar com o que mexe com você"? Há algum luto para ser nomeado para Deus em oração? Algum ferimento ou tristeza que ficou infectada com autopiedade, amargura ou ressentimento? Escreva uma oração de lamento, ofertando a Deus seus pensamentos honestos, sentimentos, dores e decepções.

ORAÇÃO DE EXAME

Meg pratica revisitar o dia dela com Deus em oração, percebendo e nomeando momentos em que esteve ciente da presença de Deus e dos momentos em que Deus parecia escondido, momentos em que ela respondeu com fé, e momentos em que foi tomada pelo medo. Comece se aquietando na presença de Deus, agradecendo por alguns dos presentes do dia. Depois, peça ao Espírito Santo que te ajude a perceber e nomear seus movimentos em direção a Deus e para longe de Deus. Celebre a bondade de Deus para com você. Confesse o que precisar ser confessado e receba a graça e o perdão de Deus. Diante do que você tiver percebido durante sua avaliação do dia em oração, como você pode viver diferente amanhã? (Para um ensinamento mais detalhado sobre a oração de exame, veja *Calçados Confortáveis*.)

ORIENTAÇÃO ESPIRITUAL

Mara deseja aprender a ver como Deus está com ela na vida cotidiana. Orientação espiritual provê uma oportunidade de entrar na presença de Deus com alguém treinado no ministério de escutar com santidade, alguém que nos ajuda a perceber e nomear como

Deus está trabalhando em nossas vidas, com o objetivo de aprofundar nossa amizade com Deus e aumentar nossa atenção aos movimentos do Espírito Santo. Se você ainda não tem um orientador espiritual, dê o primeiro passo esta semana ao explorar oportunidades de orientação espiritual na sua comunidade local. Fale com seu pastor, entre em contato com um centro de retiro ou procure informações online pelo que há disponível na sua região.

Orando com a imaginação

Leia Lucas 1:26–38 lentamente e em voz alta várias vezes. Agora, imagine que você é Maria. O que você vê? Ouve? Sente? Pensa? Como você responde à mensagem do anjo? O que sua resposta revela sobre onde você está com Deus? Converse com Deus sobre o que você perceber.

Celebração

Pense sobre o que significa estar "grávida com o Filho de Deus", ser escolhido, agraciado e favorecido para carregar Cristo assim como Maria. Encontre uma forma de celebrar a obra do Espírito por fazer de você um lugar de habitação para o Deus Altíssimo.

Personalizando um versículo

As palavras de boas notícias que Gabriel proclama para Maria são palavras que ecoam um tema ao longo das Escrituras: "Não tenha medo. Deus derramou sua graça." Pratique colocar seu nome na promessa frequentemente ao longo do dia. "Não tenha medo, [seu nome], pois você encontrou favor diante de Deus."

Oração de intercessão

Passe um tempo escutando. Quem Deus está trazendo à sua mente em oração? Pense além de uma lista longa de necessidades, e peça ao Senhor para te ajudar a orar com o coração dele e com compaixão, confiante de que ele escuta tanto suas palavras quanto seu silêncio.

Semana Dois: perguntas para discussão em grupo

Se possível, acendam uma vela para se lembrarem de que estão juntos na presença de Deus. Deem um tempo para oração de respiração silenciosamente antes de começarem.

1. Conversem sobre suas experiências de práticas de disciplinas espirituais esta semana. Quais foram mais vivificantes para você? Quais foram mais desafiadoras? Por quê?

2. Muitas das suas perguntas de reflexão e práticas espirituais desta semana se concentraram em Lucas 1:26–38. Leiam o texto em voz alta, depois conversem sobre suas experiências de oração com esse texto esta semana. Ou pratiquem a *lectio divina*, ou orem com a imaginação juntos.

3. Como o grupo pode orar por você enquanto avança em esperança?

4. Como forma de oferecer a bênção de Deus um para o outro, façam um círculo e digam, um por vez, estas palavras para a pessoa da esquerda: "Não tenha medo, [nome], pois você encontrou favor diante de Deus." Certifique-se de investir o tempo necessário para escutar e saborear a bênção quando ela for dita para você.

SEMANA TRÊS

PARTE DOIS: AGUARDANDO NO ESCURO

Esta semana, você vai ler os capítulos Cinco e Seis na parte Dois. A cada dia, escolha uma pergunta de reflexão para meditar, ou uma ou mais disciplinas espirituais para praticar.

Oração de preparo: passe um tempo agradecendo a Deus por te amar, te escolher, por esbanjar sobre você graça e favor. A cada dia, comece seu tempo de reflexão com estas palavras: "Não tenha medo, [seu nome], pois você encontrou favor diante de Deus."

Reflexão

1. Hanna fala da tendência dela de comparar e medir seu sofrimento em relação ao que outros sofrem, dizendo a si mesma que ela "não deveria se sentir mal porque essa e aquela pessoa estão muito pior". Você já foi tentado a negar ou minimizar sua própria dor? Por quê? Qual foi o resultado? Entregue a Deus em oração qualquer dor enterrada e potencialmente tóxica.

2. Quando Hanna conta para Nathan que ela vai jejuar algo que lhe dá prazer, ele a desafia. Para Hanna, ter um banquete é mais difícil do que jejuar, e Nathan acredita que ela vai ter mais benefícios espirituais por praticar a celebração do que por praticar a abnegação. E quanto a você? Você tem mais prática com o banquete ou com o jejum? O que Deus poderia estar te convidando a praticar agora? O que você espera que o fruto seja?

3. Algumas das personagens estão passando por estresse considerável e conflitos nos relacionamentos. Há algum relacionamento na sua vida que requeira atenção específica agora? Que passos ativos para a reconciliação são possíveis ou necessários? Há alguém ao seu lado para te apoiar e encorajar no meio do estresse? Que verdade você está sendo convidada a dizer — para Deus, para outros, para si mesmo?

4. Ou, se você não está no meio de um conflito, Deus está te chamando para caminhar ao lado de quem durante um período difícil? Como você vai orar, escutar, manter a vigília e confiar na vinda de Deus no meio da bagunça?

5. Leia João 1.20. Pense em qualquer situação em que você tentou ser o Messias, o Resgatador. O que está na raiz do impulso de intervir e tentar gerenciar o mundo de Deus para ele? Escreva uma carta de resignação para Deus. Se estiver confortável, leia sua carta de resignação em voz alta para seu grupo ou para um amigo próximo.

Perdão

Hanna se lembra de ter ferido Mara ao manipulá-la a falar de si mesma e pede por seu perdão. Peça a Deus para trazer à sua mente qualquer pessoa que você tenha ferido com seu pecado. Se você tiver a oportunidade de pedir perdão, tente pedir. Se você estiver resistindo a pedir perdão, peça a Deus que ilumine para você as razões disso. Ore por coragem para praticar a humildade e a vulnerabilidade.

Lazer

Passe tempo lembrando-se de como você gostava de brincar quando era criança. Pratique o hábito de entrar no reino de Deus como uma criança ao recriar uma memória favorita de lazer. Ou, se nada vier à mente, imagine um tempo de lazer que te deixaria alegre. Faça esse evento acontecer, sozinha ou em comunidade.

Espera

Uma das maneiras mais comuns como Deus nos forma é através da nossa espera. Se você acha difícil esperar — se, assim como Nathan, você se vê lutando contra a impaciência enquanto espera —, procure por oportunidades para praticar o hábito de esperar bem. Se você escolher esperar na fila mais longa do mercado, não se distraia com um celular ou com uma revista enquanto espera. Use o tempo de espera para estar atento à presença de Deus. O que Deus gostaria que você notasse nas pessoas ao seu redor? Como você poderia orar por elas? Dar uma palavra de gentileza? Oferecer um simples ato de serviço? Pratique a mentalidade de oração nos tempos de espera. Anote o que você perceber sobre a sua espera.

Estudo

Leia Romanos 5:1-5. O que Paulo fala sobre paz, graça e esperança? O que ele quer dizer com "gloriar-se"? Qual é o propósito e o fruto do sofrimento em nossas vidas? E o papel do Espírito?

Usando uma concordância do léxico grego, faça um estudo das palavras do texto (tribulação, perseverança, aprovação, esperança etc.). Quais palavras chamam sua atenção? Por quê? O que te desafia? O que te conforta? Quando você tiver terminado de estudar o texto, passe um tempo orando com ele. O que Deus está te revelando?

CULTO

O culto semanal com um grupo de crentes é uma parte importante da sua vida com Deus? Por quê é ou por que não é? Passe um tempo pensando sobre suas motivações e desejos. Se você tem evitado participar de um culto com a comunidade, fale com Deus sobre as razões para isso.

ORAÇÕES ESCRITAS

Hanna decide ler e orar as letras de hinos, muitos dos quais são teologicamente ricos e cabem bem em oração. Se você normalmente faz orações espontâneas, tente orar com palavras escritas, seja com um hinário, seja com um livro de orações, como o Livro de Oração Comum. O que você percebe ao usar as palavras de outros em oração?

ORIENTAÇÃO

Deus promete nos suprir com sabedoria quando ela nos falta (Tiago 1:5), nos dar conselhos sob a vista dele (Salmo 32:8), endireitar nossas veredas (Provérbios 3:5,6) e falar com voz de Pastor (João 10:27). Como você recebe a orientação de Deus? Qual é o papel da comunidade nesse processo? Que textos das Escrituras são significativos para você quando pensa em ser orientado por Deus? Se você está procurando orientação no momento, pense em uma experiência anterior de ter buscado a Deus procurando orientação. Como Deus revelou o caminho dele para você? A sua experiência atual tem algo em comum com sua experiência passada? Anote as suas observações.

MEDITAÇÃO DAS ESCRITURAS (*LECTIO DIVINA*)

Leia João 1:1-9 em voz alta, lentamente e em oração, várias vezes. Que palavra ou frase chama sua atenção e te convida a ponderar sobre ela? Como essa palavra ou frase se conecta com sua vida? Que sentimentos ou pensamentos surgem acerca desse trecho? Ofereça sua resposta a Deus em oração; escute o convite e a resposta de Deus para você. Termine com um tempo de silêncio, descansando na presença de Deus.

SEMANA TRÊS: PERGUNTAS PARA DISCUSSÃO EM GRUPO

Se possível, acendam uma vela para se lembrarem de que estão juntos na presença de Deus. Esta semana, comecem com uma palavra de graça e bênção. Formem um círculo e, um por vez, digam estas palavras para a pessoa da direita: "Não tenha medo, [nome], pois você encontrou o favor de Deus." Certifique-se de investir o tempo necessário para escutar e saborear a bênção quando ela for dita para você.

1. Conversem sobre suas experiências de práticas de disciplinas espirituais esta semana. Quais foram mais vivificantes para você? Quais foram mais desafiadoras? Por quê?

2. Pratiquem a *lectio divina* em grupo. Escolham quatro leitores diferentes e leiam João 1:1-9, com alguns minutos de silêncio entre cada leitura. Que palavra ou frase chama sua atenção enquanto vocês escutam? Passem um tempo anotando suas respostas à Palavra de Deus em oração e em silêncio. (Líderes de grupo: aloquem aproximadamente vinte minutos, permitindo aos membros tempo suficiente para refletirem em silêncio sobre o texto das Escrituras. Quando as pessoas terminarem de anotar, perguntem: "O que veio à vida para você enquanto orava com a Palavra?" Certifiquem-se de que cada membro do grupo tenha a oportunidade de falar, se desejar.)

3. Leiam suas cartas de resignação, se estiverem confortáveis. Depois que cada membro ler, parem um tempo e façam

uma oração silenciosa, pedindo para Deus receber a entrega do controle.

4. Na oração de encerramento, deixem cada pessoa fazer uma declaração de desejo ou necessidade de Deus. Parem um tempo depois de cada declaração feita, pedindo a Deus que se aproxime e revele sua presença.

SEMANA QUATRO

PARTE DOIS: AGUARDANDO NO ESCURO

Esta semana, você vai ler o sétimo e o oitavo capítulo da Parte Dois. A cada dia, escolha uma pergunta de reflexão para ponderar. Além de qualquer disciplina espiritual que você esteja praticando regularmente, você está convidada para fazer a oração de exame esta semana (veja abaixo).

Oração de preparo: acenda uma vela para se relembrar de que você está na presença do Deus que te conhece, te ama e te chama pelo nome. Aquiete-se usando sua oração de respiração.

REFLEXÃO

1. A vida continua a se revelar para algumas personagens. Com quem você se identifica? Por quê? Você se vê esperando por um resultado específico em cada uma das situações delas? O que os seus desejos para as personagens revelam sobre seus desejos para você mesma ou para quem você ama no meio das provações? Entregue as suas observações a Deus em oração.

2. Reflita sobre um tempo de sofrimento na sua vida. Que papel a comunidade teve em meio à provação, seja em dividir o fardo, seja em aumentar a dor? Conforme você se lembra da experiência, pelo que você pode agradecer a Deus? Pelo que você ainda precisa se enlutar ou o que ainda precisa perdoar? Escreva sobre a tristeza ou a ferida e entregue isso para Deus.

3. Pense sobre uma vez em que você testemunhou uma comunidade verdadeiramente cristã. Como ela era? Ou, se você

nunca viu o corpo de Cristo funcionando como Cristo, como você imagina que seria? Onde Deus poderia te chamar para ofertar o ministério da presença dele a outros? Que dons Deus te deu para compartilhar?

4. Hanna identifica a diferença entre colocar a confiança na habilidade dela de escutar Deus e colocar a confiança na habilidade de Deus de falar de forma que ela entenda. Isso parece uma mudança de paradigma para você? Se sim, passe algum tempo processando isso.

5. Identifique momentos na sua vida em que você foi dominado por medo, culpa ou dever. Qual foi o resultado? Identifique momentos na sua vida em que você foi guiada pelo amor. Qual foi o fruto?

6. Charissa está sobrecarregada pelas suas falhas e desencorajada pelo pecado. Se você estivesse ao lado de Charissa, que palavra de esperança lhe daria? Que palavra de esperança você precisa escutar agora?

ORAÇÃO DE EXAME

Esta semana, tente praticar a oração de exame diariamente como forma de discernir a presença de Deus em meio à vida ordinária, ou como uma forma de ver as maneiras como Cristo está nascendo em meio à bagunça. Anote seus pensamentos num diário todos os dias.

SEMANA QUATRO: PERGUNTAS PARA DISCUSSÃO EM GRUPO

Se possível, acendam uma vela para se lembrarem de que estão juntos na presença de Deus. Peçam para alguém ler Romanos 5:1–5 quando começarem.

1. Discutam quaisquer pontos de identificação com as jornadas das personagens se desenrolando. Com quem vocês mais se identificam ou ficam frustrados? Por quê? De que maneiras as personagens estão dando janelas para vocês verem a Deus

e aos outros com mais clareza, ou dando espelhos para vocês verem a si mesmos?

2. O que vem à mente quando vocês pensam sobre o "ministério da presença"? De que formas o seu grupo está praticando isso? Como vocês podem ser mais intencionais em ser uma comunidade autêntica e compassiva?

3. O que vocês perceberam com a prática da oração de exame esta semana? Algum tema recorrente surgiu? O que vocês sentem que são os convites de Deus para vocês?

4. Exercício de fechamento: ofereçam uma palavra de esperança ou encorajamento para a pessoa sentada à sua esquerda. (Tirem um tempo em silêncio para escutarem a voz de Deus em oração antes de começarem o exercício.) Que evidências da obra do Espírito você percebe neste companheiro de jornada? Tirem um tempo para escutar e absorver a palavra oferecida a vocês antes de se virarem para dar esse presente a outra pessoa.

SEMANA CINCO

PARTE TRÊS: EM UM LUGAR ASSIM

Esta semana, você vai ler o nono capítulo na Parte Três. A cada dia, escolha uma pergunta de reflexão para meditar ou uma disciplina espiritual para praticar.

Oração de preparo: acenda uma vela como sinal de esperança. Usando a sua oração de respiração, aquiete-se na presença do Deus Santo.

REFLEXÃO

1. Volte ao tema de ponderar sobre o que significa ser amada, escolhida, agraciada. Quais práticas te ajudam a meditar sobre a verdade do amor de Deus? Quais versículos das Escrituras te relembram do amor de Deus? Pratique o hábito de declarar o amor de Deus por você toda vez que vir seu reflexo.

2. Hanna pensa sobre o que significa esperar pelo reino de Deus se revelar, o que significa gemer, lutar e chorar, mesmo enquanto ainda se conforta com a obra que Deus já completou através de Jesus Cristo. O que significa cantar sobre esperança e boas novas em uma escala menor? Como você está esperando o reino ser revelado? Ore pela vinda do reino sobre a vida dos que choram. Ore pela vinda do reino sobre o mundo.

3. Várias das personagens estão sendo levadas aonde não querem ir. De que formas você se identifica com as lutas, resistência e ressentimento delas? Você é capaz de nomear uma época na sua vida em que ofereceu uma custosa oração de rendição como "Eis-me aqui, Senhor"? O que aconteceu?

4. Que tipos de situações ou pessoas te dão nos nervos e te incomodam? O que Deus pode estar revelando com esse incômodo?

5. Hanna pensa sobre as lutas dela contra a escassez e a abundância contrastando a imagem de uma pizza sendo cortada em fatias com a imagem de uma praia em um dia ensolarado. De que formas você vive em um modelo de escassez acerca do amor, deleite e bênçãos de Deus? De que maneiras você foi transformada para pensar em termos de abundância?

6. Normalmente, textos narrativos da Bíblia se adaptam mais facilmente à oração com a imaginação, mas Meg reconhece que Isaías 11.1-9 está recheado de imagens sobre como será o reino de Deus um dia, então ela se imagina dentro da paisagem descrita. Que imagens de Isaías 11 chamam sua atenção e imaginação? Qual é sua oração enquanto espera o reino de Deus ser totalmente revelado?

ORAÇÃO DE EXAME

Continue praticando a oração de exame ao fim de cada dia. O que você está percebendo sobre viver atenta à presença de Deus? O que você está vendo sobre as maneiras como você se move na direção de Deus e para longe dele?

Oração contemplativa

Às vezes chamada de "oração centralizadora", esta é uma oração de silêncio, uma oração de "descanso no amor e presença de Deus" (Salmo 131), um olhar amoroso focado no Noivo. Como nossas mentes são caóticas e barulhentas, mesmo quando não estamos falando, leva algum tempo para nos acomodarmos no silêncio. Às vezes, é útil usar uma palavra para voltar à atenção silenciosa e focada em Deus. Essa palavra pode ser um nome de Deus revelado na Palavra, ou algo como o *hineni* de Nathan, uma breve declaração de intenção ou desejo. Sempre que sua mente vagar e distrações te sobrecarregarem, retorne à quietude ao entregar essa palavra de oração para Deus. O objetivo da oração não é o silêncio ou a paz. O objetivo da oração é comunhão íntima com o Deus que nos ama, uma centralização de nós em Cristo. Assim como o silêncio compartilhado pode ser uma expressão de intimidade e confiança em um amigo, a oração contemplativa é uma declaração de confiança: não precisamos usar palavras para expressar nossa devoção a Deus. Se você não está acostumada com a oração contemplativa, tente praticá-la por cinco minutos por dia. O que você percebe?

Meditação nas Escrituras

Leia João 1:9-14 várias vezes em voz alta usando uma versão da Bíblia a qual você não esteja acostumada. Talvez você possa usar *A Mensagem*, como Mara. Que palavras ou frases chamam sua atenção e te convidam a continuar por mais tempo em oração?

Oração de intercessão

Além de orar por quem você ama, ore por quem você não ama. Peça a Deus que te ajude a orar para o reino dele entrar nos corações de quem vira o rosto para ele e por quem fere você e peca contra você.

Orando com a imaginação

Se você tiver sido influenciada demais pela experiência de Meg orando Isaías 11, escolha um texto diferente para aplicar sua imaginação. Por exemplo, em Mateus 13:24–30, Jesus conta uma parábola sobre o reino. Imagine que você está na cena ou na história. O que você ouve? Vê? Sente? Toca? O que você diz? Como você responde ao que acontece na cena? Entregue seus pensamentos e sentimentos a Deus em oração.

CELEBRAÇÃO

Nomeie algumas das "flores" que Deus te deu como evidência do amor dele. Passe um tempo celebrando e agradecendo a Deus por esses presentes e bênçãos. Agora, pense em alguém de quem você tem inveja (ou teve, no passado). Passe algum tempo identificando os presentes ou bênçãos que foram derramados sobre essa pessoa. Pratique o hábito de celebrar a generosidade de Deus, agradecendo pelas flores que foram dadas a outros. Peça pela graça de orar para que Deus derrame ainda mais bondade extravagante sobre a pessoa que você inveja.

SEMANA CINCO: PERGUNTAS PARA DISCUSSÃO EM GRUPO

Se possível, acendam uma vela para se lembrarem de que estão juntos na presença de Deus. Líderes de grupo, escolham a letra de um hino para a oração de abertura. Depois de recitá-lo algumas vezes, convidem o grupo para o cantarem juntos.

1. Conversem sobre suas experiências de práticas de disciplinas espirituais esta semana. Quais foram mais vivificantes para você? Quais foram mais desafiadoras? Por quê?

2. Recitem juntos estas palavras de João 1:14, *A Mensagem*: "A Palavra tornou-se carne e sangue, e veio viver perto de nós. Nós vimos a glória com nossos olhos, uma glória única: o Filho é como o Pai, sempre generoso, autêntico do início ao fim." Depois de passar um tempo refletindo sobre a glória e generosidade de Deus reveladas em Cristo, contem ao grupo o nome ou iniciais de alguém por quem vocês têm dificuldade de orar. Sem dar nenhum detalhe específico da história

da pessoa, compartilhem algumas frases sobre as razões das dificuldades que vocês têm para orar por ela. Deixem os outros do grupo fazerem orações, tanto por vocês quanto pelas pessoas mencionadas. Concluam esse tempo de oração recitando João 1:14 juntos de novo.

3. Compartilhem suas respostas à pergunta 3 na seção "Reflexão".

4. Exercício de encerramento: pratiquem o silêncio juntos, tendo comunhão com Deus em oração contemplativa (cinco a dez minutos).

SEMANA SEIS

PARTE TRÊS: EM UM LUGAR ASSIM

Esta semana, você vai ler o décimo capítulo da Parte Três. A cada dia, escolha uma pergunta de reflexão para meditar. Como uma prática espiritual esta semana, escreva sua história de "dois passos para a frente" (veja abaixo).

Oração de preparação: acenda uma vela para se lembrar de que Emanuel está com você. Pratique cinco a dez minutos de oração contemplativa, uma declaração do seu desejo de descansar no amor de Deus.

REFLEXÃO

1. Quais são os marcadores físicos ou as "flores no inverno" que te relembram da presença e fidelidade de Deus? Que objeto você precisa deixar visível, como um lembrete durante esta época específica da sua vida com Deus? Se você está participando de um grupo de estudo, planeje levar um objeto com você para quando se encontrarem e compartilhe a história do significado dele.

2. Há algum pecado, peso, medo ou tristeza para você retirar dos ombros através de oração, escrevendo no diário, ou confessando para um companheiro confiável? Que verdades precisam ser ditas?

3. Katherine envia para Meg algumas palavras de encorajamento, comentando que é fácil pontuar nossa dor com exclamações em vez de vírgulas quando estamos em meio à provação. Leia Lucas 2:1–7. Que detalhes da história te dão esperança e encorajamento? Por quê? Pense sobre um período na sua vida em que parecia que você tinha parado no lugar errado. Escreva um registro do que aconteceu usando muitas vírgulas. Como Deus se revelou através das reviravoltas da história?

4. Quem precisa escutar a mensagem "Você não está sozinho" agora? Encontre uma forma de encorajar alguém que esteja passando por um período difícil, como uma forma de oferecer "flores no inverno".

5. Katherine sugere que Hanna se concentre não em uma oração de "Eis-me aqui", mas em contemplar Jesus. "Não comece com o seu 'Eis-me aqui' para Deus. Comece com o 'Eis-me aqui' de Deus para você." Por que essa mudança é importante para Hanna? Você tem algo em comum com ela? Como você passa tempo contemplando o caráter e o amor de Deus? Que diferença isso faz na sua habilidade de confiar nele?

6. Meg passa por uma experiência de dor emocional quando tenta testemunhar para Becka. Quais são suas experiências de testemunho para outros? Alguma história para celebrar? Para se enlutar? Você acredita que Deus está te chamando para compartilhar sua história com alguém? Como você pode estar em oração por quem ainda não recebeu Jesus?

Escrevendo sua história

Depois de lutar com a seção da formação espiritual no seu trabalho final, Charissa percebe que pode simplesmente escrever a história de sua jornada: os passos para a frente e os passos para trás, o desejo e o medo, a resistência e a entrega, o pecado e a graça. Passe um tempo escrevendo sobre sua própria jornada. Como você está se movendo mais profundamente no conhecimento de Deus e no conhecimento de si mesmo? Como a luz está brilhando na escuridão? Que encorajamento você recebeu no caminho? Se você está caminhando com um grupo, prepare-se para compartilhar essas histórias durante sua última sessão juntos.

SEMANA SEIS: PERGUNTAS PARA DISCUSSÃO EM GRUPO
Se possível, acendam uma vela para se lembrarem de que estão juntos na presença de Deus. (Líderes de grupo, se possível, tragam flores para um ornamento central.) Comecem com alguns minutos de oração contemplativa.

1. Leiam o Salmo 40:1-10. O que vocês percebem sobre a forma como Davi conta sua história?
2. Quais objetos ou marcadores são significativos para vocês na vida com Deus agora? Se vocês trouxeram objetos consigo, compartilhem a história do significado deles.
3. Conversem sobre maneiras como vocês estão praticando o hábito de contemplar a Deus. Compartilhem histórias do "Eis-me aqui" de Deus. Como essas histórias encorajam vocês a terem esperança?
4. Passem um tempo orando por quem vocês amam e desejam, quem ainda não disse sim para o amor de Deus em Cristo. Orem uns pelos outros para terem coragem e oportunidades de compartilhar uma história sobre a fidelidade de Deus com alguém que precise escutar.

SEMANA SETE

PARTE QUATRO: O AMOR DESCE DO CÉU

Esta semana, você vai ler o capítulo Onze da parte Quatro. Muitas das perguntas de reflexão e disciplinas desta semana são focadas em amar a outros. Tire um tempo esta semana para ser diligente em amor.

Oração de preparo: acenda uma vela para se lembrar de que Emanuel está com você. Pratique o hábito de entregar e receber com suas mãos abertas. Com as palmas para baixo, entregue seus fardos, ansiedades, tristezas e pecados para Deus. Com as palmas para cima, receba os bons e graciosos presentes de Deus para você.

REFLEXÃO

1. Leia Filipenses 2:1-11. De que formas Jesus desce do céu? O que significaria ter a mesma mente e amor que Cristo? Quais são algumas formas práticas de demonstrar amor altruísta e humilde?

2. Pense sobre um período em sua vida em que Deus parecia escondido, ou quando você estava sobrecarregada por tristeza ou estresse. Quem são as pessoas que vieram ao seu lado? Passe um tempo agradecendo a Deus pelos presentes de presença em meio à dor. Você tem a oportunidade de agradecer a alguém? Escreva um cartão, mande um e-mail, ligue ou marque uma visita.

3. Leia Lucas 2:8-14 lentamente e em oração várias vezes, em voz alta. Usando palavras, frases ou imagens da passagem, ore para que outros escutem e acreditem nas boas-novas.

4. Se você ainda não formou esse hábito, pratique ficar diante de um espelho e declarar o amor de Deus por você. Quando você vir outras pessoas esta semana, pratique fazer uma oração por elas, para que conheçam o amor de Deus de formas tangíveis. Existe alguém por quem você tem resistência de orar? Entregue sua resistência a Deus.

GENEROSIDADE

Pratique dar presentes para outros esta semana. Em oração, pense sobre o que seria uma expressão significativa de amor e a ofereça de coração aberto.

SERVIÇO

De que maneiras você pode servir a outros esta semana? Tente servir estranhos, assim como quem você conhece. Se você estiver em um grupo de estudo, encontrem uma oportunidade para servirem juntos.

Oração de intercessão

Pratique o hábito de orar por quem você tem dificuldade de orar. Peça ao Senhor para te dar o coração dele, a perspectiva dele sobre quem você está orando. Peça para o Espírito orar através de você.

Gratidão

Pratique revisitar a fidelidade de Deus por você. Comece nomeando os presentes mais óbvios, depois agradeça pelas maneiras como Deus cuida de você de formas menos perceptíveis. Encontre maneiras de expressar sua gratidão a outros.

Semana Sete: perguntas para discussão em grupo

Se for possível nesta semana, sirvam em grupo. Ou conversem sobre oportunidades possíveis para servir e marquem um tempo para isso. Se vocês não forem servir nesta semana, usem o tempo em grupo para falarem sobre formas como vocês foram capazes de expressar gratidão, praticar generosidade ou orar por outros esta semana. Leiam Filipenses 2:1-11 e discutam sobre o que significa o amor descer do céu.

SEMANA OITO

PARTE QUATRO: O AMOR DESCE DO CÉU

Esta semana, você vai ler o capítulo Doze da parte Quatro. A cada dia, escolha uma pergunta de reflexão para meditar. Não haverá novas disciplinas esta semana. Pratique as que são vivificantes para você e que alimentam sua alma. Se você ainda não terminou de escrever sua história (veja a semana Seis), esforce-se para completá-la.

Oração de preparo: se possível, acenda uma vela para se lembrar de que você está na presença de Deus. Aquiete-se com uma oração contemplativa ou com a oração de respiração.

REFLEXÃO

1. Como se lembrar da fidelidade de Deus no passado pode te ajudar a confiar em Deus no futuro? De que histórias você precisa se lembrar? De que formas você precisa confiar em Deus conforme anda para a frente?

2. Charissa nomeia várias formas de idolatria "socialmente aceitáveis". De que formas você já buscou apoiar sua importância e segurança além de fazê-lo em Deus? De que maneiras você está sendo convidada a abrir mão do controle?

3. Leia Marcos 5:21–43. Usando sua imaginação, entre na história e finja ser Jairo. O que você sente e pensa enquanto a história se desenrola? O que "Crê somente" significa para você?

4. Emanuel, o Senhor, está com você. Até mesmo antes, até mesmo agora, até mesmo aqui. Onde você vislumbra a presença de Emanuel no passado, no presente e em meio à provação?

5. O que significa cantar desafiadores pontos de exclamação de esperança? Onde Deus está te convidando a colocar vírgulas na sua história? Termine de escrever a sua história de "dois passos para a frente".

SEMANA OITO: PERGUNTAS PARA DISCUSSÃO EM GRUPO

Se possível, acendam uma vela para se lembrarem de que estão juntos na presença de Deus.

Hoje é um dia para compartilharem suas próprias histórias de "dois passos para a frente". Celebrem e agradeçam a Deus pelo que ele fez enquanto vocês caminhavam juntos. Concluam seu tempo entregando uma bênção um para o outro em um círculo: "Saudações, [nome], agraciado(a)! O Senhor está contigo. Não temas."

Cante um versículo, um hino ou um corinho que tenha exclamações alegres sobre quem Cristo é e o que ele tem feito.